骆宾基全集

# 李延禄将军的回忆

骆宾基 著

山西出版传媒集团 山西人民出版社

## 图书在版编目（CIP）数据

李延禄将军的回忆 / 骆宾基著．—太原：山西人民出版社，2022.11

（骆宾基全集）

ISBN 978-7-203-12219-7

Ⅰ．①李… Ⅱ．①骆… Ⅲ．①报告文学—作品集—中国—当代 Ⅳ．① I25

中国版本图书馆 CIP 数据核字（2022）第 039755 号

### 李延禄将军的回忆

著　　者：骆宾基
责任编辑：李建业
复　　审：武　静
终　　审：姚　军
装帧设计：张镤尹

出 版 者：山西出版传媒集团·山西人民出版社
地　　址：太原市建设南路 21 号
邮　　编：030012
发行营销：0351－4922220　4955996　4956039　4922127（传真）
天猫官网：https://sxrmcbs.tmall.com　电话：0351－4922159
E—mail：sxskcb@163.com　发行部
　　　　　sxskcb@126.com　总编室
网　　址：www.sxskcb.com

经 销 者：山西出版传媒集团·山西人民出版社
承 印 厂：山西出版传媒集团·山西新华印业有限公司

开　本：720mm×1020mm　1/16
印　张：18.5
字　数：280 千字
版　次：2022 年 11 月　第 1 版
印　次：2022 年 11 月　第 1 次印刷
书　号：ISBN 978-7-203-12219-7
定　价：98.00 元

如有印装质量问题请与本社联系调换

# 目录

001 / 序　言

001 / 第一章　疾风知劲草
　　　　——东北抗联四军的童年时期

105 / 第二章　在红旗下奋勇前进
　　　　——东北抗联四军的少年时期

173 / 第三章　化装南行
　　　　——东北抗联四军的青年时期（上）

210 / 第四章　北归之后
　　　　——东北抗联四军的青年时期（下）

274 / 校后语

283 / 改版说明

285 / 后　记

# 序　言

一九三一年，日本帝国主义发动九一八事变。由于国民党蒋介石政府采取不抵抗政策，我东北三省终于被日寇侵占。中国共产党为了抗日救国、解放东北人民，便派了大批杰出的干部出关，如罗登贤、陈潭秋等同志，都曾经先后来到东北，领导满洲省委，组织东北人民的抗日斗争。

"星星之火，可以燎原"。在抗日民族革命战争初期，虽然我们当时处于劣势，但因为反对日本帝国主义的斗争是正义的，正义的反帝战争是不可战胜的。我们有马克思列宁主义的思想指导，有中国共产党的领导，有以工农联盟为基础的、团结各阶层广大爱国人士共同抗日的统一战线，经过英勇的艰苦斗争，终于从劣势转为优势，取得了最后的胜利。

在当时，我们在东北的共产党人，确如星星之火。在中国共产党领导下，一九三二年终于形成势不可挡的燎原之势，哪里有抗日游击队，哪里就有我们的优秀的共产党员的领导。在磐石县，出现了由杨靖宇同志直接领导的李红光游击队。在宁安县，出现了党秘密领导的抗日救国军第一补充团。当时我以救国军参谋长的身份，兼任补充团的团长。镜泊湖连环战役大捷，四次截击天野部队，就是在地下党领导下所取得的。这几次战役，不仅在军事上我们取得很大的胜利，主要的还在于它的政治影响的扩大。一九三二年三月的镜泊湖大捷，才奠定了那些为国民党不抵抗主义所瓦解的、东北军各派系广大官兵的抗日必胜的信心，形成了在共产党领导下的联合抗日统一战线。并由此一役，扩大和加强了抗日联军第四军的"童年时代"的革命武装。

我在党的领导之下，当时作为抗日救国军以及其后的抗日联军第四军的政策具体执行人之一，又是历次著名战斗的军事指挥者，当然是有责任把这些战斗的历史总结出来，提供给我们东北地区的英勇人民，以志不忘，以教育后代，以慰那些在抗日战争中光荣地献出自己生命的先烈。尤其是一九五〇年二月二十七日，我们伟大领袖毛泽东同志视察哈尔滨对我做过面谕之后，我更感到总结这一阶段的历史的重要意义了。

记得那是毛主席和敬爱的周恩来总理，在登上哈尔滨市国际旅行社的顶层露台，纵观哈尔滨市全貌时对我说的。毛主席说，东北抗日联军，有成绩，有缺点，应该写出来。写出来，对党对人民有益处。毛主席的这一指示，是从百年来我们勤劳、英勇的民族不断遭受帝国主义者的侵略，并与之进行前仆后继的流血斗争所形成的近代革命史和伟大的中国共产党党史的角度提出来的。不须说，东北抗日联军的战斗历程，仅仅是它的一个侧翼，而这部即将和读者见面的，在一九六〇年由我回忆、口述，由骆宾基同志记录、整理的《过去的年代——抗日联军第四军回忆录》，又只是反映了它的一鳞一爪；但对主席的面谕，就我个人所知来说，算是基本完成了。它的头一部分《疾风知劲草》曾先后在《收获》和《北方文学》上连载过。其余部分，于一九七三年在北京作了有关地点和人名的订正以后，只是作为历史资料保存着，当时无法出版。因为，那时"四人帮"很猖獗。不过，我却坚信，总有一天，这部作品会在毛主席革命路线的阳光照耀下，和东北人民以及全国人民见面的。这个日子终于来到了。这就是我们永远不会忘记的一九七六年十月。这本回忆录就作为我们纪念这个遵义会议式的光辉节日的献礼。

最后，还要说一点，事隔四十五年，我已八十三岁，有些情况，可能遗漏，深望熟悉当时抗日联军第四军战斗事迹的同志们，加以补充、指正。

李延禄

一九七八年十月七日

# 第一章　疾风知劲草
## ——东北抗联四军的童年时期

一

一九三一年九一八事变后，日寇侵占我东北不久，有日本"敦图线"铁路测量队人员，企图闯入驻延吉的东北军原第十三混成旅第七团三营的防地——瓮声砬子（又名明月沟）。他们不听警告，为值日班长下令击毙七八人，余者鼠窜而逃。日伪当局得讯，反而将三营调往吉林驻防，声言提升三营营长王德林为团长。三营奉命移动，由敦化上火车之后，全体下级官兵闻知将去吉林，顿然变色，忿不受命。王德林在全营官兵抗日要求和敦促之下，拒绝西上，把队伍拉到汪清县境的小城子兵营去，开始酝酿抗日。

九月二十二日，我中国共产党中央委员会发出组织群众抗日的号召，中共延边四县地下中心县委于二十八日召开了紧急会议。会上，县委书记小李同志传达了中共中央和满洲省委的指示，作出了六项发动抗日斗争的决议，并指派我到王德林部队中去工作，巩固其部队抗日到底的信心和决心，在游击战中建立党的革命武装。因为我和王德林之间，友谊深厚，派我去便于开展工作。这种友谊，还是远在民国7年开始的。由于一种特殊的机缘，我取得了他感恩式的尊重与信任。此外，中心县委会议还决定在我之后，继续派孟泾清、金大伦等四名同志参加王德林部队，去建立党的组织，领导抗日斗争。

我带着党的使命，从延吉到达汪清小城子王德林部队驻扎的营地，不料国民党投降派的盖文华、李耀清、赵冠民等三人代表团，早已捷足先来。

谁都知道，九月二十二日——在日本帝国主义侵略我东北的第五天，和我们中国共产党中央委员会发出抗日号召的同一天，国民党蒋介石就在南京市党部召开的会议上宣布了他那"不抵抗主义"。以盖文华为首的三人代表团，就是受命来此说服王德林及其部队执行国民党"不抵抗主义"政策的。他们给王德林带来了"自卫军第一路军总指挥"的头衔，企图改编王德林的部队，改变其部队的抗日性质，即蒋介石在《告全国国民书》中所说"诉之于国联行政院，以待公理之解决，故已严格命令全国军队对日军避免冲突"。王德林在这三个人喋喋不休地鼓噪国民党"不抵抗主义"面前，纸烟一根接着一根地抽，很沉闷，一句话也不说。

当时，国民党政权在一般东北军官中间还有它的迷惑力。这种迷惑力正像密布人民头上的乌云，中国共产党像是被这乌云所遮蔽的太阳，只有站在一定的地方，感受到从这乌云密布的空隙间透出阳光的人，才能预测到民族所面临的未来的晴空万里的时代。王德林是一般的头脑简单的东北军官，当然也不例外，当时完全为这块当头的乌云所迷惑。此外，在座的还有当时的抗日将领李杜的代表，这个代表带来一万元的军饷支票，要求王德林编为一个团，受李杜调遣，配合作战。两方代表之外，还有来自吉东三个县的以曹梦九为首的所谓士绅代表团，他们和王德林有着封建结盟的关系，嘴头上都称"国家兴亡，匹夫有责"，实际上却希望王德林不要"轻举妄动"。在他们看来，王德林如果是"识时务之俊杰"，就该"静伺机宜"，既不联李，也不依蒋，而应该编为"山林警备队"，"自固待机""可进可退"。这为的是给王德林部队的未来，开个向日本帝国主义投降的后窗。当时，王德林在这些来自各方的代表群围攻当中，犹疑，沉闷，困惑，不能自解。后来,还有原东北第二十一旅旅长赵芷香,意图抗日,也派来了代表伊晏波。这些来自各方面的代表在围攻王德林的同时,各展唇齿,相互舌战。

我一到,王德林就慨然地说:"你到底来了!"原来,我未到之前,他已经打电话到延吉各处去打听我的行踪了。在大厅里,我见着了来自各方的代表。其中,从吉东三个县份来的那些所谓士绅代表团,我因为东北军的关系大半都认识,不是大地主,就是放高利贷的殷商富户,他们老式穿戴,都挺体面。在我们民族遭受日寇残害、侵辱的时候,看见那只顾劝降的国民党代表,看见这盛装的绅士们,总使人感到一种说不出的厌恶情绪。王德林仿佛感到我神色间所表现出来的这种情绪,不容我开口,就说:"庆宾,你先去休息!歇歇再说话。"

这样,我就走开了。直到吃午饭,我们两个人单独见面的时候,王德林才开始谈到来自三方面的代表们所怀的意图,以及军饷一毫莫筹的困窘处境。那些代表们呢,仿佛很怕我们俩有单独密谈的机会,也许很想知道我们谈话的底细,或想观察王德林对我的态度,总之,我们的谈话还没有深入,饭还没有吃,他们就各自离开大厅的餐桌,匆匆忙忙抢先赶来了。这样,我们不得不改变话题,转到一般的关于伪军动态之类的谈话上了。

饭后,我在单独休息中间,接触了王德林周围的官佐及其亲信人物孔宪荣、吴义成等。这两个人都是王德林绿林时代的"底柱子"。当时,孔宪荣在王德林部下任第十连连长,倾向吉东三县所谓绅士代表的意图,意在投机取利,极为狡黠。一九四八年,孔宪荣在出席国民党在南京召开的所谓"国大代表"会议的时候,认识到自己路末途穷而悬梁自尽了。吴义成和他相反,头脑简单,是王德林的悍将,以王德林的意旨为意旨,主张"既已拉出来,就不妨打打试试"。另外两个连长,是汉奸熙洽介绍来的人,根本不会主张抗日。这里主要的抗日力量只能是在基层。

我根据中共延边中心县委的指示，在王德林大营的"兵棚子"里，和广大基层士兵接触，先后发现了史忠恒、朴根重、李凤山等班长，他们都是高小毕业生，年轻力壮，满怀爱国热情，积极要求抗日。在他们身上体现出了工农儿女们的优秀的阶级本质。

当天深夜一点，所有那些各式各样的士绅代表都离开王德林归寝去了，只有孔宪荣依恃王之亲信的身份逗留不去。自然，他是要在我们谈话中间，看看他们老营长的手里到底有张什么"底牌"。

王德林终于这样问我了："你什么都知道了，现在你说吧！我该怎么办？"

我说："你今年五十几了呀？"

他低沉地说："五十四了！"

我说："是呀！你已经五十四岁的人了，难道你还能再活一个五十四岁吗？"

他不说什么。

我说："在今天，你不站出来当岳武穆，难道你还要当秦桧，给子孙留一个万世的骂名吗？"

他立时愤然地说："咱们怎么样也不能当秦桧呀！"以后就果断地说："咱们一定要抗日，绝不能给子孙留下骂名，可是那三个国民党代表怎么处置呀？"

我记得当时孔宪荣说："抗日也行，可也别说得这么死，和各方面的代表，还得拉着，不能松手，看看大局再说。"

我们没有注意他的话。我建议，把国民党投降派的代表尽快打发走，要抗日救国，就不能留他们在这里扰乱军心，瓦解士气；在内部，还要清除熙洽派来的那两个连长。王德林同意我的意见，又谈到李杜的代表所提出的问题。我说，只要我们对日展开游击战争，队伍很快会扩大的，给李杜编一个团的力量是不算什么的，只要抗日，我们就支持。王德林在谈到我要到"兵棚子"去扛枪的要求时，坚决不同意，要留我担任他的参谋长,并且兼职将为李杜编制的第一补充团团长。王德林在思想上摆脱开来自国民党三人代表和地方士绅代表双方在政治上的围困之后,心情豁然开朗,提出队伍中缺少知识分子"不能成大事"的问题。我这时候就向他介绍了中共地下中心县委所决定的参加其部队做建党工作的人员名单。他听说孟泾清同志是哈尔滨工大的学生、金大伦是北京大学的学生,都是风云中的杰出人物,就约请孟泾清、刘静安两位同志将来任抗日救国军总部之正、副参议长,金大伦、贺剑平两位同志将来任总部宣传部正、副部长。

在这天夜里,除掉我们确定打发国民党三人代表和所谓士绅代表们离开部队之外,还初步确定了第一补充团的编制基础。因为,这时候在东北军上层虽然是乌云密布,迷惑犹疑,但在广大的东北人民之间,抗日热情却极度昂扬。当时,杰出的矿工和汉族、朝鲜族起义的农民,以及吉东各县中小学教员等优秀的知识分子都纷纷来投,王德林正不知怎样来安插,现在建立补充团,就正好以这些工农出身的爱国青年为基础确定编制。以后,又调来老三营的史忠恒、朴根重、李凤山等班长为补充团各连连副。这就是我们党用秘密形式所直接领导的一支抗日武装。

总之,我们谈得很舒畅。王德林在谈话中,还喝白兰地酒助兴,我虽滴酒不沾,却也兴奋有神,两人直到鸡叫头遍,方感到夜深气寒,下半夜三点才就寝。我倒下之后,仍然久久不能入睡,考虑怎样向地下党委汇报、请示等问题。

第二天,我开始为王德林的部队筹募经费,以便尽快地遣送国民党三人代表离开。在小城子,有一个电报局副局长,是个有民族意识的知识分子,我曾经和他接触过,知道他拥护抗日。我和他提出经济支援的要求时,他不但把所有敌伪电报局公款两千多元全数捐献,并且表示愿意率领全局爱国职工随军服务。他不久便把自己的家属全都打发回上海,并把所有通信设备都带到部队中来了。他为抗日斗争作出了很多的贡献，可惜一年以后，由于留在上海的家属需要赡养，他随王德林撤出国境后南返了。总之，我们由于他的支持，有了一点经费，在遣散国民党三人代表时，每人发给路费一百元。当王德林向国民党三人代表团表示了坚决抗日的态度之后，他们竟无耻地挑拨说："你知道，主张抗日的是共产党！"王德林说："我不管是共产党、国民党，只要打日本，就是好样的。"实际上他并不知道共产党是何样人，他说只要打日本就是好样的，不过是表示了对于国民党不抵抗政策的激愤。那三个国民党代表，终于悻悻然地离开了。

但是，以延吉县实业局局长曹梦九为首的所谓士绅代表团，却依恃和王德林的封建结盟关系，还想无耻地留在部队里说服王德林投降。等到部队向蛤蟆塘（又名双河镇）附近集结的时候，从敦化、蛟河、宁安等县又来了一些商会会长，总之，吉东八个县的所谓士绅代表都麇集在王德林的周围。这时，王德林抗日救国军已有一千一百多人，声势浩大，有些士绅初来很感到吃惊，但以曹梦九为首的那些雍容自得的所谓士绅代表，却全然无动于衷，还在围攻王德林，大言不惭地论山论水、说仁说智。王德林碍于情面，终于在蛤蟆塘把来自吉东八个县的所有士绅代表们召集到一起，说："今天，让庆宾和诸位谈谈吧！"并当众介绍我是部队的参谋长。

我当时是个三十三四岁的青年军官，性体较傲，实在也鄙视这些所谓士绅代表，尤其是这时候我们已经知道，日伪除了派出这些代表之外，还从延吉派出伪警备旅（原混成第十三旅）进驻双河镇作为声援。

所以我当时很气愤，我说："我们过去都是朋友，可是，今天，我们是抗日救国的军队；你们呢，是亲日的，是汉奸！知道不知道？汉奸就应该绑到外头去枪毙！"

所有那些所谓士绅代表，一改雍容自得的姿态，全都惶然失色，悚然地站起来。因为他们完全没想到，我会"变脸不认人"；没想到，在头脑简单的东北军人当中，会有人看出他们藏在背后的尾巴。王德林当时安抚大家说:"不要害怕,不要害怕,我担保大家的安全就是啦!都坐下,坐下来!"有些大地主和放高利贷的殷商富户,脱下帽子来,惶惶然声辩,说:"参谋长误会了!"

我说:"你们来说服什么呀?给日本人当说客,瓦解我们抗日救国军士气,不是汉奸是什么?你们若真心不当亡国奴,看到我们部队人这样多,财政有困难,为什么不想法给我们募捐呢?"

以敦化县商会会长万茂森为首的几个代表连声说:"我们刚来不久,真没想到咱们的抗日部队这样大,士气又这样高呀!本来,我们也打算给部队募些款,不知道部队经费这样困难。我们回去以后,一定要办!参谋长,你放心就是啦!"

我说:"这要看事实啦!"另外,我还告诉他们,我的母亲、家属,都还留在敌占区延吉县,如果他们要告密,向日本人请功,就尽管去告密。我说:"要救国的人,就不能顾家,因为大义而全家遭害的人,哪一个朝代都有!"他们都连称:"不敢。"有的说:"那还是人么?"日后,他们确也没有敢告密。但以曹梦九为首的几个汉奸士绅,却接受了日伪颁发给他们的奖章。同时,以万茂森为首的敦化等三个县的商会会长,履行诺言,秘密地为我们募了一大批捐款,并派代表来部队联系,报告敌伪在"县永衡官银钱号"还有大笔"公款",希望我们很快去攻城,以便把这些款项提出来。从此可以看出,我们城市的工商界人士,只要是树立起了民族正义感的、爱国的,知道我们要果敢地抗日,就会拥护我们的。

我们在一九三二年二月间,开始攻打敦化、额穆、蛟河三个县城的军事目的就在这里。而镜泊湖战役,就是由于我们连续攻克这三座县城,获胜之后引起来的。

二

在这里要说清楚的是:打敦化之前,我们做建党工作的领导同志孟泾清来了。并且如我前面所说，他在抗日救国军中取得了正参议长的公开职位。我们很快地在第一补充团里建立了秘密的党支部，孟泾清同志担任支部书记。他中等身材，是一个风度稳健、处事持重的人，马克思列宁主义修养较高。当时，参加支部工作的还有史忠恒同志和补充连连副朴根重、李凤山，他们都是新党员。在第一次支部会议上，孟泾清同志作了关于发动抗日战争的传达报告。给我印象最深的是他在这次会议上指出抗日游击战的长期性。他说，日本帝国主义是一个工业国家，"世界列强"之一，想很快就能把他们赶出去的急躁情绪是要不得的。这就给那些新党员在思想上建立了持久抗战的基础。以后，我们又缴获了汪清北部和宁安南部的地主自卫队、警察队、保安队等共约六百人的武装，补充团的武器配备有了底子。这时全部抗日救国军，已发展到一千二百挂零了。

一九三二年二月间，我们以第一补充团和吴义成所率领的"老三营"前锋部队，为进攻敦化的两大主力，开始向敦化进军。孔宪荣为了保持自己的实力，带着一部分队伍作"后卫"。

当时，我们的部队虽说已庞大，但纪律严明。那些从"老三营"调到补充团里的战士，仍然佩戴着肩章、领章，背后扎着狍子皮做的坐垫。军官全穿黄呢质料的军大衣，胸前有双排的铜扣子，只是不戴手套，也摘去了肩章。不管是官佐还是士兵，都戴着抗日救国军的臂章，这是我们的唯一的不同于原来东北军的标志。

距敦化百余里，有个地方名叫小沙滩。那里有个远近闻名的大地主，过去是王德林的拜把子兄弟，家里开着"烧锅"，名叫戴凤龄。戴家全户将近百十口人，都住在村当中，院落很大，四围有炮台，还养着一二百名炮手。全村的村民，都是戴家的佃户。

我们部队路过小沙滩，戴凤龄就命令手下人，杀猪宰羊，犒劳我们。这人六十开外，留着胡子，胖墩墩的。实在说，我却没想到，他手下炮手的武器，有连珠枪、"大抬杆"、三八式，还有一部分竟是一色的二十响捷克式匣枪。这样的匣枪在当时的东北军里还是少有的稀罕武器，自古军人爱的是骏马和宝剑，我也不例外，我们补充团的武器都是缴获来的老口步枪，牌子也杂，正需要这样的装备。

我试探他的口气，问他，有这么些武装，打算抗日么还是只准备用来"自卫"的？不想这个大地主戴凤龄，却是饱经风霜、善于察言观色的人物，他那双眼睛闪了一闪，看来是心里震荡了一下。抗日救国军缴地主武装，在远近一带形成风声鹤唳的威势，他不能不震动。他说："那要看我盟弟的态度了。"态度故作磊落，却是暧昧的。这些武器在他手里靠不住，如果他不和敌伪妥协就保持不久，如果他和日伪合流，那么他未来又是我们的一个有力的敌手。我正在考虑用什么方式来缴他的武装，不料他在为王德林布置的接风宴席上，竟当众宣布，他要追随救国军打敦化，他慷慨地说："从今天起，我要在盟弟领导之下，参加抗日，跟着你们攻城！"救国军的将领当然都表示热烈欢迎。问他，那一百口家眷怎么办？他说，已经安排好了，把他们都打发到关里去。

抗日救国的阵营里，增加了力量还不好么？结果，戴凤龄所率领的炮手队，又加上当地要求随之抗日的贫苦农民，扩充为三百人，编为一个独立营。戴凤龄任营长，带路打敦化。

二月十七日，我们派了部分队伍，抢先把吉敦铁路几座重要的桥梁破坏掉，以断吉林的敌援。二月二十日夜晚，我们的部队向敦化县城衔枚潜进的时候，有一个年老的农妇，在路旁喊叫，要求部队停止前进。我们的战士以为她是奸细，有意捣乱来的，就制止她。实际上，她是由于过度紧张，话没说清楚，她是说她的儿子在救国军里。她知道，从敦化县已经开出"警备队"在前村打埋伏，特地赶来给我们部队送信。从这里可以看出，当时抗日救国军和群众有着一种怎样亲切的血肉关系。于是我们绕开大路继续潜进。以后才知道，她所说的"警备队"，就是原东北军第十三混成旅第七团的一、二两营，和王德林的"老三营"在过去是同属一个系统的弟兄营。这天夜晚他们全体官兵准备和我们会师，宣布起义。他们的前哨已经听到我们在一二里之外的吆喝声了，因为有日寇的监督人员而未敢动。尽管如此，他们的表现还是引起日寇的疑忌，以后就被日伪分割为若干小队了。从这也可以看出当时伪军的思想动态，以及当时情况的错综复杂了。这也说明我们的工作还有缺点。当我们在镜泊湖进行第二次战斗，发现天野部队率领四百挂零的残兵逃出松乙沟，我们布置第三次关家小铺的截击战当中，就吸收了这次进军所得到的启示，主动和伪警备团取得联系。

突然，部队在孤山子北边停止前进。我听到前头部队向后传来紧急的催唤声："要参谋长到前头去！"我当时不知道发生了什么情况，大步赶到头前。原来，那个大地主出身的独立营营长戴凤龄，向吴义成试探口风，企图打进敦化县去抢掠商店。呵！原来他的带头打敦化，是有他的坏主意的。吴义成当时说，这可要问问参谋长。我一赶到，就问吴义成和戴凤龄，我们部队临离开小沙滩，不是一再宣布过三大军纪吗？在这里，我必须补充说明，关于我们打敦化，到官银钱号去提商会募集的大批捐款和敌伪公款的计划是秘密的，因为这关系到敌占区所有那些进行抗日募捐人员的生命安全。因之，我们只强调打敦化是为了缴获敌伪武器，装备我们自己。我这时又一次说明，如果谁敢违背我们的三大军纪，就要按军法制裁。我开始认识到大地主戴凤龄为人本质的卑劣性。因之，在敦化城郊布置战斗的时候，临时撤销了戴凤龄独立营攻城的任务，调为东郊的警卫，指定其警戒范围及职责，并宣布，所有独立营的警卫部队人员"禁止进城"。约定拂晓进攻，吴义成攻西门，补充团攻南门。北门派柴世荣督战部队担任截击。王德林和孔宪荣仍在五十里外坐镇。

拂晓的进攻很顺手，补充团的部队由连副史忠恒同志率领，搭上云梯，首先越过城墙，在伪警察署打响之后，纵火围攻。敌伪伤亡将近四百人，从北门溃退出去。枪支、弹药袋、军衣、军帽，丢弃满街。

我们的部队很快就占领了整个县城。警察署周围,有群众在救火,并向我们的部队欢呼,更有的扔下水桶赶来探询大局。我在巡视各门我军防地之前,从街上先打了个电话到"永衡官银钱号",找到我的先遣副官,问他怎么样了?他在电话中说,万茂森会长还没有到,但"官银钱号"里已经动手点款啦!我答应随后就到。大街上,虽说零乱,还有敌伪军的遗弃尸体,但我们的部队秩序很好。有的战士肩挂三支步枪,正在打扫战场。在西门没找到吴义成,在北门看到了柴世荣。

柴世荣原在延吉二道沟当巡官,怀着满腔热情,后来投奔到抗日救国军。当时,他在我们部队任督战指挥,正在城楼子上,瞭望日本军队溃退到西北山之后所建立的炮兵阵地,并且在敌人排炮发射中,昂然地呼喊部队,意图在城楼上用沙袋构筑防守工事。我在底下招呼他下来,他刚离开,那年久失修的城门楼子就为敌人的炮火所击中,轰然崩裂,所有砖、瓦、木头都四下飞落。他向我笑着说:"好险哪!你怎么知道城楼子要中炮?"我说:"我怎么会知道?我是要告诉你,我要到'官银钱号'去提款,你要安排一下,马上带人到街上去巡逻,注意市面的秩序和军纪,尤其是火车站一带,妓女多,更要注意。"

交代之后,我就带着传令兵到"永衡"去了。有些"官银钱号"的炮手们在门口热烈欢迎,他们本来是带着枪在门口探望街面上动静的。我们一进到有铁栏杆卫护的柜台里面,管事人就招呼我们进到后院他们的大厅里,我一眼就看见早班职员,都围在会议桌上点票子。商会会长万茂森走过来向我祝贺,但脸上还带着为大炮声所引起的紧张神色。当时我们口干唇焦,但来不及找水喝,只求尽快地把款提走。先遣副官说,已经点出三四千元的款子。但万茂森会长和他周围的几个亲近的爱国士绅,却要求对募捐名册进行核对、盖章、签收,这一些鬼手续仿佛要三天才能办完似的。尽管我们切断了吉林敌人增援的路线,但仍要尽快地把款子提到手。现在是分秒必争,时间珍贵,多一分钟,我们就多一分战果;少一分钟,我们就少一分收获。我于是提出，募捐人名册由我们带回去查对，不要一份一份签收，只要给个总数就行啦！于是，桌子拉开了，所有敌伪的公款，都一堆堆、一叠叠，从各库里搬出来，分头清点。总计约有三十多万元，包括：金锭、银元宝、现大洋、日本金票、永衡官帖、哈洋等。我一看，九点钟了，尽管他们的手法熟练，一两分钟就是百把元的票子过手，但这是几十万张的纸钞和几万的现大洋呀！我又说："不要这么一张一张点啦！你们这种认真负责的态度，我们很感谢，现在你们就这样捆一捆装麻袋好啦！记一个大数就行，现大洋装一条麻袋，'金票'装一条麻袋。"开始，他们很吃惊，仿佛说，这是钱财，哪能这么大手大脚地处理。但在万会长怂恿下，他们就开始按我所说的方法，一捆一捆地装麻袋，但仍然点着数，打着算盘，记着账。总共近三十万的现款，直到十二点钟，才装上两卡车。这之间，又找麻袋，又找绳子，车装好后，单等开车的司机了！商会万会长不知道什么时候，因为什么急匆匆给人招呼出去了，又不知道什么时候，所有"官银钱号"的炮手们都又手持匣枪跑上炮台去，我刚走出大厅，万会长就带着他周围的一伙士绅在院子里把我截住了。我一看他的脸色，就知道有什么变故发生了。他大声说："款，你们一个也不能提！现在你们部队在北大街抢了一家小钱庄，你们部队里有坏人，将来会告发的。这是人命关天的事呀！我们的捐款簿子都得烧了，你们走吧！"又说："赶快走吧！我们绝不伤害你们，可是我们的炮手要打几枪；不打，日本军队开回来，我们没法交代。"原来，在北大街有戴救国军臂章的队伍，用大斧子劈开钱庄的铁页门，抢走了四千元现款。我答应可以从捐款中提出四千元来赔偿，但为万茂森会长及其周围的亲信所拒绝。他们说："不是四千元的问题，现在是有人会告发的问题。这不是我们对不起你们，是你们队伍里有坏人，你们赶快走吧！"现在，事隔多年了，我们也不想在这里苛责万会长，因为不久他终于和蛟河县税务局局长于登云、商会会长萧庆功、敦化站电报员杨邦振、警务科巡官田沛森、吉林利群小学教员王樽、哈尔滨市电话局局长徐箴、蛟河警务段段长王涤中等十三人一起被捕了，三月二十三日在吉林九龙口刑场为日本宪兵队所杀害。临刑的时候，他表现得还算英勇不屈，从这里也可以看出，究竟他还有民族意识，和封建地主出身的戴凤龄等货色有所不同。

我当时考虑了一下，想起党常教导我们不能脱离群众，就断然地带着传令兵和副官，大踏步从炮手们向天乱放的枪声中走出来。是谁破坏了我们整个作战计划呢？鬼东西！原来就是大地主戴凤龄。

当我们的部队全部撤出敦化县城，我就离开部队赶到五十里之外大荒沟会合地点，找到王德林，说明戴凤龄违法进城，抢劫私商，要求王德林按军法执行枪决的时候，戴凤龄也匆匆赶到了。仿佛已经有人告诉他，事态是怎样严重。王德林开始是义正词严地问他，究竟为什么违背军纪进城抢劫？他当时吓得脸色发青，突然匍匐在王德林脚下，声称自己"该死"。接着说，他为了跟着抗日，经营了几十年的家业全完了，他已经倾家荡产啦，什么样的土地呀，还有粮食、烧锅、全部佃户的欠债，总之都搭上啦，他的一百来口家眷，将来怎么生活呢？他说，他想弄几千元钱，给他们捎去，以便他的家属在北平买点房产，维持生活。说到他为了抗日弄得倾家荡产的时候，号啕大哭。王德林就叫他站起来讲话。孔宪荣知道王德林已经给戴凤龄的伤心陈述感动了，就从旁帮腔说，这也要怪万茂森那家伙贪生怕死，要是真心抗日支援咱们经费，他们怎么不能跟着咱们上山呀！王德林又劝慰我："不要生气啦！都是老弟兄啦！不要在钱财上伤了咱们的义气，要他戴罪立功好啦！给他记一大过。"见我坚持，又说："打开额穆，还不是有钱么！"于是大声对戴凤龄说："还不快去给参谋长磕头，赔礼。"自然，我拒绝了这个卑劣之徒的"赔礼"。孔宪荣就说："老戴说的是实情，为了抗日跟着咱们，什么都搭上啦，算了吧！"倒仿佛我们是私人之间的纠纷。从这里我们不难看出，当时在救国军那些上层人物中，存在些什么性质的思想、意识、感情了。如果不是在当天我们的党支部书记孟泾清和我谈到"小不忍则乱大谋",要顾全大局,协力抗日,那么说不定我和王德林之间会由此意见分歧而生裂痕。我们的党支部书记说:"他们的思想意识就是那样,需要慢慢地耐心教育,不能像对党员一样来要求他们,你不提出按军法办,不对;提出来,再三坚持也不对。总之,他们抗日一天,我们就团结他们一天。"此后,我就不在这个问题上争执什么了。

继敦化战役之后,我们又在二十四日攻克额穆县城,二十八日攻克蛟河县城,但我们的提款计划,完全落空,因为在我们打过敦化之后,两个县"官银钱号"所有的各界爱国人士筹集的捐款,包括敌伪的公款,全都给日伪调走了。

但我们的战果,仍是辉煌的。我们不但缴获了敌伪大量武器,有捷克式机枪二十一挺,三八式机枪七挺,大小枪支一千六百余件,主要的还在于扩大了政治影响。在我们打敦化获胜之后,吉林东部各地爱国志士,纷纷来投,仅延吉县老头沟罢工的煤矿工人,第一次就开来一千五百多人,徒手参军。

这一千五百煤矿工人,大部分是青壮年。开始,他们在路上碰到孔宪荣的部队,要求跟着抗日。孔宪荣说:"你们手里又没带武器,拿什么抗日呀?我们没办法。"因为我们一连打进三座县城,一点款项也没有筹到,孔宪荣等人的情绪这时候很低落,但他部队里的战士,就暗地告诉那些踌躇不去的矿工们说:"你们到补充团去吧!他们会收留你们的!"因为他们全知道,我们缴获的枪支多。

在这里还要附带说清楚,原来,所有这些缴获的枪支,都须集中交到军械处由军械处开列名单、品种、数字,转报参谋长批拨、分发。我们拟定了规划,将所有的马力匣枪分配给史忠恒连,韩林春式步枪集中分给李凤山连,朴根重连是一色三八式步枪。王德林慷慨地批准了我们的规划。这可能是由于他宽纵了戴凤龄,想借此以表示歉意的缘故。孔宪荣尽管贪心很大,终究这些战利品原是补充团缴获来的,有心伸手抓，却说不出口。可是有些机枪还是被他乞怜式地讨去了！

我们第一补充团，因为换了精选的武器装备，自然替下来不少陈旧的杂牌枪支。所以，当那些矿工来投我们补充团的时候，我们就选出一千人来，在小沙滩进行训练，作为我们的后备力量。另外，我们在攻额穆的时候，还收编了原在新店驻防，为刘金锋带领起义的两个排，这两个排原属驻额穆的伪警备旅，服装、武器都很整齐。还有一些反正的伪保安队、警察队全都为孔宪荣等收编去了，因为他们都带着武器。那些反正的部队也感到"老三营"是"正规军"，官兵服装都像"军队"，愿受他们改编。

我们补充团呢，除了一部分从"老三营"调来的补充人员外，衣装都是杂乱无章的。大部分穿着破棉袄，有的戴狗皮帽子，有的戴三耳瓜皮毡帽，看上去不是刚扔下锄头的农民就是刚离开镐头的矿工，只有一个标志，那就是我们戴"抗日救国军"的臂章。我们有精良的武器，战士因为连攻三县而有一种昂扬的士气，极惹村人注目。我们的武器好，擦得也很亮，但有一点却是外人所不知道的，那就是我们的子弹少得可怜，尽管我们在攻克敦化等三座县城时有些缴获，却不及消耗的多。现在我们补充团是七百人，抗日救国军总人数已发展到四千六百人，而军费呢，却一文没有。以孔宪柴为代表的一部分人说："光遵守纪律，没有一点军饷还行呀！"情绪消极。就在这样的情况下，从各方传来紧急的情报，有的是群众自动地用鸡毛信的形式，连夜送来的；还有用火烧掉一块信角，以表示"火急"，告诉我们：日寇关东军天野少将，已集中了数千日本关东军，以及辎重团，从吉林抵达敦化县城了。他们带着野炮队，带着四十多辆军用卡车，还有一些骑兵，浩浩荡荡，势在追击我军，气焰极为嚣张。敦化县城内的居民，在混乱中纷纷向四乡逃避。

是打呢，还是躲避呢？这是我们地下党组织必须首先要慎重讨论的课题。以孔宪荣为主的救国军"老三营"系统的上层领导人物，已经闻风失色，主张抛掉抗日救国的旗号，干脆抱山头，当土匪。

而我们，由共产党秘密领导的第一补充团却坚决主张高举"抗日救国"的旗帜，利用我们所熟悉的山川、地势，对敌进行游击战。王德林当时不表示态度。

孟泾清同志在秘密召开的支部会议上说："就是他们都拉到山上去，只剩下我们补充团七百人也要抗日。"又说："是不是我们为革命牺牲了，就没有抗日的游击战争了？不是的。还一样有人会继承我们的革命事业。我们依靠的是党和广大的无产阶级、农民群众，我们关里还有百万红军，就是我们牺牲了，我们的革命事业还会继续下去，还会有人继承我们的抗日斗争。最后，我们必将胜利。"又说："今天，我们还要耐心地争取他们，团结他们，共同抗日，如果他们有些人把队伍拉上山去当土匪，我们只有七百人，还是要找有利地势，给敌人一个迎头痛击！"孟泾清同志在会上同意了我提出的把部队转移到镜泊湖山区对敌展开游击战的意见。

三

王德林为了统一内部意见，在棺材脸子村召开了高级军事会议。百里远近所驻扎的抗日救国军各团指挥都赶来参加。我们党支部所作的转移到镜泊湖山区迎击敌寇的决议，是通过我以参谋长的身份在棺材脸子村军事会议上提出来的。并根据决议，分析了敌我双方的条件，认为如果在南湖头找到有利地势，就是用手榴弹，也能消灭敌寇，打胜这一仗。会后，我又把棺材脸子村的军事会议上所有的各种救国军上层人物的思想动态，向留在小沙滩驻地附近以孟泾清同志为首的党支部作了汇报。

在棺材脸子村军事会议中间的斗争，是很激烈的。孔宪荣乘日寇大军压境之危，竟当王德林的面，公然提出："我们要的是总司令（指王德林）这块牌子，我们怎么干，总司令就不用操心，连打进三个县城去，跑路不少，一个钱没弄到……"有人维护王德林，说这样就不如散伙，谁也别想指挥谁，各人干各人的，愿当土匪的就去"抱山头"，愿打日本的就打救国军的旗号。王德林态度犹疑。在三天的会议当中，我们一直坚持抗日，最后我代表补充团表示了就是只有我们七百人，仍然要拉到镜泊湖山区去迎击敌人的抗日决心。王德林终于在最后慨然说道："你们年轻人决心这样大，我一个五十四岁的人啦，不能成功，还能成仁哩！咱们到南湖头去，看看那面的地势再说吧！"会议就这样宣告结束。

部队在三月初离开敦化县境，到达宁安县镜泊湖山区。我们党支部，在这里研究了地势，召开了补充团的军官会议和各连长、排长、班长、战士代表联席会议，选择"墙缝"这条崖边路，作为我团打埋伏的阵地。大家一致认为地势优越，不能失去在这里消灭敌人的大好时机，以便在吉林东部扩大我们抗战的局面，阻止敌人的侵扰，巩固抗日救国军各将领的抗日信心，巩固我们领导的抗日统一战线。大战迫在眉睫，如果我们补充团不在这里消灭敌人，王德林率领的抗日救国军就可能趋于分崩、瓦解。

我们以参谋处的名义，拟定了作战计划，王德林同意了，说"打打试试看吧"！并且把"老三营"所有库存的手榴弹，都调给我们补充团，作为"孤注一掷"式的支援。这些手榴弹，是用二十匹马，往返运载到我们团部的。我们补充团的战士们，所有的子弹平均每人超不过三十粒，我们所依恃的，就是昂扬的士气、"墙缝"的地势、当地群众的热烈支援和这二十匹马往返运来的手榴弹。另外，我们看准敌人两个弱点：一是地势不熟，二是骄狂无备。

四

我们补充团所埋伏的阵地，究竟是怎么优越呢？实际上，在我们的阵地上，既没有挖战壕，也没有什么林丛、树木之类的掩护物，我们是隐蔽在光秃秃的临大道的山崖旁边。沿着这条蜿蜒的足有五里长的山崖线，是些巨大的巉岩，仿佛远古时代给洪水冲积而形成的海岸一样。我们的七百名勇士，就依恃这些大块的岩石作掩护，只要是有大块卧牛石，或是巨大的马头石的地方，背后就有我们的勇士，三五成伙地潜伏扼守。因为这是些光秃秃的山坡，只是山脚有些岩石，自然敌寇走到这里也会安然无疑。

山崖对面，可以望见牡丹江上源的支流，江那岸就是一块大盆地式的草甸子，因为放过荒火，烧得溜光。这时候，冰雪刚将融解，青草还没发芽，望过去，直到对面的山上，都是乌黑一片。那边的山脚下，也有一条大道，若是敌军选择那条道走，自然会安安稳稳通过，因为那里没有可以隐蔽的岩石线。而从我们所潜伏的"墙缝"阵地上，没有远程射击的炮火，是根本控制不住那条大道的。敌寇要走那条道，需要绕远，需要渡江，一般来说，是不会做那样过于慎重的选择的。

我们所扼守的，是从敦化直通宁安的咽喉要路。这条路，就在巉岩底下，紧靠大江，是条古老的通商道路。尽管我们估计，敌寇必将由于环境生疏，不摸底细，会直接顺路北上，但我们也担心，敌寇会从瓦房店渡江，绕道走。因之，当我们获得不断传来的天野所率领的大军从敦化开出来的情报，心情十分焦急。既然魔鬼已经迷了他们的心窍，但愿他们中途不要清醒。总之，在没有获得敌寇大军从瓦房店直奔"墙缝"的情报时，我们的心情是无法安定的。

我们的指挥部，设在"阵地"背后，越过一个洼谷才能攀登上去的山峰上。那里同样有堆高过人头的大块巉岩，还有一两棵手杖粗细的小树。一九六〇年，我们去看过，时隔二十七年，那一带的岩石线，已全给丛生的林木掩没了，那两棵小树已经是枝叶成荫、蔽天遮日了，如果当时是这样的景色，说不定敌寇会望而生畏、疑怯不前了。

在这个作为指挥部的悬崖前面，可以俯望"墙缝"口外的一块开阔地，敌寇开来，必然经过这里。背后呢，是个斜坡，越过斜坡就可以望见镜泊湖的南湖头村了,这是我们撤退的出口。我们所处的地势,优越无比。只是西山岭必须有我们的掩护部队,他们的任务既要警备敌人从口子外抄我们埋伏部队的后路,又要在敌寇败退回窜时,堵住"墙缝"的进口截击。这样一个重要的任务,王德林派给戴凤龄的独立营,说是给他戴罪立功的机会。孔宪荣竭力支持,说是"上阵得要父子兵,小沙滩出来的炮手能打";实际是借以保持自己的实力,很怕失掉了作为他个人准备"抱山头"当土匪的老本。因之,他的队伍在二十里之外的安全区域放牛沟驻扎、观望。

我们除了急切地等待敌军的前进消息,分析和判断敌军驻宿地和到达瓦房店的日程之外,还不得不时时注意戴凤龄独立营的驻防情况和士兵的动态。

在这里,我们不能不提到为南湖头的胜利奠定基础的民族英雄陈文起。

陈文起的父亲原来是在瓦房店开店的,等到陈文起这一代,才摘下了开店的幌子。这个年轻人,和钱柜、账桌无缘,喜的是山湖之间的秀色,爱的是围枪和腰刀。在镜泊湖山区里,野兽、飞禽又很多,陈文起就在当地成了有名的猎户。春夏两季,他挂起枪来,背着渔网去镜泊湖打鱼;秋冬两季,就扛着围枪,攀山越岭去打围。他经常和野猪、狗熊打交道,锻炼得体质矫健,又机警,又勇敢,又沉着。枪呢,打得也准。当日寇天野少将率领的部队从敦化出发时,陈文起早已听到风声,带领全家老小跑到西山头戴凤龄所指挥的独立营去了。因为他是当地有名的猎户,自然和独立营的炮手们很谈得来。他不但知道了我们的部署,知道了埋伏在"墙缝"的补充团是打敦化的主力,士兵骁勇,而且也想在战斗中"露一手"他的枪法。当时,只要是得手的枪支,谁也不愿意外借,而他拿着老年口松的围枪,等于空着两手一样。在独立营待了两天,听不到敌寇的风声,他着急了,夜里空手回瓦房店去探听动静。不想,敌军极狡猾,竟在半夜行军,突然开进瓦房店，把他这个自恃机警的空手猎人截获了。

（战斗打响之后，据从天野部队的蹂躏下逃出来的敦化县车户们说，当时陈文起穿的棉袄、裤子都是血迹斑斑的，那是从打死的野物身上沾染的陈渍。）日本兵用发亮的刺刀围着他，有下级敌寇问他，是不是"土匪"？陈文起沉着自如地说："不是，打猎的！"又用手势比画，显示了一种为猎手所特有的镇静，看来满不在意。问他的枪呢？他说，自己没有，都是借人家的围枪用。于是日寇认为获得了可靠的向导。因为既然是在当地打围的猎户，当然地势熟，所以要他作向导；并一再问他"前面有土匪没有"，叮嘱他道："前面土匪的没有，你是好人；土匪的有，你是坏人！明白？"他说："明白！"还故作笑容。车户们说，陈文起当时告诉过他们，他早打算好了，非把这些兔崽子送到"墙缝"去不可。这是实在的。如果只求自己的生命安全，他尽可以带领日寇从瓦房店渡江，绕道走。此外，还有除非民族叛徒才能走的第三条路，那就是从独立营所扼守的西岭后走，绕到我们的背后来。陈文起既不作卖国求荣的奸细，又不是庸碌的胆怯鬼，他毅然地带领敌寇数千人组成的大军，浩浩荡荡，直顺山崖和大江夹峙的"墙缝"地区走来。而且，他自恃健捷，预计枪响之后，能乘混乱之中逃脱。

日寇天野部队以陈文起为向导，从瓦房店出发时，正是三月十三日的下半夜。鸡叫时候，在我们的阵地上，响起哨兵的呼喝声："什么人？"回话的是一个年轻女人的声音，说："我们是老百姓，给部队送信的！"又有人说："她是我的姑娘，我们是找补充团指挥部的！"带上来的是一个年老的农民，这个人在第二天往回走的时候，被敌人的步枪打死了！据经过这次战斗的南湖头炮手李长发说，这就是史振德义士父女两人。当时他告诉我们，敌寇已经从瓦房店的大道上直奔"墙缝"来了。他说："你们赶紧预备着打吧！"他是抄近路赶来的，怕我们的部队误会，特意带着他那勇敢、热情的十六岁的女儿来给我们送信。这也说明，东北人民当时的抗日斗志多么昂扬，抗日军民关系多么亲切，这是我们从群众间得到的最后一次敌情。

拂晓，在依稀可辨的黎明光辉中，我从指挥所的山头上望出去，狭路外的那块开阔地上，仍然是寂无人影。但所有潜伏在巉岩背后的战士们，都已听见似在耳侧的那种日本军队所特有的军鞋拖踏声，从这些杂乱的步伐声中，可以听出来敌寇是骄狂无备的。远方，有隆隆的车声和马匹的嘶鸣声。

我们的阵地上，一片寂静，小鸟啾鸣着低飞而过，听得分外清楚、悦耳。不久，在指挥所用望远镜就可以看见敌寇军队那由红肩章、刺刀和扛枪的臂膀所组成的行列了。他们没想到，在这些光秃秃的山顶和大块岩石的背后，有中国共产党人率领的七百勇士在等着他们；而且是那么突然地一跃而起，手榴弹沿着五里长的狭路同时纷纷下落，到处是爆炸声、零乱奔跑的脚步声和临死那瞬间的仓皇惨叫声。在所有这些声音里，还似乎有日寇指挥官的命令声，这声音疯狂式的尖锐，带着一种意外的惊慌和恐怖。以后，我尽管经历过无数次大小战斗，日寇指挥官的疯狂喊声，却从来没有哪一次像这次一样凄厉，给我留下那么深刻的印象。我感到我们依崖猛攻、猛打的七百名勇士，在敌寇发出的狂呼声中，更加精力百倍，有的竟扔掉了棉衣和帽子，只穿着短裤，往外抛手榴弹。

在那狭路口外的开阔地上，敌寇同样尸体狼藉，芦苇草叶子上，血迹斑斑。日本军帽和倒下的马匹以及枪支，到处都是。从望远镜里可以看见，大车底下有日军的机枪手匍匐着向我们的阵地盲目射击，同时，不知道从哪里响起大炮声，但炮弹都呼啸着从我们头上掠过，打到山背后去了。

这时候，所有大块岩石之间的空隙处，都现出一堆堆横躺竖卧的日本官兵尸体。我们占据着绝对的优势，只要在这些岩石的空隙间，有日本的小股部队冲锋，企图向崖上攀登，我们的手榴弹就纷纷向那里集中投去，敌兵尸体和伤员因之积压成堆。

敌寇第三次冲锋之后，西山岭响起枪声，这说明敌人准备开始回窜。我听到那里传来的枪声，心里才完全安定下来，心想，到底独立营在那里堵住口子了！枪声曾经激烈地响过一阵。不久，我们上空出现了敌人的飞机。等我注意到西山岭的枪声薄弱下去的时候，我们已打垮敌人残余部队在狭路口的第四次冲锋了。我们的战士们当时都脱掉了棉袄，口里咬着帽子或是手巾。他们消耗了大量的汗水，口渴，唇焦，在喘吁。

当时我想，戴凤龄独立营不会在敌寇抢占西山岭的工夫，又违犯军令从"零零"位置上畏缩地撤走吧！这是关系到全局的关键。在他领受任务时，我一再嘱咐他，必须遵从军令约束。在"零五"位置上的主力史忠恒连没有打出第一枪之前不准暴露，戴凤龄独立营也确遵守了诺言，隐蔽得很好，敌寇部队如我们所设想的开进我们的阵地前头。在布置阵地时，我把共产党员朴根重所率领的补充连摆在"墙缝"狭口的"零一"岩石崖后，要他们除在听到"零五"打响之后猛攻敌寇外，还嘱咐过朴根重，必须时时警惕和监视"戴营"的活动，以免其从"零零"私自撤退，放纵敌寇从我们背后的山路上绕过来。但是，当敌人小队侦察机在高空盘旋的时候，属于敦化县边境的"零零"山头上，枪声弱下来，实在说，我是很担心的。但愿这是戴凤龄独立营打下敌寇第一次冲锋的象征，至于敌寇的小队飞机出现在我们头上，我倒并不担心，因为从这点上可以说明敌寇天野部队已经受了重伤，已经不能自持，已经向吉林呼援了。我们绝不会轻易放过这个机会，如果不在这里把他们全部消灭干净，他们反过手来就会伤害我们。我们的部队正在酣战，待敌寇的四次冲锋被打下去以后，大炮声消失了，只有几挺重机枪断断续续地响着，三八步枪声也稀疏了，长达五里的阵地上，渐渐地冷落下来。这时候，从山下传来朴根重的报告：敌人已经在狭路口外停止前进，行动不明。不久，又传来戴凤龄营撤退的消息，这个胆怯的大地主，又一次破坏了我们的战斗计划。

既然我们的背后失去掩护，我们就需要安全撤出战斗。在这里需要补充的是我们的党支部书记孟泾清同志，在"墙缝"阵地布置好之后，就到中共延边中心县委那儿汇报工作去了。临走，他握着我的手说："我们既要在这里坚决和敌人打，还要保持住我们的军队。我们要在战斗中发展我们的力量，不要拼老本，一定要见胜就收兵。我个人看，抗日游击战争是长期的！"又说："我们补充团是党的珍贵财产呀！关系到整个抗日救国军的巩固和瓦解呀！"原来，我们在这七百勇士之外还准备着一千煤矿工人的补充力量，他们正在南湖头待命。我们打算，不惜牺牲和代价，一定要在第一次战斗中取得胜利，必要时就投入这些作为后备的生力军。这时，我们考虑到孟泾清同志所说必须珍惜补充团这批经过连攻三座县城锻炼出来的勇士，考虑到"戴营"既然已撤退，就应该毅然决然地撤出战斗，不能像获胜的赌徒一样失去理性。我们扼守"零五"阵地的史忠恒连长听到要撤退的消息，赶来要求再坚持一些时候，说是打得正得手。他又兴奋又热烈，表示恋恋不舍，当知道"戴营"已擅自撤走之后，更是愤愤不已，大骂戴凤龄该杀，又说，哪怕我们挪挪地方也要在这里把这些残兵败将收拾利索。这小伙子，满面汗水和尘土，一笑露出口白牙。我当时对他有着一种说不出的喜爱，是呀，就是挪挪地方也要打，敌人是已经受了重伤。多好的想法呀！多聪明的小伙子呀！他从眼光中似乎看出我霍然而启的心情，就又补充说，敌人现在是进退不得啦（但实际上敌人已经有可能抄我们的后路了。我们绝不能大意恋战，在我们胜利局面已定之后，使党的珍贵财产受损失。我们既要尊重党支部书记的指示，又要采纳下级军官智慧的意见）。挪挪地方，打它第二个回合，倒是一个好主意。必须继续绕到天野残余部队前面去，截击它。正像打围的猎手一样，如果已经递上枪，看到这头野狼已经受了重伤，就不能放手。我们要绕路，跑到它头前去，补第二枪。但敌人能走哪条路呢？

当时，作战参谋李延平和史忠恒两人，估计敌寇天野必定率领残军走松乙沟，绝不敢再走镜泊湖边的阎王鼻子山道。他俩作了分析，阎王鼻子尽管离东京城近，到宁安是弓弦式的直路，却很险要；而松乙沟虽然是弓背式的弯路，却开阔，有两山夹峙的草原。如果在那里只要有人划根火柴，就像诸葛亮火烧葫芦峪似的，会把天野全部残兵败将火葬在那里。三天之后的松乙沟战役，就是在这撤出"墙缝"战斗的前一秒钟确定的。

因为当时形势急迫，我只能向史忠恒同志说："将来就是在松乙沟打它第二个回合，也不能用你们了。你们需要很好的休息和整顿。"因为在"墙缝"备战的四天四夜当中，全补充团的七百勇士，没有谁得到过充足的睡眠。

于是我下达了撤退的命令。当时，尽管我们已经获得了绝对性的胜利，但确切的战果还不知道，部队的伤亡情况也不清楚，我就命令史忠恒连在次日搜索战场。

当我离开指挥所带领作战参谋李延平到达后山窝狼圈时，碰到从"零一"撤下来的朴根重同志，我问他："敌人到了哪啦？"他说："已经到达西岭了！"我问："谁的后卫？"他说："是我们的后卫。"我说："掩护到全团撤走之后，你赶快撤，不要恋恋不舍！"这个年轻的朝鲜族同志就露出一口白牙笑了。不想，这竟然是我和朴根重同志最后的一面，因之，他最后的那种天真的笑容，直到今天还清清楚楚，如在眼前。

我总以为，我们撤出战斗时将近十二点，岂知当时已经是午后两点钟了。我们和大部分机械装备的敌寇，整整打了十个钟头的"阵地战"。

五

再说民族英雄陈文起。据当时逃出来的敦化县车户说，当史忠恒连开了第一枪,全线五里长的岩石侧击战同时打响之后,陈文起确实以其猎人特有的矫健,在那瞬间敏捷地摆脱了他周围惶惑应战的敌人,依恃山崖岩石作护身,辗转跳跃到一个巨大的卧牛形悬崖底下。许多从敦化被抓来的"官车",都结集在这里。悬崖两侧,岩石和岩石之间的缺口,正是我们伏兵甩出手榴弹的爆炸点,也正是敌寇妄想由此冲锋、抢占山崖的出路。因之,这里反倒形成一个孤岛式的安全区域,所有被抓的运输车夫,都惊慌地丢掉自己的车辆和马匹,向这里奔跑,窜到停在这里的车辆底下隐蔽。

当他们在四轮农车底下,发现陈文起还依恃石崖而立的时候,都关心地招呼他:"你怎么还不快跑呀?"他们对于这个把近万的敌寇部队带领到我们布置的埋伏阵地来的英雄,是亲切如骨肉一般,都希望他赶快逃出敌寇的魔手,都为他的生命担心。但,我们这个矫健自恃的英雄说:"我就这么空着手出去呀!我还得弄杆好枪!"说罢向他们眨眨眼。他对于周围的敌寇不断地伤亡很满意,并和那些车底下的车夫攀谈起来。实际上,缺口之间,三八式步枪和敌寇尸体,满地狼藉。不要说一杆枪,十杆二十杆,随手可取。他贪恋这些枪支,也许正在等机会,等我们岩石背后那些勇士间歇的时候,手榴弹停顿的工夫;也许是正在等敌寇不及监视的时候,总之,他在那停留了好长的一段时间。他完全没想到,敌寇在混乱和大批伤亡之后,会镇定下来,而且一镇定下来,一冷静地考虑到他们冲锋失败、进退不得的处境,就会想到那个把他们带到绝路上葬送了他们"皇军"大批生命的中国向导。因之,敌寇不管战斗怎么吃紧、怎么激烈,却派出专门搜索陈文起的小队,沿五里长的狭路线上,同时传来日寇的紧急呼声,接力赛式地往前传达搜索中国向导的命令。陈文起终于二次为敌寇俘获。陈文起当时大声宣布:"我早就没打算活,早就想把你们这些兔崽子送到'墙缝'来了。"神色之间毫无遗憾之感。据现在的南湖头人民公社社员、当时曾亲身在"墙缝"一役作过侦察的炮手李长发说,陈文起被俘获之后，就被带到了孤间房黄姓的村舍去，吊到老黄家的马架子大梁上。陈文起两足点地，英勇不屈，身负一百七十多处伤，仍然骂不绝口，最后，被敌寇挑开了胸膛……

陈文起的坟墓，就在离"墙缝"三里外的林地上。陈文起大勇无畏的性格，代表了我们东北山区猎人的品质，是我们民族勤劳、勇敢和智慧的化身。他的生命，将在历史上永生；他的名字，将和俄国格林卡所写的著名歌剧《伊凡·苏萨宁》一样，万古流芳。

我们的部队撤退之后，到达南湖头西面集结地，发现六人失踪，连长刘金锋阵亡。所说失踪的六人，就是作撤退掩护的以党员朴根重、左征连长两人为首的战斗小组。

当天夜里，我们派人去"墙缝"侦察，炮手李长发当时是参加活动人之一。所得到的情况是，敌寇残余部队已经在南湖头山岭上盘踞着，掩护搬运"墙缝"崖下的伤员。所有在战斗中损坏的中国四轮农车，都从狭路上搬开了，所有阻碍道路的敌寇尸体，也搬开了，全堆积到"零三"阵地前面一块开阔地上。他们打扫出狭路的通道，所有军用卡车都开上来，所有炮车上的马匹也都卸下来，连夜往敦化抢运伤兵。

三月十四日拂晓，天野所率领的残余部队，已经完全改变为步兵，就是大炮也都拆卸改用马驮。伤亡之重，仅此一点就可以想象了。他们到达镜泊湖南沿集结，当时湖里的冰还没解冻，据炮手李长发侦察说，那天早晨落在镜泊湖冰面上的两架敌机，是来救护的。有些受伤的日本高级指挥官，有大佐、大尉什么的，都是抬到这两架救护机上运走的。

我们的部队乘空又插回来一部分，到"墙缝"搜索战场，主要的是寻找我们失踪的那六人掩护小组，不料在"零三"阵地前面的开阔地上——敌寇阵亡士兵三处火葬地点，竟发现了敌人不及运走的枪支，可见敌寇当时是怎样恐慌而忙乱了。所有那些枪支都随同敌人士兵的尸体，全给烧毁了。原来敌寇士兵的尸体，被垛成三大垛，底下堆积些木柴、大车厢板之类，进行焚烧。那些枪支木柄有的还没有烧完，有的却只剩了枪筒。我们总计得到了被火烧毁的枪筒残品一千五百余件，另外，还搜索出完整无缺的三八式步枪两千多支。据此，可见敌寇伤亡将近四千，最少也在三千六百人以上。

此外，我们又在原来指挥部山下窝狼圈处，发现了党员朴重根和左征连长以及四名士兵的尸体，看样子，他们是被敌人远程机枪所射杀的。显然，敌寇以后也没有敢走到他们跟前。而他们围坐在那里的姿态，可能是在开会布置什么任务，并没想到敌寇的前锋部队从岭上绕过来得那样快。可见我们的撤退是及时的，但在大胜之后，我们又牺牲了一名党员连长和五名勇士，不能不使人感到遗憾和惋惜。我们在"墙缝"战役中总计牺牲官兵七名。

在这些先烈当中，连长朴根重同志的最后微笑，使我久久不忘。我常想，如果不是由于当时的大捷给他带来过度的欢乐，因而一时失去警惕和慎重，没有找适当的隐蔽地点来开会，很可能是会保持阵亡刘金锋连长一人的纪录而完成镜泊湖第一役的大捷的。总之，胜利时要戒骄戒躁，确是我们革命工作中的一个座右铭。

那两千多支完整的三八式步枪，我们以后用来装备了补充团的后备队，就是那些徒手矿工。另外，那一千五百余支枪筒，送到东宁我们建立的兵工厂去，经过锤炼和修补，装备了镜泊湖战役之后从延吉老头沟煤矿开来的两千四百人的徒手矿工。我们的武装，在"墙缝"战役之后又扩大了。

天野所率领的残余部队，把所有的军用卡车、骑兵都甩掉了。他们改为步兵，轻装前进啦！部队中也不见了天野少将从讨伐开始一直就坐着的小汽车。

据情报说，当时他们离开南湖头村，确实是奔向阎王鼻子那条通往宁安东京城的大道的。

## 六

撤出战斗之后，当我离开部队的时候，命令史忠恒连长在队伍里选拔熟悉松乙沟地势的人，每连一名，作为带队的向导。补充团所有其余的战士，都开赴指定地点休整。围歼松乙沟敌寇残余部队的任务，决定交给我们那些从老头沟开来的徒手矿工所编的后备队崔永贤营担负。作战参谋李延平同志就带领着各连选拔出来的向导，去崔永贤营交代任务。另外，在镜泊湖边阎王鼻子的山峦中，还必须派有战斗经验的部队去作疑兵；如果敌寇天野残余部队胆敢走这条弓弦式的险要直道去东京城，就迎头痛击，迫使敌人按照我们所设计的路线走，就是说走弓背式通往东京城的松乙沟。但我们补充团所有的勇士，在"墙缝"一役中消耗了全部的精力和弹药，必须休整和补充。这就是为什么我那么匆匆忙忙离开自己的部队，去二十多里外的房身沟，急于找王德林的原因。随伴我的，只有一个朝鲜族的传令兵。

路过沼泽地，我们用手捧着吃了一些还未融解的洁净的雪块，在大胜之后吃到这样清凉的东西，心神倍感爽快。

我们还没进房身沟口，不想王德林已经率领着孔宪荣和随从副官等大本营人员，来迎接我们了。一见面，他的双手就拉着我的双手，又天真又兴致淋漓地说："庆宾，你们打得好呀！"并叫随从副官斟了一杯白兰地酒给他，他把斟满的酒杯举到我面前，礼貌彬彬地说："今天是咱们大喜的日子，你一定要喝个满杯。"我还不知道，我们的胜利消息早已旋风一样在抗日救国军大本营驻扎的房身沟左右三五里的各村庄中间回荡起来，并且准备杀猪庆贺啦！

我虽然在当时是滴酒不沾的，但还是喝掉了。直到此时，我那从伏击战指挥所带来的一种严谨情绪还没有完全解除，因为，我们的第二次战斗已在部署着。尤其阎王鼻子那里还空着，必须派队伍去扼守。但现在当着这么些人的面，却又不便提。王德林在我喝完一满杯祝捷酒之后，又说："都说咱们的武器不行，日本子的枪炮又多么厉害，这一仗，不是看出高低来了吗？到底还是咱们中国的儿郎厉害呀！怎么样？咱们还有伤亡吗？"他那种热爱祖国山川的豪然之气，当时很使人感动。王德林的体格比我还高，却不魁梧，平素还有胃噎病，时常郁闷不语，现在却又恢复了年轻时代那种爽朗风格，说话间带着一种忍俊不禁的霍霍然笑容。

我说，这一仗虽说打得好，我们伤亡不多，可是还没有彻底地完成作战计划。我还没有提到戴凤龄独立营的擅自撤退，实在说，当时我完全把戴凤龄忘记了；而王德林却抢先一步说，那家伙不成材，已经下命令把他的独立营全部调到汪清县的崔通大甸子沟去啦！口气间，王德林已作了处理；实质上，那仍然是卫护他结盟弟兄的一种措施，倒不如说是让戴凤龄远远躲避开不利的风势罢了。王德林又说："他们独立营倒也牺牲了几个炮手，没见过大世面，也难怪他们顶不住！"

我们的支部书记孟泾清同志，在戴凤龄的问题上曾说过："他违犯军纪，我们不提出来是不对的，我们提出来，王德林庇护他，如果我们继续坚持而闹得不和，就因小失大了。我们要顾全大局，团结他们共同抗日。"现在孟泾清同志汇报去了，我仍然按他的指示，提出戴凤龄私自撤退，致使我们中途罢手的罪过，一听王德林提出责怪他们的话来，也就不再坚持按军纪处分了。孔宪荣还在旁边说："仗打到这样，就算是烧了高香，你还要怎么样啊！"于是，王德林就转移话题，他说："你看怎么样？庆宾，我们应该在天野部队给打得蒙头转向的时候，抢到他头里，开进宁安县城去提款。"这里所说的款，并不是募捐所集，主要的是指敌伪公款。这是以王德林为首领的抗日救国军大本营，在获得"墙缝"胜利的消息之后，所要着手的第二步棋。

我考虑到，孔宪荣等人部队的纪律和作风，如果阻拦他们的部队开进去，而又从远处去调急需休整的补充团，那么会引起争执，影响团结。显然，土匪出身的孔宪荣，乘着"墙缝"大捷的余威，对于"攻打"宁安县城是跃跃欲试的。当时,宁安除了伪警,还驻有从吉林开来的郭英奎团,已经属于敌伪系统,挂起"警备旅"的牌子。

因之,我虽同意走在敌寇天野残部之前去宁安县提款的计划,但却主张我一个人去,而部队仍然按棺材脸子村军事会议的决定,开到五虎林去,因为那里偏僻多山,而且富庶。

这是在往房身沟去的路上,同王德林用低声闲谈的方式交换的意见。我原本打算在王德林驻地休息一夜,随后赶到松乙沟去,指挥围歼天野残余部队的那场战斗。现在,为了阻挡孔宪荣部进攻宁安县城,免其纵兵抢劫,破坏我们和人民之间的亲密关系,影响到我们对于军费的筹划,只好自己出马了。

当我们回到房身沟王德林大本营驻在地,坐下来正式谈的时候,王德林说:"你一个人顾不过来,叫郑兴和你一块去,还有个帮手!"我说:"可以,只是要分路走,以备不测。"

之后,我又提出镜泊湖第二次战斗的部署计划,王德林大声称"好",并在决定之后,马上要营长姚甲航来接受任务。派他带领全营人马,当天晚间十二点之前赶到阎王鼻子去,广搭篝火,以启敌疑,如果敌寇直撞,当即截击。另外,又从其他队里调拨了一大批手榴弹、杂牌步枪,匆匆地装备了崔永贤营那些徒手矿工,并且每人分发一盒火柴。临出发之前,在星光底下,我又和来领取武器及火柴的矿工们一一握手,对作战参谋李延平同志作了正式交代。

三月十四日黎明,我和军法官郑兴分头化装出发,约定在宁安县"官银钱号"会合。

我从镜泊湖北岸山崖走过的时候,听到两架敌机响声掠过头顶,当时,我还以为是敌机在为天野残部作侦察活动;却不知道,原来那就是以后在镜泊湖冰面上落下去的那两架军用救护机。当时,天色阴沉,风也很大,我在路上,老是私自祝祷:"可不要变天!"如果保持一两天风高日暖的天气,那么,天野残余部队就将全部葬送在松乙沟那块开阔的大草甸子和榛木丛生的空旷地带。

想当年，诸葛亮火烧葫芦峪是有名的，我不由得想到葫芦峪的地势，想到赤壁之战的东风。

总之，希望天公作美，两天之内不变天。

## 七

宁安县是原东北军第二十一旅赵芷香部的驻区，赵所领任的镇守使公署就设在这里。

第二十一旅大部分的队伍，都散布在绥芬河、密山、横道河子一带驻扎，宁安附近只有一个营。另外，在县城里，就是伪警备旅的一个团，团长郭英奎也是东北讲武堂出身，原来熟识。

那原镇守使赵芷香，三个月以前，还打算作风起云涌中的豪杰，准备抗日，愿意作各抗日部队的"盟主"，我曾代表王德林和他谈过一次话。不久，他又打算投降敌寇，准备接受伪警备旅旅长的头衔。

我十五日在东京城住了一夜，第二天到宁安县城。我一到，就和刘万奎取得联系，知道赵芷香的警卫连连长项元英已带头反正，协同克虏伯炮营三连连长么印清、刘万奎部徐祥贵连长等于十四日晚拉出去了，在牡丹江的乜河一带集结。宁安县的部队和市民，当时受到"墙缝"大捷的鼓舞，人心激荡，暗地奔走相告。消息传播得这样快、这样广，还带着神话式的色彩，以致影响到大批伪军反正。项元英临拉出他所率领的警卫连前夕，还绑了赵芷香，直到赵献出两大箱私储的新式的匣枪，献出现洋两万元作为支援抗日的军饷才作罢。所有这些变化，都是我所始料不及的。

宁安县第四中学，有我们地下党的活动，时常在县城市民和部队当中散发抗日传单。赵旅项元英等连长，早已受到党的影响，因之"墙缝"大捷的消息传来，就如干柴烈火，一触即燃了。

我听到这些消息，自然很兴奋，但我却不赞同他们的部队在牡丹江乜河一带长久驻留。因为，既然决心抗日，就应该找寻歼灭日本部队的机会，应该仍然开到中东铁路线上去，开到海林或山市一带去，把守宁安的大门。在那里既可以堵截从哈尔滨来援的敌寇，又可以阻拦天野残余部队的回窜。我想，如果天野残余部队不走松乙沟，冲出了阎王鼻子姚甲航营的阻击，那么，他是一定要奔中东铁路往回逃窜的。自然，关于这一些想法，我当时对任何人没有吐露。

这天的天气很好，如我所盼望的，风和日暖。如果天野部队奔松乙沟，那么傍晚就会全部火葬在榛木丛生的空旷地里；若走阎王鼻子，拂晓也一定有战斗，说不定赵芷香那里已经得到一些消息。我既然和赵芷香在三个月前谈过一次，今天他又处在那么一个狼狈境地，我想，他绝无胆量对我采取什么不利的手段，何况我还须从他那里了解关于天野残余部队离开南湖头之后的动向，并趁机给他一个悔过自新的机会，所以，我决定先去看看他。

临去之前，我给伪"官银钱号"挂了电话，接电话的是商会会长范玉明。我问他："你们现在是什么态度呀？"他一听是我，就说："我们当然欢迎你们了，自己人嘛！"又说："你们派来的代表，已经到我们这来了，我们正谈着呢。"我说，随后就去，并告诉郑兴，我要到赵芷香那里去一趟，并说明最多一个钟头就到他们那去。尽管我判断赵芷香现在绝无什么胆量伤害我，但我总要防备有什么不测的意外发生，所以留下了自己的行踪去迹。

那天，赵芷香身穿长袍、团花马褂。一见我到了，开始眼光有些惊惑，但神色故作镇定，既不提"墙缝"大捷，也不说项元英反正，第一句话是说："我给你们的那个密信，烧掉没有？"原来，三个月以前，他要作抗日"盟主"的时候，给过王德林一件密信，信尾注有"阅后即付之于火"的请求。果然，这个胆怯的伪旅长，现在内心是战战兢兢的。我说，没有烧呀！当时，他准备给我沏茶，一手提着暖水瓶，他说："你们怎么不烧了呢？"我说："这要留着，看将来你是不是打我们啦!"我说话的口气很平常,但他却像受到雷震一样,突然跌坐在地毯上了。我赶紧过去拉他,还以为他是"脑溢血";却不知道,他在我们镜泊湖大捷之下,自陷于恐怖当中,余惊未解,神经极度紧张,一时,几乎是手足瘫痪似的。自然,我觉得这样一个人物,是无须再作争取的打算了。我问他:"你这是怎么的了?"他说:"唉!老弟!这可不是开玩笑呀!"他恢复镇定,站起来说:"你知道,我平常连块豆腐也舍不得吃呀!做了几年镇守使,省吃俭用,盖了这么所房子,置了几百垧地,儿子呢,又不成器。这回,日本人在南湖头又吃了大亏,听说差不多全军覆没,要是日本军队开进城来,一追究,再知道那封信,不是叫我倾家荡产,连脑袋也保不住么。"我严肃地警告他:"你若是真投降日本人,你知道,老百姓有这么句话,'汉奸人人得而诛之',就是我们不杀你,你手下的人也会杀你!"赵芷香不胜惊恐地说:"你怎么这样说呀!"我说:"这是实在的话,你考虑吧!"我不再存什么幻想。自然,他既然这样昏聩,也绝不会很快地听到关于阎王鼻子战斗的什么消息,我就告辞了。

当我到达伪"官银钱号"的时候,宁安县伪县长臧某以及教育局局长、警察局局长、税务局局长、农务会会长等都到了。他们都异口同声说:"在镜泊湖这一仗,你们打得太好啦,但是所有在'官银钱号'的敌伪存款,现在最好不要提,因为你们的部队没开进来,就这样提走,我们怎么交代呢?你们是不是也要给我们考虑考虑。"他们说话的态度,又亲切,又婉转。我和郑兴两个人研究了一下,如果我们坚持要提,弄僵了,我们就会空着双手回去。

我们说,如果要我们的部队开进来,也很简单,但一来,就要攻城;如果郭英奎团不撤,攻起城来,宁安县的市面是会受到损失的,希望他们也该考虑考虑大家的安全。而且,按我们的提议,钱号的经理和襄理,尽可以回关里去,我们可以发遣散费,愿意跟着我们上山打日本,我们更欢迎,根本谈不到"生命安全"的问题。相反,打起仗来,很多的生命却都受到威胁。我们说，城里也没有日本军队，难道为了保持几个人的社会身份和敌伪财产，就要我们抗日救国军和伪军打一仗吗？

按他们的估计，伪警备旅郭英奎团是不敢和我们打的。那个商会会长范玉明说："谁不知道你们两天前在南湖头打的那一仗呀！你们的军队一开过来，他们就会撤走啦！"又小声告诉我，郭英奎手下有两个营长，听到南湖头的消息，也眼热得要命呀！

实在说，要我们的补充团从南湖头西边往县城开，派人去调，来往要走四天。如果今天拂晓阎王鼻子那里有战斗，姚甲航打不好，漏网的天野残部两天之内就会开进来，那时候这批敌伪公款就不会落到我们手里了。自然，这是最坏的估计。天野残部绝不敢冒险直冲，但万一发生什么变化呢？总之，我当时所考虑的这些问题，是在场的那些伪县政首脑人物所不了解的。尽管我内心焦急，但在态度上又不能不故作从容。我说，好吧！我们可以考虑。十六日的谈判，就这样停顿下来。

十七日，我就给郭英奎挂了电话，我想从他那里知道两天来镜泊湖敌寇天野的动向，另外，试探试探他的态度。他一接电话，就问："你是谁？"我说："你听不出来么？"又说："我是从镜泊湖来的，现在在城里。"他立刻明白他是和什么人谈话了，他说："你们干得挺好呀！我们都知道了。"听声音反倒很兴奋，完全和伪旅长赵芷香不同。我说："那是早在三天以前的事啦！这两天你没听到什么吗？"他说，还没有。又问："知道你们来提款，怎么样？提出去了吗？"原来，他早已得到我们进城提款的情报，说不定就是伪县当局暗中递的消息，我只有开门见山地说："要看你们的态度了，是不是还要我们的弟兄来一趟，打两枪呀！"

他说："那倒不必了，何苦咱们两方面弄得脸红脖子粗呢？那不是给兄弟我难堪吗！"

我又问:"你们的态度,究竟怎么样呀?"

他说:"不闹到我们大营门口的话,我们就不管呀!"

我说:"你不考虑你自己的前途,也该考虑考虑你手下人的前程吧!"

他说:"那要看情况发展啦!现在我不能表示态度!"又答应可以给我们做情报工作,说:"有消息,我就派蒋中校告诉你们,你们可以和他联络,他是我的人!"

三天来,一直得不到天野残部的消息,在我心里确是闷得很,到底他率领着残兵败将转到哪里去了呢?但从郭英奎团摸到了他对于我们提款的态度,总还是稍可宽慰的。

在伪"官银钱号"开始第二次谈判的时候,我就把伪警备旅郭英奎团这一张牌打出来了。我对伪宁安县政当局以及那些商会长、农会长、经理、襄理等说:"警备旅不希望我们部队开来给他们难堪。是顾全全县市商、百姓的生命安全呢,还是只顾全钱号三两个人的身份财产呢?如果一定要我们的部队开进来,郭英奎团又要顾全他在伪军里的面子,一定不会撤走,我们若是打起来,到时候你们可不能说我们没有给你们留面子,我们是先礼后兵的。"

于是,他们又提出来,如果部队不开进来,就这样把款提走,他们怎么交代呀!他们都口称"人在曹营心在汉",都说,从心里希望把全部款项交给抗日救国军,可是,经理、襄理都带着家眷,怎么能说走就走。又说,就是钱号的人走了,他们伪县公署、伪警察署也要受牵连,何况天野部队又吃了大亏。范又小声向我说,敦化县的商会会长万茂森已经给逮捕了,并且牵连的人很多。他们都是用恳乞的口吻说的。

我肯定,他们必须追随我们抗日。我说,只有到部队去,才是唯一的出路,万茂森就是一个例子。如果他们怕吃苦,尽可以离开宁安,别谋生路。但他们仍然犹疑不决。

就在这时候，从伪县政府打来电话，传来我们火烧松乙沟，二次大捷的消息。据消息说，天野部队只从火网里逃出四百来人，正向东京城方面奔窜。另外，去增援天野部队的一部分敌寇，约有二百人，从宁安东兴镇出发。他们大概要在东京城会合。

果然，天野残部绕道走松乙沟，我们又获得了第二次的胜利。对逃窜出来的四百人，我们必须布置第三个战役，最后歼灭他们。当前，必须先把款提出来。我们的态度转为坚定不移。大势所趋，他们终于同意啦！经理、襄理等钱号人员，大部都决定随我们部队抗日，个别的遣散回关里。所有敌伪公款，约二十万元，有十一万元是贷出的借据，现金只有九万元左右。

我当时必须留下来，组织部队打第三个回合，正因为这头"野兽"已经负了重伤，更要趁势把它击毙。

所有的现款装上卡车之后，由伪警察署派来的二十名警察，随同郑兴押赴王德林驻在地五虎林。钱号经理、襄理等人及家属，都随这两辆载款的卡车走。

我自己就在宁安留下来。

## 八

当时我的手头是没有部队可抓的。南湖头西边的补充团，离着远不说，弹药在没有补充之前，是不能持着空枪作战的。这时候，我考虑到另外三部分队伍，一部分是远在亚布洛尼（即现在的亚布力）的共产党员李延青同志所率领的铁路工人游击队，一部分是以刘万奎为主体汇集的伪宁安县保安总队和项元英拉到乜河去的原东北军二十一旅的反正部队，再有一部分是驻绥芬河的原东北军二十一旅第六〇〇团张振邦部队。

在三个月之前，我代表王德林到宁安找赵芷香商谈抗日联合问题时，碰到过在横道河子、亚布洛尼区域党的负责人程方同志，他当时也是到宁安来找对日联合作战的游击队的关系。当时他说,在亚布洛尼已经由李延青同志率领铁路工人,缴获了护路警的武装,组织了一支有七八十人的铁路工人游击队,抗日斗志很高,只是缺乏实际战斗经验,要求我们给以辅导,协同作战。我想,如果天野率领那四百残兵,从铁路上回窜,那么李延青同志率领的游击队,可以袭击列车。但离开铁路打山地伏击战,他们是没有把握的。因此,这一部分力量,留作备而不用的最后一着棋。而以伪宁安保安队刘万奎为主体的反正部队,拥有么印清克虏伯炮营,他们最好是能调到山市站去,在中东铁路线上扼守宁安的大门。最适合而又有作战力量的,莫过于驻绥芬河的张振邦的六○○团了。

我和张振邦,也是在三个月以前认识的。当时,我和他的上司原东北军二十一旅赵芷香正在会谈。原宁安保安队总队长刘万奎当时也准备抗日。这刘万奎外号刘快腿,土匪出身,因为是地方军,直接受原二十一旅旅长赵芷香调辖,所以平素常到原镇守使公署走动。项元英是赵的警卫连长。按过去军阀系统的风习,刘万奎要巴结上司必须先打通项元英这一关,所以刘万奎一来二去运用塞门包的方式,时常给项元英大笔款项,两人关系渐成机密。我和赵芷香会谈之后,通过刘万奎,从项元英那里知道了一些赵的底细。

据原宁安保安队总队长刘万奎当时讲,赵芷香在和我第一次会谈之后,就召集了他的两个参谋长谈话,一个参谋长是原东北军二十一旅的,一个是镇守使公署的参谋长,两个人都是日本帝国军大的毕业生,张学良的嫡系人物。他们听出赵芷香准备作抗日军盟主的梦想,都说并不反对,但主张不要动用自己的老本,要他收编当时还驻在汪清的王德林、密山的单桂亭,还有宁安刘万奎的保安总队,作为抗日的前锋部队。如果打好啦,正式"拿过来";如果打败了,就不承认,还可掉过枪口围剿。刘万奎当时说:"他们的抗日里头,有这样的鬼把戏呀!我要赌口气,不抗日也要搞他一家伙。"

我问:"他手下那几个团长什么态度呢?"

刘万奎说,在赵芷香召集三个团长试探他们的态度的时候,五九五团和五九六团的团长,一个表示要听张作相的指示,说没有辅帅的指示,不能表示态度;一个说不是抗日不抗日的问题,是抗得了抗不了的问题。只有第六〇〇团团长张振邦说,不是抗得了抗不了的问题,是抗不抗的问题。因之,我在原镇守使公署一次宴会上,找到一个机会,在走廊里和张振邦作了一次单独的谈话。这次谈话很短。我问他:"如果抗日救国军和日本打起来,委你接任二十一旅的旅长,你敢接不敢接?"他说:"那怎么不敢接!"我说:"能缴了那两个团的械吗?"他说敢接就敢缴。我说:"好,你等我的消息。"

现在,我手里没有部队,首先想到张振邦,就是根据那次短暂的几句谈话而来的。

我打发郑兴把款押走之后,得到第二次情报说,从东兴镇出援的日本警备队,在东京城以西被当地马球子(马海山,后投敌)率领的"游击队"击溃,又逃回东兴镇去了。这就是说,天野所率领的仍是那四百孤军,别无应援。

当我正找刘万奎的部队联系人的时候,刘万奎打听到我的住处,找来了。他当时只知道南湖头的大捷,还不知道我们火烧松乙沟的胜利,一听说敌寇只剩四百来人了,就要伸手揽这第三次战局,并且表现了一种轻敌的姿态。对战斗部署不严肃,就很难取得胜利。当我问他准备怎样打法,他双目瞠惑不能作答,最后说:"听你调动呗!"

我让他把么印清克房伯炮营调到山市车站附近的山上去,在那里驻扎待命。他答应,按着命令执行。我说:"如果天野那四百残兵从海林上车往回窜,你们就在山市截击,一定要就地消灭。"他说没问题。

三月十九日,我得到天野率领四百来残兵到达东京城过夜的消息,估计二十日可以到达宁安县城。

第二天,得到敌寇确实已从东京城出发的情报,而所有关于刘万奎、么印清、徐祥贵等部队的调动部署已经完成了。我于是离开宁安县城，直奔海林站，经过关家小铺的时候，我就选定这里作第三次战斗的伏击地点。

这关家小铺距离宁安县城三十多里，北靠铁路海林站二十多里，双峰夹峙之间，是条直通车站的公路。这一带的山峰，是张广才岭的支脉。山崖陡立，公路似沟，半山腰有一块洼地，正在韩家店房前，是一个最好的隐蔽阵地。东山有曹家沟、梁家沟，西山有葡萄沟，形成左右两翼，可作掩护部队的凭依。

当天，我一到海林站，就挂电话给绥芬河二十一旅六〇〇团张振邦。我说："你不用问我是谁，我是镜泊湖来的。"他一听，就高兴地说："我们知道啦，你们打得漂亮！"我说："那都是过去一个星期的老账啦！我们又在松乙沟烧得他们丢盔卸甲，现在只跑出四百人马，正像当年的曹阿瞒，要走华容道，可是我手下没人，要向你借点部队，在华容道上等候他们，你怎么样？能伸伸手吧！"他说："你要多少人呀？"我说："你给一个连，怎么样？"他说："给你一个营的兵力好啦，我们把八连调给你。八连连长是我们的赵子龙，坚决，能打，还管保听你指挥。另外，我们再选拔两个连，作八连的左右手。"我说，今天能开出来吗？他说，还得向车站上要车皮，今晚车站集合，明天早晨一定赶到。又说，八连连长名叫张宪廷。在这个紧急关头，张振邦果然表现了爱国军人的一种慷慨无私的气度。在海林站，碰到二十一旅管粮秣的军需校官张福臣，他是张作相的亲戚，对张振邦极为尊崇。我当时考虑到赵芷香的态度，决定让张福臣打电话，要赵芷香交出二十一旅的关防。赵芷香在电话里声称："交出来也行，你们得晚两天来取，得等天野过去呀！"看来，他将死心塌地接受伪警备旅的头衔，认贼作父了。如果将来不处决他，反过手来，必将为虎作伥，杀赵奖张的打算就是在这时产生的。我必须履行诺言，要张振邦带原东北军的二十一旅，代替赵的位置，自然，还需要我们的支部研究之后，再向王德林正式提出来。

另外，我又给伪警备旅郭英奎挂电话。他一听我说是镜泊湖，就赶快说，他那里有"贵宾"，要我找他的中校团副蒋有芬谈。他所说的"贵宾"是什么，自然不言而喻了。

我又分头给在亚布洛尼的李延青同志挂电话，给山市站徐祥贵营长挂电话，告诉他们，随时准备接待"来客"。我说，客人已到了宁安县城，不久会来海林站，从中东路回哈尔滨。

当时，距离九一八事变已近六个月，中东铁路东段，从亚布洛尼到绥芬河，仍为原东北军系统的部队所掌握。作为自封的护路军总司令的丁超部队，都远离敌区，在宝清一带集结。中东铁路西段，从一面坡到哈尔滨是属于日寇占领范围，有日本关东军系统的护路部队。两段之间是缓冲区域。电话、火车，东西通流无阻。东上列车一到一面坡车站，日本护路兵就下来了，等西去哈尔滨的列车开来，再上车返回；东来的火车，一到亚布洛尼，原东北军护路兵就下来了，等西来的列车开到，再随车返回绥芬河，形成双方暂不相犯的局面。现在，我们在山市和亚布洛尼，摆下了两道战线，如果天野那四百残兵绕过关家小铺，只要在中东铁路上露头，那么东段就会爆发战斗，不再是平静无波的了。这是我们在后方的布置，主要的自然还是关家小铺的伏击战。

从张振邦处借来的以第八连为主力的五百战士，由钱营长率领着，于二十日黎明到达海林站。我去接车，并在车站检阅了部队，召集了八连连长张宪廷等连级干部谈话，交代了敌情和伏击地点的部署打算。

绥芬河开来的除八连外，还有九连、补充连等，战士都是从各营选拔出来的健壮能战的。他们虽然穿着正式军服，肩有肩章，领有领章，军毯、铁锹一应俱全，和我们服装杂乱的部队完全不同，但没有我们补充团那些战士的活跃气，现在换了我们抗日救国军的臂章，才开始有了眉飞色舞的气息。

八连连长张宪廷，是东北讲武堂出身的军官，年轻，英俊，站得笔挺，两眼炯炯有光，可以看出是个标准的东北军官。张振邦称他为赵子龙，确也不是虚话。

我问，打算怎么布置他的兵力。他看过军用地图之后说："我们八连，就在韩家店前那个窝狼圈伏击，葡萄沟和梁家沟两面作侧应。"

我们的谈话，是在海林车站的站长室里进行的。全营官兵这时都在车站运货场上埋锅做饭，准备饱餐之后，立即出发。对于这些赳赳健儿的士气，我很满意。只希望，他们能在天野残部到达之前，赶到伏击阵地。

## 九

据以后抗日救国军姚甲航营和作战参谋李延平同志等人汇报，天野残余部队离开南湖头，绕过镜泊湖，看到阎王鼻子山峰险要，正如我们所料，当时停止前进，长久踌躇不决。姚甲航营一枪未递，敌寇就又退回去，当夜仍在镜泊湖边驻扎。第二天，他们终于绕道走向松乙沟，选择了奔鹦鹉岭去东京城的那条弓背式路，而且时进时停，极为惊惶。因之，本是两天可以到达的路程，他们却走了三天。他们畏怯的是林立的山峰、悬崖、巉岩，却没想到，在远山环绕的松乙沟那草木丛生的空地周围，我们补充团后备队的五百名勇士，由党员崔永贤营长和作战参谋李延平两位同志率领，已在榛木林子、草地上露宿了两天，等待着他们。正值风高日暖、草木易燃的阳春三月，当天野率领的三千残余步兵全部投入我们设计的火网里之后，我们在前后路口搬集了一些预先准备好的倒木、枯树和干柴，封堵严密。一声信号枪，四围就纵起火来。南风又猛，一时乌烟弥漫，双方胡乱地隔着烟雾射击。我们的主要兵力在南北两个堵塞口之外阻击。烟雾中人喊马嘶，乱成一团。风大火急，日本兵身上背的弹药来不及解开，就纷纷爆炸了。敌酋天野少将，开始似乎是命令突围回窜，但回窜时迎面扑来烈火,似乎又命令掉过头来往前冲。但一两千人马这时已经集结成一团,道路已经阻塞不通了。据山头瞭望哨说,他们来往两次掉头,但由于子弹爆炸,伤亡累累。后来,天野少将突然转到上风头,在烟火包围的圈子里放起火来,预先烧出一小块空地。在这些零零碎碎的三五处烧光的空地上,他们匍匐卧倒,躲避火焰扑来,最后只剩下四百来人和十几头驮炮的马匹得以死里逃生。那时,松乙沟已经全部在乌黑的烟云笼罩之下,五里外的村庄,都看到冲天的浓烟,实际上那片大火一直烧到第二天还没有熄灭。

敌寇天野率领那四百残兵逃到东京城,军容极为狼狈。

据宁安县人民委员会一九五九年三月所作的抗日史料调查《关家小铺战斗简况》所记:

> 天野率领的四百人部队开到宁安县城之后,驻所营前,都用装沙土的麻袋搭起堡垒和战壕来,可见内心还极紧张。每天排着大队,抱着太阳旗,夜出西门,晨进东门,故作增援声势,迷惑群众。

另外,九一八事变之前,在宁安县城有日本人开的高冈号百货商店,还有小栗玄仙开设的医院。这日本医院又兼卖大烟和吗啡,雇了一个流氓魏学海当仆役。事变前夕,高冈和小栗玄仙都离开宁安,躲到外地去了。魏学海作了小栗玄仙医院财产的看管人。这次天野进宁安,随身就带着小栗玄仙的介绍信,派人持信把魏学海找去。结果,魏学海就以百元"金票"出卖了自己,受敌密令,在去海林的路上,侦探抗日救国军的动静。奸细魏学海化装为走亲戚的市民,进入关家小铺,探悉了我们伏击部队的驻守情况和指挥人员的级别、姓名,又转回宁安向敌酋天野作了密报。

据宁安县人民委员会的调查所记:伪警备旅郭英奎团蒋有芬得知

我驻关家小铺的主力连连长是张宪廷,就在敌前献媚,说明张宪廷原和他在吉林军官教练处是同学,自愿去关家小铺作侦察。实际上,郭英奎伪团中校团副蒋有芬在此之前,已经和我取得联系,代表郭英奎表示愿意配合我们作战,因而他去关家小铺和我方张宪廷连长会商,是得到我们指挥部批准的。

三月二十一日早六时,蒋有芬到达关家小铺,通过我方监视哨,见到了我第八连连长张宪廷。张宪廷一开始,颇表欢迎,但一听他是在宁安县伪警备旅任职,就顿然变色说:"我们过去是同学,今天双方却是敌对的,我们是抗日救国军,你们是亲日叛国的伪军,如果不看在过去同学的情面上,今天就要把你当汉奸处决;现在放你一条生路,马上走,不许你再说什么!"

蒋有芬说:"我就说一句话,你回头可以问你们的指挥部呀!没有指挥部的命令,我敢来吗?"张宪廷连长说:"我们没有得到指挥部的指示,你马上走好啦!"当时,指挥部和张宪廷之间没有电话联系,自然,他并不知道我们将要和准备反正的郭英奎伪团配合作战。蒋有芬回到宁安县之后,又给我来电话说,张宪廷好厉害,一句话也不容说,就往外赶,差点儿没把脑袋给留下。以后,伪警备旅的郭英奎又来电话,我说:"这不能怪我们的连长,因为你们直到今天,到底还是挂着外国的牌子呀!究竟你们是不是真心,要看你们实际的行动!"

我放下电话,考虑了一下,郭英奎既然以为不得我们信任,声含不满,配合夹攻的计划可能搁浅,这是个损失。在这件事情上,指挥部布置得还不周密,没能及时通知我前方指挥人。对于我前方指挥人张宪廷连长大义凛然的气概,我是理解的。心想,难怪张振邦推崇张宪廷,认为是他手下得力的健将,果然是名不虚传。同时,也更进一步加深了对张振邦赤诚相助的认识。不久,张宪廷连长从关家小铺派来交通兵,带来口头报告。我说:"我们和伪军固然是敌对的,可是要和日寇区别对待。只要他们表示愿意反正抗日,我们为什么不表示欢迎呢！"并且告诉他："你们连长的态度是对的，我们要警惕，但也不要排斥、拒绝给他们反正的机会。"

我们已经考虑到，伏击阵地可能暴露，必须准备打硬仗。于是又派人去五虎林，调我们抗日救国军的部队来增援。但还没有想到奸细魏学海已经获悉了我们全部兵力布置的情况。

二十三日晨一时，伪警备旅的郭英奎从宁安县城打来电话，履行他的诺言，给我们提供第一次情报，说天野少将的部队总计不过四百人，带着驮炮的马匹，已经集合，准备出发了。我当即派出钱营营部留守的传令兵，去关家小铺作紧急通知。又派专人去五虎林的方向，探听我们增援部队的动静。我们估计，五虎林距离海林一百五十华里，二十一日接到我的通知，二十二日出发，如果紧急行军，黎明就可能赶到。黎明，我们急切地等待着打响的消息，但直到七点，我们还没有接到报告，也不见五虎林方面的动静。我不得不派驻指挥部的六〇〇团三营钱营长携带电话和营部警卫班，坐卡车去关家小铺，和指挥部保持联络。不想，一小时之后，钱营长就坐着弹痕累累的卡车回来了，电话机也丢了，警卫班也有人受伤。原来，前方已经打响了，张宪廷连在敌寇包围中，坚持着打阵地战。这时，正好我们抗日救国军从五虎林赶来两个连，带队的是孙连长，我立即作了简单的交代，打发他们跑步上去增援，并指定汇合地点是离海林站背后三里路的照福山子。

关家小铺的战斗，直到午后一点才结束。我们在海林站发现突围北窜的队伍中有驮着炮的马匹，才转移到照福山子。原来天野部队都换了伪警备军的灰布服装，如果不是有驮着炮的马匹作标志，险些迷惑了我们指挥部的人员。

事后我们才知道：关家小铺的埋伏部队接到我们的情报后，在韩家店伏击阵地前沿一直守候到早晨六点钟，发现沟口外的公路上来了二三十辆卡车；正在疑虑的时候，又接到东山头的哨兵报告，说曹家沟、梁家沟后岭发现有穿灰军衣的队伍伏腰潜进。八连连长张宪廷就断定敌寇是绕过补充连，准备向我们主力阵地侵袭。随后又接到西山刘排长的报告，说葡萄沟也发现了足有百人穿灰色服装的队伍，这就断定敌寇是采取三面包围的战术了。刘排长要求转移，张宪廷连长坚持作战。他说："我们不能动摇，指挥部已经调五虎林的部队来增援了，他们住在沙虎，听到枪响就会过来。再说，东西两翼还有我们的九连和补充连隐蔽着。打起来之后，还可以内外夹攻。不打，对不起咱们的东北父老，以后在抗日救国军面前也不好抬头。"

敌寇天野所率领的那四百残兵，离宁安县城时，还穿着所谓"皇军"服装，头戴带舌的瓜皮黄军帽，但走出十里之外，就偷偷换上伪军服装，可见天野仍然是极为狡黠顽强的。

伏击战既转为阵地战，战斗自然很激烈。这次，敌寇占据了有利地势，极为顽强。而我们八连连长张宪廷指挥的部队，比敌人更顽强，连着打退敌寇三次冲锋。到下午两点，刘排长、李司务长牺牲，失掉了西山。张宪廷连长虽负重伤，还在组织全连二十八人上刺刀，打交手战。就在这时候，我们的增援部队赶到了，在敌寇占领的西山顶响起了我们的冲锋号。敌寇仓皇撤退，突出我们的包围，向海林奔窜，遗弃了一百零几具尸体。临走又四处纵火，焚烧了关家小铺、韩家店一带的民房以泄愤。我们知道，敦化县商会会长万茂森等各界爱国人士十三人，也就是这一天晚间被敌人在吉林九龙口刑场杀害的，可见敌寇对于自己的一再挫伤，是如何羞愤了。

我们在这次阻击战中，牺牲了以张宪廷连长为首的官兵一百零七名，内有九连战士八名。九连，原守葡萄沟西山，接近八连刘排，但为敌寇所切断。

尽管我们在关家小铺阻击战中取得了胜利，但和敌人是一比一的损失。若和镜泊湖伏击战、阵地战比起来，和火烧松乙沟战斗比起来，我们不能不说，第三次关家小铺的阻击战，损失是大的，尤其是张宪廷连长的牺牲，更使人痛惜不止。

在关家小铺一战中阵亡的一百零七名战士，及在"墙缝"一役中牺牲的以中国共产党党员朴根重为首的八名战士，再加上以后在山市站阵亡的徐祥贵营长以下十一名战士，总数为一百二十六名，都埋葬在宁安县东郊花脸沟公墓。现在中共宁安县委，每逢清明节，都率领机关干部、各界代表前往祭扫，烈士们的英勇事迹，人民是永远不会忘记的。

十

我撤退到三里外的照福山子，知道天野所率领的不足三百人的残兵，逃抵海林车站，就赶到海林站东的拉古车站，在那打电话给山市站。因为刘万奎已到穆棱梨树镇后方去了，就嘱令他的步兵营长徐祥贵和克虏伯炮营营长么印清，预做迎击准备。要他们把克虏伯炮营调到南山去，炮击从海林来的天野兵车，务求在天野西逃哈尔滨的路上歼灭它。只有这样，才能弥补我们在关家小铺一战的损失。

另外，我在拉古站，也给亚布洛尼的李延青同志挂了电话。他当时的代号是"中东路"，我是"镜泊湖"。我说，我们的"客人"的人数不多了，已经到达海林，希望赶快准备在前边迎接。李延青同志说："你交给我好啦！管保没错。"原来，只要是确定天野残兵来到了中东铁路线上，他们这些在党领导之下的铁路工人游击队，就会通过各车站的电话联络，得知敌寇的兵车车次和准确的通过时间。所以李延青同志在谈话中，表示完全可以承担过去，露出不劳我们分神的意思。

但我们这是一着备而不用的棋子。我说过，我们是想在山市车站歼灭他们的。却不想，敌寇现在已经是越发心惊胆战了，天野残部在海林站，竟逗留一天，踌躇不动。自然，日军驻地门口同样筑起装沙麻袋，作为掩护工事。我们埋伏在山市对面岭子上的克虏伯炮营营长么印清，许是因为等待了一夜过于疲倦吧，竟在第二天——三月二十五日傍晚离开阵地，找大烟抽去了。海林只离山市一站，正在这空隙间，天野率领着残部所坐的列车，就到达了，并且又在山市站停下来；可见，敌寇已经极度畏怯，竟一站一停。我们驻守在岭上的步兵营，或许是以为天野既然在海林筑起掩护工事，一定还要逗留几天，也可能是估计敌寇夜间行动，总之，很麻痹。晚间，天冷，他们又在阵地上烧起篝火来取暖。这样就给岭下驻守车站的敌寇天野发现啦！于是，敌人发炮轰击。以徐祥贵营长为首的十一名官兵，先后阵亡！阵地上一时失去了指挥，而克虏伯炮营的营长又不在，就这样，失去了大好的战机。

以共产党员李延青为首的铁路工人游击队，却不同。他们得到天野残部到达海林站的消息之后，连夜从亚布洛尼赶到高岭子，这是他们在中东铁路西段所选择的最有利的伏击地势。火车在这一带走的是盘山道。他们在两旁陡崖夹峙的下坡铁道转弯处，设下埋伏；得到天野残部坐的兵车二十六日从山市车站开出的情报，就把铁轨上的道钉拔卸了，使铁轨错了节。当天，天野兵车途中未作逗留，在抵达高岭子时，火车一出轨，铁路两旁我们的工人游击队，当即以集中的火力和手榴弹轰击横躺竖卧在铁路旁的军用车厢，尽管我们铁路工人游击队员没有作战经验，枪也打不准，但敌寇天野少将终于在这里被我们游击队击毙了，总计消灭了敌人二百左右，从高岭子逃窜出去的残敌不足百人。

这是镜泊湖连环战役中的最后一次战斗。天野部队号称"万人大军"，三月十三日耀武扬威地从敦化长驱直入，就这样沿路为我们所伏击，又加零敲碎打，直到三月二十七日敌酋终于为我们所击毙，前后为期不过十四天。

## 十一

镜泊湖连环战役获得大捷之后，许多伪军伪警头领眼睛为之一亮。

他们从这次大捷中看到民族的出路,也是看到了自己的出路,纷纷反正。近在宁安驻扎的伪警备旅郭英奎团不用说,就是远在一面坡的伪警察署署长邹凤翔也率领全部人械,如他们自己所说的"弃暗投明"来了。因为敌酋天野少将最后是葬送在亚布洛尼铁路工人游击队手里,亚布洛尼地面归苇河县管辖,伪县长金六及伪教育局局长王德裕等人,害怕敌寇追究责任,也弃印起义抗日了。

后来,以铁路工人游击队为基础的全部武装,及从一面坡开到穆棱兴源镇的伪警察队,都编为抗日救国军第十七团,李延青同志任团长,邹凤翔任副团长。抗日救国军这时已经不是四千六百人的队伍,而是一支在一万五千人以上的浩浩荡荡的大军了。

我们的党支部书记孟泾清同志曾经在传达党的抗日政策时说:"我们要在战斗中发展我们自己的抗日队伍和革命武装。"镜泊湖连环战役大捷之后的情况,就充分说明这一原则的正确性。从镜泊湖四次战斗中,也可以看出我们中华民族不容侵辱的庄严之气,中国人民只要有中国共产党的领导,是不可战胜的。还可以看出,我们东北人民当时在各行各业所表现的蓬勃一体的抗日斗志,坚不可挡。

## 十二

镜泊湖连环战役大捷之后,我们就在宁安县召开吉林省境内各路抗日部队的联席会议。参加人有抗日救国军正副总指挥王德林、孔宪荣,原东北军第二十一旅六〇〇团团长张振邦,原宁安县保安队总队长刘万奎,原东北军二十四旅旅长李杜的代表马宪章等人。我作为会议的筹划人和组织者,以参谋长的身份参加。

在一九三一年冬,以李杜、丁超等人为首,在哈尔滨曾召开过一次吉林省境内各抗日部队的联席会议,抗日救国军方面,由吴义成代表王德林出席。当时,会议决定在吉林成立抗日联合军,因为赵芷香和东北军阀张作相有姻亲关系,公推赵为联合军的总司令,作为各抗日部队的"盟主",并公举冯占海为右路总指挥。现在,赵芷香既然暗地酝酿投降,依法当然该就地镇压,以正人心。至于原东北军第二十一旅旅长的职位,当然,该由张振邦来担任,这是远在镜泊湖大战之前,我代表王德林到宁安和赵芷香谈判时,和张振邦在密谈中答应过的,用我们东北的话来说,我是许过愿的。在关家小铺一役中,张振邦果然履行了自己抗日的诺言,我呢,作为抗日救国军的参谋长,当然要依约来兑现我所开出去的支票,这是政治信用。抗日救国军总指挥王德林,批准了我的建议,派军法官郑兴来宁安审理赵芷香与敌勾结的问题,准备就地执行枪决。第二十一旅旅长由张振邦接任的问题,还需要通过联席会议作出正式决定。

我们准备在联席会议上解决的问题,自然不是关于第二十一旅旅长的继任问题,我们所要解决的,是抗日根据地的问题。这是我筹划这次联席会议的主要意图。按党在当时的指示,我们不但要积极地进行抗日斗争,发展自己的抗日革命武装,还要建立苏维埃政权。在抗日救国军方面来说,就是需要建立抗日根据地,因为直到这时,我们还没有立脚的地方。

是的,日本关东军天野少将所率领的日寇,是我们抗日的部队消灭的,宁安县城是由于我们所取得的大捷宣告收复的。我们尽可以进驻宁安,宣布宁安为抗日救国军的防守范围,划作根据地。但我们考虑到宁安距离铁路近,处在中东铁路和吉敦铁路之间,两侧易受夹击,不适于作根据地。宁安原是第二十一旅的势力范围,向未来的旅长张振邦交涉全部划给我们来布防,倒不如把宁安仍然交还给第二十一旅,另外向他们要个根据地。王德林属意东宁县,因为那里靠苏联边界;我们认为这个地方偏僻,稳固可靠。东宁也是属于第二十一旅势力范围,这样,我们就要向未来的旅长张振邦"借荆州"。

自然,宁安是由于我们在军事上的大捷而宣告收复的,我们也可以和第二十一旅以宁安来换东宁;但是,我们知道,在关家小铺一役,作为第二十一旅的张振邦团是牺牲很大的，整个第八连，几乎全部壮烈阵亡，因之，我们也还不能作硬性的、以宁安为交换物的规定。这就是为什么说，要向张振邦"借荆州"的原因了。

此外，关于在宁安所没收的敌伪财产的分配，因为关系到我们和第二十一旅的团结，所以也列为此次宁安联席会议的主要会议内容，拿到会上讨论解决。

我们已经知道，在宁安有一所以供应部队军用物资为主的日本商店高冈号，物资储备很多，还有东西两头"火磨"和孙小辫开设的"南火磨"。所说"火磨"，就是机械面粉厂。自然，小麦和面粉的存积量也很大，都是属于敌伪财产，也是需要处理分配的。

就在我们研究联席会议所要解决哪些问题的时候，总部军法官郑兴带着就地镇压赵芷香的命令来到了。当时，孔宪荣和刘万奎都已经先期来到宁安，他们正关心地打听高冈号的物资品种、三所"火磨"所有的面粉数目，一听军法官郑兴从王德林那里带来关于处决赵芷香的批示，都相顾失色。等刘万奎明白之所以要镇压赵芷香的原因，当场就给孔宪荣跪下来磕头了，口称："赵芷香是我的老上司，无论如何请副司令说句话，要枪毙，枪毙我刘某人好啦！"

我说："你这是做什么呀！"当时很感意外。不想，孔宪荣也和刘万奎面对面，就地跪下来，同样磕过头，说道："我们打进宁安不杀赵芷香，将来你们打进延吉去也不要杀吉兴，我先在这磕过头啦。"

所说的汉奸吉兴，就是原东北军第十三混成旅旅长，是孔宪荣的顶头上司。自然，刘万奎答应，只要不杀赵芷香，等自卫军打进延吉去的那天，也不杀吉兴。两个人的口气都很严肃，但在我看来反而是滑稽好笑。

我说："你们这是演的哪场戏呀？"又问郑兴："你打算怎么样？"

郑兴说："不杀赵芷香，我怎么交上大令去呀？"

这时，孔宪荣和刘万奎已经站起来。孔宪荣就说："你就不用管了,总司令来,找我好啦。"

军法官郑兴就说:"那好吧!"原来,郑兴对作为副总指挥的孔宪荣的秉性,是摸透了的,很怕他。我因为在镜泊湖大捷之后,很遭孔宪荣等猜忌,又加党支部书记孟泾清同志去吉东局汇报没回来,谨遵戴凤龄事件的经验,从大局着眼,团结这些人,共同抗日,就未再作硬性坚持,只说等王德林来作最后决定。

不久,王德林、张振邦、马宪章等人,如期来到宁安。王德林一听赵芷香未就地镇压,原来是刘万奎"旧情难却",并且已经答应过孔宪荣,将来有那么一天,自卫军进延吉也不杀吉兴,就说谁不怀旧呀,对赵芷香不再追究了。在抗日的革命事业上,我们是那样的相近,但我不能不说,在内部问题上我们的距离又是多么远。

赵芷香在获悉免追究之后,在宁安县他的私人住宅里大摆酒席,欢宴所有各方面来宁安参加联席会议的人,连军法官郑兴也在约请之内。我正色拒绝了,和我一同拒绝去赴宴的还有王德林和张振邦两人。

在宁安的联席会议上,我们一致通过撤销赵芷香第二十一旅旅长的职务,由张振邦接任,并兼左路总指挥。联合军总司令一职,确定为李杜。丁超为护路军总指挥。王德林仍为抗日救国军总指挥。

联席会议开了三天,关于所有在没收之列的敌伪财产,划分为两部分。根据条件和需要,日本商店高冈号所有储备的军用物资,划归抗日救国军做主分配,东、西、南三所面粉厂所有的小麦和面粉,则划为左路总指挥直属部队作给养。面粉厂里仅面粉一项就有两三万袋。高冈号的储存物资呢,胶鞋十万多双,白花旗布四千余匹,以及纸张等,总计价值在二十五万元左右。

在这里附带着要说明的是,我们派参谋主任于振海去清理高冈号敌产时,发现了一大木箱子关于宁安的社会调查资料。参谋主任于振海,是青岛一个高中的毕业生,当然对于这些资料很重视。这些资料有宁安县的城乡地理、经济物产,是无所不包的一些调查密件。从这里，我们可以看出日本帝国主义侵略东北不但蓄谋已久，而且是无孔不入的。有些调查的精确程度，着实使人吃惊。在社会人物调查中，也有第二十一旅旅长赵芷香的简传和评语，称为"戴花夫人"，注有"有奶便是娘"的小批。关于宁安县商会会长范玉明的评语是"唯利是图一商人"，关于教育局局长的评语是"不知有家，何知有国"。在这里，也暴露了敌人的主观和武断，如后二人，一个曾经积极地协助抗日救国军提取官银钱号的敌伪存款，并非"唯利是图一商人"，一个在宁安收复后就投身到抗日救国军队伍里来了，虽不知有家，却知有国。可以说，有些人物的发展是完全出乎日本调查人意料之外的。

联席会议自然也解决了抗日救国军的后方根据地问题，左路总指挥张振邦慷慨地让出东宁来，答应回绥芬河之后，就把驻扎东宁的关庆禄营调走。

会后，我曾背地和王德林谈过，我们一定要撤换东宁的县长，建立我们的抗日政权。我谈的不是苏维埃政权，但王德林还是接受不了，他吃惊地说："撤换地方县官，那不是造反吗？"

我说："咱们不是造反，你当是干什么？"

他说："造反咱们不干！"口气很坚决。

我说："抗日就是造反呀！蒋介石要亲日，你要抗日，还不是造反吗？"

他说："抗日怎么是造反呀，抗日可不是造反！咱们是军队，光管抗日，咱们可没权过问地方上的事，更不要说撤换县官了，那可干不得。"

这又一次证明，我们和王德林在对外抗日的问题上，是那么相近，但在内部问题上，距离又是这样远。

总之，这次会议开得很好，这是一次团结的会议，又是一次胜利的总结会议。在抗日救国军来说，从此有了自己的后方根据地；在抗日自卫军第二十一旅来说，增加了大批军用面、麦的储备；作为抗日联合军的首脑李杜来说，既确定了公认的"盟主"地位，又扩大了联合军的声势，因为宁安县保安总队队长刘万奎等部在名义上也接受了自卫队的编制；在张振邦个人来说，作为抗日联合军的左路总指挥也踌躇满志了，如他自己所说，在历史上经过这一段，总算站得住的，也无愧于民族了。

另外，我们在联席会议之后，又组织了一个追悼镜泊湖战役阵亡将士的群众大会。凡是当时在宁安的人，都还记得，这次追悼会的规模是多么大了，追悼所有在南湖头和关家小铺、山市站三次战斗中牺牲的一百二十六名抗日烈士。参加追悼会的人，包括数千宁安各界的抗日爱国的代表人物和市民。王德林是大会的主持人，在致词时，他一句话也没有说，就掏出手绢来揩眼睛，接着万分沉痛地说："要参谋长代表我说几句话吧！"他的姿态，引起广大士兵和群众的无限同情和敬仰，大家纷纷叹息。

张振邦在讲话中，慷慨激昂，充分表现了一个有民族正义感的爱国军人的气势，提到"养兵千日，用兵一时""死有重于泰山，有轻于鸿毛"之类大义凛然的话。孔宪荣说了些什么"我们都是一个马上的""不管是哪个军队的人牺牲了，都是自己身上的肉"！会议气氛显得很悲凄。因之，在我的致词中，就强调我们的追悼会，不是打败了仗的追悼会，我们是在战斗中大胜了。我们最好的追悼方式，就是踏着烈士们的血迹，继续和敌人作战。只有继承烈士们的遗志，把日本帝国主义者赶出中国去，才能告慰烈士们的亡灵于地下。刘万奎深受感动，在致词中当场宣布，他决心要为阵亡将士报仇；又因为在山市站牺牲的营长徐祥贵的妻子一直哭哭啼啼缠着他，向他要丈夫，他就在追悼会上明确宣布要率领部队攻打一面坡，以慰烈士家属。左路总指挥张振邦答应支援他军用物资。会后，张振邦留下甄参谋在宁安坐镇，并协同我们研究进攻一面坡的作战计划。这甄参谋是满族的杰出人物，在第二十一旅中很得张振邦的信任。张振邦回到绥芬河，就召集原东北军第二十一旅的军官会议，传达宁安联席会议的决定，调动关庆禄营，让出东宁。关庆禄带队离开东宁之后，提升为六〇〇团团长。

另外，宁安联席会议尽管开得很好，但也并不是没有一点问题的。团结尽管团结，矛盾还是存在的。主要表现在抗日救国军和李杜的自卫军双方对镜泊湖连环战役大捷的功绩，应该归哪一方面的争执上。因为，仗是补充团打的，依李杜的代表马宪章说，原在小城子决定，补充团是王德林为李杜所编的一个团，并且开始得到过李杜所开的一万元支票的军饷，补充团自然应该是自卫军的补充团，镜泊湖大捷的战绩，应该归功于自卫军，由自卫军上报。但抗日救国军方面坚决反对，因为尽管补充团在名义上是属于李杜的自卫军，但却一直戴着抗日救国军的符号，在镜泊湖的作战方案，又是抗日救国军总部于棺材脸子会议上决定的，而且所有在战斗中使用的主要军火——手榴弹，全部是来自抗日救国军，李杜的自卫军没有一粒子弹的接济，并且根本就没有参加过作战的决策。依孔宪荣的意见，功绩是属于抗日救国军的，该由抗日救国军对外发表。

最后，达成的协议是：双方都暂且不对外发表，也不上报。因此，这样一次辉煌的战斗，除了发生战斗的当地群众外，竟未能广为宣扬，这对发扬民族正气、鼓舞抗日的革命事业，在当时是有不可估计的损失的。而我个人作为补充团的团长，又不便在这种性质的矛盾上参与争论。这个矛盾，看来很好笑，反映在抗日救国军内部，就形成对补充团不利的因素。孔宪荣就时常以此作为对补充团武装扩展限制的借口，严重地影响了党在抗日救国军所直接领导的抗日武装的发展。

在宁安联席会议的背后，抗日救国军和李杜自卫军双方的矛盾，也表现在对刘万奎的拉拢上，双方都要求把他的部队编到自己的军旗底下，这不只是因为他是地方武装，在当地和红枪会黄枪会等抗日群众团体有密切关系，主要的还是因为在他所率领的部队中，有克虏伯大炮。当时，刘万奎为了得到军饷和给养，接受了自卫军的编制，但他手下的么印清营长、项元英营长等人都来找过王德林，表示愿意编为抗日救国军，如他们所说，抗日救国军尽管穿戴破破烂烂，仗打得可是漂亮。结果，刘万奎就挎了双衔，名义上属于自卫军，实质上又都戴着抗日救国军的臂章，作为我们队伍的编制。在镜泊湖大捷之后，戴着抗日救国军臂章的士兵在宁安一带群众眼目中的威望，是可以想象到的。

尽管李杜的代表马宪章所怀的两项愿望没有完全满足，但不管是抗日救国军还是张振邦的自卫军第二十一旅，都公推李杜为联合军总司令，这一点，马宪章还是可以回去交差的。

联席会议之后，抗日救国军总部在宁安又召开了高级首脑会议，确定部队编制，划分为五个旅。直属第一旅以"老三营"为基础，旅长由王德林兼。孔宪荣兼直属第二旅旅长。吴义成的部队扩充为第三旅。刘万奎是第四旅。郑兴为第五旅。第六旅，是远在珲春从原十三混成旅中起义而建立的一支部队，旅长是王玉振，原为当地驻军的一个营长。

当王德林提议我所率领的补充团，是镜泊湖大战的主力，应该扩充为第四旅，由我兼第四旅旅长时，孔宪荣就当我面说，补充团再不能扩充了，早晚，人马刀枪，还不叫李杜给划拉过去呀！又说，反正庆宾是咱们的参谋长，哪个旅他不能指挥呀？

王德林看着我说："这好么？"又说："这怎么能说得过去呀？大家都扩编了队伍，就搁下补充团。"

孔宪荣以联席会议上自卫军代表马宪章与抗日救国军争功为借口，坚决反对，而且一提到那次争执，仍然愤愤不已。我和孟泾清同志都在场，我们对此没表示态度。

为什么我们当时没有表示态度呢？事实上，抗日救国军的胜利、发展，不是全在我们地下党以参谋处的名义领导之下获得的么？抗日斗争的力量，不是我们党以补充团作主力，打垮了天野部队而扩大的么？不仅我们获得了友军的拥戴，给我们让出东宁，我们有了自己的"后方"，而且还以我们的战果为核心，扩大了抗日阵营，巩固和鼓舞了各抗日部队的救亡信心，团结了地方各阶层的爱国群众。但我们为什么没有在抗日救国军的扩编会议上，采取与形势相适应的斗争方式来扩展我们所直接指挥的革命武装呢？

在这里，有必要提一下我们东北地方党委的领导在当时的指示。

## 十三

一九三二年间，我们的延吉县中心县委给我们的中心任务是建立我们自己的工农革命武装和苏维埃政权。

孟泾清同志在"墙缝"战役打响之前离开部队到吉东局汇报去了，他在宁安联席会议结束之后才回来。因之，镜泊湖连环战役获得大捷的情况以及由这次胜利而出现的抗日新局面，还未及向上级党委反映。自然，由于客观形势进展得很快，孟泾清同志从吉东局回来，也不可能带来与这一形势相适应的指示。

孟泾清同志除了带回吉东局关于我个人活动的指示外，主要的，还是要求我们在抗日救国军之外，建立纯属于我们自己的革命武装。这就是在宁安县委直接领导下组织起来的一支队伍，约三十人左右，周子岐和金根两位同志任指挥，从农民暴动中产生，由我们武装之后，定名为"工农义勇队"。

抗日救国军所缴获的武器、弹药，虽说很多，但按军制，都交到机械处保管，分配须由王德林批准。因之，在抗日救国军名义之外，去武装一支部队，是没有方法正式向王德林提出来的。我们分发给宁安工农义勇队的武器，都是在解放宁安监狱，从枪械库里提出来的东西，多半是"别列旦"，质量很差，为抗日救国军军械处所不要的武器。但我们就用这些"别列旦"，把自己的革命军队武装起来了。

此外，我们用同样的"别列旦"，还武装了在延吉双河镇的一支红军性质的"别动队"。这支队伍的领导人，是区委书记李光同志。当时，李光同志被在延吉方面活动的抗日救国军部队误为日本侦探逮捕起来，经我去双河镇交涉之后要出来，又补充给他们武装。

孟泾清同志，原是哈尔滨工业大学的学生。他看到宁安三座机械面粉厂的一些装备，就考虑把这些机械拆卸运到东宁去改建我们的兵工厂。铁路工人张林积极支持，这一个计划就决定下来，很快地执行了。结果，我们在镜泊湖"墙缝"一战，曾经从日寇天野部队的火葬场中，抢救出来约有一千五百多支烧残的三八步枪，终于在东宁兵工厂修复完整。当时参加改建兵工厂工作的那个铁路工人，就是中华人民共和国成立后曾在哈尔滨担任铁路局党委副书记职务的张林同志。

孟泾清同志随抗日救国军总部去东宁县后方根据地，是我们地下党支部在会议上，根据以下形势要求决定的。当时，总部已经批准抗日救国军第四旅旅长刘万奎为前方总指挥，攻打一面坡，并委我为后方总指挥，主要的是筹划军备物资的供应，保持和友军方面的联系。因为刘万奎又是自卫军第四旅旅长，在名义上还属于作为联合军总指挥的李杜及左路总指挥张振邦所辖领的部队，这就需要抗日救国军和自卫军双方团结协作，配合支援。因之，我必须率领参谋处的人员，驻扎在穆棱县的兴源镇，随前方军事行动需要来决定行止，势必和总部分开。这样一来，在后方总部所在地及抗日救国军上层方面的工作，就必须由孟泾清同志以总部参议长的名义负责进行了。我们决定孟去东宁的原因在于此，至于在东宁改装机械、建立抗日的兵工厂，还只是一项附带的工作。

实际上，总部宣传部部长金大伦同志和宣传部副部长贺剑平同志，都于联席会议期间来到宁安了。支部会议决定，他们要随孟泾清同志去东宁。

金大伦同志，是朝鲜族，曾在北京大学读过书，熟知国际大势及日本和中国革命的政治动向，但汉语的发音还欠准确。他原在宁安担任地下的县委工作，联席会议期间，听说我到了宁安，就来报到，可是又找错了部队，被抗日救国军当作日本侦探扣留了。我闻讯找到王德林，说明我们所扣留起来的不是别人，正是我们在小城子决定抗日救国大策时，推荐给他并为他任命为总部宣传部部长的金大伦。王德林一听，自然就打电话要出来，并备酒压惊，此后算是正式就任了。

孟泾清同志在宁安期间，一直对在面粉厂拆卸的机械感兴趣。他原是学工出身，对机械爱好，不足为奇。金大伦同志的知识与机械构造原理无关，但同样也对那些机械眼热，说不出的依恋柔情。原来，他从宣传部的角度出发，建议在东宁用这些机械来装备一个印刷厂。宣传要服从军事，自然，首先是兵工厂，其次是印刷厂。孟泾清同志答应，可以抽出一部分机器部件来，在东宁给他装备一个简易的印刷厂。这样一来，我们文武两个部门，皆大欢喜。金大伦同志另外所关心的是纸张。纸张，我们在高冈号的敌人储存物资中，有没打封的原装货，自然，可以全部随同拆卸的机械运到东宁去。

这样一来，我们要运出去的东西可多了，光胶鞋就是十万双，还有布匹什么的，于是水陆并运。我把参谋主任于震海留下来，专门负责所有这些军用物资的清理、保管和运输工作。副总指挥孔宪荣对于这些敌伪财产也很感兴趣，就派他的表弟李副官留下来，说是帮着于震海来清理、登记。自然，我没有什么异议可说。

在中心县委派来的党员中，大部分都要随着孟泾清同志去后方，在前方部队留下来的，只有我和刘静安两个人。另外一些党员，还是在部队停止发展党以前发展的，我们必须请求吉东局另外再派支部书记来作领导。同时，我们以前在部队中发展的党员，也需要请求吉东局正式批准。因之，我们就以支部的名义，由孟泾清和我两人签署，向吉东局写了一份书面报告，大意是：县委小李调走了，有关我们已经发展的党员，如何解决，请指示；并说明我们由于形势发展所需要采取的诸项措施,列出根据镜泊湖大战的考验和我们长期的了解、在部队停止发展党以前所发展的党员名单。这名单上有史忠恒、李凤山、朴根重、李延青等七人,其中注明朴根重同志已在"墙缝"一役牺牲,是属于追认的性质。

以后,我们接到中共满洲省委吉东局签署的批示,内容如下:

> 同意你们的工作报告,经了解,认为你们这段工作是有成绩的。去东宁县的党员,由孟泾清同志担任支部书记;留下来的和新发展的党员组成支部,由李延禄同志担任支部书记,要积极发展抗日的力量。

签署时间是一九三二年五月。

## 十四

我和孟泾清同志在宁安分手之后,就来到兴源镇。兴源镇原是老穆棱县城。

我们的补充团,这时已经调到离兴源镇约四十里路的全阳河一带休整。这个地方很偏僻,便于我们党在部队中加强政治训练的活动。

集结在兴源镇近郊一二里路的部队,是李延青同志所率领的铁路工人游击队,约七八十人。还有从一面坡反正来归的警察队,二百多人,以原警察署署长邹凤翔为首脑。此外,还有苇河保卫总队刘队长所率领的二百人,集结在兴源镇郊外一带,等待收编。

我在兴源镇,按照宁安抗日救国军总部在扩军会议上的决定,代表王德林把这三部分武装合编为抗日救国军第十七团,正式宣布李延青同志担任团长、邹凤翔为副团长、刘队长提升为团参谋长,并划分驻区,布置整训。

同时,刘万奎所率领的第四旅,已经从宁安南部乜河一带向中东铁路的海林站集结。刘万奎要求左路总指挥支援铁甲车和运输列车。我们知道，绥芬河是中东铁路的终点，所有的火车头、车皮，都为抗日的铁路职工所控制；张振邦既是联合军的左路总指挥，绥芬河又是二十一旅的防区，自然，铁路职工都积极支持张振邦，只要他调动，他们是完全应命的。经我和甄参谋洽商之后，从绥芬河要来一列铁甲车、九列专备载兵的列车，绥芬河所有的后备运输力量几乎全部拿出来了。从这里，我们也可以看出，广大的铁路职工是怎样热烈支援我们抗日的。

抗日救国军第四旅项元英团，作为进攻的主力。他们的尖兵营，坐的是铁甲车，另外的梯队以及么印清营，都坐运输列车。还有四列车，载的是宁安县的地方抗日群众团体，都是红枪会和黄枪会的会员，他们的武器是大刀和梭镖。总计，是两个步兵团、两千抗日群众，约六千人左右。可以说，锐气十足，声势浩大。和我们补充团在镜泊湖首次的伏击战相比，情景是完全不同了。

但是作为前方总指挥的刘万奎，我是摸底的。这人好女色，浮夸自负的程度又过于失街亭的马谡。古有名言，骄兵必败。在镜泊湖战役以后，我方军威大震。因此我更担心。所以，在海林站分手的时候，我不能不嘱咐他，凡事要谨慎，切不可大意。我们知道，镜泊湖战役第四次的山市站战斗，就是完全由于么印清营长等人的疏忽大意，才错过战机。徐祥贵营长也是失于警惕，暴露了目标，反遭天野的炮兵击毙。但刘万奎却大言不虑地说："这回，你看我的吧，听好消息就是啦！"当时，一面坡只有日本护路队三百人左右。第四旅的主力又是项元英团，胜利确是有把握的；不过，我对刘万奎那种志大才疏的性格，总还是担心的。

刘万奎所率领的铁甲车部队离开之后，我们后方总指挥部就开进海林站坐镇。左路总指挥张振邦和作为联合军总指挥的李杜，自然都很关心我们的前方消息。因为李杜是把刘万奎看作属于自卫军的第四旅，这也是自卫军真正名副其实的首次抗日的军事行动。

战斗的发展，果然不出我们的意料。刘万奎的部队进攻开始，虽遇到日本守备队炮兵的轰击和日寇顽强的抵抗，但等红枪会和黄枪会的冲锋队伍出现，那些护路警备队的日本兵，就在大刀和梭镖面前，仓皇地由炮兵掩护着向西撤退了，并在一面坡车站抛弃了一辆日本装甲车，我们胜利占领了一面坡。

第二天，我在海林接到刘万奎的电话，他竟以独断独行的口气在电话中宣布，他"要在一面坡歇兵三天，再西进"。他要"在一个星期之内，拿下哈尔滨"。这是在我们决定进攻一面坡时，从来没考虑过的。自然，我告诉他，需要慎重考虑，等总部的命令。不想他全不在意，又说："你不是常说苏联会帮助我们吗？这回，我在一面坡碰到苏联的部队了，他们有二百多人，要帮助我们打哈尔滨！"

我在电话中告诉他，他所碰到的哪里会是苏联部队，那一定是老白党，是和日本人勾结的武装。我说："你要是不缴他们的械，一定会吃大亏的。"但刘万奎还是不在意，这家伙头脑已经给胜利冲昏了，还说，要准备出席白俄的欢迎会。

我当时就向有关各方作了报告，感到刘万奎不听抗日救国军方面的指挥，那么作为自卫军首脑的李杜，可能约束他，因为他既然在编制上是挎着自卫军第四旅旅长的头衔，总会受那方面的辖制吧！左路总指挥张振邦在和我通电话中，知道我们已胜利地占领了一面坡，并获得了一辆日本装甲车，很满意。听说刘万奎又要西进，在一星期之内拿下哈尔滨，很吃惊，说："孤军深入是要坏事的，不要说两团人拿不下来，就是拿下来，是不是还能站得住？拿下来以后，怎么办？考虑到没有？"张振邦主张撤回来，因为交通线过长，所有运输列车都已经拿上去了，如果敌人围攻，我们的后备力量运不上去。我同意这个意见，又向李杜拍了请示的电报，要其出面指挥，或进或退，从速决定。

当天夜里，我们在海林站接到作为联合军总指挥的李杜的回电，这回电是从他的部队驻在地密山拍来的。直到现在，我还记得电报上的四句话："来电悉。据吕祖云，进则危，退则险。"如此而已。

我们知道，抗日救国军副总指挥孔宪荣，不学无术，是专靠给黄仙烧大把子香，看火头着得旺不旺来占卜休咎的。而自卫军总指挥李杜，原是儒将，却崇奉吕祖。看来，李杜接到我的电报之后，就赶忙约人紧张地净手扶乩，这六个字的箴言，就是这样得来的。如果，我们当时把抗击日军的民族解放大业，果真交给李杜之流来指挥，那真是像我们的俗话所说："全靠老天保佑了！"尽管我个人对于李杜不与敌伪妥协，在东北军中毅然表示抗日这一点是尊重的，但当时我接到这种鬼不鬼、神不神的"电示"，确实既惊讶又气愤，冷静下来，又觉得可笑。

当我辗转不寐，再一次打电话到一面坡的时候，留守人员在电话中说："我们旅长参加俄国人的舞会去啦，这时候正和俄国姑娘跳舞呢，哪会离开来接电话呀！"看来，刘万奎已经掉在敌人所设的迷魂阵里去了。

以后，海林站就和一面坡断了联系。如果电话还能打通的话，我是打算找他主力团团长项元英接受撤退命令的。

联系中断的第二天，我们在海林站看见一个孤零零的火车头，从西方开来，急驰而过。却没有想到，第四旅旅长刘万奎就是坐在这个火车头里，逃往梨树镇去了。他随身带着几个年轻的女马弁，经过在海林的后方指挥部，没有敢露面。

原来，正当他兴致勃勃和白俄姑娘跳舞的时候，日本装甲车部队，在倾盆大雨中，车不鸣笛、人不扬声地开进了车站。所有停在一面坡车站上的我方运输列车的车轮底下，都给日本兵塞了枕木，停留在站上的我方铁甲车也被悄悄挂上了。幸而当时睡在车内的主力团团长项元英很警觉，一发现车底下有响动，他就连呼："不好！紧急下车集合！"他头一个跳下车，率领警戒部队和敌人打响了，总算在混乱中带出一个营的兵力。第四旅其余的部队可以说几乎全军覆没。损失的兵力在四五千人之上，而且绝大部分都是在从铁路线往山坡上冲进时为敌寇机枪扫射而牺牲的，内中包括英勇的红枪会和黄枪会的抗日群众。

刘万奎由于决心孤意独行，要西进，要攻打哈尔滨，所以运输列车的车头都朝西，只留有一列火车向东。刘万奎在混乱的射击中，仓皇地跳上那列东向的火车，发现列车车轮被枕木塞着，只好甩掉所挂的列车开走，这就是为什么刘万奎坐着孤零零的火车头东逃的原因了。

尽管刘万奎所率领的第四旅，不是我们党所直接领导的抗日武装，尽管刘万奎在名义上也挎着自卫军第四旅的头衔，而又戴着抗日救国军的符号，挎着抗日救国军第四旅的头衔，那也不能不说是我们的重大损失。所有牺牲的士兵不能不说是抗日爱国的士兵，不能不使我们痛心，也不能不使我们对于造成此次失败的指挥人员进行责任追究。

但在抗日救国军内部，封建势力是那么浓，正像我们所碰到过的戴凤龄的问题一样，孔宪荣又出面卫护刘万奎，并借机拉拢，培养自己的势力，说打仗么，有胜就有败，人又是刘万奎从宁安拉出来的，又不是咱们的装备，人家自卫军丢掉那么些运输车不追究，咱们得罪人干什么？

由于这次刘万奎玩忽职守，不听命令，不但丧失了四五千人的武装和车辆，丢掉一面坡，而且壮大了日本法西斯的气焰。他们乘机一直向东逼近，占领了横道河子车站，还招来一九三二年六月伊田旅团的进攻。我们在政治上的损失，不用说也是很大的。

## 十五

针对着日寇伊田旅团向我方展开的进攻局势，抗日救国军总部在东宁召开了军事首脑会议。

自然，总部召开军事会议之前，作为中共地下党领导核心的总部党支部和前方部队的党支部，也召开了联席会议，作了参加军事会议的准备。

在党支部联席会议上，孟泾清同志在我们党和抗日救国军的团结关系上，作了发言，提到总部孔宪荣最近的一些思想动态。

孔宪荣在追究玩忽职守的责任问题上，是借机拉拢刘万奎和我们作对的。这次反映在对于伊田旅团向我进攻的对策上，孔宪荣就极踌躇。他私下里说，想要主战，怕李延禄代表参谋处反对；要是不主战，主张转移，又怕我们在军事会议上提出迎战的方案来。总之，心怀鬼胎，疑虑丛生。因之，孟泾清同志建议，在军事会议上，我们不要提意见，因为我们没有接到党的指示，同时给孔宪荣以表示意见的机会。如果他主战，我们就表示拥护，以示磊落。根据我们的估计，孔宪荣经过镜泊湖一战的教训，不会再在大敌当前的时候，以棺材脸子军事会议那种姿态出现，提出抱山头、当胡子的说法了。我们一致同意孟泾清同志的意见。孟泾清同志还分析了伊田旅团的特点和历史。

在军事会议上，孔宪荣果然于一再踌躇之后，以试探的语气提出迎战的建议来，说："不知道参谋长怎么看法？"

我按照党的决定发言说："我们参谋处拥护副指挥的意见，敌人当前，我们只有出击。但这一次打法，就不能和上次一样了，部队变了，敌人的进攻方式变了，我们也得改变战略。"

孔宪荣原未想到从我口里能说出"拥护"两个字来，所以顿然喜出望外，说："怎么，老弟赞成我的意见，也主张打吗？好哇！这回，不用你动手，我要亲自打头阵，你说，怎么打法吧！"他那神气，仿佛是说："这一回你可不能和我抢功呀！"

我说，参谋处提出的迎战方案，是分兵三路向敌后进攻。一路攻汪清县，一路攻安图，还需要有一路攻打额穆。这样，就会转移敌人向我们进攻的目标，分散敌人的兵力，以便伺机各个击破。

东宁总部军事会议通过了我们的作战方案。会后，孔宪荣说："我来打汪清，参谋长在后方坐镇吧。"他想了想又说："攻城没有炮，咱们缺的就是这些家伙，是不是能向张振邦借几门炮呀！"我说："敌人要进攻的宁安，也正是二十一旅的防区，咱们出击敌后，也是配合二十一旅侧面作战。关家小铺一役，二十一旅既然借给我们兵，这次是联合作战性质，借炮大概不会有问题。"

我于是打电话到绥芬河，提出我们将要三路出击的决定，张振邦很赞同。他说，正面由他们来打。问我们还需要什么援助。我提到攻汪清需要炮。张振邦说："我借给你们一个炮兵营好啦。"问题就这样解决了。

会议决定，吴义成带队打安图，姚甲航打额穆。我的任务是负责后勤，需要到宁安去转移所有的军用储备。

这是我在镜泊湖大捷之后第三次去宁安了，仍然住在东三省银行宁安县分行里。

留在宁安县的参谋主任于震海，听说我到了，自然来到银行，找我汇报工作。不想，他来的时候，还带来那个李副官，当初是孔宪荣要他留下来作于震海的助手的。如果两个人先后进来，我也许不会那么惊疑，可是他俩是一起进来的，于震海事前并没说过什么，就把李副官作为犯人，五花大绑着带上来了。参谋处留守的警卫也都跟进来了。

这人是孔宪荣的表弟，参谋主任并不是不知道。我问："这是为什么呀？"

于震海年轻直爽，慷慨激愤地说："参谋长！你问他吧！"又说："光高冈号的洋铁瓦，就叫他盗卖了三万多元，经手商人捞了两万去，他分肥一万多元。"

我看李副官那种昂然不屈的样子，就直截了当地问："不是来抗日的吗？你干什么盗卖物资呀？"

他说："也不是我自己想弄钱，是给我表嫂弄的！"

我说:"你表嫂,我是知道的,又没有孩子,也没什么大开销,弄这么些钱,干什么呀?"

他竟无耻地有所依恃地说:"大太太没有孩子,还有二太太呢。反正参谋长把我带到后方去吧,只要到总部,该怎么处分,我怎么领,在这里说也说不清楚。"

我考虑了一下,觉得内中有隐情,也不便去追究。究竟孔宪荣是王德林的台柱子。我说:"好吧!我把你带到总部去!"又要人给他解绳子,我对参谋主任于震海说:"他不会跑,我负责好啦!"在运输物资的时候,我仍然委派他管理木船,和我坐一条船。

自然,一路上,这个盗卖物资的李副官很满意,还不止一次地扬言:"我就卖了一些洋铁瓦,那又不是什么军用物资呀!"

我们一到兴源镇,总部的参议郭秀廷就来接迎,当时王德林已经来到了兴源镇。原来,王德林在三路大军分头出击敌后之际,很想由宁安转珲春,沿路对抗日救国军各地驻兵作次视察。尽管总部从各地的报告中知道部队是在延边一带,以东宁为首脑,范围扩展得很大,但究竟是纸面上的数字,他一时兴来,想到各地去亲自巡视巡视。郭秀廷是孔宪荣的同乡,山东费县人,又是王德林随从的亲信人物之一。我们正谈着话,那个李副官走过来了。郭秀廷一见,就问:"你不是在前方清理敌伪财产吗?怎么很快就回来了?"

他厚着脸皮说:"我在那卖了一万块洋铁瓦,他们说我是贪污公款啦!我不回来,怎么办?"

我说:"他是于参谋主任交我带回来的,请你把他带到总部去吧!"简略地交代之后,我并没有加什么评语,就打发他们走了。

这时候,在密山我们有一部分党员缴了杨木岗地主武装的保安队,建立了约有一百五十支枪的革命队伍,为首的是杨太和、冷寿山、田宝贵等同志。他们都是工人出身,党性很强。他们从杨木岗回到平阳镇的时候,找到当地的保董苏怀田。苏怀田也带领着一部分地方保安队,他和冷寿山等过去就认识。这时候,冷寿山等同志就要求苏怀田表示态度,究竟是要抗日还是亲日?苏怀田在大义感召之下,率领他那有一百多支枪的队伍反正了。我们党内的那些同志,对他表示拥护,推他为军事首领。但在李杜自卫军和抗日救国军的势力范围内,这支惹人注目的队伍如果没有合法的名义,是难以活动的,于是就通过地下组织的关系,派人到兴源镇来找我。经我派李延平同志去联系,给以抗日救国军补充第二团的名义。以后,经王德林批准,苏怀田、田宝贵分别任第二补充团正副团长,杨太和、冷寿山等同志各任营长。从此,又产生了我们党所直接掌握的第二个补充团。等孔宪荣从汪清回来,这个补充团的编制已正式建成了。

总之,当时我和王德林除了谈到这部分武装收编问题,打听打听前方各路军事动静之外,并没有接触到关于那个盗卖物资的李副官的案情,而王德林也似有意避免接触。实际上,他在亲自处理,究竟最后怎么发落,已经引起很多属于费县帮的总部人员的关心和注意。

三天之后,王德林在兴源镇总部又亲自过堂。这一天他喝过酒,认为李副官胆大妄为,竟敢与商人勾结盗卖价值占战利品八分之一的敌伪物资,败坏抗日部队风纪,如不严惩,是说不过去的,决定判处死刑。

总部随从参议郭秀廷闻讯,就到参谋处来找我。据他说,所有随总部来到兴源镇的人,都已经到王德林那里去求过情了,但谁说也不行!"这个面子,总司令是留给你了!"要我去说情。

我问,那些吞没的赃款能吐出来吗?他说,那还向哪吐去呀!我直截了当地说,这样的情,我不能去求。犯人当天就被枪决了。

孔宪荣那时已经率领第二旅两千人出击汪清;第二十一旅调来一个迫击炮营,带着六门炮去协助。

那座汪清县城,是南北一趟大街,只有一小部分日本警备队,县公署在街中心,大院落,四围有炮楼,由地方保安队守卫着。

如果在战术上，出敌不备，开始不用炮，那么县公署会很快地占领下来，地方保安队也就来不及上炮台了。但孔宪荣远在二十五里以外指挥，攻城的一千来人没进街就打枪、开炮，等部队前进到伪县公署的时候，保安队早已做好准备，登上炮台作固守待援的抵抗了。尽管战士们很英勇，从拂晓打到中午，但由于敌人在防卫上占优势，又得到日本警备队的支援，还是不得不撤退下来。

我们在这里需要说明的是，尽管孔宪荣在汪清没得手，但伊田旅团从敦化向北进展的攻势，却给我们敌后出击的行动牵制住了。当时，伊田的先锋部队已占领宁安，正向北发展，在铁岭河碰到第二十一旅顽强阻击，经过三天的激烈战斗，攻破了第二十一旅的防线，但却不能不掉头南回了。因之，我们出击敌后的战略，还是成功的。

孔宪荣侦知伊田旅团除留一部分驻守宁安外又掉头南来，就急忙率领第二旅的部队北归。

据说，在路上，他一听到后方枪决了他的亲信副官，就很恼火，问是谁捣的鬼。有人说，当时郭秀廷去找参谋长出面，可是参谋长不作人情。孔宪荣就说："不作人情是本分，事儿是于震海那个婊子儿闹出来的，回去捉他偿命！"路经宁安石头磖子山口的时候，孔宪荣对第二十一旅迫击炮营黄营长说："你留下，后一步走，等部队过去，咱们谈谈。"乘黄营长不备，用手枪把他射杀，把我从第二十一旅借来的迫击炮营扣留了。孔宪荣的手段多么毒辣！我和第二十一旅的协作关系，在这里受到了不可弥补的破坏。

正义所在，人皆卫护。等孔宪荣又派人去捉于震海的时候，有人从抗日救国军第二旅里送出消息，于震海闻风就从隐蔽物资的山里逃掉了。

孔宪荣因杀于震海不成，就转到我的头上。在宁安南山召开了一个少数亲信参加的秘密会议。当时，驻兴源镇的抗日救国军骑兵第十五团团长武维新，因为手下三营营长强奸妇女，得总部批准，依法枪决了。孔宪荣闻讯，就以此作为杀我的借口，阴谋一见面就动手，给我一个冷不防。

孔宪荣和我们敌对的情绪,终于在李副官这个盗卖物资的案件上,明显地暴露出来了。

## 十六

孔宪荣带领队伍到达穆棱站的时候,就打电话到兴源镇,要我去看他,说他已经从前方回来啦,很想看看我。那时候,王德林早已经回东宁去了。他根本没有去珲春作沿路的视察,因为李副官贪污不法的事件,把他所有的巡视各地驻军的兴致,完完全全破坏了。

兴源镇离穆棱站十八华里,我一接到孔宪荣的电话,就要人备马。正要动身的时候,又接到穆棱站第二次电话。这电话来势很急,并不报名,只嘱咐我不要去穆棱,说事关机密,他马上就到兴源镇来看我。

我只好留在兴源镇参谋处等他。这个打电话的人是谁呢?总是猜不到。究竟有什么机密不要我到穆棱站呢?也想不出来。

来人我认识,他是孔宪荣的侄子,中共地下党员,和我没有横的联系。他在孔处,是作随从秘书的。一见面,他就警告我,不要去穆棱站赴约,说孔宪荣已经在那边布置好人,我一去就要遭他暗害。我问,这究竟为什么呢?他说:"在孔宪荣来说,还不是两雄不能并立呀!他常说,有你就没他,有他就没你!又说,打天野,人家说能打,咱们说不能打,到底人家就带出七百人的补充团去打了,还是大胜。说你手下的人,又都是识文断字的,长啦,在枪杆子里头还有咱们耍的呀!"葫芦里的主药在这里。李副官的案件,不过是一个药引子。

我说,我要是不去,那以后在抗日救国军里,我们还怎样做工作呢?

他说:"我们会布置,要他来看你好啦!只要你不去看他,提防着一点儿,就没什么事。"说话口气间透露出来,这是在第二旅做工作的同志们的决定,不完全是他个人的意见。我同意,暂时不到穆棱去。

两三天过后，总部参议郭秀廷从穆棱赶到兴源镇来，一进门就说道："听说你和耀臣两个人发生误会啦！他要你去穆棱，你不理，是吗？"

我说："这不是误会，他在宁安南山开过会，要借机杀我，这是为什么呢？"

郭秀廷连称："这是哪里的事呀！你可不要听坏人的挑唆呀！要是你不去，我叫他来兴源镇看你怎么样？"又说："要是你不放心他，叫他单人匹马来看你，好不好？有什么误会见面一解释，就完啦！不见面，怎么能一块打日本呀！"

我说："我是不计较私人之间的是非的。我们从大局着眼，个人之间的恩怨，实在不算什么。他要是来兴源镇，我当然是欢迎的！"

孔宪荣第二天就在郭秀廷陪随下，来到兴源镇解释"误会"了。自然，在谈话中，我的态度还是和没有发生什么之前一样。我们谈到攻汪清的战术，谈到第二补充团的收编，也谈到这六月间连天的大雨，打额穆和打安图的计划，都受到河水泛滥的影响，没有获得什么可说的战果。据说，孔宪荣从兴源镇回到穆棱以后，曾经找过他侄子，查究过"泄密"的线索，说这是打哪传出去的呢？真是失算！

后来，我碰到吉东局负责同志，曾谈及孔宪荣这次阴谋。我才知道，党在那时很为我的安全担心，曾经暗地布置了防卫的力量。在当时，我自己竟还没有认识到那种严重情势。总之，是党在危急中及时地挽救了我的生命。

## 十七

在敌寇伊田旅团进攻的时候，因为宁安属于自卫军第二十一旅张振邦的辖区，自然首当其冲。第二十一旅和敌人打过两次仗，一次是在牡丹江，还有一次就是铁岭河子。在牡丹江打了一天，在铁岭河子顽强地打了三天，敌人有炮兵和空军的支援，这两次仗又是采取正规军传统的阵地战，所以牺牲很大。张振邦由此就失去胜利的信心，又加孔宪荣枪杀了黄营长，扣留了他的迫击炮营，也可能对未来的联合防御的前途失望了，就不告而别；临走委任第六〇〇团团长关庆禄接管第二十一旅旅长的差事。他由绥芬河过境去苏联，撤往上海去了。

我们知道，张振邦在东北军将领中还是一个较有爱国主义热情的人物。但在宁安联席会议上，他那自以为在抗日战争中经过这段历程，"个人在历史上，总算站得住了"的口吻，已经蕴有消极的因素了。因为志满总是后退的先声。

张振邦这一走，左路总指挥一职，不能一日无人接任。七月下旬，作为联合军总指挥的李杜，就在下城子召集抗日救国军、自卫军和护路军的联席会议。李杜和丁超都不亲自出面，李杜仍委他的副官长马宪章为全权代表，主持会议。抗日救国军方面，总指挥王德林和副指挥孔宪荣、秘书长曹品一，都出席参加了。另外，有挎双衔的第四旅旅长刘万奎、自卫军第五旅旅长郭英奎等人。在这次为期仅一天的会议上，正式通过各军总指挥为总司令的名义。李杜为联合军兼自卫军总司令，丁超为护路军总司令，王德林为抗日救国军总司令。联合军左路总指挥一职，由护路军代表提议，推马宪章接任，并批准关庆禄提升为自卫军第二十一旅旅长。

会后，孔宪荣对马宪章接任左路总指挥一职，大为不满，认为这是抗日救国军的奇耻大辱，认为局面是抗日救国军打出来的，不是李杜的自卫军打出来的。实际上，李杜所率领的自卫军在驻防密山期间，也确实遵循国民党对日不抵抗政策，屯集一隅，按兵不动。因之，原有二十四旅的兵力不但不见发展，而且逃亡兵士日增。而抗日救国军原来仅是第十三旅一个营，现在却在战斗中发展到六个旅的编制，加上第一、第二两个补充团，兵力已经在四万以上了。马宪章任左路总指挥，确实不孚众望。马宪章在下城子会议期间，私自拉拢刘万奎，要他把第四旅全部换上自卫军的符号，正式脱离抗日救国军的编制，以接济军饷为条件。作为自卫军和抗日救国军双方编制的第四旅，经过一面坡的惨败，当时仅仅剩下二百多人，孔宪荣则以将要扩充刘万奎的兵力、增拨部队为引诱，条件也是"清一色"，正式脱离自卫军的隶属关系。

双方既然在编制上力争"清一色"，扩充各自的势力，又在左路总指挥一席上，形成内忌。这种内部矛盾的因素，很快为我们的敌人——日本帝国主义驻哈尔滨的军事首脑机关知道了。

原来，我们还不知道，作为护路军总司令的丁超，已经暗地和日伪勾结，酝酿投降，并派出他的三弟丁养元和他的副官长于振瀛等人和日本方面接头。他直属的步兵团团长车子久，又竭力支持。自然，下城子联席会议期间有关抗日救国军与自卫军双方种种矛盾的情况，也都成了丁超的投敌资本，作为情报出卖给敌人了。

这真如古语所说："鹬蚌相争，渔人得利。"

## 十八

日本侵略军首脑机关，一方面唆使民族败类丁超继续打着护路军的旗子，伺机向我抗日救国军进攻；一方面暗派高级特务人员打入联合军内部，从事扩大抗日救国军与自卫军内部矛盾的活动。矛头所向，自然是抗日救国军。因为敌寇知道，自卫军和抗日救国军两者之间，究竟是哪一部分的威力可怕、战斗力强，而抗日的意志又最坚决。

实际上，在下城子联席会议之前，日本特务机关已经采取了又卑鄙又毒辣的打入我们抗日救国军内部从事破坏活动的特务手段了，这就是民族叛徒王大法师率领红枪会诈降。

这一部分红枪会和黄枪会约二三百人，会首除奸细王大法师、张大法师之外，还有一个正气凛然的杜大法师。他们都是从哈尔滨附近拉出来的，忘记了究竟是经过怎样的关系，投奔到李延青同志所指挥的第十七团来。还记得，当李延青同志进行收编，在检点人数、武器的时候，我在场，曾经注意到他们在那些扎枪、梭镖、大刀等原始武器之外，还有刚打开箱的三八式机枪。红枪会和黄枪会在一面坡英勇的战绩和牺牲，给我的印象是很深的。在他们当中那些出身农民的群众中，确实大部分都抱着抗日的热情，要求从自己的村庄和土地上赶走日本侵略者。谁又知道，他们的首脑却怀着鬼胎。不过，当看到他们带来的那种三八式机枪，我产生过怀疑。为首的王大法师等人，在我问的时候回答说，那机枪是一个汉奸商人买来赎身的，还是哈尔滨大白楼的正装货。我们知道，所说哈尔滨大白楼就是日本私商贩卖枪支和弹药的地方，不是"三菱洋行"就是"住友洋行"所经营的买卖。他们在中国的东北，"私卖"枪支、弹药，不单纯是为了营利，主要的还是在于发展东北的土匪，骚扰东北的安宁，以便进行勾结、操纵和利用。这种非法的买卖，从张作霖时代就早已开始了。因之，我们也就相信了。

下城子联席会议之前，我要到东宁总部去开会。临走，我到第十七团驻区去视察一下。这还是在李延青同志收编红枪会和黄枪会变更防区之后，我头一次去视察。第十七团的防区，驻在兴源镇西山坡，隔着一道穆棱河，和第十七团所属的红枪会营、黄枪会营相对。

我们去的时候，下着毛毛雨，正是七月连阴雨的季节，一些地区河流已泛滥成灾。我带的几个警卫人员，都是准备随我到东宁去的。我们都骑着马，先从兴源镇过河沿着河岸走。雨呢，越下越大，雷声滚滚，电光闪闪。我们从红枪会和黄枪会防区，走到穆棱河的木头桥才又绕到北岸，找到第十七团李延青同志的团部。不用说，我们都淋得浑身湿透了，但我所关心的不是怎样尽快把衣服烘干，换鞋、换袜子的问题，而是不论在第十七团防区的桥头上、交道口或是团部，不论在河边还是山脚下，都看不到一个哨兵的问题。原来，倾盆大雨之夕，值日军官不查哨，所有值班的哨兵，都躲到屋子里去睡觉了。第十七团团部所在地，是远离屯子的一个孤立的三间房。这使我产生想法，为什么李延青同志选择这样一个地点作团部呢？离自己的部队远，离红枪会营倒那么近，隔河就是。我对李延青说："走到你们防区，看不到一个哨兵，不大好。"李延青同志说："因为雨太大啦。"又说："怎么也没想到这样大雨天你能来！"我说，越是雷雨天，越要勤查哨。又对他说，这样松懈不好，尽管环境平静，但我们却不能不警惕！嘱咐他，不能离开自己贴心的部队，团部一定要挪。开始，他还全不在意地说："我怕什么呀！"最后，终于说："这还不好办，明天就搬，不用你操心就是啦！"李延青同志性格粗暴，作战善于猛冲猛打，心直口快，只要说到就能做到。

我们当天晚上没有在他团部里停留，冒着大雨就走了。

我绝没有想到，一到东宁，王德林就递给我一份电报：李延青就在我离开的那天晚上，遇刺身亡。我看到这份电报，一时竟说不出话来，惊愕的程度超过悲痛。不久，又接到凶手就是红枪会首领王大法师和张大法师的报告。在电报里，朱团副请示，是不是连杜大法师一并逮捕法办？

原来，我那天晚上冒着倾盆大雨到第十七团团部的所在地三间房的时候，已经被潜伏在红枪会里的奸细注意了。他们以为，这是一个很好的机会，完全没想到我当天晚上会走掉。他们行刺的目标，就是抗日救国军中的共产党员。李延青同志是在高岭子一役最后消灭敌酋天野少将的指挥者，虽然敌人不能确定他是共产党员，但也是誓在必刺的对象之一。现在，既然碰到我们在一起的机会，那些民族败类岂肯轻易放过。

但在三大法师的秘密会议上，杜大法师对这一行动，曾坚决反对。他说："我们在哈尔滨拿日本人的钱不假，可是我们说的是拿日本人的钱打日本，再说，我们知道谁是共产党？"又说："咱们不能丧良心，咱们是中国人呀！在这里，李延禄和李延青是两杆大旗，我们要是给砍啦，这不是留下千载的骂名吗？"王大法师和张大法师最后说：

"你要是不参加,我们两个人动手好啦!拿人家的钱,就得给人家办事。"会后,杜大法师写了一份秘密信,揭发王大法师等人的行刺阴谋,连夜送到兴源镇参谋处。可惜当时李延青同志已经被刺身亡,和他同时被刺的还有一个团部副官(营部派人去团部送公事的时候才发现)。事情发生后,朱团副一面集结第十七团的队伍,一面发电报向东宁报告。

我和孟泾清同志研究之后,向王德林提出来,所有红枪会的徒众,本是爱国抗日的农民,不需全部缴械,主要的在于王大法师和张大法师等奸细。因之,杜大法师需要嘉奖,所有红枪会的人划归杜大法师继续领导。王大法师和张大法师两名主要凶手,可以逮捕之后就地处决。王德林同意,并签署了我们所提出的回电指示。

这是日本帝国主义者在镜泊湖战役军事失败之后,所采取的打入我们部队内部从事特务破坏活动的开始。

至于孔宪荣暗害我的阴谋,是由于排斥抗日的领导力量,为独揽大权的军阀野心所促使。这时和日本的特务活动,还没有什么牵连。

等我从东宁回到兴源镇的时候,王大法师和张大法师两名奸细,已经处决了。所有抗日的红枪会和黄枪会徒众,交杜大法师带领,装备和给养照发,仍属第十七团统辖,团长由邹凤翔接任。

从此,我们再也见不到猛虎式的李延青同志的影子了,但他的光辉事迹,将记录在东北人民抗日的历史上。

## 十九

下城子联席会议之后,与日本帝国主义暗地勾结的民族败类丁超,又亲手在密山制造了平阳镇惨案,杀害我方以共产党员为领导的抗日救国军军官三十六名。

穆棱有一个煤矿,矿主是白俄,名叫谢杰斯,因之这个煤矿也叫谢杰斯煤矿。煤矿区有二三百名矿警武装,自然,这些武装都是压榨中国矿工、为矿主谋取最高利润的工具。矿内还设有一所兵工厂,矿外还有一条通梨树镇的铁路，也称谢杰斯铁路，可见这个白俄矿主势力之大。同时，这个白俄矿主也是反苏仇共的"急先锋"，和日本当局是一个鼻孔喘气的。

抗日救国军第二补充团来兴源镇报到，正式点编之后，受命去穆棱，解除谢杰斯白俄武装，并把谢杰斯兵工厂作为敌伪财产设备来没收，所有兵工厂的武装、机械设备，都计划拆迁东宁。

因为梨树镇有丁超的护路军驻扎，为了行动保密，抗日救国军第二补充团就离开铁道，迂回地绕到谢杰斯煤矿背后，在距离矿区还有近百里的石头河子一带宿营。

抗日救国军第二补充团的团部驻在一个地主的大院子里。部队的臂章，都是由东宁抗日救国军总部颁发的，标明是补充团。

驻宝清的护路军总司令丁超，既然已经暗地通敌，就需在反抗共产党所领导的抗日救国军的斗争中有所建树，在敌前邀功谄媚，于是，派原属东北军二十六旅的王孝之团和车子久团，连夜从平阳镇赶到石头河子，第二天就把我方补充二团的驻地包围了，并派一个姓陆的营长和一个联络参谋，到补充二团团部来找带队伍的头目人。

补充二团团长苏怀田和副团长、共产党员田宝贵等同志就出面接见了。

来人声称，谢杰斯煤矿为护路军管辖区，矿主受护路军的保护，如果抗日救国军在护路军管辖区活动，必须和总司令丁超谈清楚。现在丁超本人已经来到平阳镇了，特意派他们来约请补充团的头目人去面谈。苏怀田就说，谢杰斯和日本人勾结，并非法经营兵工厂，他们是奉总部命令来的，既然丁超有约，不妨就去谈清楚。

补充二团团政委李延平和副政委兼第三营营长杨太和当时在场，他们坚决反对。杨太和同志那时不过二十四五岁，风度潇洒，处事却极老练。他说哪里有派兵四下包围着再来约会的？护路军所属二十六旅的来人就说："我们原本也不知道你们是抗日救国军方面来的队伍，我们到这里才弄清楚,我们可以插草为香,对天盟誓,都是抗日的部队,绝不会有什么对不起你们的事儿。"

补充二团团长苏怀田决定率领团部所有的人员去访丁超,但杨太和同志当众违抗命令,共产党员冷寿山同志也从旁支持。杨太和说:"我不去!""你们来,我们就打,我们是奉命来执行任务的!"结果,作为副团长的共产党员田宝贵不得不奉命陪随苏怀田前去赴约。当他们走到大门口的时候,杨太和同志还大声说:"要是我们的人到时候不回来,你们还不解围,我们就要开枪。"在这里,充分显出杨太和同志有着遇事果断的那种独当一面的军事指挥人员所不可缺少的机警头脑。

结果,不出杨太和同志所料,苏怀田及田宝贵同志等人一到平阳镇就给护路军方面的人员逮捕了。所有补充团一、二两个营,在护路军所属二十六旅王孝之团和车子久团突然袭击之下,解除了武装。在平阳镇一所大剧院里,以团长苏怀田,副团长、共产党员田宝贵为首的六名营级以上的军官,全给绑起来,用铡刀铡了。排级以上的三十名军官,全部枪杀。民族败类丁超对抗日人员所采取的这种残酷手段,实在骇人听闻。

补充二团,只有杨太和、冷寿山两位同志所率领的第三营全体官兵,突围脱险归来。

这是我们党所直接领导的抗日武装,继李延青同志被害之后的第二次重大损失。

我们密山地方党委在对敌伪斗争中,历尽艰险,辛辛苦苦建立起来的革命武装,不想竟在伪装抗日的丁超、王孝之、车子久的毒手之下,丧失了三分之二。日本军事特务当局,还借此在以后为挑拨和扩大抗日救国军与自卫军之间的矛盾和互相残杀做了许多文章。

在平阳镇惨案中,丁超这个卑劣之徒所欠下的血债,我们东北人民是不会忘记的。

为抗日而无辜牺牲的烈士们可以瞑目了。我们中国人民胜利之后，这个民族败类终于伏法了。

## 二十

不久，我们接到党组织转来的一份情报：日本多门师团已派一个名叫高博生的高级特务，企图打入我们抗日救国军内部，进行瓦解活动。

实际上，从哈尔滨转来的有关日本特务活动的情报，这已经不是头一件了。正如我们所处决的敌伪奸细，也不是以王大法师等人为始，在镜泊湖阵亡将士的追悼会上，我们依法处决了魏学海。

在这里，我们不妨补充说明一下，我们头一次接到从哈尔滨地下组织转来的敌特活动情报以后，我们所采取的行动和收获。

当时，正是关家小铺战斗前夕，天野残余部队四百人从松乙沟逃窜宁安之后，我正在海林车站，和张宪廷连长等人在地图上布置关家小铺的战斗位置，地下交通人员送来一份情报，内写日本特务当局已经从哈尔滨派出两个人，一人名叫孙麒瑞，一人绰号是在宁安人人皆知的孙小辫。孙麒瑞是日本训练的高级特务，孙小辫则是经营宁安南火磨的资本家，两个人都是从哈尔滨乘当天的某次火车东下，如果情报送递时间不误，我们正来得及在海林站截获。据我们估计，孙小辫可能是受敌人嘱托，来收买原二十一旅旅长赵芷香，至于孙麒瑞究竟要干些什么，我们无法猜测。情报来得及时，我们正好可以组织力量，于指名车次的列车进站时，进行车上搜查。孙小辫的面貌，有眼线可以辨认。孙麒瑞呢？身穿西装，面貌特征，在情报上也说得很清楚。

车一进站，我们就嘱咐停车检查，发车时间要延迟。铁路员工一直支持我们抗日救国军，是服从我们指挥的。但所有我们的检查人员，从车尾到车头，既没有发现孙麒瑞式的可疑人物，又没有找到孙小辫，我们进行了第二次检查，也没有线索可寻，于是我们就加强车站附近一带的搜索。结果，我们的巡逻人员在一个厕所里把孙麒瑞逮捕了。原来，这个家伙很狡猾，车还没进站，他已经发现月台上集结的我方武装人员，知道不好，就在火车缓行进站时跳下去，窜到厕所里潜伏了。等到列车停下了，军警人员很多，他知道很难脱身，就开始撕毁所携带的信件。在信纸纷纷撕碎下落的时候，为巡逻人员远远发现。就这样，孙麒瑞被我们捕获了。这个高级特务送到指挥部之后，他所撕毁的密信，已经从茅坑里捞出来，冲干净，对补完整。

那信是由日本关东军总司令本庄繁和大汉奸于琛澂两人署名写给绥芬河张振邦的。很清楚，敌人在镜泊湖和松乙沟两次大失败之后，敌寇当局已经考虑到我们在对敌斗争上将要和张振邦在军事上联合的问题了。从这里，我们又看到，敌寇首脑对我方战略的分析和判断，有时候不能不说是很准确的。

张振邦原是日本陆军大学的士官生，敌首本庄繁那时是校方军事教官，和张有师生关系。信内大体说，当此风云变幻之际，识时务者为俊杰。日本出兵东三省也不外为了日"满"提携共保大东亚繁荣圈。又说："阁下何去何从，可与来人作知心之谈。"

看过信以后，我开始审讯。这孙麒瑞身着西装，剪裁样式都极讲究，虽然倒背手绑着，但那种原本衣冠楚楚的"高等华人"的姿态，还是很显著的。他强作镇静，但脸色有些苍白。我问他叫什么名字，他不说，问他这封信是不是他撕掉的，他也不响，只是说："你们爱怎么办，就怎么办吧，我没有什么可说的。要是想听听我说话，那么，就该把我的绳子解开，给我个座位。"

我叫人把绑他的绳子解开，给他一个座位，又要人拿给他支烟，还给他一杯水。

他完全镇定下来。他说："你们是民族英雄，我很尊敬。不管你们是共产党也好，抗日也好，总之，你们是英雄。可是，你们想没有想，抗日能抗得了吗？马克思在《资本论》里讲得很清楚，不经过资本主义阶段，怎么能谈到共产主义呢？"

我说："这些废话你不必说啦，你究竟是干什么勾当的？你要是顽固不化，你知道，这是军事时期，我们要按军法处决你！"

他说："我这人向来不哀求人，你们要流芳千古，那么就让我遗臭万年吧！是不是还能给我一碗酒喝？"

我说，可以。就叫人把他带下去，给他喝酒去了。这样的人、这样的口气、这样的态度，我知道，是无法挽救的。当时因为牵连到张振邦，我就挂电话到绥芬河，问他是不是在日本陆军大学时和本庄繁认识，并告诉他，我们抓到一个奸细，这个人身上带着本庄繁给他的信，问他是不是还要把这个奸细给他送过去。张振邦考虑了一下说："还是不要送了，由你们那边就地处理吧！"

孙麒瑞当天就在海林站枪决了。孙小辫却漏了网，我们在车站周围一直没搜索出来。以后，我们在宁安联席会议期间才从当地的士绅口里知道，孙小辫当天蹲在车站附近一个垃圾箱里，一直蹲到下半夜才从海林逃出来。我们从哈尔滨地下组织转来的情报是很准确的。

这次，我们接到多门师团所派来的特务高博生已来我抗日救国军，企图打入总部进行瓦解工作，我们的重视程度和警惕，是可以想象到的了。

我们在东宁一面加强总部各有关机关的检查，一面在党的支部会议上研究对策。

当时的形势是，抗日救国军和丁超的护路军的矛盾，由于平阳镇惨案的发生，已经超过和李杜自卫军的矛盾。其势如箭在弦，内部战火，大有一触即发之势。我们估计，日本帝国主义所派遣的特务，一定要借机煽惑，挑起抗日救国军与护路军之间的战火，以求两伤。因之，我们党支部的决定是，对于丁超护路军杀害我们补充团三十六名军官的事件，采取交涉和谈判的手段，追究责任，要求丁超交出主谋凶犯，依法处理。因为当时我们还不知道，丁超实际上已经通敌，他本人就是平阳镇惨案的幕后指挥人。

总部王德林听到我方三十六名军官被害的报告之后说："孩子哭还要抱给他娘呢！这些婊子儿，不问问我们，就把我们的人杀啦，你们说，是不是打这些婊子儿！"

孔宪荣说："你先不用着急，我有办法，咱们去找李杜算账！"

原来丁超在吉林原东北军第十三混成旅也当过旅长，曾经是王德林的老上司。孔宪荣认为有旧关系，不便直接对面交涉，所以要找李杜。我们在党的会议上，既然已经决定采取谈判方式，追究主谋凶手，自然，在总部的军政会议上，就同意孔宪荣的提议，支持和平谈判，避免武力冲突。

## 二十一

我地下党所领导、影响的抗日救国军，正处在日本帝国主义特务及伪装抗日的丁超护路军内外夹击的时候，蒋介石南京政府，又向我东北地方党组织展开攻势。

一九三二年八月，与南京国民党政府保持联系的自卫军总部老密山电台，接到蒋介石剿共密电，并委李杜为吉林省司令长官，王德林为吉林警备司令。又以批准原设密山和穆棱的东三省农民银行发行钞票为剿共的诱饵，答应他们，一俟"失地收复"，所有该两地农民银行所发行的钞票，由"中央银行"兑现。

蒋介石八月密电，由李杜以联合军总司令的名义附署，转达各有关部队。首先积极响应的自然是他的亲信左路总指挥马宪章。在他的左路总指挥部里，有我们一个共产党员佟同同志，担任作战参谋。他原和马宪章朝夕相处，情意颇投。但这时，马宪章既已决心效命剿共，就把旧日的友情，完全抛开了。据佟同同志的随从人员日后说，佟同同志正在自己办公的民宅里看书，马宪章就走进来了。马宪章和往日一样的亲切，说："有点事找你谈，咱们到外边去走走吧。"佟同同志就放下书本说:"等我把外衣穿上。"马宪章说:"你来吧,不要穿啦!"好像很急,又像三句话就完啦!这样,佟同同志就连外面的军衣也没有穿,只穿着贴身的衬衫,跟出去了。村口外边就是高粱林子,一到高粱林子地边上,马宪章就说:"你是共产党,我是国民党,论私情咱们是好朋友,论公事咱们是仇敌。"不容佟同同志开口就枪杀了他。村口的岗哨,都看得很清楚。此外,在蒋介石八月密电之后被马宪章的自卫军逮捕的共产党员,还有穆棱抗日会王会长、宣传部部长张灵轩、组织部部长朝鲜族同志金翰植、指导员李哲石、副指导员张山海。大部分是优秀的革命知识分子,内中李哲石同志曾在广东读过书,张山海是吉林大成中学的学生。他们是在马桥河站宣传抗日的时候被捕的,经过我们交涉才释放,而王会长在释放后又给暗杀了。当时,穆棱地下党的县委书记就是曾任黑龙江省省长的李范五同志,外号李大个子,同时也在抗日部队里做党的工作。被害的同志,就是在他领导之下的一个党员。自然,马宪章做了这些血案之后,作为自己的"功绩",都经李杜的密山电台向南京汇报了。

在东宁,抗日救国军总部王德林接到李杜签转的八月密电之后,经孔宪荣的策划,扣留了金大伦、贺剑平、荆瑟良、杨辰豪等六人,并撤销了已经有二百名成员的宣传部。六人中除了我们的两名同志之外,其他四人都不是共产党员。杨辰豪是国民党改组派。荆瑟良呢,只因为抗日热情很高,爱发议论,引起孔宪荣的错觉。我在兴源镇一听到这个消息,就急忙赶到东宁去,一路上焦虑之情超过愤慨。一到东宁,听说人还在,稍得宽慰,我不及去探望被囚的金大伦和贺剑平,先到总部找王德林。我说:"国民党不抵抗,你们要坚决抗日,所以许多有为的青年知识分子,热心爱国,都投奔你们来了。如今,日本兵还没有打出去,你们又要杀这些人,究竟他们又有什么罪呢?"

王德林一听,就把蒋介石的八月密电拿出来给我看。我说:"李杜的自卫军从驻到密山,就没有和日本人交过手,人家是听国民党的命令，不抵抗。可是我们呢，一开始就抗日呀！不抗日，咱们会发展到今天这样吗？咱们拉出来的是一个营，今天发展到六个整编旅，咱们怎么能和李杜的自卫军走一条道呢？咱们不该反共，不该扯这一套！"

王德林对于吉林警备司令要在李杜司令长官指挥之下也不满，因而说："你说得对，咱们不扯这一套。"

我说："那就应该把扣留起来的人都放出来，咱们要留就留，不愿意留，就打发他们走！"

孔宪荣当时已经到密山找李杜交涉平阳镇惨案的善后问题去了，因之，没有任何阻挠，被扣留的人全部释放了。金大伦和贺剑平两位同志也获重生。自然，宣传部是撤销了，他们经过这次风险，感到在部队里工作已经是困难了，要求脱离部队，回地方去工作。

我和孟泾清同志两个人，就根据形势变化，向绥宁中心县委作了汇报，要求党的指示。

另外，在这里需要说清楚的是，我们尽管根据地下党送的情报，在东宁总部作了反复的检查，甚至所有东宁的招待处、旅社、澡堂子、小客栈，都坚持不断地加强检查，却始终没有查获与日本高级特务高博生状貌相符的人物。

因之，我们就向王德林提出来，说明敌伪特务的破坏阴谋，要求他注意。

## 二十二

现在再说孔宪荣。

孔宪荣到了密山，去联合军总部找李杜，李杜避不见面；又到梨树镇左路指挥部去找马宪章，马宪章依样画葫芦，也避而不见，不得已，孔宪荣就到宝清去找护路军的丁超。

那丁超却以老上司的姿态，颠预地说，平阳镇的事，他知道啦！

当时，二十六旅认为是哪里来的一股土匪，误会啦！回去吧，不必说什么啦！

孔宪荣就说，人杀了，还有五百套军服也都给剥去了，枪也都给他们缴了！

丁超说："枪和军装好说，回头我要他们发还给你们就是了。"

孔宪荣碍于所谓"有旧"的情面，既没有提出追究责任的要求，更不要说要护路军方面交出主谋凶手了。自然，回来是满肚子的气。一到东宁，发现经他手扣留起来的人，已经由我要出来，就把一股怒火又转到我的头上了。

"为什么李延禄在兴源镇，总部这里发生一点风吹草动，他就知道了呢？"他猜疑到总部秘书长曹品一的头上，认为曹品一是我介绍来的，一定和我暗通消息。结果，在王德林面前假造证据，就以贪污的罪名，在东宁城外由吴义成出面把曹品一枪杀了。临刑之前，曹品一高呼："皇天救人！"先后借贪污罪名枪杀的，还有宁安县商会会长范玉明的外甥王副官。临刑前，王副官曾经从口袋里掏出来一份孔宪荣亲信副官给他写的亲笔"收据"，执刑官某营长说："你早干什么啦！怎么到这时候才拿出来呀！已经批下来啦，还能半路上再提回去！"终于还是枪杀了。曹品一秘书长，原是小城子的小学校长，曾在原吉林督军署担任过行政科长的职务，和王德林就是在督军署办事时期认识的，实际上，并非我带出来的人。那个王副官确为我在宁安联席会议之后，带到部队上来的。

孔宪荣枪杀他们两个人的时候，我已回到兴源镇。

这时候，我还去四十里外全阳河检阅补充团所属的整训部队。所有补充团的战士，参加镜泊湖"墙缝"伏击战的健儿们，一个个都生龙活虎，锐气十足。史忠恒同志当时却很苦闷，要求出战，他说："为什么老要我们蹲在这个偏僻的山沟里训练呢？"

对于这样一个天真、热情的军官，我怎么能说明外面的敌伪以及丁超、马宪章、孔宪荣等人向我们党展开内外夹攻的情势呢？现在，所有这些内外各种矛盾情况，没经绥宁中心县委的批示和决定，是没有必要让我们部队的同志知道的，否则，会引起思想、情绪上的混乱。

我只能说："仗是有我们打的。你们准备着吧，随时可能出击。"

## 二十三

孔宪荣在东宁总部杀掉曹品一秘书长等人之后，又来到穆棱站，召开抗日救国军驻军首脑的秘密会议。我接到电话通知，就不能不带着几名机警、勇敢的警卫员去参加了。出席这次会议的有第四旅旅长刘万奎、第五旅旅长兼总部军法官郑兴和总部来的金副官等四人。

开始，我不知道孔宪荣葫芦里卖的是什么药，他在东宁的一些反常行动，我是知道的，我不能不警惕。结果，孔宪荣召集这次会议的目的，是准备要杀左路总指挥、反共的刽子手马宪章。孔宪荣在会议中，提到他去密山找李杜，李杜不见，去梨树镇找马宪章，马宪章又不见的情况。他说："平阳镇他们杀了我们三十六个人，就这样算完了吗？我们活着的要给死掉的人报仇，先从马宪章这里下手。"他问谁去。

马宪章血债累累，固然是在万恶不赦之列的。但平阳镇惨案的主谋人是护路军的丁超，怎么能算到左路总指挥马宪章头上呢？是因为马宪章不见孔宪荣，因而恼羞成怒么？是因为丁超当过第十三混成旅的旅长，碍于封建传统意识，不便问罪么？是因为交涉受到蔑视性的冷遇，而要借杀马宪章来树威吗？在这很多因素中我分析了一下，主要的，他还是想就机拿掉马宪章的左路总指挥。果然，孔宪荣在以后的谈话中，也透出这样的口气来："仗是我们打的，他马宪章凭什么坐在我们头上？"看来，孔宪荣的主要意图，我是摸到了。实际上我当时还不知道原来为我们在东宁所久久检查、搜索不到的那个日本高级特务高博生，已经作了孔宪荣的幕后决策人。自然，孔宪荣不知道为他所特别保护的这个幕后贵宾，却是多门师团所豢养的奴才。怪不得孔宪荣从宝清回到东宁,是那么有条不紊的,先从清除总部周围与我有旧的抗日人士着手,第二步是集中在策划谋杀马宪章上,对我却保持着原有的虚伪姿态,以示无猜。

尽管我当时不知道孔宪荣背后另有决策人,但从孔宪荣借机要杀马宪章的意图中,已经感到抗日阵营内部危机的严重了。因为在东宁党的支部书记孟泾清同志主持的会议上,对平阳镇惨案之发生,对来我总部从事内部瓦解活动的敌特,都已经作了研究和分析。原则是,我们先说理交涉、追究祸首,避免武力冲突,不给敌人造成有利可图的混乱局面。

据此,在穆棱驻军首脑会议上,我提出反对扩大联合军阵营内部的冲突,提到"小不忍则乱大谋",提到抗日是需要团结的,一切该从大局着眼。自然,也提到平阳镇惨案的祸首需要护路军方面交出来,如果护路军拒绝,再作第二步打算,现在还不能认为丁超已经堵住谈判的道路。因为,我们还没有向他提出追究责任、交出主谋人的问题。至于五百套军服和几百支枪的武装发还问题,倒是次要的。我说,要是抗日救国军和自卫军再发生自相残杀的事件,敌人是会乘隙而入的。我是在会议已经确定由刘万奎出面执行杀马的任务以后才提出反对意见的。

我们知道,刘万奎的第四旅,在一面坡战役惨败之后,就仅剩下项元英带出来一二百人的武装。所说的第四旅,已经是个名义上的编制了。在孔宪荣提出杀马的要求,问谁去的时候,刘万奎就说:"我手下没有什么人马啦,要是给我两团人,我去!管保拿马宪章的脑袋交令。"

孔宪荣当场就答应给刘万奎两个骑兵团,一是蒙古艾兰太骑兵团,一是驻兴源镇的武维新第十五骑兵团。由于我反对,总部军法官郑兴就说,马宪章实在目无法纪,眼里就没有咱们抗日救国军。他在梨树镇私放税捐局局长,钱粮、税款,都经他私放的局长手掖到他自己的钱包里去了。对日本呢,一回仗也没打过,光知道耍嘴片子,往腰里弄钱，刘万奎本来也在自卫军的编制上，可是一个大钱的军饷也讨不到。郑兴列举马宪章许多罪行，主张把他杀掉。

实在说，在马桥河站，马宪章已经是反共的刽子手了，杀害了许多我们党的优秀儿女。难道我不愿意早一天把这个祸根拔掉么？但，投鼠忌器，是我们古来的警句，我们不能不注意周围的条件和时间。所有这些，我当然不能说，我只强调大敌当前，抗日为主。

总部军法官兼第五旅旅长郑兴就语气沉重地作态说："我们一向认为参谋长是聪明过人的，怎么今天和道路为仇，给自己过不去呀？"原来，他已知道孔宪荣接悉蒋介石八月密电之后的态度，早就为我的生命安全担心了。在他说这番话，实际上还是居心卫护我，怕孔宪荣杀人的气焰烧到我的头上。

不想孔宪荣却说："我们不要争论啦！以后，大家谁也不要再提这件事，这个会，算是没有开过！"

会议不欢而散。总部军法官兼第五旅旅长郑兴在我离开时，又一次表示对我的关心，埋怨我不该和孔宪荣作对，说，现在是什么时候呀？不是宁安联席会的时候了！意思是，我已经不当令了！

我刚到兴源镇，就派人向总部孟泾清同志作汇报，并希望能听到他对于这次穆棱驻军首脑会议的意见。

却没有想到，我离开穆棱站之后，孔宪荣又接着召开了第二次会议。在会议上，由孔宪荣委命刘万奎为抗日救国军第十三路总指挥，率领蒙古艾兰太骑兵团和武维新第十五骑兵团，限三天以内，占领梨树镇，把左路总指挥马宪章的脑袋拿下来。为了从自卫军把守的梨树镇附近的防区通过，为了蒙蔽马宪章的自卫团，所有第十三路军的队伍，都摘下抗日救国军的臂章，换上自卫军第四旅的符号。

果然，刘万奎所率领的第十三路军通过梨树镇马宪章自卫军防区时，马宪章毫无警备，还以为是刘万奎脱离了抗日救国军来投李杜。

但，刘万奎的言过其实的浮夸性格，我们在一面坡战役中已经知道得很清楚了。当他的部队靠近梨树镇驻下来之后，却未敢直接向左路总指挥部进攻，倒把驻梨树镇的税捐局局长住所包围了，把为马宪章私放的这个税务官捉来了。

捉来之后，刘万奎就嘱令绑起来吊打，并追问他所有的地方税款都弄到哪去啦？为什么不向第四旅缴。总之，百般凌辱，为的是要把左路总指挥马宪章骗出来。

马宪章闻讯，果然就带了一个团长，赶到刘万奎驻防地来了。马宪章外号是马铁嘴，善于辞令，对刘万奎素日也很轻视，因之，全不在意，绝没有想到刘万奎竟敢在他的脑袋上打主意。临走时，左路总指挥部的参谋长杨耀宗，劝他不要亲自出面去找刘万奎。马宪章说道："刘快腿的来意很明白，不过是找我们要几个钱，就带着他的团长走了。"所有这些，都是以后从杨耀宗那方面知道的。

马宪章一到，刘万奎就派人把他的随从团长和马弁包围了，来人全部缴械，押在一个村舍里。刘万奎呢？避不见面，想杀又不敢杀，想往后方送又不能送。要知道，这是属于李杜自卫军的防区。

驻密山自卫军总部的李杜闻警，当即分头给东宁孔宪荣和自卫军第五旅郭英奎两人打电报，请他们出面调解，并派代表到梨树镇左路总指挥部去迎接他们。

孔宪荣从穆棱一赶到梨树镇左路总指挥部，就和自卫军第五旅旅长郭英奎碰到了，在李杜的代表陪随下。来到第十三路军驻地，找刘万奎。

孔宪荣一见刘万奎的气色不对，从他那种不安的样子就知道，人还没杀掉。孔宪荣诨号是孔小鬼，在这些关节上是极精细的，因之，一开口就说："你是怎么弄的呀？这多不好呀！都是自己人，有什么不好商量的？"又问他："人不在了吧？"见刘万奎不说话，孔宪荣就要郭英奎等来人和他一起回左路总指挥部去，等刘万奎的安排。事后，据参加调解的郭英奎说，当时，他不知道为什么孔宪荣那么匆匆地又把他们带回左路总指挥部去,过后才知道,原来当时人还在。郭英奎感慨地说,孔小鬼处事确实厉害。谁也没想到,这个调解人实际上是事件的主谋者和操纵者。

郭英奎说,当他们第二次随孔宪荣再去调解的时候,刘万奎一见面就说:"人已经不在了。"因为刘万奎知道,孔宪荣的离开是给他下手机会,就派人把那个反共刽子手马宪章和他的那个随来的团长,装在两条麻袋里,投到河里去了。

孔宪荣一听人不在了,连呼:"我们来晚了,我们来晚了!"又故意埋怨刘万奎说:"在平阳镇杀咱们的人,是护路军干的,怎么也不能算在马宪章头上呀!再说,有什么过不去的,该找自卫军的总头目人李杜交涉呀,你这样乱来,咱们能对得起朋友吗?"

伪装护路军的民族败类丁超闻讯,早已从宝清赶到密山,正在和李杜作私谈。当他们听说抗日救国军副司令孔宪荣来到的时候,接出去很远,真是前倨后恭。从这里,我们也可以看出来,孔宪荣在调解中的表现,已经使李杜和丁超不能不表示尊崇和戒备了。

孔宪荣在李杜和丁超面前,表示自己受委托的差事没办好,说:"我们到时人已经没有啦!"又说:"还是抗日大事要紧,左路总指挥一职,不能一天没人,我们还是推举人办善后的事吧!"

李杜就说:"那你就到梨树镇去接差吧。"并送给他一支二十响的匣枪作贺礼。丁超也趁机从随员手里,取过一架手提式机枪,作为贺仪。

那孔宪荣却不回东宁总部去汇报,竟真的直接到梨树镇接任去了。

接差当天,就在梨树镇以左路总指挥的名义签署、张贴红纸就职大布告。我们有一句俗话说得不错,这叫做"利令智昏"。凡是一个忘记自己立足点的人,注定是要身败名裂的。

## 二十四

孔宪荣在梨树镇一面张贴接任联合军左路总指挥的红布告，一面也分别向各有关部队下达就职的通告和指示，抗日救国军也在下达通告的隶属部队范围之内。

三天过后，孔宪荣冷静下来，觉得自己处势很孤，有似寄人篱下。因为，左路总指挥部所有军政大权，都操在原属李杜自卫军系统的参谋长杨耀宗手里，又加听到东宁抗日救国军总部的反应很不好。王德林当时一听到孔宪荣签署的就职左路总指挥的通电，就一把撕碎了，大骂："孔小鬼！这个婊子儿，到我的头上发号施令啦！"极为恼火。孔宪荣在东宁总部耳目众多，自然不会不知道。

因之，在接任三天之后，孔宪荣左思右想，只有给我打电话，要求我到梨树镇去看他。据说，他打过电话之后，还自己摇头，叹息着对左右随从副官说："李庆宾会来吗？"又自答："不会来！"

我是在兴源镇接到电话的。我当时答应他，只要走得开，当天晚上就到。

在兴源镇，党支部经过慎重研究，认为只要孔宪荣回心转意，还是要争取他的。因为，如果孔宪荣由此和王德林的关系真的发生分裂，那么，在自卫军与抗日救国军的矛盾关系上，是很不利于抗日救国军的。

据此，我就不能不在一九三二年十月我党绥宁中心县委召开军事会议的前夕，赶到梨树镇去。

我在梨树镇下车的时候，已经是深夜了。从梨树镇的火车站走到镇内左路总指挥部，不过二里路，但是需要通过十三道岗哨，李杜自卫军的戒备如此森严，可见空气是多么紧张了。我带去的几名警卫，都戴着抗日救国军的臂章和符号，枪都在手，子弹推上膛，在高呼口令声中，孙贤同志对答自如。

孔宪荣已经接到我在车站上打过的电话，等我们要通过最后几道岗哨的时候，他已经率领随从副官接出来了，对我表示从来没有过的亲切和尊敬。他说："我真没想到，你会马上来呀！"

我说："我接到你的电话，怎么能不来呢？"

一进屋，我就说："耀臣，你这次做的可是太不智呀！"他连忙摇手，目示内室。原来，李杜自卫军所属的参谋长杨耀宗，还没有睡。

这一夜晚，我们的密谈是从孔宪荣问"你看我今后该怎么办"开始的。他说，左右都是人家的人，这个位子不好坐呀！

我大意说："你这次做的事不聪明，过去的不谈了，你为什么事前也不回东宁去向总部请示请示，就这样干起来了？你不想，你是依靠什么人的力量呀？"我说："我们不是依靠抗日救国军吗？依靠我们抗日的力量吗？"

他说："当时，是李杜和丁超怂恿我干的。"

我说："你要是聪明一点，就是李杜和丁超推举你，你也该让给王德林，也该回去和惠民商量一下。实际上，如果王德林在名义上接任联合军的左路总指挥，还不是会委你来坐镇吗？"

他说："现在，你看我该怎么办呢？"

我说："你该回东宁去，向总部请示，现在也不晚！贴出去的就任布告，也要赶快收下来。你知道，敌人既有特务到东宁活动，就不敢说梨树镇没有。你那样做，岂不是'插草卖首'吗？再说现在大敌当前，还不是封侯的时候。"我说："我一下车，就是盘查哨，两里路，倒有十三道哨岗，看来，你这样待下去，是不好的。"孔宪荣于是决定将找机会回东宁去。

我从梨树镇回来，就去穆棱参加中心县委召开的军事会议，主要的是听取抗日救国军党支部的汇报。出席这次会议的有县委书记、孟泾清、潘部长、刘静安等人，由我和孟泾清同志就抗日救国军第二团在平阳镇蒙难之后所发生的一些问题，就蒋介石八月密电在东北各抗日部队所煽惑起来的反共活动，以及由此而出现的各种性质的矛盾，分别向党委作了汇报,并提出金大伦、贺剑平两位同志在宣传部撤销之后要求离开部队,回到地方做抗日工作的问题,请求批示。

绥宁中心县委根据我们的详细汇报,考虑到日本特务活动的阴谋,要求我们必须加强抗日阵营的团结,并且考虑到日本帝国主义的武装部队可能趁机进行"围剿",因之,会议决定两项工作任务:一、要整训抗日救国军所有的部队;二、要巩固抗日救国军的东宁根据地,发动群众抗日,特别注意发展自己的力量。这样,就必须撤换原来的地方行政官。

另外,原任抗日救国军宣传部部长的金大伦同志,调回地方,到密山开辟勃利地区的工作,任勃利县委书记。原任抗日救国军总部宣传部副部长的贺剑平同志,调吉东局工作。

我们在绥宁中心县委会议之后,又到东宁,由孟泾清同志召集东宁党支部会议作了传达。

这时候,孔宪荣还没有回到东宁,我和王德林的关系显然由于总部撤销了宣传部、枪杀了秘书长曹品一又委任了一个新参谋长贾鸣周,已发生了隔膜。谈话中,双方都感到不像以前那样亲密无间了。

当我提到,我们必须整训我们的部队,以备敌人的进攻,王德林就说,现在是战时,打仗的时候整训什么,等太平的时候再整训吧。在蒋介石八月密电所形成的各种复杂矛盾关系影响之下,我们的关系是这样疏远了,因之,中心县委的决议精神不能如愿地贯彻了。这不能不说是抗日部队的危机。

究竟日本特务高博生潜伏在哪里呢?我们在东宁还是没有查获到。其实,敌特高博生的破坏任务已经完成,早在刘万奎处死马宪章之后,离开东宁回哈尔滨领取敌伪赏金去了。

这里补充一下,穆棱煤矿白俄矿主谢杰斯所经营的兵工厂,在处死马宪章之后,为刘万奎所率领的骑兵团占领了,解除了白俄矿警约二三百人的武装。从兵工厂所缴获的胜利品,只步枪就在千支左右。

丁超的护路军再也不敢过问。

当时，在刘万奎第十三路军做党的工作的有关慈同志，他中华人民共和国成立后曾在牡丹江专区任林业局局长。

二十五

一九三二年十一月，绥宁中心县委在穆棱兴源镇召开第二次紧急会议，除前次会议参加人之外，出席人中还有张建东同志。

中心县委书记在报告当中，提到形势危急。原来国联派出以英国李顿爵士为首的"满洲调查团"，已随国民党"南京外交部"部长顾维钧出发，将来东三省调查。日本帝国主义的侵略部队，企图在李顿调查团来临前夕，进行大规模冬季"围剿"，梦想一举而歼灭我们所有在吉东集结的抗日武装部队。抗日救国军自然是"围剿"的重点目标之一。实质上，日本派遣的特务，已经在离间阴谋中，使抗日救国军与李杜自卫军相互猜忌，造成于敌有利的形势。在外交上，敌人梦想稳定吉东的局面，来表示日本在满洲建立的伪政权的巩固和稳定。

绥宁中心县委根据北满的情况判断，日本帝国主义此次回军东满，各抗日部队的阵地在强大的敌人进攻中可能相继失守。有些抗日的东北军将领，也可能最后越界、撤退。抗日的责任，那时将要全部由我们共产党人出面负担。我们作为肩负民族兴亡命运的共产党党员，必须在精神上有充分的准备，并要求每一个党员，不管未来在任何困难情况下，都要坚持留在自己的部队里，坚持党的抗日政策，继续领导部队在东北抗战。

会议根据县委的报告，决定采取与当前局势相适应的斗争策略。会议指定由我出面向抗日救国军总部提出要求，带领以补充第一团为基础的抗日部队赴前方作战，以便组织一个为党直接掌握的抗日游击队；委任我为抗日游击队队长，孟泾清同志为政委，张建东同志为参谋长；要求在李顿调查团来临之际、日本帝国主义的部队展开大规模

"围剿"之时，给敌人一个迎头痛击，以巩固后方抗日根据地，在政治上、在国际上造成一种有利于东北人民的声势。

会议决定，刘静安同志和他的爱人调离部队，到绥宁中心县委工作。绥宁中心县委由于估计到未来形势的恶化，常驻地点移到绥芬河。

## 二十六

绥宁中心县委驻在地移绥芬河之后，我按会议决定，率领警卫人员孙贤同志等人就到东宁去看王德林。和往常一样，孙贤同志等警卫人员一到总部，就留在总部的卫队班里。我们说好，我见到王德林之后，当天晚上还要赶回兴源镇去调集部队。

见到王德林，我首先谈到当前的局势，说明日本帝国主义在北满军事上获得暂时的稳定之后，矛头已经开始转向东满，我们抗日救国军是首当其冲的；说明李顿调查团将要到达哈尔滨，日本帝国主义为了炫耀其在东三省统治力量的巩固，势必进行大规模的"围剿"；说明抗日救国军与李杜自卫军及丁超护路军，因平阳镇惨案、蒋介石八月密电的反共指示，形成了分裂趋势。我向他表示，我们一定还要忍痛与各方友军团结一致，对付敌人，并向他提出带队到前方打游击的要求，说明在李顿调查团来东北期间，必须在军事上给敌人以迎头打击，打碎它在国际上粉饰伪满"治安有基"的阴谋。我又建议，在后方的兵工厂和所储存的军用物资，最好是从东宁转移到老黑山一带密林里去。我们要做这样的准备，即必要时从城区转移到山区去，因为我们和日本帝国主义作战，主要的是采取游击方式，并且是长期的。总之，所有我党在绥宁中心县委会议上的决定，我都提出来了。

但王德林似另有所思，只说孔耀臣已经从梨树镇回来了，对于局势的严重性似乎一点也没有认识，神色很沉闷，他到底是在考虑些什么呢？

我说："你考虑考虑吧，局势是这样，我们必须果断。"我说："既然孔耀臣回来了,那么我去看看他。"

王德林说:"你不要去看他!"见我疑惑不解,就说:"李杜送给他一支二十响的匣枪,他要给你看,借机杀你!"

总部撤销宣传部,又委任贾鸣周为参谋长,这就说明我和王德林的关系已经疏远了。王德林在久久沉默当中所考虑的难道就是这样的问题么?究竟是对我表示友情关切,还是已和孔宪荣另有谋划,在这里试探我的态度呢?总之,在这样的情况下,如果他们已有所计划,那么,我想逃也逃不脱。我想,我不能在这时示弱。

我说,我们是在抗日救国大旗底下站在一起的,要是把我杀掉,认为于抗日有利,那我个人的生死是没什么的,来抗日就是准备着从死里求生的!我说,我要去看看他。

王德林见我态度凛然,就说:"好吧!要是一定去看他,我陪你一块走吧!"

我走在头前,自然也注意背后的动静。我们走到孔宪荣的住所,孔宪荣的大太太闻声出来,就高呼:"有且来了!"我们东北管"客人"是叫作"且"的。以往我来,孔宪荣的大太太至多不过亲切地招呼声:"参谋长来啦!"从没有称作"且",也从没有这样高呼过,而且声音里,分明透露出一种内心的张皇!她却没有注意在院里站下来的王德林。

孔宪荣正在炕上抽大烟,一见我,就从炕上坐起来,边伸手拿匣枪,边说:"李杜给我的二十响匣枪,你来看看!"声色也显得有些惊惶。我大步抢上前去,用手把他那二十响的匣枪按住。

我说:"咱们先不要动枪,等我们把大事商量完,再看枪也不晚。"

这时候,院子里有人大声咳嗽,孔宪荣脸色一惊,问,谁在院子里?

孔大太太走出去,又扬声说:"是大哥!大哥怎么不进屋呀!"

王德林在外面说:"我不进去啦!"

孔宪荣就说:"有什么大事呀?咱们到惠民那去谈吧!"

就这样,我和孔宪荣并肩走出来。我说:"日本军队已经在吉林集结,多门师团从哈尔滨也调来了,眼看就要来'围剿'我们啦,我们有三大问题还没解决,这不是大事么?"

孔宪荣就说:"哪三大问题没解决?"

我说:"大军当前,战略方案解决了么?站岗放哨的战士有的披着棉被,冬季服装解决了么?还有弹药,解决了吗?"

孔宪荣一边走着一边说,那都有办法!听起来,他根本没有考虑我所说的问题。实际上,他也是另有所思。很清楚,他已经从我大步抢上前去按住他的二十响匣枪的动作中,从我的神色上,从王德林在院子里的咳嗽声中,揣摩着,事情已经明白,我是什么都知道了。那就是说,王德林和他不是一股子劲儿,不贴心了。

孔宪荣进屋之后,那种激动和不安是可想而知的。他赌咒式地愤愤说道:"我这个人,就是铁嘴豆腐心,要是孔某丧了良心,叫枪走火打死我。"自然,这种表白自己的话是说给王德林听的。我对他谈的敌人"围剿"、我们所面临的问题等,仿佛是完全无关重要的。

王德林同样神色很激动。他说,好,那么今天晚上就好好谈谈吧!他承认道:"庆宾一来就要去看你,我就对他讲,你不要去,耀臣要借机打死你!可是庆宾说敌人当前,先商量大事要紧,还是要去,我就不能不跟去。"又说:"你知道,这些日子你住的地方,我就没去过。刚才,你要是真打死他,我就进屋打死你,完了我也自杀。咱们不能同生,不是还能同死么?"说到这里,王德林就声带呜咽,流下泪来,很感慨。

孔宪荣在王德林一开始说话,就安静下来,听到这里也唏嘘不止。我也很感动,知道王德林一开始确实是卫护我;长久以来,我们是这样的隔膜,自然也很难过。

王德林说:"咱们都是一块出来的呀,这都是为什么呢?当初,咱们才五百人,是庆宾带着队伍东荡西杀,给咱们打出来的局面。如今,咱们的军队发展到五六万人啦!连郑兴都带一个旅的人马,可是人家庆宾呢，没有伸手向咱们要什么呀，宁安提出来九万元的款子，咱们分给刘快腿三万，庆宾是分文没有沾呀！这样的人咱们花钱雇，倒是上哪去找呀？"

王德林问："你为什么老是要杀庆宾呢？"又说："你们说，庆宾从宁安带出来一个窑姐儿，还有名有姓，叫小红。我派人一调查，不是那么回事儿，他带出来的是黄宜轩的女儿，一个体面的中学生，是你把她介绍给自己的连长做老婆啦，怎么能把不干不净的名声往人家身上推呢！你说，曹品一贪污，要吴傻子把他枪毙啦！我当时以为是真的，后来一调查，人家曹品一没贪一文公款呀！枪决时候，人家喊皇天救人！咱们还有良心吗？你把曹品一当作庆宾带出来的人，曹品一是我请来的旧人，哪是庆宾的私人呀！到底为什么你这样对付庆宾呢？也说说，咱们今天晚上把话说清楚了，才能在一起共事，要不，三心二意的，你疑惑我，我疑惑你，怎么能成大事呀！"

孔宪荣就说："话不是说到这吗，我就不能不说啦！我要杀庆宾，不为别的，就因为他是共产党。"

我说："今天咱们能这样谈谈很好。我自己，实在说，倒是很愿意做一个共产党人，可是共产党要不要我这样的，还是问题。要是共产党领导咱们抗日，又有什么不好呢。国民党好吗？李杜的自卫军听国民党的话，不抗日。共产党主张抗日究竟有什么不好呢？"

王德林说："你倒是听谁说庆宾是共产党？"

孔宪荣像待决的囚徒一样，不说话。

我又问："你是从哪里听说的呢？"

孔宪荣还是不开口。

王德林就说："咱们今天把话都说清楚，不要再藏着掖着啦，有什么话你就说什么！"

孔宪荣直到这时才说出来，他是从高博生那里听说的。

原来，我们在东宁长期搜索而没有查获到的日本特务高博生，当时就住在孔宪荣的私宅里。原来，他伪称是孙传芳的代表，怂恿孔宪荣拿下联合军左路总指挥的位子来，答应只要抗日救国军能控制自卫军，把李杜的队伍都编过来，就可以获得孙传芳大批军火的接济。孔宪荣唆使刘万奎杀掉马宪章，实质上就是日本特务高博生在幕后所导演的。在这里，证明了我们党在当时所作的分析还是对头的。可惜，孔宪荣利欲熏心，终于背着我们，一手造成了抗日救国军和李杜自卫军由猜忌而分裂的局势，日本帝国主义者分化和离间我们联合军的阴谋，终于通过孔宪荣的手实现了。

孔宪荣说："我是上了日本子的大当了，现在什么也不用瞒你们啦！这个小子得了便宜还卖乖，我把他从哈尔滨来的信，也给你们看看！"

日本特务高博生，在刘万奎杀掉马宪章，孔宪荣就任左路总指挥之后，就离开东宁，正是俗话所说的，"撮弄你上了房，就抽梯子"。不怪孔宪荣当时又打电话又找我出主意啦，因为他自己也感到是骑在虎背上了。

在高博生给孔宪荣的密信里，处处显出一种功成意满的自得口气。大意我还记得：开始是感谢孔宪荣对他在东宁期间的保护，说他到抗日救国军工作实在如入无人之境。又说"这事虽然瞒得住你，却瞒不住共产党李延禄"。说信到之日，想李延禄的大好头颅已经落地，抗日救国军的孤势已成，强弩之末，尚有何为？况"大日本皇军"即将来讨，如果孔不投降，只有身殉；如果"来归"，他高博生愿作鲁仲连，使孔"不失封侯之位"等语，词意卑劣，满纸全是自矜自诩的语气。

我们在读着这封密信时，又痛心，又气愤。以后我碰到王德林和孔宪荣的时候，提到高博生，王德林说大事都坏在耀臣手里。孔宪荣还追悔不迭地唏嘘作叹。

总之，当天晚上，我们一直谈到东方发白。孔宪荣能及时悔悟，把敌特给他的密信交出来，当时总还是值得我们欣慰的。王德林夫人，曾经先后进来两次说："时候不早啦，天都快亮了，你们哥儿几个还不睡呀！"王德林就说："你们娘儿们知道什么，你睡你的吧。"我觉得，那天晚上，开头她也同样感到气氛紧张，一整夜是疑虑不安的。

我的警卫孙贤同志，那天晚上在总部卫队班里，也同样坐卧不安。不时让值勤人员进来探听动静，并做了必要的准备，匣枪挎在外头准备来缴，短枪却藏在裤腰里。自然，他是从在孔宪荣住宅周围作警戒的人员行动中，感到有一种紧张的空气。他没有想到，我们以后由于王德林的诚恳态度，谈得比以往反而融洽。

孙贤同志在一九三四年冬调到苏联去学习。一九三八年经新疆归国的时候，已经是优秀的空军飞行员了，并且还是一个出色的地勤修械人员。在去延安途中，路经西安咸阳大桥的时候，为国民党部队扣留，最后为国民党反动派所暗害。

孙贤同志是延吉人，在这里，顺便提一笔，表示我们对这位革命烈士的沉痛的悼念。

## 二十七

一九三二年十二月二十六日，游击部队在穆棱兴源镇集结，二十七日由伊斯林乘车出发，二十八日到达磨刀石火车站。

磨刀石火车站附近有两个小山坡，一个在铁道对面，是个孤立的高岗子，正是一个很好的伏击阵地，另外一座山，和完达山脉联结着。这样，对迎面来的兵车形成夹峙之势。如果我们撤退，可以从东北沿完达山脉这条林木丛生的路线走。

铁道南那座孤山子，我们派补充一团史忠恒营驻守，杨太和所率领的补充二团三营，在铁道北的山坡上修筑阵地。指挥所在杨太和的阵地后面，名叫王八脖子的山坡上。

当晚，我们在磨刀石火车站召开了党的支部会议，由政委孟泾清同志报告当前我们所处的局势，号召所有在党指挥下的部队，一定要打好这一仗，对内是保卫我们后方的根据地，对外是扩大我们在国际上的政治影响。

会议对所有的部队作了分析和研究。我们考虑到郭世奎警卫营是王德林的亲信部队，留在我们这里一定会在军事行动上受牵制，决定打发他们原队开回东宁去，保卫总部。

第二天，郭世奎营就按命令开走，仍乘原车回东宁去了。

在支部会议上，孟泾清同志传达了绥宁中心县委对形势发展的估计：在敌人大规模"讨伐"中，某些抗日部队的阵地可能先后失守，某些上层人物可能越界，撤到苏联国境去。他说上级党委这些估计，是有所根据的，因之我们不能忽视未来可能发生的一些变化，要求每一个党员在精神上必定要有充分准备，坚决响应党的号召，把领导抗日的革命任务担当起来。当前，首先要打好磨刀石车站这一仗。

在这里，我们还要提到的是磨刀石车站的铁路职工，对于我们的热情支援。

当我们补充一团和二团的士兵，奉命拆毁西来铁轨的时候，尽管挺卖力，却很不得法，都是用大斧子砍枕木、挖石路。磨刀石车站的铁路职工看见战士们不会干，就拿来自己的工具，有老虎钳子，有螺丝扳子，并且还亲自动手起枕木的道钉。铁轨很快被拆除了，以致战士们不能不在一旁轰然而笑，承认他们自己干的活太笨了。因为有铁路工人参加，所有截断敌人进路的任务很快就完成了。

一九三三年一月一日拂晓，敌人一个旅团的兵力，开始向我们所驻守的磨刀石车站进攻。在数量上，敌人占着绝对优势，另外又有空军和炮兵配合。但在我们的夹击下，敌人一上手就损失了两个小队的兵力，遂转向抢夺两侧山头的进攻。我们补充一、二团的战士，都是经过战斗锻炼的，很沉着。敌人炮击，就潜伏在工事里不露头，敌人发起冲锋，就以机枪火力和手榴弹来阻击。

炮火一上午未停，我们打下敌人四次冲锋，中午之后，敌人的攻势停止了。敌人尽管都是采取散兵式的冲锋，但因为是仰攻，伤亡还是很大的。我们呢，仅有几个人负伤。我们估计，我们在磨刀石车站依靠地势优越，足能坚持两三天。但不知道为什么，敌人突然停止进攻了。这种顿然的平静，使我们不安。一直到傍院，敌人仍无动静。我们估计，夜晚的战斗，更要激烈。我们必须做这样的准备。

在磨刀石车站附近，没有地方的党组织。我们在作战中，一直没有从群众中得到敌人活动的情报，更不要说像在"墙缝"战斗中那样，及时获得群众担来的水和饭。苦战半天，直到傍晚，我们一滴水也没有喝到。这样，我们就不能不怀念起宁安的群众，我们不能说磨刀石车站的群众不热情支援，我们只能说我们战前的工作做得不够好。

傍晚，我们不能不派出自己的侦察兵去，另外又不能不派人去联络群众，搞伙食。我们要准备夜战，却完全没想到，我们当时已经被敌人切断后路，被包围了。

我们在王八脖子看到东来的铁甲列车，还认为是绥芬河二十一旅的援兵开上来了，又怀疑是郭世奎警卫营开回来了。这时，磨刀石车站的铁路工人跑来报警说："敌人堵你们后路来了，快撤吧！"可以想象到我当时是多么惊讶、迷惑。难道绥芬河失守了吗？难道所有我们在穆棱站、梨树镇等沿线驻守的部队都撤走了吗？这怎么可能呢！

不管后方是不是发生了什么变化，我们总要撤退了。看来，敌人之所以午后停止进攻，就是等从我们背后来的这队援兵夹击。那么，我们在磨刀石车站一直没有获得后方的消息，是敌人已经截断了我们沿路的通讯线了。

我传令撤退。就在史忠恒率领补充第一团的部队从孤岗子向东北山坡撤退，经过一段开阔地，越过铁道路基的时候，受到敌寇进攻部队的机枪阻击。在这次突围战斗中，我们补充第一团伤亡较多，损失马匹二三十匹。杨太和所率领的补充二团，在史营撤退时进行掩护，也有伤亡。

当时，天已经黑下来了，我们就隐蔽在磨刀石车站背后属于完达山脉的峰岭间。这时候，我们派出的侦察人员又带着铁路工人，给我们送来第二个消息。

据敌人电台广播，自卫军第二十一旅旅长关庆禄已在绥芬河投降，李杜和王德林先后越界，撤出国境。而护路军首领丁超，坐专机到达长春就任伪满内务府大臣，公然认贼作父了。

所有这些由敌伪电台广播的消息，对我们来说，比听到东来的铁甲车是堵截我们后路的敌人更为意外。我们没有想到那些部队瓦解得这么快。尽管我们精神上已经做了准备，但我们还是感到事情发展得有些使人吃惊。

我想，当年俄国元帅库图佐夫带着部队在多瑙河作战，听到为奥国联盟军所扼守的维也纳大桥失守，拿破仑的主力已经渡过多瑙河的消息，也没有我们当时那样吃惊。

我想到，留在绥芬河的绥宁中心县委怎样了呢？老潘、林娜和刘静安怎样了呢？又想到我的家。我爱人田佐民在兴源镇做妇女抗日工作。我的大女儿李万新在学校里参加抗日的革命活动。现在我们既然失去了后方，我自然要跟随部队走了，她们怎么办呢？留守副官李德胜，能在敌人占领兴源镇的时候，保护她们安全脱险么？实在说，我从来没有这么怀念留在绥芬河的党委机关同志，没有这么担忧妻女的安全。我们岂不要从此天涯海角、各走一方了么？但愿他们都会脱险。

要知道，一小时前，我们还作固守磨刀石车站，阻击两天再转移阵地的打算，我们只注意前方的敌人，哪里想到我们背后有人叛变了，我们的根据地瞬间已经土崩瓦解。

我们一时感到渺茫的是，我们已经和党失掉联系了。

我们尽管感到局势变化有些意外，有些使我们吃惊，但我们在党的指示下，做过精神上的准备，所以在回顾党所作指示之后，我们就镇定下来了。

我们没有张皇失措。尽管我们战斗一天，滴水未沾，我们当夜仍然爬山越岭，离开铁路线，拉到五虎林去。

第二天，我们在五虎林召开了党支部扩大会议，所有党员干部——杨太和、冷寿山、史忠恒、李凤山等人都参加了。

我们在党支部扩大会议上，又一次研究了绥宁中心县委二次会议的指示，结合当前的局势，一致认为民族革命的抗日大旗，只有由我们共产党员来高高举起了，抗日大业的领导责任是正式落在我们的肩膀上了。我们决定正式公开组成在中国共产党领导下的抗日游击队，并通过了这支游击队的编制。

会后，召集所有的部队骨干、士兵代表开会，我当众宣布这个部队此后由中国共产党领导，改编为抗日游击总队。宣布：杨太和为第一团团长，在平阳镇惨案中，他的英勇果断，部队的同志都是知道的；李凤山为第二团团长，史忠恒为第三团团长；邹凤翔为第四团团长。李延平同志为游击支队队长，统率三个分队，第一分队队长冷寿山，第二分队队长赵庆云，第三分队队长李向阳。孟泾清同志为总队政委，张建东同志为参谋长。总队队长，按绥宁中心县委指示，由我担任。

此外，我们也提出与客观形势相适应的提拔干部的计划，连同我们的应变措施，一起派人送宁安转吉东局，请上级批示。

绥芬河已经失守，我们和绥宁中心县委的联系已经中断。我们决定向宁安转移，不但为了要和地方党委取得联系，而且我们还要和宁安工农义勇队结合。自然，我们在宁安的群众基础比较好，也是促使我们南下的一个因素。

不久，我们就在宁安改编为抗日游击军，这是抗联四军少年时代的开始。

在这里，还要附带说一下，我们在磨刀石车站孤军作战的消息，通过地下党的电台发往国外，由路透社接到塔斯社转发了，巴黎的《救国时报》也刊载了。当时，李杜、王德林等人已过莫斯科到达柏林。

据说，留德的中国学生质问他们逃跑的原因时，有的愧然不能作答。

磨刀石车站一役，在政治上的影响是很大的，尽管战果不及镜泊湖连环战役那么大，但在国际上，却给了敌寇严重的打击。

在磨刀石战役中英勇牺牲的抗日烈士永垂不朽！

## 第二章　在红旗下奋勇前进
——东北抗联四军的少年时期

一

我们从磨刀石车站撤退到宁安北部五虎林以后，才知道在磨刀石车站战斗中除了牺牲四十名左右的战士外，还有奉命开回东宁总部的抗日救国军独立营营长郭世奎、副营长刘向发等一百七十多名官兵，他们是在经过下城子时遭到敌人的伏击而壮烈牺牲的。另外，我们在磨刀石车站损失的不仅仅是二三十匹马，主要的还有那些马背上所驮的大批军需物资和现款。我们手里只剩下一点医药品，算是我们部队唯一的财产了。经济上的困竭，自然还是次要的，我们需要考虑的倒是在李杜、王德林，继辽宁唐聚五，吉林冯占海，黑龙江马占山、苏炳文、李海青诸人之后，纷纷越界外逃，在东北抗日救国军里所形成的乌云蔽日般的阴暗的影响。原属张学良东北军编制的抗日将领，奉蒋介石令不作抵抗。抗日救国的大旗，现在必须要由我们东北地区的共产党人高高举起，召唤东北三千万人民，为收复失地而斗争！

尽管我们所面临的形势是如此的急转直下、如此的严重，还觉得有些来得突然，但我们遥望毛主席在井冈山领导的苏区工农红军，对于未来取得最后胜利是有信心的。我们抗日游击总队各团、队的下级官兵，大部分经过较长时期的抗日斗争的锻炼，尤其是原第一补充团和第二补充团的广大战士，抗日的革命意志都很坚定。局势的突变，对他们影响不大。

我们所担心的，只有第四团团长、原抗日救国军第十七团团长邹凤翔及其所率领的一部分亲信武装。

邹凤翔团除包括一面坡旧警察大队和地方保安队的反正人员之外，主要的骨干力量还是原李延青的铁路工人游击队。为了防止意外，我们在宣布改编之前，派共产党员任军需留在那里，掌握这一批骨干力量。我们的结论是，必须执行党的指示，进行编队，公开地树立党的领导权。如果在改编中邹凤翔有问题，那么也只不过是分化出去一小部分渣滓。在纯洁革命队伍过程的斗争中，这也是不可避免的现象。我们的革命部队，将更加纯如钢、坚似铁。

在我们进行改编中，五虎林当地的保董兼地方自卫团团长赵保义，派人来联络，说是知道我们在磨刀石车站打了一仗，挺辛苦，地方上要为我们接风，杀喜猪，问我们该预备多少人的饭？杀多少口猪？我们知道，这里还没有党的地方组织，地方保董很可能借慰劳我们的名义，勒索群众，派粮派款。因之，我们婉言谢绝了。我们说，我们是共产党领导的革命武装，不能骚扰地方。当时我们吃的粮食，全是靠打击汉奸地主没收来的。

我们的部队，以营为单位，分散住在五虎林附近十几个村庄。总队部驻在五虎林。因为召开整编会议，人员很拥挤，连副官处也给外村来开会的军官占据了。副官吴恩荣要求带领几个人去邻村找房子。我告诉他不能离总队部太远，找到"下处"就派人来报告。随他去的有翻译李瀛洲和曲成喜、王玉山两名联络副官。实际上，他们已经背后勾结在一起，和反动的地方保董联络上了。他们对于抗日的前途，丧失了信心。可见东北各抗日将领的出走，在一部分没有出息的人里，造成一种什么样的惶惶然的畏怯心理。他们叛变投敌，不仅带去了自己的枪支和马匹，还把部队仅有的一点公共财富——医药品之类也全部带跑了。当时，我们除了派出许多侦察人员，探听绥芬河、东宁等失地的情况之外，还不得不另外派人出去追踪这些拖枪逃走的败类。我们那时还不知道，吴恩荣等人是投奔沟口外的地方自卫团去了，更不知道，那个以赵保义为首的地方保卫团已经在形势突变之后，早已暗地倒戈投敌了。

我们的注意力集中在局势的分析上，集中在解决和上级党委及地方党委的联系上。看来，在绥芬河沦陷以后，我们和绥宁中心县委的联系，一时是无法建立起来的。我们准备回到宁安南部去找党的关系。因为宁安的地势我们熟悉，社会关系也多，在那里有可能和密山中心县委取得联系。如果这样，部队将要分为两部分，我们在支部会议上还没有做出适当的结论来。

东满的天气很冷，尤其是阳历一月份。时值腊月，正是早晨呵气成霜的时候。有一天晚上，天又冷，心里又闷，我们总队部几个领导人，就弄了点酒，并约来房东一块喝，一来为了取暖，二来为了了解了解地方的情况。实在说，因为忙于改编，忙于从敌伪人员汉奸地主庄院里搜索粮食，几天来，我们还未及和地方群众接触，未及在群众间进行抗日的宣传教育工作。

这房东张大爷年纪很大了，是个贫农，租的正是地方保董赵保义的土地。喝酒当中，他几乎不说什么，态度很沉闷。问他有什么心事？他又说没什么。我们对他谈抗日政策、未来中国的前途……他虽口里答应着，可又似乎不在心上，我们觉得很奇怪。

喝过酒之后，人散了，我们准备睡觉了，这个棉袄褴褛的贫农，又走进来了。我们以为有什么事，看看他，又仿佛没有什么事。他站在那里，说只不过来看看我们还缺少什么东西。

我们说："时候不早了，你也该睡了。"

他说："大长的夜，不忙呀！"又拿起烟袋来装烟抽。看神气，我们知道他一定有什么要紧的话要说，我们的农民就是这样憨厚可爱。

他终于说话了。他说："我有话，可不好明说呀！"说完，又叹口气,就要走。自然,我们猜到他所说的是什么了,就请他慢慢地说。我们刚请他喝过酒,我们部队的作风、纪律,以及我们对他的谈话,都使他很感动。他说:"你们是我活了这么大,头一回看到的好部队!"但一问到他究竟有什么话要说,他就沉默了,只说:"我不好明说,你们都是挺机灵的人,心里还不明白呀?"最后到底低声告诉我们了:"赵保义已经投降啦!说杀喜猪是假的。那是要探听你们的人数,你们要是不早点走,可要吃大亏呀!"

第三团团长史忠恒同志当时已经躺下了。他的警惕性是高的,行动也敏捷。他一听,就起身跳下地。他主张马上移防,愿意自己率队当前锋。我们总队部几个领导研究了一下,决定后半夜一点吃饭,两点出发,指定离五虎林四十里之外的柞木台子为集合点。一面派人分头到邻近各村去传达命令,一面在驻地各路口增加戒严岗哨,并派出侦察人员。

临出发时,我们已得到侦察人员的报告,五虎林四周的山上,已经发现正在运动集结的地方伪军。史忠恒部作前卫,我率领部分武装作后卫,政委孟泾清同志带领总队各后勤人员居中。一出村,赵保义伪地方自卫团就开枪射击了,大声呼喊,要我们缴械。看样子,汉奸地主赵保义是摸清了我们的底细,准备拂晓就向我们总队部驻地进攻,只是由于我们出动得早,配合他们行动的日本部队还没有到达,才没有动手。

前锋部队史忠恒在回击之前,大声高呼:"我们都是中国人,中国人不打中国人!"全团战士随着齐声高呼:"中国人不打中国人!"四山回韵震荡:"中国人不打中国人!"

那些在山头上伏击的自卫团的人员,在史忠恒团的响亮的政治口号的攻势下,顿然张皇失措,枪声中断。史忠恒团就势冲出沟口,占据了有利的阻击地势,并继续高呼:"中国人联合起来,枪口对外!"伪地方自卫团的士气,完全在这意外攻势中垮下去了。我们部队终于安然越过沟口，跳出伪地方自卫团的包围圈子。事后，我们得到的情报说，汉奸地主赵保义为了在敌寇面前遮羞，当场枪杀了叛变之后给他临时出谋划策的吴恩荣。他说："你这小子，卖主求荣！"自然，他所带走的所有军需药品，还有枪支和马匹，也全给汉奸赵保义劫夺了。

拂晓，我们到达柞木台子。在集合地一查点人数，一、二、三各团及一、二、三各支队全报到了，单单缺少第四团邹凤翔所率领的全部人马。这次突围和我们失掉联络的总人数是八百三十名；邹凤翔，我们估计可能借机率部叛变了。

邹凤翔是穆棱人，在穆棱有一定的社会关系，回一面坡是不可能的。我们初步判断，他很可能率部去穆棱。党支部研究决定，杨太和同志率领第一团开赴密山，和我们分头去找党的关系。但第一团经过穆棱时，一定要和第四团的共产党员任军需取得联系，及时缴掉邹凤翔亲信部队的武装。如果赶到穆棱，邹凤翔已经确实叛变投敌，那么至少要把任军需所掌握的那部分以铁路工人游击队为骨干的革命武装收回来，划为第一团的编制，作为将来扩军的基础。

我们和杨太和同志率领的第一团分手告别，他们的目标是密山，我们的目标是宁安。我们互祝未来的胜利，早日找到上级党的关系。

在阳光初升的冬天早晨，我们分路进军，背道而走。很远很远了，我们还久久摇手、挥帽，遥致别意。

## 二

一九三三年三月八日夜晚，我们东北抗日游击总队二、三两团及三个支队的武装人员，悄悄越过中东铁路，在金河吃过饭，连夜钻进山沟，天亮到达宁安县南部一座桦木林子里。

当时，我们部队的人员，都在脖子上挂有一条又细又长的口粮袋。那口袋两头扎着，口上又装了一点盐。我们在桦木林子里，各自围成一组，摘下茶缸，化雪做饭。饭后，又根据侦察人员的报告，部队开到林子外的和尚屯去驻扎。

不久，宁安县共青团书记李广林同志找上来了。他说："听到有抗日的大部队过来了，我们就想，也可能是老补充团回来了。"

我们两个多月和党失掉联系，正像那夜航的船只失去航标一样，在茫茫无主状态中随浪漂泊。现在，我们终于在码头上靠岸了，回到我们的"土地"上来了。和李广林同志见面的时候，我就有这种见到掌舵水手的感觉。

李广林同志是朝鲜族人，汉语很流利。在抗日的问题上，他有许多观点是和金大伦同志一样的。他认为当前我们主要的敌人是日本帝国主义和亲日的地主，认为要和强大的日本帝国主义作长久的武装斗争，不扩大我们自己的革命队伍是存在不住的。他听过我们的汇报之后说，在宁安地面上，大小股的武装很多，有抗日的，也有的是带着土匪性质的"山帮"，而他们大部分又都是从抗日救国军中垮下来的散兵游勇。县委直接领导的宁安工农义勇队，仅仅四十几个人，大多是朝鲜族农民，阶级觉悟高，战斗力也强，但毕竟力量太小，活动范围不大。另外，宁安还有平南阳的队伍，约一百人左右，是靠近我们的抗日武装，县委已派党员于洪仁在这个队伍里任政治指导员，看来能在抗日革命旗帜下巩固住。原来属于抗日救国军系统的武装，有两股力量较大，纪律也较好，有可能拉过来，那就是王毓峰部和冯守臣部。冯部一色是骑兵，约有二百人马的样子。这两人过去都是王德林手下的连长。此外，就是各自占山树旗的"山林队"，有的报字"打得好"，有的报字"交的宽"，还有"四季青""海交"等。总之，群龙无首，各自为令。

李广林同志说，你们来得正好，可以多方联络，扩大抗日的武装力量。他个人的初步意见，是把宁安工农义勇队、平南阳抗日游击队和我们的队伍合编为抗日救国游击军。另外，如果可能，还可以考虑把王毓峰部及冯守臣的骑兵都编进来。

自然，我们是同意宁安县委的意见的。我们在抗日游击活动中，深深感到革命的武装力量发展的速度和形势的要求远远不符。宁安县委也感到，工农义勇军的武装力量小，不要说进行规模较大的战斗，就是在山林里活动，还受大股土匪的威胁。扩军的原则是确定了，但李广林同志说，他还需要回去和县委的同志研究研究，再作最后的决定。他说，原任宁安县县委书记的朴风南同志，已经调到密山去了。新任县委书记李大个子还没有到。他自己是代替书记执行任务，有些问题，个人不好决定。

在汇报中，我们提到部队所有军需物资、现款、有价值的医药品，全部在磨刀石战役中损失啦，提到部队的经济困难，请县委指示应该怎么解决，可不可以在地方上搞一些支援抗日的措施。

李广林同志说，咱们的部队，一不能派粮，二不能"下大牌"收捐、收税，主要的军需经济来源，还是要从敌人那里解决；攻据点、夺给养、武器，打汉奸、土豪，没收敌伪粮食财产。并且说，这是党的原则。

李广林同志临走，又叮嘱我们派人去和那些杂牌队伍联络，号召他们联合起来，共同抗日。

一周左右，李广林同志第二次到和尚屯来了。随他来的还有宁安工农义勇队队长朱守一，政委金根。金根同志也是朝鲜族人。李广林同志告诉我，扩军的计划，在县委会议上正式批准啦！我们自然是很兴奋的。同时，我们也告诉李广林同志，原属抗日救国军系统的王毓峰部，已经和我们史忠恒团在孟寡妇屯会师啦！冯守臣的骑兵部队，也愿意和我们合并，听我们的指挥，而且他们的抗日信心很坚定。我们准备把他收编到我们的部队里来，在抗日斗争中再不断提高这两部分战斗人员的政治思想、阶级觉悟。

我们在孟寡妇屯召开了部队的扩军会议，由李广林同志代表宁安县委作了在中国共产党领导下同心协力共同抗日的祝词，正式宣布部队改为抗日救国游击军。部队建制仍按总队部的编制，增加了一名副参谋长,即原来的作战参谋刘汉兴(以后刘汉兴同志化名陈龙,一九五八年在中央公安部工作)。第三团团长仍为史忠恒,李凤山同志改任步兵营营长,冯守臣任骑兵营营长。朱守一、金根两同志及工农义勇队人员,按原来编制,归游击队队部直接指挥。总部直属的游击支队,增加了张祥同志为首的第四队,还是由李延平同志统率。

在孟寡妇屯的扩军会议上,对平南阳部队也作了分析和研究。平南阳本名×××,他的部队归抗日联军建制以后曾担任过抗联五军第一师师长,后调到延安去学习过。中华人民共和国成立后曾担任东北某军区司令员,现健在。当时,这位同志心怀大志,倾向革命,既不抽烟也不喝酒,在部队中有一定的威信,但他底下的武装人员,成分复杂,还需要进行整顿,整顿之后再改编。

部队扩编之后,我们就开到团山子准备整训。

我们的队伍在党的领导下扩大了。我们的抗日武装在东北各抗日将领纷纷越界撤走之后,不但没缩小,且大大地发展了,成分纯洁了,意志更坚定了,方向也更明确了。我们的战士人人眉飞色舞,对于民族革命满怀胜利信心。

开赴团山子的路上,蹄声得得,歌声飘扬。

## 三

团山子离宁安六十里,是个四周有山脉环绕的小盆地。到宁安的公路直从盆地中心的屯子边上伸展过去。南边是一溜矮岭,团山子在东南角,顶上平坦坦的,东北军在那里筑有一新炮楼。它的北面,相距八里路是八棵树屯,有山道可通。它的脚下有一道河,沿着那条山道的脚下,蜿蜒开去。团山子的西面是马鞍山,有大片的柞木林子。这里的地势山形,都是有利于掩护我们的。

我们开到团山子不久,有伪警备旅第十旅李玉峰部下一个营长的护目,名叫高德山,原来也是抗日救国军的战士,偷偷跑到我们这里来,要我们的警备哨一定带着他见见我。一见我还称"参谋长",说是听到参谋长带着队伍回来了,真高兴。自然,他不知道,我们的部队现在已经不是原来的抗日救国军的老补充团了。

我问他有什么要求。他说,特来给我们报告一个机密消息:以日寇风岛部队为主力,配合伪警备十旅八百人及宁安伪警察队二百人,已经在宁安集结,准备当夜出发,拂晓向团山子进攻。

看到我当时很冷静,没表示态度。他又解释,他是在部队垮台之后回到宁安的,虽然在伪军里当护目,只是为了一家老小的生活。那个伪营长虽是他的亲戚,可是他并没有忘掉自己是个中国人,在抗日救国军里拿过枪。要是信他的话呢,就早早做准备;不信呢,他的这份心总算是尽到了。他是偷着跑来的,还要及时赶回去。

我对他伸出手去,表示信任。他当时感动得几乎流下泪来。他说,就是死,以后也为抗日救国游击军效力。

送走高护目之后,团部研究了一下敌情,觉得和我们最近所得的敌伪部队频繁调动,全往宁安集结的情报是相符合的。日本风岛大佐所带警备队只有二百人,是不足一击的;至于伪警察队,我们也并不给以过大的注意;我们主要的研究对象,还是伪第十旅马海山警备团。

马海山外号"马球子",他的部下都是一些山沟里的炮手出身,枪打得准且不说,在宁安一带山势地形又熟。在镜泊湖连环战役中,"马球子"曾经率领他的炮手队在东京城拦路,把从东兴镇出发去接应天野少将的日本地方警备队打垮了,以后才为敌人所收买,委为"警备团团长"。我们对马海山团不能忽视,但我们又不能和这批人结仇,造成中国人自相残杀的局面,那样,岂不中了敌寇的毒计!

在总部的作战会议上,我们决定以消灭来攻的敌伪主力风岛大佐部队为主,对马海山伪军采取政治攻势,以孤立日本警备队。

因之,在兵力部署上,以王毓峰团为主力,摆在南边那溜矮岭上,史忠恒团和冯守臣骑兵营为左右两翼,史团在东山脚下的那道河套里隐蔽,冯营在西面马鞍山柞木林子里潜伏。沟口外,又安排两处伏兵,直待敌伪部队大溃退时出来截击。

一月二十六日拂晓,日寇结合伪军分作三路向我们团山子进攻了。马海山伪警备团从马鞍山方面作为侧翼进攻,伪宁安警察队从东山的山顶上也作为侧翼掩护。日寇风岛大佐部队从正面的公路上进攻,他一出现我们就开枪射击。

宁安伪警察大队长王某,牵着马走在头前,率领部队在山道上往前进,和我们还没有交手,史忠恒同志就高呼:"中国人不打中国人,再往前走就对不住你啦!"伪警察队长闻声就迅捷地跳上马背,不知道他是准备率队进攻呢,还是准备率队往回撤,史忠恒就喊道:"不信,打个样子给你瞅一瞅!"一声枪响,打中了他所骑的那匹马腿。那个伪警察队长应声坠马,惶惶然高叫着:"不要打呀!不要打呀!"就丢掉倒下的马匹,掉头往回跑了。

马海山的伪警备团,在马鞍山上一和我们的骑兵营接触,就很顽固,表现了死心为日本效忠的蠢态。我们的冯守臣骑兵营尽管抗日意志坚定,在原则上也采取政治攻势,但究竟政治素养不及经久锻炼的史团。他们不习惯按统一规定呼口号,而且在呼口号中,有的大骂:"你们是要给日本人戴孝帽子,当孝子贤孙!""你们是汉奸队,甘心当亡国奴!"马海山团的伪军就叫道:"你们是英雄,就抬头露露面!"他们都隐在树后,匍匐在地,持枪做着射击准备,谁若是一在山背后探头,就是一枪。结果,相互开火,展开激烈的战斗,柞木林子里到处听得见机枪的响声。他们不仅枪打得准,又加武器装备优越,形势对我们骑兵营并不是很有利的。

当时,敌寇风岛大佐部队在我们机枪火力阻击下,仍按散兵形匍匐前行,直向我们南岭脚下的阵地攻上来。他们除了有重机枪外,还有掷弹筒,炮弹一直打到作为指挥部的团山子的炮楼附近。我们的枪声在正面都是冷落的,因为我们不得不珍惜子弹。二团团长王毓峰伏在士兵身旁瞭望敌情，发现在敌寇进攻的部队中，有戴金色肩章的指挥官，王毓峰就指令专人向日本指挥官射击。在连续两小时的激烈战斗中，王毓峰所指定的专人一连击毙了三名日本官佐，敌寇部队终于溃退了。

日本警备队之所以仓皇溃退的另外一个主要原因，是两翼失去掩护；史忠恒团、冯守臣骑兵营都开始往核心夹击，眼看我们要形成三面包围的优势了。

敌寇风岛部队一溃退，我们就开始追击，在沟口外两侧埋伏的骑兵又突然拦截，打得敌人狼狈逃窜。这一仗，敌伪部队共留下二百左右的尸体，我们共杀死杀伤敌伪约三百人。我们之所以未能全部消灭风岛部队，主要的是由于我们子弹缺乏，在最后追击中，多数战士都提着空枪追赶。

团山子战斗有一个转折点，那就是冯守臣骑兵营打垮了马海山伪警备团之后，又转过身子从风岛警备队背后的侧翼夹攻。当我们的正面阵地压力很重，掷弹筒发射的炮弹投到我们指挥部的时候，我们曾考虑过是不是有做撤退准备的必要，因为马鞍山那方面的机枪声，表现出侧翼战斗也是同样激烈，这样，我们就受到威胁。冯守臣骑兵营究竟不是史忠恒团，我们担心这个新编部队的战斗力，是不是能抵得住久转山沟、惯于行猎的那些马海山伪军的炮手。但我们仍坚持着，指挥部特别注意马鞍山方面的战斗发展。终于，我们从望远镜里看到冯守臣部的骑兵开始勇猛冲锋了，他们驱赶着崩溃的马海山伪警备团，柞木林子里传来的枪声渐渐稀少了。这时，我们指挥部围攻风岛部队的决心，才重新稳定下来。

我们曾经担心过的情况，在冯守臣骑兵营里也确实出现过。由于骑兵营子弹开始消耗的多，敌伪的火力越来越强，我们的骑兵营确实在最后有些踌躇，准备请令撤退了。不想，正在骑兵营做撤退准备的时候，那个爱国军人高护目又冒着枪火通过一条水沟爬到我们的阵地上来。他兴奋地告诉骑兵营的战士："你们再坚持五分钟，警备旅就要撤了。我们的机枪子弹都打完了。"又说，他叫高德山，昨天给我们军队送过信。我们骑兵营的战斗人员开始感到突然，后来又觉得奇怪，等到清醒过来，高德山已经顺着流水沟爬下去了。这些战士赶紧派人到营长冯守臣的指挥阵地上去报告。营长冯守臣重新组织火力阻击，渐渐地，对方的机枪开始沉默下来。他向空连打三枪，发下冲锋的号令。伪警备旅马海山团失去轻重机枪的掩护，果然经不住我们骑兵队的冲击，突然溃退下去，其中的一部分就为沟口外埋伏的部队消灭了。

后来，我们又知道，爱国军人高德山私离阵地的行动，在当天夜里就给伪军头目李玉峰查出来了。他在流水沟里通过的时候，已经给李的亲信军官发现了。

高德山被敌伪查获之后，昂然不屈地承认他曾越过火线给我们送过消息。他说："我是中国人，死而无怨。"结果，被伪警备旅就地枪杀了。但李玉峰旅伪军的士气却深受高护目慷慨就义时爱国热情刺激，从此一蹶不振，我们在这里提一笔，以志爱国军人高德山凛然殉国之节。

团山子战斗一结束，我们一面派部队打扫战场，搜集零散的枪支、弹药；一面派人出去侦察。曾在穆棱县煤矿工作的刘广德，就是当年军部所派出去的侦察人员之一。他记得走到离八棵树屯几里路的山头上，就听见枪响，发现敌寇又在八棵树屯子里重新集合起来。他还不知道，实际上侦察人员派出去不久，八棵树屯的农民就从小道跑来给我们送口信了。来人说，风岛大佐率领残兵百余人，还有伪警备旅的溃兵四五百人，正在八棵树屯杀猪烧饭，我们要是赶紧去，正打他个措手不及。又说，他们的子弹不多了，大卡车都开回宁安去运子弹啦！我们问，怎么知道是回去运子弹？来人说，有个当兵的说若不是机枪子弹打完，他们还不会吃这大亏呢！他说，他来的时候，当官的正在叫当兵的从身上往机枪手那里攒子弹。

实际上,我们对于团山子的战果,已经满足了,我们原来还没有打算连续进行第二次的追击战。因为我们的子弹也感到缺乏。但根据八棵树屯农民的报告,政委孟泾清同志和我们总部的党内同志一研究,认为报告和高护目越过火线所送的消息相符,我们估计,敌寇的大卡车可能去求援,也可能是去运子弹,一来一往百里开外的路程,总有两个小时的空隙可以利用。我们决定"补他一枪",进行第二次追击战。二团王毓峰仍要求作为进攻的主力,我说:"你们的弹药还要调整、补充,你们该休息,弄粮食煮饭。"

我们派李凤山、冯守臣各率两个骑兵连,分头绕道占领八棵树屯东西面的山岭,派史忠恒团的车振声连为前锋,急行军赶到八棵树屯边沿,等两翼部队枪响,敌伪慌乱调动部队之际,就突然地冲进屯子里去,主要的围歼目标,自然仍为风岛大佐部队。

我们的前锋部队车振声连,靠近八棵树屯子隐蔽下来。朱班长发现屯后高地上有个穿黄大衣的敌酋,手持望远镜向东西两山观察,正是针对着我们两翼骑兵运动前进的方向。朱班长未等两翼部队打响,就冲那敌酋开了一枪,正好打中。战后证明,为史团朱班长所当场击毙的敌酋,正是风岛大佐。

屯子里的敌寇闻警,自然就隐蔽在村子的院墙、住宅、马棚背后,顽固抵抗。史团车振声连始终被优势火力压在村外的河沟里,冲不进去。等到我们两翼部队从东西两山插进来,天色已经黑了。敌伪部队在这次防守战中,死伤约有二百人,大部分都是为东西两山上的射击手所击毙杀伤的。天黑之后,等我们的先锋部队冲进村子里去,敌人已经抛掉了百十具尸体,逃往宁安去了。

一天连续进行两次战斗,战果不小,但收获却不大,所缴获的子弹,还不及我们消耗的多。

八棵树、团山子以及周围各村庄,杀猪宰羊,热烈地来部队慰劳,庆祝我们的胜利。群众和战士那种兴高采烈、扬眉吐气的情绪，可以想象到是多么动人了。群众都说："今天是我们有生以来最快乐的日子！"有的说："只要是游击军能打走日本鬼子，什么好吃的东西我们都愿意拿出来！"一时，远近闻风传播，人人都听说我们在团山子打了两个大胜仗。宁安县委李广林同志闻讯，就带领宁安各地许多农村抗日救国会的代表，赶到团山子来慰问部队。

我们在团山子组织了一个欢迎县委慰问团的联欢大会。在这个大会上，东北抗日总会宁安分会黄会长讲了话。

当天晚上，部队召开了党支部扩大会，由李广林同志在会上作了报告。大意说，抗日救国军和自卫军纷纷退却之后，宁安地方各零散部队的政治情绪，本来很低落，再加敌人的夸大宣传，有的老百姓也私下估量，救国军和自卫军那样大的力量都没有打得过日本，宁安这么一点小游击队能顶什么事呀！现在，我们抗日游击军这两次战斗打得好，不仅消灭了将近五百名的敌伪军，而且扩大了我们党的政治影响，提高了群众抗日的信心。他同时建议我们，应该把部队的优秀干部抽出一点派到外面去活动；对群众要展开抗日的宣传，宣传共产党的抗日办法；还要从各方面收容留下来的小股抗日武装，扩大我们对日作战的力量。此外，要求我们继续整训，提高部队的政治质量，提高战斗人员的阶级觉悟；要求我们官兵都严格遵守革命纪律，不动群众一根草。

会后，我们考虑到团山子的隐蔽地点既然已经暴露，就失去继续隐蔽的可能，我们又转移了防地，开回和尚屯。

我们一到和尚屯，地下党的交通员李发同志就来到部队，他带着要转给满洲省委的重要密件。他因为途中犯了病，不能直接远送了，而这个密件又不能耽搁，所以找到部队上来，要我们负责转给省委。

我们把李发同志安置下来之后，就派人转给宁安县委李广林同志。以后，我们才知道，这个密件就是党中央《一·二六指示信》。不久，吉东局就根据党中央《一·二六指示信》，召开了吉东局的军政会议，在党内进行传达。省委根据党中央的指示信，又产生满洲省委的《五月决议》，但等到中央指示和省委决议传达到东北各地县委及党所领导的抗日武装部队的时候，有的却在一九三四年五月之后了。

四

我们的部队在和尚屯没有久留。我们知道当时坐镇宁安的敌寇首脑伊田少将，派出了大批的特务和便衣四处侦察我们部队的行踪。八棵树屯已经为伊田的搜索部队纵火烧成一片瓦砾；村民有的遭到屠杀和迫害，有的集中一起，归并到团山子去了。

我们的部队需要休整。我们正像吃饱了的猛虎一样，要找一个又隐身又阴凉的地方卧下来休整。我们更知道，宁安的敌伪军在团山子两次连续战斗中，受了重伤，伊田旅团是不会善罢甘休的。但我们暂且不去管他，我们从和尚屯开到一个更偏僻的深山区里去，在一个地名八道河子的村庄里驻下来。

八道河子在宁安东部的山区，离宁安县城百里开外，周围群山环绕，西面的山口是唯一的通往宁安的要道；两旁山势奇突，有似屏障，这样就形成"一夫当关，万人难入"的险要道口。平原地带多是沼泽地、草甸子和水田。

八道河子在东北来说，算是一个大的村镇。全屯有三四百户，一色是朝鲜族农民，街上有席炕而坐的小酒铺，也有挂着"汉医"牌子的药店。农舍全是小门，纸窗、门槛都高达膝下。进门就是铺席的矮炕，要在门外脱鞋。灶间和牛槽相对，耕牛都是牵到灶间里喂养，有一定的栖息面积，另有出入的门户。灶间的大火炕和住室、坐息间的火炕连成一体，当中有纸壁墙隔着，另有门相通。一到晚上，灶间里点着牛粪和松脂油做的灯棒，灶间大面积的火炕以及炕底下的大草铺，是我们部队战士活动的天地了。他们在这里讲些射击规程、各人曾经亲身经历过的战斗经验,以及在旧社会里所遭到的剥削和苦难,要不就拉拉胡琴、唱唱歌。早晨出操回来,他们就给房东打扫牛圈,挑水,扫院子,劈木柴,总之,和当地朝鲜族农民相处得很好。

部队唯一的困难是筹集给养。敌伪及住在城市里的亲日地主在农村里搜刮得厉害,八道河子的一般朝鲜族农民生活都很苦,再加山区的村庄大多遭受过流窜山帮土匪的骚扰,因之,采办粮食就是一个很艰巨的任务了。在磨刀石车站损失了所有积存物资和现款之后,县委又明确地指示我们不能在地方上摊款,这样,我们唯一的办法,就是派小部队出去,围攻地主武装,到有囤粮的村子里去,打击土豪,征集粮食。

为了保证部队在整训期间的安全,我们开进八道河子之后,就在山口封锁了交通。行人、车辆只许进不准出。不想,我们来到八道河子不久,田佐民在副官李德胜护送下,从密山辗转来到宁安,在封锁口上找到我们警戒线上的哨兵。

原来,我们开到磨刀石车站的时候,他们母子三人(我的女儿李万英、男孩李万杰),已经为抗日救国军总部派人接到东宁去,当时并没有留在兴源镇。他们一到东宁,王德林就准备撤退越界了,说是正等他们,准备带他们一起撤退。田佐民一听说敌寇已从汪清迂回到我们的背后,截断了前方部队的归路,东宁已面临朝不保夕的紧迫情势,就决定和孩子们留下来,转道去密山。他们估计,我一定会带领着被截断归路的部队转往密山一带边远山区去。在大敌临前,仓皇中就这样和东宁总部准备越界的人们分了手。她带领两个孩子,一路化装为农村的粮户,雇大车坐着走。

在密山,他们找到了我们的一支部队,那就是抗日救国游击军的第一团杨太和部。

这还是我们和杨太和部在柞木台子分手后,第一次得到关于他们的消息。

我们当时知道邹凤翔已经在穆棱县率部投敌了，并任伪县警察队大队长，但还不知道任军需所掌握的那部分抗日武装的下落。我们想，杨太和到密山之后，一定会派人来和我们取得联系，可能因为部队流动性大，一时又很难找到我们，才没联系上。

果然，我们所猜想的不错。据她说，杨太和同志回到密山，一和当地党委接上头，就派人来找我们，但没有找到。

据她说，任军需所掌握的人马在邹凤翔叛变前夕拉出来了，组成了二百多人的骑兵游击队。第一团团长杨太和当时在穆棱以北驻下来，派人四下出去联络，在七道沟一带听说有一股骑兵游击队，打着抗日游击总队四团的旗号。杨太和就率部到七道沟去，果然在那里和他们会合了。从此，这二百多游击队员就编为骑兵营，归杨太和辖制。但在开赴密山的途中，时当二月，雪还没融化，马匹缺草缺料，杨太和感到行军当中那些牲口反倒累赘，就在半途中把马匹寄存在一个山沟里了。

杨太和带领部队一到密山平阳镇地区，密山县伪县知事就打发杨太和的老婆带着一个两三岁的女孩子来找部队。原来，伪县知事就是杨太和的妻兄。当杨太和在密山县地下党的影响之下进行抗日活动的时候，他弟兄四人，跑出来三个。杨太贵、杨太纯后来和冷寿山、田宝贵等人在杨木岗缴地主保安队的枪支起义的时候，杨太和已经是一个共产党员了。他没有想到，李杜的自卫军瓦解、溃散之后，敌寇当局竟委派他的妻兄为密山县县官。很显然，敌寇的阴谋是想利用这种姻亲关系拉拢他。果然，现在他带着部队回来，他老婆一找到就说："李杜带着一旅人，王德林带着几万人，还抵不过人家，你带着几百人好干什么！"要他回家去好好过日子，不要再像流寇似的东跑西窜了。杨太和是共产党员，岂能受愚。当时，他就又把老婆和孩子打发走了，并告诉她，不打走日本是绝不会过安稳日子的，她愿意等待重聚的那一天，就等着，不能等就改嫁；而且她的哥哥既然已经给日本人办事，就是汉奸了，此后再没有什么私人的亲属关系可说。杨太和同志当时也不过二十几岁，处事就这样冷静、果断。他的女人当时尽管哭哭啼啼，到底还是给打发走了。

当田佐民带领着我的儿女到达部队之后，杨太和同志就通过密山县委的关系，在地方上把他们母子三人隐藏起来。以后，密山县委觉得这样隐蔽也不是长久之计，而田佐民又要求回宁安找部队，孩子们却愿意去北平读书，密山县委就决定打发李万英姐弟随人进关，让随从副官李德胜护送田佐民回宁安。

我知道孩子们已经有了妥当的安排，家事就一无牵挂了。我把部队经济困难、给养不济的情况告诉了她。我说："你来得正好。县委指示，部队不能在地方上'下大牌'，但若进宁安城里去，依靠过去私人的关系，在工商界里给部队募些爱国捐总还可以的，最好由你出面。"另外，我又给宁安商会写了密信，还是打发随从副官李德胜一路护送她。

田佐民带着我的密信去宁安活动，很成功。因为在团山子、八棵树的胜利余威影响之下，宁安县商会的头脑人物，范玉明等仍然是对我们的部队怀着一种莫大的希望的；也有些殷商富户怕我们攻城，所以密信一到，很快地就为部队筹集了一笔款子，另外还为部队购买了一些大米、白面，雇大车拉出城来。田佐民和李德胜就坐在车上，倒也没有惹起什么人注目。八道河子离宁安县城一百二十多里，他们动身早，傍黑天就到了。

因为走得匆促，宁安县还有些爱国的殷商富户的捐款未及收齐，所以田佐民又第二次进宁安。但这次去，我不知道副官处又私下委托她要给我们的骑兵营采办两百套马掌，结果就出事了。

这次她从宁安带出来的有三四千日本金票的捐款、两百套马掌、几百斤猪肉、十几袋白面。雇的车动身太晚，一出宁安县城，天已过晌了。走出八里路，来到黄旗屯，就给屯子里的伪自卫队截住了。这些伪自卫队队员都是本屯子的朝鲜族农民。在盘问中，田佐民伪称是给自己的侄女儿办喜事的。伪自卫队怀疑：怎么屯子里乡下人办喜事，还要进城里去买猪肉，哪个屯子里没有几口猪呢？就说："你们是游击队的吧！"要上车检查。尽管田佐民和李德胜还是侄婶相称。大声辩白，但上车检查的人摸到麻袋，又从麻袋里倒出那二百套马掌来。正值团山子、八棵树战斗之后，宁安一带敌伪对抗日救国游击军已经形成一种风声鹤唳、草木皆兵的紧张气氛；在大车上竟查获出来二百套马掌，自然，那些伪自卫队队员都变了脸色一拥而上，田佐民和李德胜被他们用绳子捆住了。

带到屯子里，又从田佐民身上搜出那三四千元的现款，就把他们两人吊起来，非刑拷打。直到这时候，田佐民已经不再强辩了，她昂然宣布，自己确是抗日游击军的人员，但侄儿李德胜是在沟里种地的，并不知情。如果要枪毙就枪毙，但要想知道款项的来源，那是妄想。并说，在城里的朝鲜族人都是积极支持抗日救国游击军的。

那些敌伪自卫队员，本来在非刑拷问中，剥掉了他们两人的棉衣，极尽残暴凶恶之能，当时，他们已经满身血迹，内衣都打破了，而且，那些伪自卫队员们还扬扬得意地说："想不到刚过大正月，你们就慰劳我们来了！"说的是半通不通的汉话。说来奇怪，他们一听到田佐民慨然不惧地承认了自己确实是抗日游击军的人员，反倒愕然相顾，悚然变色了。

"你认识李延禄？"

"李延禄派我来的，怎么不认识！"

于是那些伪自卫队员全都丢掉自己手里的木棒子，停止刑讯，慌忙地都到另外的房子里商量什么去了。

田佐民和李德胜还吊在马棚上，两人就借机小声交换意见。田佐民小声叮嘱他，只要他咬定自己是在沟里种地的，不知道他"婶母"是暗中给抗日军办事的，那么，或许能保住性命。自然与"婶母"也必须是一般的乡邻关系，又是路上相遇的。

　　这时候，天色黑下来了。围观的朝鲜族群众都纷纷散了。在那些朝鲜族群众当中，据田佐民后来说，倒有不少人啧啧叹息，神色中表现出无限同情的模样来。仿佛也没有完全走掉，在黑暗中，还听到伪自卫队员的叱吓声、驱散孩子声。他们一拥进来，有的解绳子，有的打电筒，有的更用安慰的口气说："害怕的没有，我们的没有法子！"两人一落地，仍然倒背着手绑着，押到村外的大道上。他们最初还以为往宁安县城里押，一看方向又不对，离开大道，来到荒地里了，知道不好，还没有等开口说什么，枪就响了。她只觉得腿给什么绊了一下，身子应声而倒。

　　后来，田佐民在一些匆忙、零碎的脚步声中，分明又听清楚有什么人说着朝鲜族话走过来，又有人说着什么把来人拉走。四周静悄悄的，远远什么地方有狗叫声。天空全是些繁密的小星，她觉得浑身疲倦无力，很久很久，感到又冷又口渴。突然，有人小声招呼："大婶！李大婶！"田佐民小声应着，却不知道这是哪里来的呼声，是谁招呼她，自己又是在什么地方。直到那人自称是李德胜，她才突然记起来，刚才自己是给拉出来枪毙的，他们是在黄旗屯，他们都没有死掉。两个人还以为开枪人是有意暗地私纵，于是急忙弄开绳子，悄悄地慌不择路地奔着东北方向走。半路上，他们扑奔灯光，又摸到一个小屯子里，听到屋里说话的是汉族人，这才敲门进去讨水喝。两个人冻得嘴唇都发青了。屯子里的人给他们找了两件破棉袄穿上，对他们表示无限的尊敬和亲切，因为他们是抗日游击军的，又派人领路送出屯子很远。他们终于回到八道河子。李德胜耳朵边带着枪伤，两个人浑身都是棒伤。开始，他们都还单纯地猜想：由于黄旗屯伪自卫队员里有正义感的人庇护，才得以从枪口底下逃生。实际上，他们不知道，如果是黄旗屯敌伪自卫队把他们押解到宁安敌寇警备旅的话，那么也必须要把拿到手的三四千元的款子献出去；如果私自分肥，把他们两个人就地杀害了，又怕屯子里的人泄露消息，怕抗日游击军攻进黄旗屯去，为死者报仇。因此，伪自卫队在大棒子残酷刑讯以后，采用了假枪毙的招数。从此，田佐民由于内伤严重而成了半残废的人。

我们是不是可以派出一支部队去剿除黄旗屯的敌伪自卫队呢？完全可以。但当时在八道河子又出现了另外的敌情。我们驻扎的地区里，并不是在封锁之后完完全全平静无事的。外有帝国主义，内有阶级敌人，总是有矛盾和斗争的。

## 五

我们刚刚在八道河子驻防下来，封锁内外交通不过两天的时间，屯子里的管事人金笑来就领着朝鲜族农户到军部来找我们了。

他声称，八道河子屯里的朝鲜族农户，冬季就缺粮，大部分要依靠到宁安县城去卖炭，维持眼前的生活。部队要是长期这么封锁交通，那么等到天一转暖，炭季也过了，开春种地的时候，家家户户都要断粮。他要求我们在封锁线上，对进县城卖炭的人开禁。

我和孟泾清同志研究了一下，觉得既然关系到群众的利益，又是涉及汉族、朝鲜族两个民族的关系，不能不慎重考虑他们的要求。最后，答应他对进城卖炭的人可以开禁，但他们必须担保这些进城的人不会泄露我们在这里驻防的消息。金笑来表示可以担保，并亲自负责开条子。我们就通知警戒线上的岗哨，只要是赶着拉木炭的牛车进城去的本屯农户，有管事人金笑来开的路条就放行。

结果，封锁线上的岗哨报告说，本屯卖炭的都按军部命令放行了，但人数不多，只有两三户。这样一来，我们就不能不怀疑了。为什么全屯三四百户，大部分都是冬季依靠卖炭过活，而出去的人竟只是那么两三户呢？屯子里的社会情况怎样，我们并不摸底，只能要求地方党委来协助调查。地方党委总是有些很干练的朝鲜族党员的。我们若在这里找宁安县的关系，一时是不会找到的，县委机关在地下隐蔽着。

若找汪清的吉东局，却很容易，因为那里有我们的根据地。虽然汪清离我们有二百六十里的山路，远一些，可是一到就会联系上。据此，我们就派人到汪清根据地去了。在田佐民、李德胜从密山到八道河子的时候，汪清方面已经派来两个朝鲜族同志。来人中一个姓金，带着七星手枪；一个是警卫人员，带着胡必造枪。两人一到，就在八道河子屯里进行调查。当田佐民、李德胜脱险逃回来的时候，我们吉东局派来协助调查的人员，已经发现金笑来原来是屯子里的封建头子，和日伪早有勾结。我们在这里驻防的情况，他早已派人伪装进城卖炭，给伊田旅团送去情报了。这完全证实我们的猜疑不错。但我们没想到，那金笑来竟是自封一世的"皇帝"，和我们汉族的反动道会门一样，还有"皇太子"金笑来二世、"皇娘"和"大臣"。这些敌伪的坐探被我们破获的时候，也正是敌寇已经调集了大军，布置向我们"围剿"的前夕。情势紧急，当夜我们就派出了骑兵进行侦察。

据侦察报告说，进攻的敌伪部队，约有三千，前锋部队已经到达沟口外，距离我们的封锁线不过八里的路程。作为进攻主力的日本部队，约有四五百人，携有大炮六门。不久，又有沟外的抗日群众送来消息：日本的带队官是治田大佐，人数、武器和我们的骑兵的侦察报告相符。

总部考虑到山形地势，以及宁安县委和各地人民对我们的期望、鼓舞，我们一定要打好这一仗。

我们命令二团王毓峰、三团史忠恒两支部队，分别在八道河子沟口东西两山潜伏，把守住沟口，只等敌伪进攻部队从沟口进来一半的时候，两边夹击，拦腰截断，从上往下打，使敌伪部队首尾不能相顾，分段就地歼灭。另外派李凤山营在八道河子屯前沿，利用河崖、林丛，构成正面阻击阵地。冯守臣骑兵营为机动联络部队，隐蔽在林子里。总部直属的警卫保安连，作为后备部队。部署妥当，天已大明。据骑兵侦察人员报告，沟口已经发现敌伪的前锋；不久，留在屯子里的总指挥部，就听到沟口上枪声密集，知道左右翼已经出发夹击了。枪一打响，敌伪部队就直扑左右两山，形成对山头的争夺战。开始，敌伪在我左右夹击中伤亡很大；发起向我仰攻之后，敌寇主力的机枪火力很猛。我们左翼的史忠恒团长在指挥阻击的时候，身受轻伤；当他正坐在石头上解绑腿，要警卫人员包扎伤口的时候，敌寇治田部队的冲击队伍又纷纷投来手榴弹，有两颗直投到史忠恒跟前，头一颗被他一脚踢开，第二颗未及抬脚就爆炸了。史忠恒团长腰、腿三处又负了伤，他一时性起，手持短枪，大呼冲锋，三团健儿闻声跃起，悍然冲下山坡。敌寇治田大佐的前锋部队，顿时动摇，霎时间仓皇撤退。在我史忠恒团长的追击下，敌寇一直退出沟口外三里之遥。这时，已经是十点左右，我们和敌寇的争夺山头战，算是初步胜利了。

敌寇治田部队在三里外，又组织了第二次抢占左右两山的进攻。当时，因为我们右翼二团王毓峰部队的子弹已经在争夺战中消耗光了，敌寇发现了我们的弱点，就集中兵力猛攻，终于占了右面的山头。接着，又转向左翼史团。史团在二次山头争夺战中，手榴弹和子弹也打光啦。敌寇尽管开始伤亡很大，但火力仍然很猛，终于占领了左右两山，而且有一小股敌寇竟偷偷摸到八道河子屯前，在李凤山营的阻击阵地上冲出一条缺口。我当时还留在指挥部里，村子口发现了敌人，警卫员孙贤同志就以两支匣子阻击，掩护指挥部撤退。孙贤同志双手能打枪，而且打得又准，敌寇小股部队就被阻击在屯口一所孤立的茅屋背后。指挥部脱险后，孙贤同志也撤出来了。我们在树林子里和二团王毓峰联系上了，又派骑兵去找到三团史忠恒部，以及从屯子前沿河崖撤下来的李凤山部。在总部撤退中，我们只损失了副官徐本成以下三名官兵，其中有两名还是在村前阻击战中牺牲的。我们的伤亡很小，但子弹却大半打光了，我们只好坐在石头上休息，研究对策。时间已经过午，我们还滴水未沾，只有捧雪大嚼，借以解渴。

这时，山下八道河子屯里已经升起乌黑的三五股浓烟。我们知道敌人已经进村子纵火焚烧、抢掠了。不久，又听到山下传来的惨不忍闻的呼声。逃散在林子里的当地朝鲜族农户，这时候都纷纷上来找总部，要求我们下去打。他们一个一个都是提着棒子、斧头什么的，自愿带头冲锋，抢救他们未及逃出的亲属。

当时，我们三团的战士纷纷要求去拼刺刀。村子里传来的惨呼声，已经在我们部队里燃起愤怒之火，又加上逃出的农民齐来求援，人人自愿参加敢死队。我当时和孟泾清政委就决定临时编成一支突击队，并从骑兵营和李凤山营里收集了一些子弹发给他们，每人也不过三五发。

这次袭击，果然大出敌寇意料之外。他们正在屯子里四处放火、焚掠，因之在我们的突击队突然进村之后，未及部署就溃逃了。敌酋治田大佐在我们的突击队员的追逐下，惶惑乱窜，未到河崖就给我们英勇的突击队乱刀刺死。当场击毙和杀伤的敌寇在二百人以上，缴获了大量的武器、弹药，还有山炮。我们的突击队员所追击的目标，是穿黄军衣的日本部队。有些伪军因为在溃散之后乱窜，碰到屯子里的朝鲜族农户，有不少在大棒子底下丧命了。我们突击队在追击敌寇当中，受伤六人。一个班长因为追击治田大佐而牺牲了。

八道河子屯的老弱农民，未及逃出的妇女、儿童，被日本侵略者投到火里焚死的有十人，为刺刀所挑的有九人，总计牺牲三十七人。全屯都变成一片露天的残垣断壁。但朝鲜族农民是坚强的，他们面对着这片废墟，多数都忍痛地丢掉手里沾血的棍子，协助邻居从扑灭的火堆里抬运尸体和残存的物资。他们是沉默的，敌寇已经在他们的心里撒下仇恨的种子，这种沉默足以说明仇恨的深度。

据侦察骑兵的报告，三十里以内已无敌踪。我们的队伍就回到八道河子屯里来。当天晚上，许多朝鲜族农户给我们送来从地窖里掏出来的土豆。我们是一天没吃什么了，但因为突击队的胜利以及屯子的惨状，也不觉得饿。我们的人数是很多的，一人只能分到三个土豆，而最后还有两个战士，一人只能分两个。我把自己的一份土豆拿出来，一人一个，正好三个，但他们又坚持不要。

尽管我们当天夜晚是在废墟式的露天炕上取暖，但我们军民之间的关系却是兄弟般亲切。

经过战斗洗礼的八道河子屯，在我们走后，由宁安县委书记李大个子来开展政治工作，不久就建立起一个苏维埃式的、在共产党领导下的革命政权。

总之，我们在八道河子的战斗，表现了我们部队和人民的命运是休戚相关的。我们胜利的威名远扬，一时在宁安一带活动的大小股山林队，都纷纷派人来联系，要求合作，愿受指挥，可见影响之大了。

第二天，我们还未及打扫战场，就接到吉东局来的紧急通知，要我们带队去汪清马家大屯苏维埃区参加吉东局召开的军政扩大会议，在党内传达中共中央一九三三年一·二六指示。

## 六

一九三三年三月中旬，我们所开辟的宁安游击地区交参谋长张建东留守，我和政委孟泾清同志带领部队经老爷岭、八人沟背后开赴汪清苏维埃区——中共吉东局驻在地马家大屯。和我们分头带队赶来参加会议的部队，有总部直属宁安工农义勇队及其领导人金根同志、朱守一同志，吉东局直属汪清县别动队及其队长李光、副队长崔大个子。另外有宁安县委李广林、汪清县委书记小金同志等。

我们来到汪清苏维埃区第一个印象是，群众组织性强。他们有自己的红色自卫队、儿童团、妇联和妇女抗日宣传队。他们绝大部分是朝鲜族农户。红色自卫队手持红缨枪和步枪，站岗放哨，若是在山沟外发现敌伪队伍，就在树上挂白旗，发现自己的队伍，就在树上挂红旗，向沟里报信。敌伪队伍接近的时候，就在山头上鸣枪两响，以示紧急。当时，正值雪融冰解的初春天气，我们所碰到的朝鲜族妇女，在路上都笑脸相迎。她们头上都顶着木盆什么的，是出村去挖野菜的。尽管我们语言不通，但她们那亲切的笑容、欢迎的目光，显示出一种阶级友爱的朴实感情。我们不由自主地联想到在战后的八道河子村废墟上和朝鲜族农民弟兄一起分吃土豆的亲切情景。

我们的部队在马家大屯周围的村舍驻扎下来，就去吉东局报到。我们带来的部队约一千五百人。

吉东局书记童长荣同志，是安徽湖东人，三十岁左右。一九二五年到日本留学前参加中国共产党。一九三〇年曾担任过河南省委书记，一九三一年在上海"左联"工作，经党临时中央调到东三省来。他的体质很弱，但党性很强，有丰富的革命斗争经验，尤其是对敌伪军的政治斗争方面。

当天晚上，吉东局在马家大屯召开了军民联欢大会，会场上燃烧起一堆堆照明的篝火。吉东局书记童长荣同志在大会上作有关政治形势的报告。

在报告中，他谈到，绝不能因为李杜等人的失败、丁超的投降，就认为是满洲的反帝运动没希望啦！他说，他们都是外受国民党不抵抗主义的卖国政策的影响，内靠地主阶级和富农的上层人物，他们的抗日，又是外受国内广大群众反日运动的高潮的影响，内受大部分热情爱国的下级官兵的逼迫。他们当时不过是为了自己剥削者的利益而抗战的。他还揭露了南京蒋介石政权种种卖国行为，说明只有在中国共产党领导之下，中国的民族革命才有胜利的前途。对于我们抗日救国游击军在磨刀石车站战役之后所继续进行的三次规模较大的战斗，给了很高的评价，说这是东北抗日游击战争在吉东的转折点。他的报告，大大鼓舞了我们部队的士气和抗日必胜的信心。

之后，当地的妇女抗日宣传队，为部队演出了民族舞。节目进行当中，不知怎么一来，她们热情洋溢地在联欢会上和红色自卫队"挑战"了。妇女反日会的主任代表抗日宣传队的所有女队员，提出每人要缴一支枪,作为庆祝吉东局召开"干部大会"的贺礼。自然,红色自卫队的代表当场"应战"了。这种表现革命群众抗日激情的热烈场面,对于我们部队的汉族战斗员来说,是惊其新,喜其勇,又有点疑。会后,都纷纷打听:"她们的话算数不?""她们怎么能空着两手去缴枪呢?"

对于这些疑问,我们总部领导人的态度却都比较肯定,相信她们一定有所根据。

这时候,留守宁安的军参谋长张建东同志派人送来机密的消息,说他们在金坑一带得到地方反日会的确切情报,驻在东京城的马海山伪警备团,经过团山子战役惨败的影响,士气本已空前低落,再加上最近八道河子一役伊田(少将)旅团手下的主力军指挥官治田大佐又为我们战士乱刀刺死,被我们击毙的人中还有马海山团的王团副(中校),治田部队伤亡惨重,马海山团参战部队溃散而逃。不需说,他们虽在东京城又重新集结起来,但军心却极为恐慌,而且城内谣言四起,很怕我们部队攻城,富户迁居,逃兵出城,形成一种混乱状态。为此,张建东参谋长要求军部派一小部分武装攻取东京城。

我们把这一情况向中共吉东局作了汇报。在得到指示后,决定派军副参谋长刘汉兴带领一小部分武装出击东京城,政治瓦解为主,军事进攻为辅。由于在团山子战斗中冯守臣骑兵营乱呼口号所得的教训,中共吉东局给我们规定了几项一致的宣传口号。此外,还携带着大批标语、传单。

副参谋长刘汉兴带队出发不久,在吉东局军政会议筹划期间,苏维埃抗日妇女宣传队果然实现了她们在联欢晚会上的英勇诺言,每人缴了一支七九步枪,超额十四支,总共缴来三十四支步枪。我们总队人员闻讯,实在惊奇得很。

原来,在汪清根据地边界上,敌伪正在修建图宁线铁路,筑路工人搭着帐篷。有一个伪警备排,三十四个伪军,驻在工棚附近的帐篷里,监督筑路工人干活。他们在山上,也有岗哨。妇宣队的人员出沟挖野菜,常从这里经过。那些值班的伪军岗哨,见到路过的朝鲜族妇女,有时就调笑,用汉语说话:"商量点事,好么?""嫁给我当老婆吧!"朝鲜族的姑娘有些会汉语,也就乘机宣传,说:"要嫁,嫁给抗日的英雄,也不嫁给日本帝国主义走狗、亡国奴!"在联欢会上她们提出缴枪的计划,确实是有根据的,有对象的。她们实际上早就有缴这一排伪军武装的意图了。会后的第二天,她们就按计划分组出沟,分组到兵棚子门口去找水喝。一两天的工夫,就摸熟伪军的生活规律了。这一天她们成群而入,一下子就缴掉了一个排的枪支。她们的动作敏捷、果敢,来的又突然,在帐篷里正打饭的人瞠目结舌,缴掉枪之后才明白眼前所发生的事。

　　日寇当局为此向吉东各线的驻防警备区发了通告。

　　红色自卫队也按期完成了缴枪的计划,他们是出征宁安县境,夜袭老爷岭的鹿道警察所之后才胜利完成的。

　　朝鲜族男女农民所缴获的战果虽不大,但也引起了敌伪对于马家大屯苏区的注意。中共吉东局的军政扩大会议和党内干部会议还没有正式开始,我们就接到侦察员崔善玉同志转来的延吉县电话局一个朝鲜族女电话员的报告:日伪当局已经在延吉、珲春、和龙、汪清四县,调集讨伐部队,总数约三千人,正分路向苏区进行"围剿"。吉东局党委书记童长荣同志获得报告,召开了临时性的军事会议,作了研究,最后决定打好这一仗;提出"保卫苏维埃区,寸土不让"的口号,要求打好这一仗来庆祝吉东局党军政扩大会议的开幕。我们之所以有胜利的把握,那就是敌伪方面当时还不知道我们在这里已经集结了大部队。

　　马家大屯有千户以上的农家,是个大屯子。当地的少先队、红色自卫队、妇女宣传队,都做了迎战的准备。

　　在吉东局召开的临时军事会议上,除了根据苏区的山形地势,在四条山路口上做了兵力部署的安排之外,又专门建立了一个有朝鲜族妇女宣传队参加的敌工小组，搞了大批的日文标语和传单，大张旗鼓地对日伪部队展开一个政治攻势。这些标语和传单，是童长荣同志亲自拟定的，说明中国的抗日游击队伍，是中国共产党领导的队伍，说明日本帝国主义是中日两国劳动人民的共同敌人，如："无产阶级联合起来！打倒日本帝国主义的军阀和财阀！""你们的母亲和孩子天天在家盼望你们活着回去！"这些日文传单和标语，都经苏区的少先队和妇女抗日宣传队、红色自卫队，贴在敌伪进出必由之路的电线杆子上、树木上，有的用石头压在路口上。总之，到处都是红绿色的传单和标语。

我们的部队，向来有一条纪律，那就是只要日本人缴枪，我们就优待。我们在镜泊湖连环战役的关家小铺战斗中，曾经捉到过一个日本俘虏，战士们在押解的路上有的被这个俘虏咬伤了手，仍然忍痛把他送到指挥部里来。在海林附近战斗中，我们也曾捉到过一个日本军医，给以优待，并向他说明我们是共产党的队伍，要求他留下来为无产阶级工作；但他坚持回去，打算将来被遣送回国之后，私人开业，搞个诊疗所，以养活母亲和妻女。我们最后也根据他的志愿，释放他回宁安去了。但在和敌人作战中，我们还没有使用过这样大规模的政治攻势。

在军事布置上，我们预计到敌伪可能从四个方面来围攻，所以就分兵四路迎击。腰岭子是通往汪清嘎呀河的山路，由朱守一、金根、李延平率队阻击。托盘沟也是西面敌伪部队必经之路，由史忠恒、李凤山两人率队阻击。大肚川沟是汪清来的敌伪部队入口，由李光、崔大个子率队阻击。我负责总指挥，和吉东局书记童长荣、政委孟泾清驻扎在通珲春的要路口大荒沟，除带三百名战士作主攻部队之外，另留二百武装，作为增援各口子的机动部队。各部队出发之前，吉东局又给补充了一万五千发子弹。

马家大屯群众组织的运输队、医务救护队、担架队，同样分为四路，随各部队出发。

我们的部队在当地群众奋勇参战的鼓舞下，斗志倍增，分外活跃。

我们在各路阻击的要道口上，选择有树木掩护的高地，布置下机枪火力。敌伪部队一出现，我们的机枪火力就开枪猛打。一开始，由于敌伪部队大意轻敌，我们就打了他们一个措手不及。四路的敌伪部队都受到很大的损失。敌伪二次反攻的时候，我们发现日本警察队的攻势是松懈无力的。托盘沟打得最激烈，史忠恒团长腰部负伤。大肚川沟的战果最大，李光同志所率领的汪清别动队缴了伪军一个连的枪。午后，敌人的飞机曾在上空盘旋助战，但因各线敌我处在胶着状态，又因树木丛生，日本空军也不能施展什么威力。一整天的战斗，我们杀死杀伤敌伪军二百名左右。

黄昏，敌伪各部终于停止了攻势，但出乎我们意外的却是他们没有一点准备撤离阵地的模样，显然还妄想或当夜或次日拂晓，再进行围攻和侵袭。我们部队精神焕发，除了抢运负伤人员撤离阵地之外，原队仍稳然不动，还连夜赶着加固工事掩体。马家大屯的朝鲜族自卫队员，还有已经武装了的妇女宣传队员，都已经自动地参加了这次战斗。在托盘沟的激烈的反击战中，那些徒手的朝鲜族担架队人员，每当我们的战士击毙或刺杀了一个敌人，就欢呼助威；每当我们的战士牺牲或突然倒在阵地上，就自动地跑去抢回步枪，参加阻击，充分表现出朝鲜族劳动人民对于无产阶级革命事业的忠诚和坚定的胜利信心。有的还在助威呐喊中用汉语高呼："打下枪来，我们去拿！"整个阵地上，可以说，在紧张、沉静的气氛中洋溢着一种胜利的喜悦，这从战士们敏捷的动作和轻快的步伐中就可以看出来。在夜色苍茫中，偶尔还有朝鲜族妇女禁不住的爽朗笑声，她们是来前线送饭的村妇，还不知道我们总部已经下达了加紧警戒，准备敌伪突然袭击的命令。总之，两族群众之间，经过一整天的战斗，增进了亲密无间的珍贵友谊。

我们部队的战士，以前都怀念宁安游击区的汉族抗日群众，他们勇敢地越过火线，给我们送情报，送水送饭。今天，朝鲜族群众这种大无畏的精神，也深深地印在我们每一个战士的心上。

这天晚上午夜一点，正当我们准备换班的时候，侦察人员回来报告：敌伪军突然全部撤退了。这变化又完全出乎我们意料。很久以后，我们从获得的情报中才知道，这次敌人的总指挥官是一个名叫龟冈村一的少将衔旅团长。这个旅团长虽然在战斗中已经受了重伤，但仍很顽固，坚持原地收拾队伍，要在当天夜里发动一次总攻，进行挣扎。后来，发现日本士兵在电筒光下阅读日语传单，就开始了内部的大搜查。龟冈村一在行军途中已经亲眼看过我们的日语传单，这使他断定马家大屯是中国共产党的重要机关的驻在地，因而虽负伤仍不撤退，梦想捞到点什么。他却根本没想到，这些日语传单没有被全部撕毁，有些却被日本士兵偷偷保藏下来，并在值班岗位上用手遮着电筒光津津有味地偷读着。而搜查结果，每个班都有。龟冈村一正在又气又急又惶惑失主的时候，又得到地方奸细的密告：中国方面这支部队不是马家大屯的地方游击队，而是从宁安地区开过来的声威显赫的抗日救国游击军，是不久前在八道河子击毙治田大佐的抗日主力部队。龟冈村一听后大吃一惊，仓皇下令全线撤退。据我们的地方情报说，这一个旅团撤退到延吉以后，就开始对直属的日本部队逐人审查，最后枪决了二十几名"私藏共产党传单，惑乱军心"的日本士兵，又遣送了两千多人到延吉"纠正院"去反省。由此可见我们吉东局所布置的政治攻势的威力。这个龟冈村一也因此在政治上受到严重打击，后终于因伤重而死掉了。

李光和崔大个子所率领的汪清别动队，经过这次战役之后，队伍扩大一倍，内中一大部分是从马家大屯红色自卫队中编选过去的，后来，整编为汪清县抗日游击大队。这就是日后我东北抗日联军第二军的建军基础。

此次保卫战，我们总共缴到二百五十六支三八步枪、四门迫击炮、子弹三万多发，其他军需品不计。

战斗结束后，我到各个阵地去察看。战士们正把牺牲的战友从阵地上抬下来，准备掩埋。我站在烈士们的遗体面前默默地辨认着，有我们游击军的同志，也有红区的群众，看着看着，我不由得一愣：在烈士遗体中，竟有一具日本兵的尸体。

"为什么把他抬来？"我不满地问别动队的同志。

别动队队长李光同志说："军长，他是我们的同志。这一车子弹，就是他送给我们的！"说着，他从口袋里掏出一张纸递给我。看看那上面写的密密麻麻的日本字，我就更加迷惑起来。

李光同志说，他带领别动队在松林里发现那辆汽车时，见汽车的发动机被破坏了。当时，他也是迷惑不解，为什么敌人不把它拉走、破坏了？当他们离开松林又向前搜索的时候，便在嘎呀河边发现了这一具日本士兵尸体。离这具尸体不过十几步远，有一块石头，压着一张从笔记本上撕下来的小纸。"哦！就是这张纸条。"

我连忙找来一个懂日文的同志，一看，纸上写的是：

亲爱的中国游击队同志们：

我看到你们分撒在山沟里的宣传品，知道你们是共产党的游击队。你们是爱国主义者，也是国际主义者。我很想和你们会面，同去打倒共同的敌人，但我被法西斯野兽们包围着，走投无路。我决心自杀了。我把我运来的十万发子弹赠送贵军。它藏在北面的松林里。请你们瞄准日本法西斯军射击。我虽身死，但革命精神长存。祝神圣的共产主义事业早日成功！

关东军间岛日本辎重队

共产党员 伊田助男

一九三三年三月三十日

此事，在国际上反响很大，得道多助，竟不惜舍身伸张正义，在此补记一笔，以示我们对这一日本战士的崇高敬意。

## 七

一九三三年四月三日，中共吉东局召开的党军政联席会议，正式开始。会期三天，会议中心内容由吉东局书记童长荣同志传达中共中央一月二十六日的指示信。

会议根据新的精神，检查我们过去的工作。有的同志继续批判被满洲省委撤职的延吉县委书记小李子领导之下所开展的抗日工作，认为团结原东北军地方抗日集团势力，如李杜、王德林、张振邦、刘万奎等人共同抗日是"右倾"，是"勾结上层"，是错误的。又有的同志，如汪清县委书记小金说："一·二六指示，如果在三个月之前（就是说，在磨刀石车站战役之前），那应该是绝对正确的，现在却过时啦，因为那些东北抗日救国军的头脑，跑掉的跑掉，当胡子的当胡子，没有什么人可作统战的对象啦。"

也有的同志，如宁安县委李广林同志说："还有吴义成、柴世荣的抗日部队呢！"又说："我们说人家过去右啦，倒不如说我们那个时候'左'啦！"

总之，各人根据自己的政治水平，对过去的工作发表不同的见解。强调"准备进一步的阶级分化及统一战线内部阶级斗争的基础，准备满洲苏维埃革命胜利的前途"的同志，是一种态度；强调"聚集和联合一切可能的，虽然是不可靠的动摇的力量，共同地与共同敌人——日本帝国主义及其走狗斗争"的同志，又是一种态度，争执很大。

吉东局书记童长荣同志，在评价我们过去那一段工作时指出："根据中共中央指示来说，是有成绩的，我们过去没有部队嘛！自然，马家大屯苏维埃区政府还是一个试点。总之，我们是有了很大的成绩啦！"童长荣还比较详细地作了分析，大意是："如果肯定李延禄同志过去是'右倾',犯了路线错误,离开了党（实际是王明）的路线,搞'上层勾结',那么党的革命武装,确实在李延禄同志手里发展了,不是几十人的红色工农义勇军可以比的,而是为数很大的一个抗日游击军。如果说过去的工作方式是对的,但又确实和党当时的指示不符。总之,吉东局认为李延禄同志做的工作,没有什么原则错误。关于会议上的争论,我们就不作结论了,我们报告满洲省委和中共中央,由上级党委去解决。"

因之,吉东局的党军政联席会议,对于"李延禄同志的问题",就不再继续讨论了。而对于那些在八道河子战斗之后,积极要求我们收编的山林队,由于《一·二六指示信》里强调"进行下层组织的反帝统一战线",在这次会议上,也没有得出具体的统战方案,作出具体的安排。

今天看来,过去那一段工作,是比较清楚了。那种工作方式是自发的抗日统一战线,是符合毛泽东战略思想的。但和一九三一年到一九三四年之间的党中央当时执行的王明路线,确是不符的。

自然,我和孟泾清同志在这一段时间的工作,如果按毛主席抗日统一战线政策严格检查的话,也并不是毫无缺点的。我们在某些问题上往往是偏重于团结,有的问题,例如,在棺材脸子村的会议上,我们是坚决与孔宪荣等当土匪的想法作斗争的,但在扩大补充团的革命武装上,我们所作的斗争又不够了。因为,我们当时还没有充分把握,这是不是如地方党委所指出的是错误的"大兵团思想"。自然,所有这些都是在今天才能够认识清楚的。当时,对问题我自己并没有提高到马列主义、毛泽东思想的理论水平上来认识。但在被批判当中,我虽不说什么,却有着革命到底的自信。

我在入伍之前,原是吉林一织布工人,由于在吉林受到大学生政治运动的影响,转而入伍,觉得要改变国家的腐败、软弱的局面,非摸枪杆子,打出一条出路不可。我从普通的列兵升到司务长,在延吉原籍（也是驻军的地方）秘密参加了中国共产党，誓为共产主义革命而奋斗终身。因为那是在九一八事变之前，而我又是一个东北军下级军官，所以候补期为六年。九一八事变之后，一般的候补期由于战争的形势要求，都改为半年。我和孟泾清同志分手去兴源镇，接到吉东局的批示让我担任部队的党支部书记的时候，实际已经转正了，但因为孟泾清同志没有正式通知我，自己还认为候补期未满。直到很久以后，才知道指定我任支部书记，已经是提前转为正式党员了。我那时党龄很短，工作经验又有限，自然在汪清苏维埃地区的党内军政会议上，对一些问题还不能作有充分根据的发言。但有一点实际的社会生活经验和部队的工作经验，我是可以拿来作依据的，那就是不管对于东北军系统的中层人物还是下层官兵，不管是对于中产阶层的地方爱国绅商之类人物，还是农村的贫雇农，一谈到抗日，就易于团结，就易于调动他们的人力和物力；一谈到"苏维埃社会主义革命"，谈到赤色的工农义勇队，大部分就和我们有距离了，尤其是那些代表中产阶层的抗日军官和绅商，距离就更大，而广大的士兵和贫雇农，又不能很快地理解和接受。就是有些士兵接受了，又因为在部队中停止发展党的组织，久而久之，也就失去最初的政治热情。

吉东局在汪清苏维埃区党内会议上，根据一·二六指示所作的决定，撤销了马家大屯苏维埃区政府名义，改为抗日人民区政府，这样就易于得到包括抗日爱国的广大的中小有产阶层在内的群众拥护了。我们的团结面一广，自然就削弱了敌伪在农村中的反动势力的影响。党委书记童长荣同志在总结中说，这只是因为我们得到党中央一·二六指示早，把它作为一个试点，摸索摸索经验，将来提供给满洲省委参考。正式对外宣布，还需要等待满洲省委的批准。

在军事布置上，吉东局还是根据原来向满洲省委提出的建议整编，并划分成几个游击地区。

吉东局的原决定是：一、在抗日救国游击军里抽调史忠恒团七百名武装，留在吉东局作为另外建军的基础。二、抗日救国游击军以所余的七百名武装为主力，去密山开辟新的游击区。宁安游击区的抗日工作，交周保中同志负责领导。政委孟泾清和参谋长张建东留在吉东局，另请满洲省委派两名领导干部来部队补充所遗两缺。三、批准金根、朱守一所领导的宁安工农义勇队编在抗日救国游击军里作为直属军部的独立排性质的武装。四、抗日救国游击军的经费问题，依靠进攻敌伪城市、没收敌伪及其走狗的财产来解决。另外，在保卫吉东局战争中所缴获的武器，全部分配给李光同志所领导的汪清别动队，并撤销其原来的番号，改为汪清抗日游击队。

最后，经过大家讨论，一致同意吉东局的决定。

如果满洲省委的指示有什么变动，童长荣同志说，将要另行通知，"要依满洲省委的指示为准"。

我必须在这里说明，当时，吉东局党内军政会议决定调走三团团长史忠恒和政委孟泾清同志，我好比失去左右两臂一般，内心实在很不好受，一时走路都感到困乏无力。调走史忠恒团是建军的需要，我将要冷静地传达党的决定，要史忠恒服从党的分配，服从革命的需要。但政委孟泾清呢？他在团结抗日救国军上层势力的抗日工作上，一直是支持我的；在棺材脸子村的会议上，在对孔宪荣的斗争上，孟泾清同志是我的主心骨。是不是可以要他继续留在部队里，担任党的领导呢？我们在工作步调上是这样的和谐，可以说，政治思想呼吸相通。如果他也愿意留下来，和我搭伴，那么，我想我可以向童长荣书记再次申请挽留。会后，我就找孟泾清商量，但孟泾清说决定服从吉东局的调动，而且他表示自己实在对部队的游击生活不习惯，确实适合于做地方工作，因之，我们不能不分手了。

会议结束之后，吉东局又通知我留下来，参加吉东局各项有关改组部队的会议，并命令金根、朱守一、李延平三位同志各自带领他们的两支游击队，作为军部先遣部队开赴密山。临出发时，吉东局又从胜利品中拨出一万五千发子弹，以壮他们的征色。随我留在军部的直属部队，还有王毓峰团和骑兵营冯守臣部、独立营李凤山部。他们在送行中，对那两支先遣部队所获的"仪程"之丰，不胜羡慕。

八

再说，我们军副参谋长刘汉兴带着小部队去围攻宁安的东京城。他们一路急行军，沿着老爷岭、鹿道、金坑来到镜泊湖东马连河小镇。三月二十六日夜到达目的地附近，在东京城周围广贴抗日传单标语。二十八日拂晓在东京城四周发动攻势，高呼口号："中国人不打中国人！""枪是公家的，命是自己的！""缴枪不杀！"我们的战士在口号声中开始进攻。

那东京城，在历史上是有名的渤海国的京都，传说李白在金銮殿上醉写吓蛮书，所答复的就是这个渤海国的蛮王。当时这里的居民，有汉族、满族、朝鲜族、回族，是个四族聚居的地方，有一两千户的人家。苏杭绸缎、两广杂货、油坊、烧锅，应有尽有，市面相当繁华。九一八事变以后，已经萧条下来。伪警备团马海山部在八道河子溃退之后，就逃到这个老巢里来整顿。另外，还有日寇的监视部队，约有三十余人，也在这个镇市上驻防。因敌伪军心不稳，又需防我来攻，还调动了伪军刘万辉团增防，总起来兵力约有千把人。在伪警备团所有的下级官兵中，都由于高护目的被害，深受刺激，反日的情绪一天天抬头，又加为我们在八道河子大捷的声势所胁，军心和士气已趋瓦解。所以一听到我们攻城的口号，各防守口的伪军就纷纷答话了，问："你们是哪部分的？""是不是李延禄的抗日救国游击军？"伪团长马海山开始还威胁、弹压，见大势所趋，禁胁无效，终于借机逃走。伪军在我军进攻之下，顿然溃散，日寇监视部队也很快趁机逃掉。我进攻部队就在欢呼声中开进街里，镇内军民齐出欢迎。我们的军副参谋长就在镇内召开了抗日军人联欢大会，号召伪军反正，参加抗日队伍，如果不愿随军，就缴械遣散，按枪支种类领遣散费。当场反正的约有七百官兵，仍按原编制不动。另外，所有几家已为我们部队查封的日寇及其走狗所经营的商店，财产全部没收。其他正当商人的营业，普遍地给以保护。这些商家万分高兴，一齐自动筹集给养，慰劳我们的部队。据当时随军进攻东京城的刘广德说："那时候，咱们的部队一进东京城，都换了衣服，弄到很多布匹。"并说："在警备团的院子里，缴了敌伪军的械。以前投降敌人的雷宝德，这回也叫咱们捉住了，是我亲手枪毙的。"

在我们的部队胜利撤出时，随军开出来的反正伪军，有田大梁子、田二梁子，一直到田四梁子哥儿四个指挥的共约四个连。此外还有王虎廷连百余人，共有五百左右的武装。

## 九

密山先遣部队开走之后，我们在汪清吉东局，接到过身负重伤的敌酋龟冈村一旅团长从延吉方面转来的信。信中要求"正式开战"，并选择一指定的地点，"打五天"。如果日本部队打败了，从此"退休归国"；如果抗日军败了，应该谈判，共保日"满"一体的"大东亚秩序"。声称，四路围攻汪清之所以失利，完全是因为不知道抗日救国游击军是这次战役的主力部队。

敌酋来信，中共吉东局作了研究，以我的名义驳斥了他的挑衅，揭露了所谓"大东亚秩序"等骗人的鬼话。告诉他，只要日本帝国主义的侵略武装在东三省一天，抗日游击军队就要进行一天的战斗，绝不妥协。因为我们是中国共产党领导下的游击队，要向日本法西斯战斗到底，直到最后胜利。

一九三三年五月间，我在吉东局应该做的工作，全部完成了。部队临出发的前夕，我到密林里的战时医院探望史忠恒同志，去向他作最后的告别。

我们俩是在王德林的老三营驻防地小城子的时候就结识了。当时，他还是"老三营"的一个班长，经过镜泊湖连环战役的考验，我们才吸收他参加了中国共产党，并在后来逐步提拔为三团团长。我们常常在雪夜中并肩急行军，翻山越岭；宿营工夫，不是连铺，就是抵足而眠。在"墙缝"战役中，我永远记得他那种恋战不舍的神态。是由于他的启发，我们才开始把"墙缝"的伏击战，转为连续打了四次的连环战役，终于最后消灭了敌寇天野部队及天野旅团长本人。现在我们要分手，自然是有些依恋不舍的，但这是上级党委的决定，为了满足革命形势发展的需要，我们又不能不分手。

史忠恒同志在我和他告别的时候说："我是共产党员，党要我留下来，我就留下来！实在说，我跟着你，是很称心如意的。你在表面上看起来慢慢腾腾，打起来，可是不失战机，很果断，来得快。在'墙缝'那一仗，反攻的又正是时机。哪回咱们也没吃亏！我实在愿意跟着你打仗！"

我说："所有这些仗，还不都是依靠群众在党领导下才打好的么？"我告诉他，以后，他留在吉东局，可能要在军事上独当一面，单独地率队作战。遇事，要请示党，要多和群众商量，不能单靠一个人的谋略。多树耳目，耳目一多，敌情就好判断了。又告诉他，此后，要和部队的政委团结一致，千万不要自负傲上，并祝他早一天伤愈归队。总之，我们是亲如骨肉的老战友，在分手时，都相互说了一番勉励的话；分手之后，还时常悬念着。一九三四年之后，史忠恒团就由旅扩充为师，是构成抗联二军的骨干部队。

我们的部队离开汪清，开赴密山途中，路过老爷岭山脉之下的马莲河，算是又回到宁安县境来了。在马莲河我们就和军副参谋长所率领的先头部队会合了。我们就在马莲河驻下来，并在当地召集群众开会，由我传达吉东局会议精神和党中央的抗日政策，号召群众广泛建立和开展抗日救国会的组织和活动。会场是马莲河村小学的大教室内。

正在我作报告的时候，日寇伊田少将的侦察队约七十余人，带着送给养的百辆大车，在马莲河外围向我警戒部队开始袭击了。远处枪声一响，群众就紧张了，纷纷夺门外走，我就势宣布休会。等我走出村校，当时已经找不到部队了，除了跟随我的警卫员孙贤同志之外，我们只碰到一个撑旗官和号兵，他俩也和部队失散啦。我就叫他们跟我撤到山头上，要撑旗官把我们的军旗挂到树上去。心想，有了军部的标志，部队自然会找上来。同时，又要号兵躺在地上面，朝天吹联络号。前抗日救国军督战司令柴世荣部，以及由吉东局派去协助军副参谋长刘汉兴进攻东京城的平南阳部，都找上来了。我说："咱们不要把队伍都堆成一团，你们可以分头占领东山，警戒着。"我带着部队向杨木林子那面转，绕到敌人后边去。这时，我们已经接到外围警戒部队的报告，敌寇的侦察队已经被我们击退了。

后来我们知道，由于敌寇龟冈村一在汪清马家大屯一役的惨败，惊动了驻吉林的多门师团，誓要对抗日救国游击军进行一次彻底的"围剿"。多门师团暗暗进军吉东，从老爷岭、杨胖子沟和鹿道分两路跟踪下来，伊田旅团从宁安横道河子及孟家屯两路并进，形成"分进合击、铁壁包围"的阵势。在马莲河外围和我们交手的，是多门师团的侦察队，纯属试探性质，他们还不知道已经接近了我们的主力部队。

我们当时自然还不知道敌人的军力及其战略部署情况。我们正在研究是不是要追击敌寇这一股约七十人的侦察队的时候，有派出的侦察人员来报，在通往马莲河的大道上，发现一批为敌寇部队输送给养的马车，约有百十辆。我们决定不去追击那批侦察队，而去截夺敌人这批给养，显然这是敌寇的侦察队撤退时丢掉的，距离我们所驻守的山头，也不过六七里路。

我带领部队一下来，就在陈家大院碰到从杨木林子来的抗日救国会妇女主任，她是来送情报的。据她说，敌人是从头道河子过来的，有六七千人之多，都是多门师团的，没有一个伪满兵，一色是黄压压的日本鬼子！有会中国话的"宣抚班"，在杨木林子已经召开了居民会，说"抗日的土匪，这回统统要完蛋了"，说"日本皇军是满洲国的保护人"，说"刚才的枪响是侦察部队打的，怕的没有"，说"明天早晨我们的马莲河的去啦"。可见，这次日寇的进犯，规模相当大，从那百十辆大车所拉载的给养来看，也是一个旁证。经过进一步了解，她说她在离开杨木林子的时候，屯子里的日本兵正往四围拉电线，可以判断杨木林子村正是敌寇的重要首脑的驻在地。杨木林子在交通要道上，这批敌人确是从老爷岭方面跟踪下来的。杨木林子距离我们所在地陈家大院也不过十里的路程。于是我们就在陈家大院停下来，我们急速召开了军党委会，又召开了军政首脑的紧急会议。

这所陈家大院，院套很大，土筑的围墙四角还有炮台。我们从地主的地窖里搜集到一些粮食，一面开会研究对策，一面在这里做饭吃。

我们对敌情作了分析：第一，尽管敌寇来势很凶，但因没有伪满部队带路，这一带的地势山形，他们不及我们熟。我们随时可以绕到敌后，或敌左，或敌右，纵横自如。第二，敌工兵刚刚在杨木林子拉电线，电话联络短时间内不会安置妥当，形成了耳目不灵的弱点。第三，敌寇此次大规模进犯，士气之狂，从他们的"宣抚班"在杨木林子说话的口气里就可以想见，"骄兵必败"，敌寇在军事上已经犯了大忌。第四，我们已摸清了杨木林子是敌寇多门师团的指挥机关的驻在地，目标明确。

于是我们决定派李凤山营第六连连长、共产党员车振声带着部队，分作三路对敌寇指挥机关进行夜袭，以电话线集中的宅舍、院落为总攻击的主要目标，只要击垮敌人的联络指挥机关，就算是完成夜袭任务。另外，我们在杨木林子周围有敌人驻防的村庄，布置小股部队，分头打枪，以造成敌人的混乱，引起敌寇内部的误会，使其自相残杀。

所有来和我们取得联络的柴世荣部、平南阳部等，都仍分据各山头，监视敌人行动。我们的二团王毓峰部及冯守臣骑兵营，都奉命饭后休息，提前就寝，准备拂晓听候调遣。

十

这天晚上，月色柔媚。车振声连长率领部队潜入杨木林子西山和北山头时，就听见村头上水声哗啦啦响，人声很杂。只听那欢快的声音，就知道，日本兵脱光了衣服正在河套里洗澡，果然是骄而无备。他们哪里把我们为数不过几百人的抗日游击军放在心上。

车振声连长就在北山头留下一排人，命令他们以屯后的枪声为号。屯后枪响，就集中火力向下面那些在河套里洗澡的敌军扫射。行经杨木林子屯后，他又留下一排人潜伏下来。他自己只带领了五个侦察战士进村子。沿着村子上空伸展的电话线，他们找到了敌寇指挥机关所在的民房。大门外有哨岗，越过夹道墙口，只见屋子里点着蜡烛。桌子上、地下，都铺着油布，一些日寇正袒胸露体地在谈笑什么。另外还听见夹道口的西面柴棚里，有日寇调戏妇女的声音。车振声连长留下那五个侦察兵摸哨岗，他自己又悄悄地回到屯后，把进攻的主力排带上来。日军指挥机关的哨岗，已经被摸掉了，而敌寇毫无知觉。我们那一排人，拉开距离，蛇形似的逐节伸进院子里去。接着堵住门窗，开始猛烈地攻击，一下子就砸碎了敌人指挥部联络用的电报、电话设备。同时，北山头的枪声大作。一时，村子四周围的枪声像鞭炮一样响起来，远近各村全都响应。屯子里的烛火突然都熄灭了，到处传来敌寇惊呼、奔跑的声音。有的敌人从窗口上伸出机枪，往指挥部院落里射击。我们的游击排现在已经是在月光底下，变成明处的目标了。敌寇却都隐蔽在各村舍的暗影里。当时，敌人的指挥部已经为我们的游击排彻底击垮了，变成哑无声息的处所了。车振声连长及时率领突击排，不经大门口，却从夹道墙缺口处跳出来，并在密集的枪声中安然从屯子里全部撤出来。

敌寇果然怯于地势不熟，不敢出屯子追击，只能仓促、盲目地以大炮、机枪向四外枪声响处猛烈轰击。这就引起敌寇内部的误会，外村敌寇同样猛烈回击，直打到天亮。据以后村民报告，在敌寇相互攻击中，共伤亡日寇雄吉大佐以下七百余人。拂晓，敌寇还在清除伤亡的官兵，并禁止居民出屋，各村街口都有戒严的哨兵。

我们的监视部队，当时集结在马莲河西山上，附近一带各山头的友军部队都派人来联络，愿意替换我们，要求"接管"。他们不知道，这次战斗我们实际上只拿出车振声一个连，其他村子的战斗，都是我们的疑兵打的。

从东京城反正出来的王虎廷连长，在天亮时也提着枪赶上来，一见我面，就要命令。

我说："敌人还没有受到致命的打击，伤亡也不太多，还是不要下去为好。"

王虎廷说："你不要把敌人估计得过高啦，下命令吧，我下去把那些枪支弄上来呀！"

我说："你可以试试看，我们山上的部队给你作掩护。"越过一道山岗，我们看得很清楚，敌人的死马、武器在村口外堆积的很多，敌人实际上还没有撤退。王虎廷看着眼热，就率领部队下去了，果然在高岗上受到敌人戒备部队的袭击，由于我们机枪火力的掩护，王虎廷连才又安然地从草丛里撤回来。

史忠恒团约七百人在汪清苏区留下来之后，我所带领的老补充团的底子，只有李凤山的独立营了。王毓峰的二团和冯守臣骑兵营，都是磨刀石车站战役后在宁安县孟寡妇屯收编的部队。王毓峰团的战斗力还顽强，但政治质量是远不及我们老补充团的。现在我们的部队也不过六七百人，面对着大于我们十倍以上的兵力，我们自然要避开正面的大规模阵地战。我们决定把队伍开到北湖头元宝山去，离开杨木林子三十里路。这样，我们就摆脱了敌人的包围，绕到敌后去了。我们还有去密山开辟新游击区的任务，是不能在这里拼老本的。

我们从山道上穿过杂木林子，到达元宝山之后，遇到从杨木林子夜袭中撤出的两个侦察兵。他们是在撤退中和车振声连失掉联络，才跑到元宝山来的。这是我们和车振声连事前约好的第二个集合点。当地群众，知道我们在杨木林打了一夜，取得很大的胜利，就自动给我们包荞麦饺子，慰劳我们。园子里有现成的韭菜。我们的游击队员也动手帮忙，准备在元宝山"打尖"。正在忙乱的时候，侦察兵报告说，有一股敌人已经来到山下小白桦甸子。我们为了避免暴露目标，决定立即转移。紧急集合之后，我作了简单的说明，就撤到镜泊湖北转道黑瞎子沟。所有的部队都遵守命令从山后出发，只有刚刚反正来归不久的田大梁子、田二梁子等四个连，认为敌人从小白桦甸子上来，十里山道，也要两个钟头，吃过饺子撤也不晚。他们擅自违令逗留不撤，结果被敌人发现。在敌寇追击中，他们一路撤一路回击。敌人跟踪下来，直打到北湖头。他们的部队只剩下百十人，坐上打鱼的湖船走了。有三个人在岸上作火力掩护，都当场伤亡。

　　我们的部队在黑瞎子沟吃过小米饭，就又绕路回到金坑南山，隔着沟就是我们昨天夜袭给敌人造成重大伤亡的杨木林子，我们又绕到敌人身后来了。临河有个山头，我们的车振声连留下的一排人就是在那里攻击洗澡的日寇的。山头上面有三间民房，黑黑的，不见灯火。群众都说，那是空的。又说，今天一早，山下的河里到处漂流着日本兵的尸体，都光着身子，河水都给染红了。车振声连长就要带队过河，他认为敌人已经撤走了。我说，先带一个侦察班，随老孟头悄悄过河，去看看。据我的推测，杨木林子村之所以静悄悄的，不见灯光，正是敌人还住在那里，严密戒备了。说不定原先在白天空着的那三间房，晚上已经设置了岗哨。车振声连长不服劲，结果也随侦察班过河了。老孟头作向导，不想刚涉水渡过去一半，就听见对岸一声口令，敌人打了一排枪。车振声连长回来以后说："我算是宾服司令啦！真没有撤！"我们因为敌寇戒备森严，也就放弃了二次夜袭的打算。当晚，我们又从大桥河转到横道河子住下来。

第二天，宁安县抗日会的代表李广林（这时是中共满洲省委巡视员）连夜从金坑南山跟踪赶上来了。原来我们在杨木林子夜袭获胜的消息，早已随着敌寇运载伤兵的卡车，传播到宁安。因之，宁安县抗日会连夜秘制了锦旗一面，派出代表携来慰劳我们。

那锦旗上写着："中国共产党领导的东北抗日游击军，反对日本法西斯侵略，连战连捷，争取最后胜利。"

这是宁安人民给我们的荣誉，是我们部队和人民的命运相连的标志。我们全军都长久地珍爱着这一面代表东北人民要求和理想的旗帜。

在开赴密山途中，我们的部队对于宁安地区都怀着一种说不出的依恋不舍之情。对于密山却都茫然，没有什么了解，而对于宁安的山形、地势、树林子、河流却了如指掌。这种怀乡的情绪，我们是理解的。但没想到，这种消极情绪却为歹徒所利用，借机造谣，闹出事来了。

## 十一

杨木林子夜袭获胜之后的第七天头上，我参加王毓峰、冯守臣等部的骨干人员会议，动员他们做好开赴密山的准备工作。这时，李凤山营一个歹徒王风山，假借报告敌情为名，闯到连长车振声住处，把我们这个久经锻炼、威猛如虎的共产党员当场刺杀了。之后，就聚众闹事。王风山扬言："一到密山，咱们人生地不熟，还不是走投无路呀！咱们今天有枪在手，倒不如在宁安坐山当胡子。"当时，已经是六月天气，我们的部队在山沟里行军，还是身穿过了季的棉袄，有些战士不耐艰苦，认为胜仗没少打，问题还是没解决，又加听到全军要转赴密山的消息，心里怀恋宁安乡土，情绪就更加波动起来。王风山见有机可乘，在刺杀车振声同志之前，已经在背地拉拢了一小伙人。王风山就借势率众闹到营部，把营长李凤山绑走了。

我闻声赶出屯口，他们刚走出不远。有人发现我追上去，还向我摇手，表示不要追上来，追上来有危险。

我在他们后面就大声发出命令，要他们停下来，并告诉警卫人员不要跟过来，留在村口监视形势的发展。

他们总数约有八十人的样子。他们闻令动摇不定，有的站下来，有的又抬脚要走，极为紧张，也极为混乱。我看出来，人心还不一致。我大声问："你们要到哪去？""投敌去吗？""叛变革命吗？"他们终于都困惑地站下来了。有人说："我们不是投敌，我们不愿意去密山！"又有人说："我们在宁安还有家有土的，为什么到密山去呢？"

这时候我已经走到他们跟前了。我说："要是不投敌，还抗日，那好商量。"我接着问："为什么把你们的营长绑起来呢？赶快放掉！"他们果然动手解绳子，把李凤山同志放开了。

我问："你们还要救国抗日吗？"

他们说："我们要在宁安抗日。"有的说："我们要回到史忠恒团长那里去！"

我说："好！你们这样还算是有骨气的中国人！你们愿意留在宁安或到史忠恒那里去，还是抗日的弟兄，我也不为难你们。可是你们要编成队，推出带队的人来。"在这八十人的队伍里，纷纷喧闹地议论起来。看来，他们还一时挑不出一个在队里有全面威信的人物。

我又说："你们要是推不出头目人来，军部可以派一个可靠的人，把你们带到史团去！"他们都欢呼赞成。我又问："可是你们要把打死车连长的凶手交出来，是谁打死车连长的？"

他们当中有不少人指出："是王凤山干的！"

我又问："哪一个是王凤山，站出来！"

这时候，我的警卫人员都走过来了。王凤山在那八十人的催促声中，被推出队伍了，脸色已吓得发白，眼神慌乱，不胜惊恐的样子。原来他是在扩编中混进来的一个歹徒。

我当众追问："为什么去抗日临走要打死车连长？"

我说:"车连长是抗日的英雄,杨木林子一战,他率领一排人,打到敌人的指挥部去,取得打死打伤七百敌人的战果。我们部队中这样一个英雄连长,你竟敢杀害?是不是受了日本的收买,给敌人利用了?"

那八十名被胁迫和欺骗的战士,都纷纷出面揭发王凤山意图聚众上山当胡子的阴谋。有的揭发说,他在背后就常捣鼓,连件换季的衣服都弄不上,吃又饥一顿饱一顿的,抗日又有什么前途。人生一世,不是为了吃穿两个字吗?

王凤山的罪行昭著,我代表军部当场判处该犯死刑,就地枪决。其余胁从受骗人员一概不问,并指定李凤山率领他们回宁安山区。后来这伙人就找史忠恒部队去了。

由于车振声事件的发生,我们得到了教训,决定在开赴密山之前,在部队中进行一次整训,肃清那些在当地战士们头脑里所存在的浓厚的乡土观念和狭隘的农民恋土思想。

我们又选择了地势有利的和尚屯,作为整训的地方。我们刚开到不久,满洲省委巡视员李广林同志,第三次来到和尚屯找我们。这已经是六月中旬了。他是来传达满洲省委"关于李延禄过去的工作"结论问题的。省委同意吉东局的意见,认为不是"勾结上层",而是和中共中央一月二十六日的指示精神相符的,是自觉开展了抗日统一战线的武装组织工作,不能作为"右倾"问题来处理。中共吉东局童长荣同志正式决定"李延禄同志为东北抗日游击军党委书记兼东北抗日游击军军长"。另外,满洲省委已批准了吉东局三月份以前所提出的部队划分游击区域的方案,同意"李延禄部去密山开辟新游击区。原军部参谋长张建东,留宁安等候周保中同志来另委工作任务"。组织上派来接替孟泾清政委和军参谋长张建东遗缺的张文阶、张奎两同志,已经在来宁安的途中,不久可以到达部队,并要求我们根据省委的意见,早日出发。李广林同志又说,省委的决定是根据密山所存在的问题出发而批准吉东局部署的。自从李杜、高玉山等自卫军首脑越界撤走之后，密山一带所遗留下来的零散部队，和我们刚回到宁安地区时一样的混乱，正是群龙无首，各自占山为令、落草封王的阶段，以致我们派赴密山的工农抗日游击队的活动都受到限制，受到大股山林队的威胁。李广林同志要求我们的部队，能在密山地区很快打开一个抗日的局面。

我们遵照中共满洲省委巡视员李广林同志所转达的省委指示，立即采取行动。先派副官朱洪恩等人组成前站小组，从和尚屯出发。我们的大部队本应向东北去，那是奔密山的方向，但为了转移敌寇的目标，我们却掉头西北，以迷惑敌人。这时候，敌人多门师团已经追踪到和尚屯来了，我们在和尚屯打了一下，奔石头岗子，意图把追踪的敌寇多门师团引进通向亚布力的万丈沟去。

我们紧急地夜行军，引起远近屯落的狗叫，一夜所过各屯，狗吠声始终不断。当天色拂晓，我们将到沙兰屯的时候，路上碰到一个小商人。他说："你们别往北走，和尚栈那边有队伍，你们最好是往西山那边绕道走。"我们认为商人的话，不一定可靠，但是路过沙兰屯，果然北面和尚栈有亲日地主武装——伪保安队挡路，我们就经烧锅、岗梁子，走进亚布力的万丈沟口。十二点打过尖，一点又出发，我们伪装开进万丈沟的样子，也扬言进万丈沟，但我们却半路又绕道回宁安了。

在万丈沟口打尖的时候，一个班掉队，结果在沟口和敌人的追击部队遭遇了。敌寇约三十名，坐在军用卡车上。这一班人就伏在口外的山沟地的垄沟间，瞄准卡车上的敌寇开枪了。敌人看见是我们的小部队，欺负他们人数少，就都跳下车来，要捉活的。他们哪里会知道，我们这班穿戴虽然破烂的战士，却是经过几次有名的战役锻炼出来的游击队员，并非一般的"山林队员"，而且还都是宁安山区有名的猎户出身，枪打得准。结果，日本兵刚蹦下车，有的还没转过身，枪声一响,就栽倒在地上了。几乎同时,响了一排子枪,一下倒下十几个,而且都是一枪毙命的,连哼叫声都听不见。大卡车立刻呜呜响着,喷着烟掉头跑掉了,连日本兵的尸首也都弃而不顾了。这一班人不但缴到了十几条三八步枪,而且还缴获了日本兵的军大衣和日本军用水壶、烟草之类的东西。每人都身背两三支枪,沿着我们行军的脚踪追赶上来;一路上,又是笑又是唱,简直像喝了酒似的。这个班对山道很熟,傍晚就赶上部队了。他们那股胜利后的兴致和美劲儿,马上感染了大家,战士们都夸他们这一仗打得干净、利落。他们几个说:"若不是车上的日本兵都躲在车厢板后头不敢露面,就全给他们脑门儿上钻个眼儿了!"有的还埋怨他们"力把头":"应该先打开车的,连大卡车都给他留下来!"

敌寇多门师团和伊田旅团的大部队,经过万丈沟口这一小遭遇战,果真以为我们进入了万丈沟,于是大军向万丈沟口集结,我们终于把敌人甩掉了。

我们回到宁安县南部的孟家屯、卧龙屯之间,就碰到地下交通员李发。他带着我们部队的新任军政委张文阶和军参谋长张奎两位同志找上来了。我们在卧龙屯召开了干部会,引见了军政委和军参谋长。第二天就从宁安出发北上。这次是王虎廷连作前锋。我们在敌寇多门师团、伊田旅团回军之前,已经以急行军的方式,安然离开了宁安县境。敌人却还在镜泊湖一带山区进行搜索呢。

## 十二

一九三三年六月底,有一天,我们的部队经过穆棱县七道沟的时候,有当地的抗日群众、人称"马七爷"的来军部报告。

这七道沟,原来是从邹凤翔叛变的第四团拉出来的那部分铁路工人游击队曾经驻防过的地方。一团杨太和部曾来此收编,临走时候,正是积雪遍野的初春,行军缺少草料,把二百多匹军用马,留在七道沟，托付马七爷看管。王虎廷连路过这里，发现了这一批军用马，就找来看管人马七爷，要拉走几十匹作军用。看管人马七爷不答应。他说："马是咱们自己部队的马，这不假。可是要牵呢，得叫密山第一团的人开条子，没有条子，要牵一匹也不行！"王虎廷不听，硬说都是共产党的部队，什么条子不条子，又现出伪警备团军官的那种欺压民众的作风，不仅缺乏纪律观念，并动手打了人称"七爷"的马老头。那马老头，为人正直，又在穆棱一带抗日游击部队中有些威信，觉着自己在当地是棵高草，受了气，满肚子牢骚。他到军部报告，就是为此。他说："我在这种地，收的粮食，哪伙过路的抗日的游击队不吃呀！就是山林队下来的人，见了我老汉也称声七爷呀！可是你们的部队说起来都是自己的部队，又牵马，又打人，以后，叫我怎么再支援部队抗日呀！"我好言慰之，并答应他，见到王虎廷一定要批评处分他。并告诉他，这种不见条子不准牵马的做法，是完全有理的，做得很对。我们到密山之后，要是不把牵走的马原数送回来，也要让第一团开回条子来补手续！最后，马七爷算是满意了。他说："军部的长官只要知道我老头子这份心意，就行。人过要留名，雁过要留声，我活着还不是为了一个抗日爱国的名气吗！"对于这样的老人，我们自然给以应有的尊重。

部队离开七道沟之后，经过偏僻的山沟，进入密山县境了。这密山一带沼泽地多、草原多，村落就很少了。我们的部队沿路都碰到从山头上下来的山林队联络员。这些各自占山为令的山林队，在打前站的副官朱洪恩走过之后，就知道我们抗日救国游击军的大部队就要随后到了。各山林队，大股有一二百人，小股有几十人或十几人。报字的名目很多，有"亮山""金山""友山"，此外还有"徐营长""李营长""郑甲长"等人的部队。内中以报字"小白龙"的苏衍仁部，武装较多，而且大部分都有机枪装备，部队的作风也较好，专以打击日本林业资本家和伪满木材经营人为主。他们所有的优良装备，大部分都是敌伪林业资本家作为"赎命金"捐献来的。

他们派人下来，拦路打招呼，有的还投头目人的名帖，表示迎接；有的是来探我们的口气，害怕我们缴械、收编；有的又表示愿意我们收编或要求配合我们对敌作战；更有的山林队是来拦路告状的，要我们主持公道，不是说对方缴了他们的一支三八枪，就是说被告的队伍拉过他们的马匹。

我们刚进密山地面，还没有和当地县委取得联系，所有这些山林队的底细都摸不清楚，一时哪能作什么具体的诺言和判断。另外，我们根据党中央的《一·二六指示信》来解释我们的反帝统一战线的政策，因军政委张文阶和军参谋长张奎还没有接到满洲省委关于这份指示的传达和决议，还有保留的意见。他俩对于我们所提的"中国人不打中国人""专打日本鬼子"的口号，也认为没有阶级性，加以反对。因之，我们只好约定各山林队到黄窝级林区和我们第一团取得联系。

七月初，我们终于到达平阳镇地区，在黄泥河子和我们第一团的杨太和部队胜利会师了。我们军部直属队伍将近五百人左右，受到第一团官兵的热烈欢迎。

从杨太和同志那里，我们知道密山县委还在穆棱河以北。穆棱河以南，全属敌伪的势力范围，我们党只在黄泥河子、郝家屯有交通点。在这里，和宁安有一点是相同的，那就是密山县委找我们容易，我们找县委就很困难。因为地方党委都在地下，流动性大，党委机关又随着人走，不比我们部队目标显著。杨太和同志汇报说，我们第二批的先遣部队，已经在朱守一、金根、李延平率领之下到达密山了。他们派人出去，没有联络上，听说是在穆棱河以北一带活动。我们当时还不知道，朱守一、金根两人所率领的部队，一到密山就由县委书记朴风南同志改编为密山抗日游击队了。队员有六十人，大多仍为原宁安工农义勇队的朝鲜族成员。

我们到黄泥河子的当天晚上，就陆续来了一些山林队的头目人。

内中有"小白龙"苏衍仁,有"金山""友山"等首领。他们都随身带着一两个亲随人,说是来"拜会军部的"。军部副官处都给他们在村子里安排了住处,我们当晚一一接见了。

原来,这三股山林队都是抗日救国军瓦解之后,散落下来的队伍。"金山""友山"手下各有三五十人的武装,"小白龙"苏衍仁却带领着三四百人的队伍。他年纪也不过二十四五岁,读过几年书,又在抗日救国军担任过连长,头脑中有一些抗日的策略。他对山区一带的伐木场很熟,和各木帮的采伐工人都有联络。他们对付资本家或日本林业资本家的办法是很多的:有时,他们提出条件,要资方交多少支枪或爱国捐才能"开禁",就是说国家林木准许资方开场采伐;有时,他们派人假扮作把头,带着伐木工人和日本林业资本家接头,把日本林业主骗到山里查看采伐场,借机扣留下来,提出武器、弹药、粮食、捐款的数目,作为释放条件。因之,他的部队从不骚扰地方,在群众和伐木工人中有威望,部队也越发展越大了。

苏衍仁在谈话中,要求我们收编,并一再表示追随我们抗日到底。

对此,我们军部党内的领导意见还不统一,我不好单独行动,只答应向上边请示。当天晚上,我们谈得很融洽。关于他所采取的对敌伪资本家的斗争方法,我们也很感兴趣。认为在所有敌伪木材业资本家所经营的林场里,我们都可以征收捐税,因为这是我们中国的林产,不允许日伪资本家任意来盗伐。我们当时还没有想到具体的方案,只不过有这样的基本认识而已。

当天晚上,从"金山""友山"等人的谈话里,都听到"清洋"土匪队的横行不法的罪行,各山林队外出的巡逻人员,多有遭其缴械者。我们在黄泥河子群众中间也听说,向阳镇附近有这么一股武装,独霸一方,民愤很大,种地要地捐,养牲口要牲口税;小麦眼看要收割了,"清洋"又规定一垧地的小麦要缴大洋一元五,不纳现款,见到拿镰刀的就打。我们和他们商量,在军部驻在地郝家屯,准备召开一个各山林队首脑的联席会议。我说，要解决军需和给养，必须从敌伪手里去夺，不能骚扰地方的群众，不能"赶边猪"。要他们分头去传信，叫"清洋"到期也要来出席这次会议。军部党组织开了会，决定逐步改造他们的队伍。

第二天，又有"自卫军"溃退之后散落下来的"李营长"李秀峰来拜会，要求我们收编。我问他还有多少人？他说五百人。李杜撤走时，他们是一个营，现在还是一个营。我说，我们可以收编，给他一个抗日游击支队的名义，不过还要和别的领导同志研究研究。我当时想，来密山收编李杜溃散的"自卫军"，原是按宁安县委李广林同志所传达的中共满洲省委的指示办的，是不会有什么严重问题的。尽管政委张文阶同志和军参谋长张奎有保留意见，在密山县委那里，总是可以解决的。

我们正盼望着和密山县委取得联系，中共密山县委就派朝鲜族同志小林过河来找我们了。小林同志转达密山县委的意见，要我们撤到河北去，说河北都是基本群众，是"红区"。我说，我们的部队开到河北去，给养能要群众负担么？另外，是不是考虑到，这样会把敌寇的目标引到河北去了呢？这样对地方组织是不会有利的。倒不如在河南敌占区里，对抗日游击根据地有利。军参谋长张奎同志跟小林去河北，跟密山县委谈谈关于自卫军李秀峰及原属抗日救国系统的"小白龙"苏衍仁部的收编问题，并转请中共满洲省委批示。

第三天，我们就在军部驻地郝家屯召开了各山林队首领的联席会议。会议的主要内容是，整肃山林队的风纪，在抗日上加强团结。参加郝家屯山林队首领联席会议的，有"小白龙"苏衍仁、"赵队长"赵挑水、"金山""友山""常山"等人，最后"清洋"也赶到了。

在这次联席会议上，各山林队的首领提出"清洋"的不法行为，一一举例证实。"清洋"一看形势不对，要伸手掏枪，但被我预先安置的警卫人员解除了武装。

我说明:"山边上都是穷苦农民,是抗日基本群众;我们要抗日,岂能容人在我们自己的范围内劫掠群众、扰乱地方。既然你们手里有武器,为什么不到敌人占领的镇市内去骚扰呢?"我问对这样为非作歹的人该怎么办?

各山林队首领一致要求枪决。

我代表军部军法处宣布,判处"清洋"死刑,在郝家屯就地执行。"清洋"队手下的人,一概缴械遣散。当时大家一致决定:我们应该保护抗日游击区贫苦农民,打击日寇、汉奸、走狗,到城里去捉特务,我们要从敌伪手中夺取粮食和武器,抗日到底。

枪决"清洋"之后,向阳镇附近一带的农村,闻讯都纷纷派代表来部队慰劳、道贺,说:"你们来,我们这才算是见青天啦!"

这天晚上,张奎同志没有回来。拂晓,我们的部队在郝家屯为敌寇及伪骑兵旅突然包围了。当时,杨太和团,已经开往敌占区,围攻地主武装,搜集粮食去了。我因为敌情不明,立即下令由政治保安连掩护,全军从沟里往山头上撤。二团王毓峰部杜连副等十几名官兵,因为天还没有放亮,对周围一带地势又不熟,在撤退时竟走错了方向,和敌人遭遇,在奋战中全部牺牲,以后埋葬在郝家屯南沟。我们部队的士气,顿时低落,战士有的发出怨言,说:"在这里,咱们人生地不熟,还不尽等着挨打?"我只能在士兵群众间作一些"如果我们和密山县委取上联系,我们就会耳目亮了"的解释。

郝家屯突围之后,军参谋长张奎同志从河北回来了。他已经见到密山县委书记张墨林和朴风南同志。他说,县委已经同意,要我们留在河南了,但却不同意收编"小白龙"苏衍仁部队。说,不管他们的动机怎样,他们的阶级成分是复杂的,我们革命队伍需要保持纯洁性。结果,密山县委书记朴风南同志的意见和军政委张文阶同志、军参谋长张奎同志的观点一致,军副参谋长刘汉兴虽说支持我的观点,但他是党外的群众,在党内是没有发言权的。

我奇怪，为什么宁安县委李广林同志可以收编平南阳部队，派去党员在其部队里任团政委，而我们在密山就不能收编"小白龙"苏衍仁的部队呢？关于自卫军李秀峰部，县委没有表示态度。因之，我们就决定请示满洲省委。此外，县委书记朴凤南同志转告我们，要部队挑选两名党员，派到平阳镇郭宝山伪骑兵旅的机枪连里去，给连长胡志敏担任勤务兵和炊事员的工作。说胡志敏是我们自己的同志，是满洲省委以前派过去的人，以后部队可以通过派去那两名工作人员。从胡志敏同志那里传递情报。

军部的同志一听，自然都很兴奋，果然一找到党，我们的耳目就灵活了。我们从上级派来的党员中，找出李延庆同志去平阳镇伪骑兵旅做胡志敏同志的警卫员，王发同志做炊事员。此后，我们经过他们两人，不但时常接到关于敌伪部队的情报，而且还经常接到由他们秘密转来的巴黎出版的《救国时报》，以及哈尔滨出版的《国际协报》等新闻报纸。

## 十三

八月中旬，我们接到密山县委的通知，满洲省委巡视员吴赤峰同志要到这里来。当时，我们部队的士气还是不高，我们在部队里没有党的系统，我们党内的决定不能贯彻到部队的基层里去不说，就是在骨干的官兵中，也不能转达。尽管我们军部几个党内的领导，对于在密山游击区开辟一个新局面抱有信心，但和部队在精神上又是脱节的。因之，我们很希望吴赤峰同志能早一天到部队上来，给我们解决问题。

吴赤峰同志是南方人，身材很高，眉目很有一股英慧之气。他是从平阳镇来的。胡志敏的机枪连，是他在平阳镇秘密落脚的地方。在下城子，他住在白文清伪第七警备旅的警卫连；在梨树镇，住李子译伪警备旅的炮兵连。总之，当时敌伪驻军的所在地或连队里，都有我们党内的交通站，刘海山、张山东等人，都是当时在敌占区工作的中共地下党员。

吴赤峰同志来到之后,我们的部队已经从黄泥河转移到石头河来了。

吴赤峰同志听说我们在郝家屯的战斗中失利,部队的情绪很低,就说,刚到一个新地区,地理环境又不熟,难免开始要吃一点亏,扎下根来就好了。他穿着一件短呢大衣,说话带上海口音,一看就知道是个精明强干的人物。他问,部队里党的骨干有几名?党员有多少?

我们说还是在镜泊湖时发展过史忠恒、李凤山等七名党员,朴根重、李延青都已先后牺牲,李凤山又在半路上领着一部分人回宁安去了。七人中只有李延平同志还在密山,军部几个党内领导同志都是满洲省委或宁安县委派来的。

满洲省委巡视员吴赤峰同志说,在我们自己的部队里,不发展党员怎么行呀?在敌伪部队或杂牌军里不发展党,在自己的部队也不发展党,怎么能行呢?问我们,是不是已经有些抗日积极的分子,政治觉悟较高,又经受过考验的对象呢?

我们说,有很多人要求入党,而且有些都经过战斗考验的了。经过我们军部几个党内同志的研究、讨论,总共提出七十六人的名单。其中有第一团一营长杨泰贵、军副参谋长刘汉兴、副官朱洪恩、二团团长王毓峰、骑兵营营长冯守臣等人。在当天晚上召开的高级干部会议上,吴赤峰代表满洲省委,全部批准,宣布接受他们入党。所有参加党委召开的高干会议的人,那种欢快的情绪,是可以想象的了!党内领导同志,都感到我们这次是在政治上打了一个大胜仗。欢腾地闹了大半宿,仿佛是大年夜晚一样。吴赤峰同志第二天又在广场召开的士兵代表会议上,报告了国内外的形势,说明南京蒋介石在加紧对江西苏维埃区"围剿"的同时,有进一步出卖华北的倾向。我们一定要注意到在关内我们广大的民众中间潜伏的那种抗日救国的雄厚力量;要看到我们中国共产党在关里还有"百万的红军",我们并不是孤立的。

吴赤峰同志从部队走后，就到虎饶游击区里去巡视了。临走之前，说关于"小白龙"苏衍仁的部队，究竟是不是可以收编，他还需要请示满洲省委，因为他也没有直接从满洲省委那里得到关于一·二六指示的传达。另外，他要求我们一定要从敌人占领的城镇里夺取给养、武器和装备。

我们从伪骑兵旅机枪连胡志敏同志那里，得到了伪旅炮兵营已从平阳镇调走的消息。我们准备在取得胡志敏同志的同意和配合下，对驻平阳镇的伪旅进行内外夹攻，一举而占领之。胡志敏同志在密山县委支持下，同意我们的计划。我们在进攻之前，决定印发一些宣传品。候补党员、军副参谋长刘汉兴同志在攻取东京城时是有这方面的经验的，他负责起草了《告伪满士兵书》，内有"你们的祖先和父母都是中国人，你们也是中国人"等语。军政委张文阶同志和军参谋长张奎同志，都是工人出身，粗识文字，一看，还是说"没有阶级性"，怀疑"中国人不打中国人"等口号是不是右倾。因之，又发生了争执。

当时，我不在军部，我正带领五名随从人员到二人班参加第二次召开的各山林队首脑会议去了。这次会议，还是我们党召开的，准备要他们在攻打平阳镇时，配合我们作战。自然，我们不要他们的配合，也完全有把握在以胡志敏同志的机枪连作内应的战斗中取得胜利。我们要山林队配合，主要是锻炼他们，要他们在未来抗日的民族革命事业上，向我们靠拢。自然，我们不能具体地告诉他们，我们的作战方案和进攻的目标，我们只要求他们听调动，接受任务。另外，在二人班会议上，我们要宣布抗日游击区的法纪，要他们讨论，建立口头协定，以巩固在郝家屯联席会议枪决"清洋"之后的政治效果。

二人班和我们部队驻地郝家屯之间，隔着一座老黑山，郝家屯在老黑山背后，接近苏联边境了。

这天参加二人班会议的有"金山""友山""常山""邱甲长"等人。"小白龙"苏衍仁部，远在勃利县，未能出席。内中以"赵队长"赵挑水来得最早,这人是个山东彪形大汉,庄稼人打扮,斜披着布料的子弹袋,看来是手中不离长枪的人物。我原先在郝家屯的山林队首领联席会议上,就注意到他了,知道他手下带有一百人以上的武装。谈起来,果然,他是和弟兄们一起捎着步枪行军的,他手下的人又都是山东家乡的贫雇农,多数是在林场里当过伐木工人的。

我问他,是不是打算和我们一块抗日?

他说:"你们收编,我们没话说;你们就是不收编,我们也要跟着你们打日本。"

我说:"你怎么和'邱甲长'那些人不同呢?"

他说:"我是干什么出身的,他是干什么的,我是给人家挑水的!"

会议开始前,我已经和前自卫军营长李秀峰谈妥,收编他们的队伍为抗日救国游击军第二支队,任命他为第二支队队长。并告诉他,军部将要派来支队的政治部主任及各连的指导员,要他在将来我们进攻敌占区城市时经得住考验。李秀峰当时很满意,表示决心在联席会议中带头,鼓动各山林队接受我们的指挥和调遣。

会议正在热烈地进行关于法纪的讨论,突然,我们听到老黑山背后的枪声猛烈地打响了。我当即宣布休会,带着人往回走。听枪声,知道我们的部队是在郝家屯被敌伪大部队包围了。我不知道这个情况是怎么发生的。二人班离着郝家屯十二里路,如果不绕道,由苏联边境穿过,仅仅三里的路程。当时天色已将近黄昏,我们走到半路上,二人班方面的枪声也猛烈地打响了。我们新编的李秀峰第二支队,有五百人,都驻扎在二人班屯子里,自然,这种密集的枪声说明,李秀峰支队也被敌伪部队包围了。天黑之后,敌伪的骑兵撤走了,我们才从林子里摸到郝家屯,和部队取得了联系。我们当时不摸敌情,郝家屯的这一仗实在是没有打的必要。在迎击战中,我们政治保安连,以戴起发连长为首,总共又牺牲三十四名,另有一百名以上的战士负伤。这是我们来到密山之后打的第二次败仗。

在军部的党内领导会议上，我们的军政委张文阶同志和军副参谋长刘汉兴同志两人，在指挥责任上及失利的原因检查中，发生了严重的分歧。政委张文阶同志认为是指挥失当，刘汉兴同志就认为"口号"受到政委的限制，不能发挥孤立敌寇、瓦解伪军斗志的政治作用。当晚，党员陈荣久又称是奉政委的命令，缴掉了副参谋长刘汉兴的手枪，刘汉兴同志就未到军部请示，直接带领一个随从人员回宁安去了。

因为，刘汉兴同志已经是候补党员，所以一到宁安就又转赴吉东局，以后就留在二军里担任参谋长了。军副参谋长继独立营营长李凤山之后离开，二团团长王毓峰、骑兵营营长冯守臣都受了影响。尤其是所有牺牲的保安连烈士的遗体在郝家屯埋葬之后，有些下级官兵就说："在宁安牺牲了还能闹个棺材，在这个人烟稀少的山沟里牺牲了，连口薄板棺材都闹不到。"内中又有因为在七道沟打人牵马受了批评的王虎廷连长从中挑拨说："在宁安咱们山头也熟，在这里两眼墨黑，从这个山头奔那个山头，还不知道有几条山道，也不知道东南西北，还不是干挨打呀！"

王毓峰、冯守臣等领导干部，本已受到军副参谋长刘汉兴出走的影响，又加部下的情绪波动，就坚持要求带领部队回宁安。结果，军部党组织开了介绍信，让他们带着坚持要回宁安的部下离开密山。这次离开密山的，加上王虎廷连，共有四百人之多。除去第一团杨太和部及第一支队李延平部，军部只有政治保安连不足百人的武装了。日后，王、冯两部如期到达宁安，在地方党委领导下，仍称我们军的一个团，对敌进行斗争。王虎廷则在途中拉出去八十人左右，去牡丹江叛变投敌了。后来听说，他们在改编伪军后为敌寇缴掉武装，王虎廷被敌寇加以东京城哗变主谋犯的罪名，在牡丹江枪决了。

郝家屯战事失利，二人班的新编支队李秀峰部的情况更出人意料。他们在突围之后，竟越界退到苏联国境，武装被解除了。后来，他们又转去新疆，和刘万奎等前抗日救国军人员结合，为反动军阀盛世才效力了。

我们军队的领导人员,虽然在郝家屯一战之后,二团、骑兵营都已离去,手下只有不足百人的武装,但仍然满怀信心,要在密山地区执行上级党给的任务,扎下根来,开辟新游击区。我们是不能动摇信心、违背党的意志的。我们坚信,部队在党的关怀与扶植下,不久又会壮大起来。

十四

我们围攻平阳镇的计划,自然给敌伪"围剿"郝家屯一战打乱了。但究竟敌寇是怎样发现我们部队的踪迹的呢?我们到达密山的消息,封锁极严,我们想敌人没有山林队的勾结是不会发现的。

第二天,我们从平阳镇的骑兵旅胡志敏同志那里知道一点线索。原来,敌人此次对郝家屯的进攻是突然的,郭宝山伪旅一接到命令,就集合部队紧急出发,而胡志敏同志马上派警卫员李延庆同志骑马绕道给我们送信。李延庆同志对山路也不大熟,又加绕弯走山上的羊肠小路,马匹反成了累赘,他就在离郝家屯还有十多里路的屯子里,请山道熟悉的农民给我们跑步送口信,只是说,平阳镇的部队紧急集合出发了,既没有说进攻的准确目标,也没有说敌寇来了多少骑兵。

我们军部收到那个满头大汗、喘吁不止的农民口头报告时,屯背后的枪已经打响了。军参谋长张奎觉得来部队不久,各部的情况不及军副参谋长熟悉,就要刘汉兴同志作迎战的指挥。

后来,我们又从密山县委那里知道,有党的地下交通人员去下城子李子锋伪警备旅的部队里送机密文件,正巧碰到日寇的指导官来检阅部队。当时,伪军里缺额很多,我们的交通站工作人员,就要派去的交通员临时换上伪警备旅的服装,顶替空额。

当时,李子锋伪警备旅和郭宝山伪骑兵旅是不同的,全旅的官兵大半都是原东北军的嫡系队伍,所以在我们的部队开到之后,加以我们的地下党人的活动，军心极为不稳，一致都感到："自己既然不能抗日，人家抗日就不能打！""不能不叫人家抗日！"那郭宝山伪骑兵旅，民族意识软弱，又加在南满一带参加过"围剿"辽西耿继周，开源金山好，铁岭方振周、赵亚洲等东北义勇军部队，击溃以上几人所率领的三万多义勇军，因之，取得日寇的信任，装备又优越，在伪军中算是战斗力最强也是最顽固的。

伪旅长李子锋，在日本指挥官检阅之后，训话中，无意透露了"李延禄匪部进来了"的话，日本指挥官闻名色变。据我们临时顶替伪军缺额的交通员说，日本指导官就追问，为什么"政治匪"李延禄的部队开过来了，不报告"关东军"？大骂伪满军队"心里大大的坏了的有"。对郝家屯发起突然的袭击，实产生于此。因为，敌寇主力太远，不及赶到，所以郭宝山伪旅袭击之后，当晚就撤回去了。

郝家屯战斗失利不久，满洲省委巡视员吴赤峰同志又从虎饶回到部队里来。我、张文阶、张奎向吴赤峰同志作汇报。他听到我们汇报之后说："一部分回宁安去了，也是可以想到的。开辟新的抗日地区，建立党的为无产阶级革命事业而坚决斗争的有铁的组织纪律的队伍，是需要费很大力量的。我建议你们根据形势的需要，可以收'小白龙'苏衍仁部，来扩充我们抗日游击区的革命武装。"他嘱令从地方上抽出中共党员邓化南同志去苏衍仁部联络，进行收编工作。另外，他又代表满洲省委告诉我们，"抗日救国游击军"的名义撤销，改为"东北人民革命军"。军区扩大，虎饶游击区李学福游击队也划归我们领导。因为李学福带的抗日游击队，多为前朝鲜族革命军改组，和当地的山林队、抗日自卫队之类的汉族部队关系不好，时有摩擦，就调军政委张文阶同志去虎饶，兼任虎饶游击支队队长。吴赤峰同志在军部的高级干部会议上说："根据我个人的意见，'中国人不打中国人'的口号，可以肯定，没有亏吃。"我们同意他的意见，并在实际战斗中贯彻执行。

在吴赤峰同志主持扩军会议期间，密山县委书记朴风南同志、书记张墨林同志也从河北赶来了。他们向吴赤峰同志汇报了密山抗日游击队朱守一同志在围攻张家大院时牺牲的经过，要求从部队上派人去领导。吴赤峰同志代表满洲省委调军参谋长张奎同志去河北，兼任密山抗日游击队队长，在河北扩大我们的武装。同时，也指示密山县委，要从地方上，伪军中调干部，积极扩充北满东北人民革命军的骨干力量。临走，又一次强调，要攻击敌伪占领的城市，解决我们冬季御寒装备的问题。

等到军政委张文阶和军参谋长张奎两位同志分头出发之后，满洲省委巡视员吴赤峰同志，带着伪骑兵旅的护照，化装为伪下级军官的模样，第三次到部队里来了。这次，他带了一项满洲省委的通知，调原军部直属抗日游击支队队长李延平和军部警卫员孙贤两人，去苏联学习。抗日游击支队队长改由何忠国、李延祥两位同志领导。

另外，又通知我们，部队里有一个潜伏的托派分子名叫杨国栋，是朝鲜族人，已经混入我们共青团的组织里，为敌人做了一些情报工作，要我们调查清楚之后，及时向密山县委汇报。

吴赤峰同志走的当天，我们就把这个托派分子逮捕了。在军部我们组成的军事法庭审问时，我告诉他，不要认为我们不摸他的底细，要他老老实实交代自己的罪行，并宣布部队的共青团已经开除了他的团籍。由于他企图狡赖、蒙混，我们就把他扣押起来，给他反省悔过的时间。不想，看守人麻痹大意，手牵着绳子在囚房外睡着了，杨国栋就趁机解开绳子，将绳子拴在窗棂上，越窗逃跑了。

我们在敌占区平阳镇有一个名叫修礼的同志常来部队，还有一个交通员李同宝，在敌占区化装为赶大车的车户，也常来部队。杨国栋认识他俩，就报告给敌人。两人被敌伪特务机关捉了起来，后又为他所指认，这两个同志就在平阳镇被敌人枪杀了。对于敌特、奸细，可见是麻痹不得的。

总之，省委巡视员吴赤峰同志三次来到部队，给我们解决了很多的问题。最重要的是，我们部队的党，大大发展了，我们的士气大大得到了鼓舞。以后，密山县委根据省委巡视员的指示，又从地方抽调了一批久经锻炼的党员干部，参加到东北人民革命军里来，作扩军和建军的政治工作，内有刘宾同志，及任健勋等人。自然，这又是后话了。

## 十五

满洲省委巡视员吴赤峰同志走后，正值"九一八"第三周年纪念日。我们在张三沟召开了军民联合纪念大会，正式公布了"东北人民革命军"的建立，并进行了抗日的宣传，把以前印就的《告伪满士兵书》分发到各敌伪占领城镇近郊去张贴。颁布了携械反正的奖赏条例：凡携步枪一支来投的，奖洋五十元，机枪一挺三百元，俘虏日本地方顾问官一名或打死日本在伪军里的指导官一名，都各有奖赏。这是我们准备进攻密山县城的先声。

我们在密山县委的协助下，已经掌握了密山县城内的敌情。在胡志敏同志协助下，知道原驻密山县的伪骑兵旅的陶团已经出发虎饶，进攻军政委张文阶所在的部队，即李保满率领的游击队去了。

我们在作战方案上，确定佯攻向阳镇，实取密山城。平阳镇伪骑兵旅见我攻向阳，一定固守平阳，以防我声东击西，这样，我们取密山就无后顾之忧了。

我们攻取密山，除了从敌伪储备中夺取冬季军需补充物资之外，还可以缴掉驻扎城里的伪地方保安总队的枪支，扩大张奎所兼领的密山抗日游击队的武装。在战略上，造成声势，牵制伪骑兵旅陶团的"围剿"，解除对军政委张文阶新编的李保满抗日游击队和虎饶游击区的压力，可以说是一箭三雕。

战略战术确定之后，《告伪满士兵书》就张贴到向阳镇城郊。

但密山县委书记朴风南同志，见到我们在河南所颁布的《告伪满士兵书》中的奖赏条例，提出疑问，认为在我们抗日游击区里财政开支本很困乏,不能在和敌伪斗争中定此奖赏条例,因而禁止张贴。我们解释说:"奖赏的款子,仍是要从敌伪手里夺取的,并不会加重抗日游击区的总负担。"尽管如此解释,朴风南同志仍然声称县委保留意见。但对我们进攻密山县城,还是积极支持的。

我们一面要求县委在密山城里搜集关于敌伪物资、布匹、棉花贮存地点的情报,发动爱国的工商业民族资本家为我们筹集布匹、捐输棉花;同时派人给向阳镇的伪商会送信,信中限定时期,要伪商会为东北人民革命军准备冬季服装、粮食,宣称越期不缴,必定进攻。并派赵庆云同志率领抗日游击第一支队第二队,进驻向阳镇市郊,作为佯攻声势。驻平阳镇的伪骑兵旅郭宝山,果然闻声在平阳镇内加派双岗防范,天黑后镇内戒严,防备我攻。

我们军部这时候得到通知,赵挑水的队伍已经下来,到达沟口外。我们便在驻地张三沟,接见了报到的"赵队长"。

当时,我们把派出去收集粮食胜利归来的杨太和团,作为攻取密山县的主力,杨太和同志负责总指挥。赵挑水部划归第一团调动,作为攻打密山县南门的侧翼部队。张奎同志带领的密山抗日游击队攻北门。正面主力是第一团的一部分,约一百五十人,攻取东门;一团一营营长杨泰贵率领五十人攻西门。

十月六日半夜十二点,攻城战打响了。一时,密山县城四面的枪声齐发。"是朋友交枪留命!""是冤家比划比划!"口号如海潮般响亮。

驻守西门的地方保安队首领张保董,一听四面枪声密集,知道难以抵挡,就隔着城门和我们攻城部队搭话了。他惊慌地喊道:"要是你们让条路叫我们出去,我们就把西门让出来!"

杨太和同志闻声就马上下令,停止攻击,高喊:"队伍向两旁闪闪,给张保董让路。"伪地方保安队果然在惊慌中打开西门,往外逃窜。我们的指挥杨太和同志又拦住他们,问:"哪位是张保董!"又问:"城里还有多少人?"张保董说:"营部就有一连人,县公署那边还有日本的守备队。"杨太和同志放过伪地方保安队,就率领进攻主力进城,包围了伪警备营营部,一连伪军全部缴械。这时,另外三路攻城的部队也胜利地进城了,但驻守在伪县公署的日本守备队却依靠坚固的工事顽抗。我们的主攻部队先后两次攻进院门去,又碍于敌人的优势火力,不得不退回来。为了摆脱这种胶着状态,杨太和同志就下令封锁住院门,只把这批守备队堵在县公署院子里就可以了。

当时,尽管城里的枪声还没有完全停止,但抗日会的会员们已经来接头,通知我们工商界所筹集的花旗布三百匹,已经准备妥当,要我们赶快运走。又纷纷带领部队去没收敌伪汉奸所开设的商店财产,包括棉花、胶鞋等物资。

这一战役,经过三小时就胜利地结束了。我们临撤走时,满街都贴了东北人民革命军的《告伪满士兵书》及大批标语、传单。中国共产党武装部队的政治影响,在这次战斗中,胜利地树立起来,威名大震。我们除了取得布匹、棉花等物资外,共缴到步枪一百三十四支、短枪四支、子弹万余发。一团一营营长中共候补党员杨泰贵同志,在此役中英勇牺牲。

我们的政治宣传及奖赏条例,取得了很好的效果,携械反正及随军抗日的密山县市民和知识分子,约有二百余人。从此,我密山区东北人民革命军又组成了新编第二团。这个团,以原密山抗日游击队为基础,军参谋长兼任新编第二团团长,所有的原游击队队员都提升为各级领导骨干。

在这里,我不能不补充提一提关于朱守一同志在张家大院牺牲之后,前密山县游击队的情况。

当时,我们的密山抗日游击队,已经为山林队缴掉了武装。张奎同志从军部接受了吴赤峰的建议,到达穆棱河北之后,又重新把这些散掉的游击队员收集起来。当中有三十人是从宁安随朱守一拉出来的,另外那三十人是原密山抗日游击队的主力,他们大部分都是中共党员或共青团员,阶级觉悟较高,但对党的反帝统一战线,却一点也没有认识。他们大部分都是朝鲜族的农民,和汉族的山林队本来在政治上就有隔阂。

密山县委书记朴风南同志,因为大部队从宁安开过来了,所以在穆棱河北一带召集山林队各有关人员开会的时候声称,以后各山林队如果不拿枪抗日,而扰乱河北地面,就要进行围剿。"亮山"部队认为他们是一群朝鲜族武装,"头头说话又压人",不知道朴风南是我们中国共产党的密山县委书记。结果,在缴掉金根所率领的游击队之后,才知道游击队是属于我们东北人民革命军的队伍,就把那些队员全部释放了。事情已经做出来了,"亮山"部本应来弥补他们的过错,但他们反而还把缴去的那六十支枪分作三股,和"邱甲长""王荫武"两支山林队平分了。所以张奎同志带领着徒手的六十名抗日游击队队员回到穆棱河南,我们又发给他们一批武装,才参加了攻取密山县城的战斗。

"亮山""邱甲长""王荫武"三股山林队闻悉我们在密山获胜,很怕我们过河围剿,就派人联系,给军部写了一封致歉的信,声言:事出误会,所有那六十支枪,虽已分配,但都未动,请革命军派人去收取。

密山县委书记朴风南同志主张要二团过河围剿,我们军部考虑到党的反帝统一战线政策,反对围剿这些山林队,认为他们主要的还是出于狭隘的民族观念,并非反对共产党。如果进行围剿,势必增加和扩大各山林队对我们的疑虑,造成于敌有利的局面。我们觉得可以把那六十支枪收回来,却不能围剿。密山县委书记朴风南同志认为这是"妥协"。

究竟对待"亮山""邱甲长""王荫武"的山林队,该采取什么样的方式呢?是武力解决,还是争取团结抗日?在我们军部的党内领导同志和密山县委书记朴风南同志之间，形成一种明显的分歧。结果，我们既没有过河围剿，也没有回信表什么态度。就这样，作为悬案搁置下来了。

在攻取密山县一役中，我必须说，山林队赵挑水部表现得很好，不只勇敢地参加了战斗，而且遵守我们的军纪。在战果的分配中，我们自然对待他们是从优的，不但解决了他们的冬季给养，也解决了御寒装备。从此，我们建立了抗日同盟的关系，直到一九三四年之后，我们才给了赵挑水抗日游击第三支队的番号，列入抗日同盟军的编制。

这里需要补充说明的是，在郭宝山伪骑兵旅中，任机枪连连长的胡志敏同志，又名胡仑，在法国勤工俭学时期参加了中国共产党，一九二七年前后回国，后由中央从江西苏维埃区调上海做秘密工作，以后又调到东北。在沈阳，他曾被东北军阀张作霖捕获，因无证据，羁押狱中，适值九一八事变，在混乱中获释，后经满洲省委派赴郭宝山伪旅工作。郭宝山伪部移驻密山地区之后，胡仑同志的组织关系已转给密山，归县委领导。满洲省委巡视员吴赤峰同志来往经平阳镇，在他那里秘密落脚，只是一般的党内关系。

胡仑同志的爱人蒲秋潮同志，也是中共党员，高级知识分子。在伪部给旅长郭宝山女儿做家庭教师。这就说明，为什么我们远在东三省的一个山沟老林里，能看到巴黎出版的《救国时报》的原因了。如果，我们的部队在路上和伪部郭旅的机枪连遭遇，不用说，枪都是向空中打的。若是缺少子弹，也经常通过密山县委的关系，从胡仑同志那里得到接济。

东北人民革命军的编制扩大了。除了张奎的新编第二团，我们又把苏衍仁部正式编为第三团，派去进行整编工作的邓化南同志任三团政委。另外，还需要从地方抽调干部，派赴三团分任各连指导员。

密山县委书记朴风南同志为了提高和巩固部队的战斗力，要求胡仑同志"拖枪回队"，认为我们的部队既然已经扩大，就没有必要留在伪军里工作了。而胡仑同志又认为拖出一两支枪来，不解决什么问题，准备留在伪军里继续秘密发展"反日小组"的活动，酝酿全连起义。但密山县委书记朴风南同志批评胡仑同志执行党委决议不坚决，催促胡仑同志迅速执行决议，能带出多少枪来就带出多少来，不要在扩军中"一旁观望"。经过来往几次督促，胡仑同志离开郭宝山伪旅时，只带出一个机枪排，另外有两排人当时出发未归。

胡仑同志一去密山县委报到，就被调出部队。胡仑同志对于密山县委的处分，是有意见的，以后，被密山县委调往沟里去了。

一九三三年年底，敌伪召开依兰草帽顶子会议，提出缴枪缴地照。这就引起土龙山农民暴动事件。我们部队的党内领导同志和密山县委书记朴风南同志又在支援"土龙山农民暴动"的问题上，产生了第二次严重的分歧。部队提出要我亲自到哈尔滨满洲省委或关内去找党中央解决。这个意见，实际上也是受了胡仑同志的启发。因为，他在上海临时中央工作时去过中央江西苏维埃区，出席过第二次全国苏维埃代表会议，对于党中央政策及一般情况是熟悉的。他说过："看来有些关键性的问题，既然找不到满洲省委解决，还是可以派人去向党中央请示的。"

这里指的关键性问题，自然还是"亮山"缴枪之后，关于东北人民革命军和少数山林队发生矛盾的问题。

经胡仑同志的启发，我们才有以后南下请示党中央之行。时在一九三四年春了。

我们的部队在这期间，已经胜利地在密山扎下根来。部队的政治质量，已经超过东北抗日游击军阶段了。由于我们驻密山区的北满人民革命军的强大和巩固，所以我也有了可以南下找党中央请示的条件。

## 第三章　化装南行
——东北抗联四军的青年时期（上）

一

一九三四年二月，满地大雪，厚没膝盖。灰色的天空衬托着白白的远山近岭，哪是河崖，哪是大车路，哪是田野，哪是草甸子，哪里有村庄和谷草垛，冷眼看去，你是什么也分不出来的。大雪后的冬天，是一片寂静。就在这样的时刻，在一个地居半山腰的向阳山村里（地属穆棱河南岸敌占区），我们中国共产党北满地区的东北人民革命军军部党总支委员和密山县委委员联合召开的秘密的紧急会议，正在热烈地进行着。这已经是第三天了。

我们在很多关于战略方针之类的问题上，意见都发生了严重的分歧。例如：关于"邱甲长"和"亮山""王荫武"三股山林队，缴掉我们原称密山工农抗日游击队六十人的枪支的问题，他们已经表示道歉，联名来信，声称误会，愿意退还全部武器、弹药，而我们长期不作答复，自然就形成双方的隔阂。密山游击队在打开密山县县城之后，正式扩编为我们军新编第二团，戴上东北人民革命军的臂章符号，那几股山林队就越发恐慌，我们相互之间产生了较前更严重的猜忌。显然再拖下去，对"反帝统一战线"协作抗日的局面很不利。我们军部支委仍然坚持，不应该仅仅着眼在那六十杆枪上，主要的是为了巩固和扩大我们的"反帝统一战线"的抗日力量和内部团结，维持郝家屯和各山林队口头订的共同抗日的协作关系。我们建议把那六十支枪完全送给他们，算作支援他们各自扩大自己抗日战斗力量的武器；只要他们平日为我们多送有关敌伪的情报，必要时听我们的调动和指挥就可以了。赵挑水山林队配合我们进攻密山县城，就是为他们树立的一个好榜样。

但密山县委书记朴风南同志仍然把它作为民族内部阶级斗争来看，准备必要时进行围剿。他不承认以前我们和那些山林队在郝家屯会议上建立的共同抗日的口头协定，他认为，缴了原密山工农抗日游击队的武装本身，就说明他们已经推翻了自己的诺言，抗日是假，占山为匪是真。

再如，关于"中国人不打中国人"的口号问题，尽管满洲省委巡视员吴赤峰同志已经说过"可以肯定，没有亏吃"的话，但军参谋长张奎同志仍然有保留，说吴赤峰同志当时是作为他"个人的意见"肯定的，不能看作是满洲省委的正式指示，认为"中国人不打中国人"是与马列主义阶级斗争学说不相容，是"没有阶级内容的"。这样一来，就又产生了属于我们军部党总支委内部的又一争执。显然，我们的张奎同志和密山县委部分委员主张必要时围剿那三股山林队的观点，又是一致的。

我们的军参谋长张奎同志没有参加中共吉东局书记童长荣同志在汪清苏维埃区召开过的党政军联席会议，没有听见关于党中央《一·二六指示信》的传达报告，对于"反帝统一战线"的指示精神还不理解。他也没有像史忠恒团长那样在宁安五虎林拂晓带队突围时，呼喊"中国人不打中国人"的口号，从效果中所获得的实际感受。当时，地方保董赵保义所率领的那些伪自卫队一听到这个响彻山谷的口号，战斗力顿然瓦解；他们原本埋伏在道口两座山头上阻击我们，在我们强大的政治攻势下，枪声不但一下子冷落下来，而且竟有的"打朋友枪"——朝天放了。我们的张奎同志也没有军副参谋长刘汉兴同志那种从"中国人不打中国人,枪口对外"的口号所形成的战略攻势中,几乎没有经过什么火力射击,就夺取了宁安东京城的感受和实际体会。当时,马海山伪团的警备军,一听口号,就和我们高声搭话了,他们问我们是哪部分的,一听是李延禄的抗日救国游击军,就连那些监督作战的几个日本兵的虚声叱吓也完全失效了。等敌寇看到伪警备团团长马海山自己也镇压不住,反被他的部下围起来,顿然瞠惑无主,仓促地逃窜了;就连马海山自己也惶惶地溜掉了。我们的战士,有的在搭话中看热闹,几乎未及打枪,就开进东京城去,和拥挤在街道上的迎接我们的各界群众会面了。而同样是这个伪警备团,在团山子战斗中,因为我们在宁安新编的冯守臣骑兵营不会运用政治攻势,差一点使我们吃了大亏。当时,枪一打响,骑兵营仍如原东北抗日自卫军那样乱喊口号,大骂伪军是"日本狗子的爪牙","给日本狗戴孝帽的孝子贤孙"。结果,伪军的战斗火力顿然就加强了,他们也高喊:"你们是英雄就露露头给我们瞧瞧。"不用说,这些属于马海山伪军的骨干,大半也和我们在万丈沟口那一个掉队的战斗班一样,原来都是宁安一带山村的猎户出身,谁露头谁就上当。如果不是伪军中的爱国军人高护目偷越火线,沿着流水沟给我们送来"情报",那么我们这一仗就要吃大亏。毛主席在《论反对日本帝国主义的策略》一文中指出:"革命的道路,同世界上一切事物活动的道路一样,总是曲折的,不是笔直的。革命和反革命的阵线可能变动,也同世界上一切事物的可能变动一样。"不知道民族矛盾在当时当地已经上升为主要矛盾了,"就不会拿自己的策略武器去射击当前的最中心的目标"。毛主席说得多么透彻呀!可我们当时仅仅停留在实践中所获得的感性认识上,说不出更多的道理,也就很难说服张奎同志。

我们军部党总支和密山县委,在干部调配上也有争执。这仍然是和我们的战略方针有牵涉的。例如:"小白龙"苏衍仁的抗日山林队改编为军直属新编第三团后,在干部调配上争执不决。这个第三团,是吴赤峰同志第二次从虎饶来，代表满洲省委指令我们撤销原由吉东局颁布的"抗日救国游击军"的名义，改称"东北人民革命军"之后，进行扩编的一个团。我们已经任命了共产党员邓化南同志为新编第三团苏衍仁部的团政治委员。自然还要在三团的营、连各级配备一套党的得力干部，只邓化南同志一个人带领两个随从人员是不够的。这就需要从地方上抽调一批骨干上部队。但密山县委书记朴风南同志声称，必须得到满洲省委正式批准和指示，才能考虑这个问题，说这个"抗日山林队"的"阶级成分不纯"，还不能马上和张奎同志兼任团长的新编第二团相等看待，不能和我们的东北人民革命军新编第二团的工农革命武装组成的部队来争干部。这就是说，经吴赤峰同志代表满洲省委口头批准了，并且部队上也给了"新编第三团"名义的苏衍仁部，密山县委还要看一看。关于另外一些素质较差的山林队的收编问题，就更难提到联席会议的日程上来了。

所有这些问题，都还不是促成我率领三人代表团离开部队南行，去上海找党中央请示的主要因素，也并不是我们召开党军紧急联席会议的主要目的。我们当时所面临的一个急待解决的问题，仍然是关于土龙山农民酝酿武装暴动的问题。

原来，土龙山属于依兰县的地区。一九三三年十一月间，日伪方面在依兰县召开了一次草帽顶子会议。在这次会议上，日伪方面提出"缴枪缴照"的无理要求。各地方的保董，有的认为缴枪还可以，缴照就等于"土地归官"，今后就要失去生活依靠了；有的认为缴照还可以，反正土地在那里，日本人是背不去、扛不走的。有枪在手，该种还是种，该收还是收，可是缴了枪就失去保证了。会议连续开了两天，仍然没有得出个结果。地主们是犹豫两难。土龙山一带的中农、自耕农闻讯都倾向后一种意见，说："缴照就给他，要缴枪就打家伙！"少数贫农却说，地主要"租"，日本人要"出荷"，反正这年头不好过，不如拿起枪来拉队伍。当时土龙山有一个地方保董，名叫谢文东，和曾任依兰镇守使的李杜有过隶属关系，就派人到密山抗日游击队里来联络，说是李杜临走有话交代，凡遇大事，可找李延禄商量。我当时问来人，究竟谢文东是什么态度呢？来人说，谢保董是有家有业的，起事怕失败，缴了地照和枪支，以后又怎么样谋生呢？又说，土龙山的农民都要拿枪抗日，只等谢保董最后拿主意啦！当时，可以编成队伍的有三四百人，枪有三五十杆。实际上，土龙山农民暴动以后，势如星火燎原，形成了一两万人、近万支枪的一支农民抗日大军，这又是我们初意还没有料到的。

军党总支的大部分委员，当时一听到酝酿暴动的消息，就采取了积极支持的态度。一九三三年底，我们先后派出了四名联络参谋，去帮助和筹划这次暴动。但朴风南同志为首的密山县委的同志们，反对我们再采取进一步的措施，认为扶助土龙山农民武装抗日，实际上是扶助了谢文东的地主武装势力，而我们是共产党的部队，在任何情况下都不能和地主武装发生协作关系。我们军部的党总支则认为，土龙山的问题不等于地主谢文东个人的问题，促进土龙山的农民起义，也不等于扶植地主武装。就是地主武装，也该有"抗日武装"和"亲日武装"的区别。同时，在抗日救国军时期，我从地主戴凤龄的一些丑行中，也认识到地主抗日的行径，并没有对谢文东有什么过高的幻想。但在依兰，我们能树立起一支抗日的武装力量，为抗日阵营增加一分声势，为什么不伸手去帮助、扶植，甚至参与组织和领导呢！我们认为丢开土龙山广大农民抗日要求不顾，而袖手不管，是错误的。我们根据《一·二六指示信》所说的"尽可能的造成全民族的（计算到特殊的环境）反帝统一战线，来聚集和联合一切可能的，虽然是不可靠的动摇的力量，共同的与共同敌人——日本帝国主义及其走狗斗争"来谈问题。今天来看，很清楚，这是符合我们伟大领袖毛主席策略方针的。

但密山县委书记朴风南同志和张奎同志都声称：关于党中央

《一·二六指示信》，只有从省委组织上传达下来，他们才能进行讨论和研究。这自然是严肃的、值得尊重的一种组织观念，我们再也没有什么话说了。

原来热烈论争不息的联席会议，顿然寂静无声了。静得可以清清楚楚听见窗外树林中坠雪落地的声音，以及炉火噼噼剥剥声、长嘴燎水壶发出的嘶嘶声。会议形成僵局。有人用手指甲刮着玻璃上的冷霜，向山腰下一片白茫茫的雪原瞭望着。是呀，我们自从"九一八"三周年前夕，满洲省委巡视员吴赤峰同志来队伍上，调走李延平、孙贤两位同志去苏联学习之后，再也听不到满洲省委的什么消息了。我们满洲省委是不是有什么重要会议和事务耽搁了？或是交通关系出了什么意外？为什么《一·二六指示信》已经下达一年之久了，还没有通过组织传达到密山县党委这里来？这就是我当时所想的。我很愿意亲自化装到哈尔滨去找满洲省委，如果找不到就直接去上海找党中央请示。这是一九三三年底，当在法国勤工俭学时期就参加了中国共产党的胡仑同志和他的夫人蒲秋潮同志，从驻密山向阳镇的郭宝山伪骑兵旅带领一个机枪排起义归队，向密山县委报到之前路经我们军部，就谈起过的一个问题。我说过，胡仑同志曾经参加过在瑞金苏区召开的全国第一次工农兵代表大会。而蒲秋潮同志在一九二九年派来东北之前，也曾经担任过中共河北省委秘书长的工作，是北京有名的女师大的毕业生。对于党的方针政策、关内的政治形势，他们都比我清楚。他们当时告诉过我，一九三二年四月间，毛泽东同志任主席的瑞金苏维埃区中央工农民主政府，曾经发表过"对日战争"的正式"宣言"，号召国内民众联合起来，对敌展开"民族革命"的战争，把日本帝国主义赶出中国去！胡仑同志说，看来"民族革命"是我们党的一个新的战略方针。有些问题，如果长久得不到满洲省委的指示，可以到上海去找党的"临时中央"请示，最好能到瑞金苏区去看看。因而我们军部几位领导听过这话以后，就一直酝酿着一个"临时动议"，如果双方的分歧在联席会议上解决不了,就要我亲自化装通过敌占区去走一趟。现在正是大雪封路、部队整休的季节,联席会议既然形成双方僵持的局面,就有人提出这个建议来了,不想,立即得到密山县委的热情支持。我们的联席会议像在阴云密布的肃然气氛中出现了一道耀眼的阳光一样,会场立刻活跃起来,再也没有人刮窗玻璃、向外无目的地瞭望了。朴凤南同志也不默然抽着纸卷烟沉思什么了。我们的思想感情在这点上完全是融洽无间的。我们都在同样长期地渴望着上级党的指示,这是我们政治生命的源泉。最后,那些兴奋的眼光都集中到了我的脸上。我说:"只要党在联席会议上作出决定,我有信心完成这个任务。"因为关于土龙山农民所酝酿的武装暴动,是势在必举的。我原是一个半是纺织工人半是行伍出身的共产党员,马列主义理论水平并不高,但从实际斗争经验中深切感到,在北满地区仅靠我们一支"孤军"作战,不尽量扩展我们的"反帝统一战线"所属的队伍,联合更多的抗日武装,就很难完成密山县委向我们屡次提出的"进攻大城市"的中心任务和军事要求。是的,南满地区我们有威镇整个东北敌占区的杨靖宇将军率领的"东北人民革命军"(第一军),东满地区有吉东局书记童长荣同志直接领导、史忠恒师长为骨干的"东北人民革命军"(后编为第二军),松花江中游哈尔滨东部地区,有珠河县委书记韩光同志为领导、赵尚志为指挥的"哈东抗日游击队"(后改编为抗日联军第三军),松花江上游还有夏云杰领导的"汤原抗日游击队"(第六军前身)等,我们中国共产党临时省委所领导和组织的抗日武装,到处都在蓬蓬勃勃发展,但却还没有连成一片,还没有一个总的战略部署。主要原因,就是我们还处在各自为战的游击阶段,我们各地区的"东北人民革命军"的队伍,还都不足以适应开辟和占领广大的敌占区的需要,还稳不住脚,巩固不住自己所开辟的游击地区。自然,当时我们还没有"以农村包围城市"的战略思想,这也就是我在联席会议上之所以提出"要是到了上海,找到党临时中央,我希望到瑞金苏区走一趟，向红军学习一个短时期"的原因所在。这是我的唯一的要求。

党、军双方联席会议，批准我一个月到三个月的假期。据我们估计，土龙山的暴动，必然要选择一个有利的时机，那么最好的条件是"青纱帐"起，田野之间到处有了藏身伏击的条件以后。而北满的天气，五月松花江才能完全冰解雪融，才能通航黑龙江。我们当时想，三个月之内，是不会失误战机的。

联席会议决定，不要我"单枪匹马去闯关"，也不是派军参谋刘宾一个人化装作同行的随从，而是以我为首组成了三人代表团，第三个代表是作战参谋金锋同志。他是共产党员，是密山县委书记朴凤南同志所推荐的，显然是作为密山地方党委的代表。刘宾同志身上带着满洲省委以前交给的党的关系。另外还派了一名无党派的知识分子荆琶良作随从秘书。

在联席会议上，又研究和选择了出发的路线。我们一行四人，从穆棱马桥河站上火车。密山县委通过地下关系，预先购买车票。届时军部派部队护送我们到穆棱县境。到哈尔滨的路程，分两段走，先买短途票到穆棱站，再从那里买票到哈尔滨。我们估计，如果从穆棱站以东，属于北满"东北人民革命军"活动范围边沿地区上车直达哈尔滨，可能一下车就会招来敌伪检查人员的注意。

问题就这样决定了。尽管前途有风险，但我们为了完成党交给的任务，为了"民族革命"的伟大事业，立即准备出发。

二

军部所有的领导干部，听说我要离开部队，都表现了不同的依恋难舍之情。党内的领导同志知道我们可能到上海直接找党中央，又都对我们寄托了莫大的期望，关系到革命事业胜利发展的期望。在这三个月期间，所有的指挥权交给东北人民革命军党支委兼直属第一团团长杨太和同志。

出发时候,我已留了又黑又浓的"沿口"(短胡髭)。我化装为卖烟卷的小商贩:头带猫皮三耳帽,身穿布棉袍,脚下换了双棉鞋,外带一条灰毛毯。

临走,我嘱咐杨太和同志,在没有得到上级党委指示之前,只要是抗日的山林队,我们都本着《一·二六指示信》精神团结他们;凡是准备抗日起义的武装,我们同样给予支持和声援;要求我们收编的,我们既不关门拒绝,也不轻易收纳,先说个含糊话,拖在那里。

我们四个人,在穆棱县境靠近马桥河车站的河套里,告别了护送我们的保安连。当时,天刚亮,冬季农村的早晨,是静悄悄的,大雪铺地,一望很远,见不到有什么行人。

在接近马桥河车站的村街上,我们和代购车票的地下关系人取得联系。接到票后,四个人就分作两组,先后直奔车站。火车站周围既没有日本警备队,也没有伪满的警戒武装,只在出入口有两个警察,背着枪,他们注意监视着刚下火车的旅客。我和刘宾交换了一下目光,分散开来,插在混乱的行人排列中,经过出入检查口子,剪过票,登上火车。

那时,中东路上的列车,都是旧式俄国车厢。一个车厢里有两条大长椅子,分列在两边,和旧式的电车相仿。当中空旷,可以堆东西,也可以站人。上头,沿顺那两条长椅,是两条长长的行李架,也有旅客躺在那上面睡觉。我一进车厢,感到底下很杂乱,不及行李架上隐蔽,就也躺到上头去,用毯子蒙着头;自然,我是一点睡意也没有的。火车未开之前,除了匆忙地撞进车厢里来的脚步声,彼此隔着别人肩膀远远呼应声之外,我也听到月台上出现了嗒嗒的皮靴声。直到火车开动之后,车厢里的旅客开始安顿下来,却听不到什么舒心的攀谈,相反,倒都很沉寂,仿佛在戒严时期一样。可见在日本帝国主义占领区里,中国人民的心情是多么沉重了。我当时心里不由得想,同胞们等待着吧！等待着我们找到满洲省委、找到党中央，等待我们回来之后，我们一定要打开一个新局面。

车到穆棱，我下车买了直达哈尔滨的票，仍然回到行李架上，倒下来，用毯子蒙着头。车开不久，我就听到军靴嗒嗒声，警刀琳琅声，这是伪满军警联合检查的人员过来了。底下响起盘查旅客的询问声，有人向行李架上招呼道："下来！下来！说的就是你！装什么傻！"问我："是从哪上的车？"

我说："九站！"

这个伪警备队的爪牙又说："是哪个九站？"

我一时不知道该怎么说，因为车厢里的旅客都会注意到我虽在穆棱下去一次，却不是在穆棱上的车，穆棱当时通称九站，马桥河通称八站。

这个敌伪爪牙又说："你是从哪里来的？"

我说："我是本地人。"

他说："我看你就不是好东西，你是干什么的？是本地人怎么不知道有两个九站呀！"

我说："那我怎么不知道，穆棱是老九站，再过去几里路还有一个小九站。"

他说："那我问你，你怎么不说呢？"

我说："我刚睡醒，你们大马金刀地一来，我又耳背，没听清楚。"

这个鬼家伙，有眼力，挺机灵。他说："我看你的样子，就不是好东西，你看着我做什么？你那两只眼睛多凶呀，你到底是干什么的？"

实在说，我对这些敌伪的爪牙，在这样的场合接触，还是有生头一次。我心里是又蔑视又憎恶，却不自觉地在神色、语气间透露出来了。问题自然有些严重。

我镇定地笑着说："我是贩卖烟卷的老客，九站是我常来常往的地方……"

原在底下盘问的伪满警察都转向我这方面了。我这时候，在众目注视下，感到自己的身材过于魁梧了，感到胡子和年龄不相称，留的也太触目了。总之，不管是说话的口气，还是举止、神色，连我自己也觉得完全不像一个小商贩。不想，有个伪警腰挂日本警刀带着琳琅作响的声音走过来，先看了看我，又看了看我周围的各式各样打扮的旅客，就掉头向那个伪警备兵说："一个孤老头子，有什么可问的！算啦！这年头不吃也得吃，不受也得受，走吧！"后两句话又似说给我听的。他连推带拥地把那伪警备兵裹走了。我当时刚贴四十的边儿，乍看也不过五十岁，却被称为"孤老头子"，仿佛在装扮上没有什么破绽，就又安心一些。

他们走后，有人替我鸣不平，低声说，这些人就是狗仗人势；也有人好心地埋怨我，说："对这些人就得低声下气地赔笑脸，你哪能那么低眼瞧人，那还不是自惹麻烦吗？"

那个伪警察为什么急匆匆拖走了那个伪警备队的爪牙呢？为什么他们不再对别人继续进行检查，而且完全改变了刚进车厢时气势汹汹的姿态，蜂拥而去了呢？我久久不能解释。难道在伪满警察中，真的有人认出我的面目来么？我感到危机并没有过去。

因为那个挂警刀的日本式伪警，在看过我之后，又向周围的各式各样的旅客一个个观察了一下，就似乎他是怀疑我周围还有化装的随从警卫，纠缠下去，说不定要吃亏。因之，我在他们下车不久，就又换了座位，并趁周围不注意的时候，串到另外的车厢里去。这样，我们三人和随从秘书就分开了。而且火车一到一面坡，我就趁火车头上水的工夫，独自一人随着下车旅客溜下来了。

我知道，一面坡是驻有日本警备队的。当时，天色已经全黑了。站台外有一个小卖店，在这里下车找吃食的旅客很多，我也就坐下来，要了杯啤酒，两个松花蛋。实际上，半天没有东西下肚了，但却一点也不想吃。我坐在那里，在旅客进进出出的混乱当中，观察着车站的动静。我仿佛听到在车站出入口，有日本兵检查行人，并发生争执；还听到旅客在小卖部闲谈中低声说："今天怎么加了双岗，还扣留了两个单行人？"气氛很紧张。但月台上，并没有增加哨岗，我只要不出站，不经过检票口，或许就不会发生什么麻烦。问题是到哈尔滨之后，如何出站了。如果那个带着警刀的伪警，确实认出我，并往沿途各站挂了电话，那么不管在哪个车站下车，都会有问题。

一杯酒，四个钟头还没喝完。不知道为什么，火车还没有开动的样子，但站台上却不见有什么其他动静。不过，在检票口外的日本哨岗还似乎没撤，时时发出大声的叱吓声，并且还有三轮摩托车急驰而来又急驰而去。车站上的清扫工进来和小卖部店主打招呼，并小声说："今天扣留的都是单身老汉，日本宪兵队挑了两个大个子带走啦！这年头，出门儿可真不易呀！"他看了看我，善意地摇了摇头，并没坐下来，叹息着走掉了。

我只好走出来。月台上除了哨岗，冷寂无人。列车上的窗玻璃，都闪着光，结着薄薄的霜花。我还没有走到车厢入口，就看见一个火车司机打扮的人匆匆走过来，用平常的口气说："你跟我到前边车头上去吧！"

我说："你认错人了吧？"

他说："没错！我在小卖店喝酒等着接班时候，就看见你啦！车上还有什么东西吗？"

我说："没有什么啦。"

他说："你跟我来吧！"

就这样，我跟随他顺着月台，走到火车头司机室里去了。室里只有我们两个人。

他说："你脱掉那件长袍子，这里有现成的作业服，你换上吧！"

我问："没有旁人了吗？"

他说："我已经打发司炉睡觉去了。你就顶他的角，我教给你添煤。"边说着边做添煤的动作，"煤送到炉口，就这么一扬，扬散了就行，扬得要均匀。日本子来检查，你就这么做个样子就行。"

我换上司炉工的装束之后，手脸都抹上了点黑烟子，开始按司机所教的方式，握住铣柄，往炉口里送煤。

他开始既没有说明在哪里认识我，我也没有问他姓甚名谁。两个人仿佛都不需要接触这类问题。不久，我们接到路签，他拉起呜呜震耳的汽笛，火车隆隆地开动，终于离开一面坡车站了。

火车开出之后，那司机的脸色顿然开朗，现出兴奋、愉快的样子，说："你就在那边铺上睡一会儿吧！猞猁屯不检查，前头就没事啦！"可见，刚见面他谈话时那种平常的淡淡的口气，实际上倒是由于心情紧张。

我倒下，也没有睡。他呢，一会儿从窗口伸出头去看灯标、看信号，一会儿又弯下腰去看炉火、拉汽笛，很是忙碌。偶尔又说："过猞猁屯天就要亮啦！"像是自言自语，又像知道我没睡，说给我听。看他，他又不向我这边注意。

中东铁路的工人，对抗日救国运动所作的贡献，是有光荣的记载的。地下党在中东铁路工人运动中，一直是占据领导地位的。两年之前，我还有过接触，现在却不了解了。尤其是这样一个慎重寡言的司机，究竟是个党内同志呢，还是仅仅在哪里见过我，由于民族的正义感，而自愿出面庇护我呢？在车进哈尔滨的时候，我终于问他了，他说姓程。

他在兴源镇曾经听到过我在一次群众会上的讲话。仅此而已。

他又说："我也不问你，你也不要谈什么。到哈尔滨，我送你出车站。"

我说："谢谢你的好意啦！"

他说："你们所做的事，关系到每个人未来的命运。当然，人人都该尽力帮助，帮助你们就是帮助自己呀！"

火车到达哈尔滨，我已换好原来的衣装。他给我拿着毯子，不经月台出入的检查口，从另外的地方，绕过车站仓库，走出站外。回头一望，远远还能看见，检票口果然有日本警备兵，手端上了刺刀的步枪，监督伪满警察在搜查两手高举的旅客。我又一次想，头一件事，就是找个地方，赶快剃胡子。临分手他只说："再见啦！前途保重！"

我也说："再见啦！希望以后还有见面的日子！"

在路上，我雇了一辆人力车，直奔道外的悦来栈。

## 三

哈尔滨道外悦来栈，本是我们四个人约好的集合地点。我一进悦来栈，账房就问我有没有"载纸"，一看是个单身行人，就说："我们这里客满了。"不管怎样说，也没有房间。

从悦来栈出来，人力车还在等着揽座。我告诉他，拉我找一个大旅馆。

他说："上车吧。"等走在路上，又背朝着我说："老客这身穿戴，又没带行李，大旅店也怕不会接待；不信，找找试试吧！"

我说："不要找找试试！你看我住哪样的旅馆合适，就往哪拉好啦！"

他说："就找一个不大不小的旅馆住，价码也便宜，又有单间，不好吗？"

我说："好！就这样吧。"

哈尔滨市面最使我触目惊心的，就是在街道上那些褴褛不堪的乞丐，到处都是。还有公然挂着"鸦片零卖所"招牌的大烟馆。

在山沟里毁于敌人炮火的荒凉村落，残垣断壁的景象，我是常见的。但还没有想到在都市里，我们中国人民在日本帝国主义统治下，生活过得也是这样悲惨。街道的廊檐下有冻死的乞丐。就是来来往往的行人，也多带着饥寒交迫的神色。总之，很清楚地看出来，市民的日子是越来越艰难了。

当时，我一面注意道外的市容，一面又担心我那些同伴也会和我一样，一时找不到住处。看来，只有晚上到第二个联络点去碰头，才能知道他们到哈尔滨之后的情况。

人力车把我拉到福顺栈门口停下来。我一看新油漆的门面，临街有玻璃窗，看来是个开业不久的旅店。进账房外间一看，还干净，只是走道狭窄，房间拥挤一些。一问，有空的单间，年轻的账房也没问我有"载纸"没有，就领我开了一个房间，我算有了安身的地方了。

那年轻的账房，实际上又是兼着茶房差事，沏茶、倒水，看来很殷勤。我就问他，旅馆有没有理发的？他说，得外叫，钱要多花；离着不远就有，只几步的路。我说，我累了，就给我外叫吧！又嘱咐他，另外再给我外叫一份菜饭。

那年轻的账房就说："好啦！一会就到！"

果然，不久理发师就来了。为了不使人有触目的感觉，我在剃头时要他把留的胡子刮去了。不想，这一来，倒引起那个年轻的账房兼杂役人的注意；实在说，在敌占区活动，我是没有什么经验的。

吃过饭之后，那个账房来收碗筷，我付了钱，并说，零头就不要往回找啦，算是给他的酒钱。我幸而还有些生活经验，知道这些在旅社做茶役工作的，手头都不宽裕，如果手面大一点，任什么"犯私违禁"的事，他们都有胆量包庇的。

那茶役看到酒钱给的不吝啬，就在道谢之后，把饭盒子提走了。他二次又进来，先给我倒杯茶，看样子，他来不是为了倒茶，而是要找我说些什么。果然，倒茶之后，他背手站在那里，靠着墙，两眼不住地打量我。

他说："你在这屋里住不方便，隔壁就是警察局的值班巡官，现在他还没回来，你老不如搬到我们柜房去住。"

我说:"我是贩卖烟卷的老客,没什么,可是住旅馆查店什么的,我是怕麻烦,你既然有这份好意,那么我就搬过去住几天吧!"

他说:"你老还要住几天吗?"

我说:"要住两三天。"

他说:"那还要告诉我们东家一声,在这里住两天就得往上报。"

我问:"东家是谁?"

他小声说:"曾五爷!"

所说的曾五爷,我是认识的。他是东北军阀张作相的姻亲,但不知道这个依靠侵吞公款致富的小财阀,怎么竟会潦倒到经营小旅馆的程度。这个底细,我倒要摸一摸。如果不好,就早些离开这里。

搬到柜房僻静的房间里之后,我问那个年轻人:"生意好么?"

他说:"哪里好呀,反正混日子吧!"

我说:"生意不好,怎么你们财东还干呀?"

他说:"不干,日本人不让呀!说他是无业游民,还罚了他六十万元金票呢!"

直到这时,我就安心准备在福顺栈住三天啦!曾老五原来和日伪当局有矛盾。

## 四

当天晚上,按原来约定的时间,我到了作为第二个联络点的电影院去。当时,哈尔滨的电影院不管是"巴拉斯"还是"马迭尔",都是轮回上演的;随时买票,随时入场,两场之间不休息。按规定的时间,超过有十分钟之久,不见他们三个人中任何一人来。我又在门口徘徊了一阵子,还是不见来,我只好走了。在哈尔滨和刘宾联络不上,是很难找满洲省委的。我考虑,如果他们发生了什么事故,那么,我只好一个人去上海找党中央了。当晚,我住在福顺栈,没有什么人进来查夜。

不想，第二天一早，曾老五走进来了。这人的打扮，全和清朝遗老遗少一样。头上是珠红顶瓜皮帽，前脸镶着块翡翠，团花马褂，扎着一块白绸腰巾。一见面，他又是惊讶又是机密地小声说："我当是谁呢？原来是老弟呀！你不是在老爷岭那边带队伍吗？"

我说："队伍里弹药不足，要进关找'辅帅'。"张作相字辅臣，所以在东北军界里通称"辅帅"。

他说："好啊！快找'辅帅'去吧！他还住在天津租界里。"又说："我在这里，可受够气啦！因为我外事不问，什么都不出面，日本人就说我不务正业，游手好闲，有通匪的嫌疑，罚了我六十万元金票。我一看，再这样下去不行，走又走不出去，就在这道外开了个旅店，大小总算是有个买卖。你要是见了'辅帅'，一定要在我这个老亲家面前，替我诉诉苦，看看他有什么好主意。"

我随口答应他说："好吧！"又问他："怎么你一早就到栈房来啦？"

他说："你真也大胆！我们账房伙计，一看你的打扮，就不像是个买卖人。昨天晚上就到我那送信，说是柜上来了一个人，看样子是山里下来的义勇军，不敢出屋去理发，外叫剃头的来，把留的胡子也刮去了。"

我说："你们这个伙计，可倒有眼力！"

他说："听说，你昨天晚上睡得倒挺安稳，可是我一夜都没阖眼！"又问我："为什么说贩卖烟卷的？"

我说，正式坐庄买卖，有字号，有地点，一查就要出事。说是商贩，流动性大，可以随机应变，又没有什么根基可以查找。

他说："你最好不要说贩卖烟卷的，你一点也不像这一行当的人物。"他还劝我换上西装，进关去，要走大连，还可以买头等舱位。

我说，还要在哈尔滨住一两天。他小声说道："不行呀！老弟，行人在店里只能住一天，过宿就要报警察局。市面上挺紧呀，哪天都要从旅店里捉几十个人去！"又坚决地说："你赶紧走吧！我给你买个通票,到大连住在我们联号人仙栈里,他们会照顾你上船。"

为什么一定要走大连呢?他说,山海关检查得严,大连有租界,有外国人,日本子还要装门面;换上西装,大摇大摆地走,没事。

我考虑到哈尔滨的紧张局势,又和刘宾等人失去联系,只有这样单身去上海找党中央了。我就接受了曾老五的建议,走大连,但没有换西装,因为查问起来,就很难解释自己的身份和职业。而谎称烟卷贩子,确也很难瞒过敌伪爪牙的耳目,倒不如说是贩卖潍县绸的坐庄商人。我的个头,也像个山东彪形大汉,再说,我过去有个亲戚,就是一个山东绸商,关于进货口子、行情,我也摸底细。他的名字叫张德福,我就冒用他的名字,大连人仙栈又是他进货办理托运的栈房,一举两得。离开哈尔滨之后,在南下的火车上,我的身份和装扮就又变了。

我在中东路的旅程上,已经有了经验,不再找冷僻角落,用毯子蒙着头装睡了。我就大模大样混在回关里去的山东籍男女旅客的圈子里,扯起闲话来。在他们向我打听到大连住在哪里的时候,我就约他们一起住人仙栈。看起来,我和他们混杂在一起的做法很成功,谁也没有注意我,仿佛我不是一个单身的行人,还带着一些家眷似的。有孩子,我就抱过来,哄他叫"大爷",大字是重音,在山东就是伯伯的意思。如果重音在爷字上,那就是天津称呼阔少的名词了。

那时,我还不知道,日本帝国主义在东北各铁路线上,都有秘密的"暗察",打扮作旅客的模样,进出各车厢,专门注意单身的行人,尤其是穿西装的旅客。

总之,我一路平安地到达了大连,但心里又是处在极不平静的状态中。一路上,我一直在想,为什么三个人一个也不见呢?后来才知道,在哈尔滨道外的悦来栈,刘宾同志碰到荆楚良。自然,悦来栈也因为他们是单身的空手行人不接待,两个人一连在道外走了几家,也找不到住处,只好又回到火车站。在哈尔滨既然没有地方落脚,也就无法去找满洲省委过去的关系。在火车站待久了,又怕引起敌伪暗探的注意,两个人研究的结果,决定坐火车直奔大连,到天津或上海之后,再打听我的下落。因之,他们坐早我一班的火车就离开哈尔滨了。

两天之后,我们在大连码头上又重逢了。他们住的是大连悦来栈,买的船票和我的船期航线都不同。当时,我就托人仙栈跑外勤的伙计,给他们两人换两张直去上海的船票,那送船的栈房伙计说,回头办,来得及,船还要等着验关之后才能起锚。

临上船工夫,码头上有日本便衣人员和日本警察检查,主要的是注意盘问旅客所携带的银洋数目,但也盘查旅客的身份,还问以后回来不回来。对于不再回来的人,是三言两语就放行的。轮到我的时候,不想却为日本便衣警目所注意,盘查之后,嘱令站到队外去等候。看来,我是被扣留了。

人仙栈的外勤伙计一看,就连忙去打电话,往柜上报告。他对刘宾和荆匙良说,扣留倒没有什么,可是出门的人,耽误一趟船,那我们怎么对得起老主顾呀!

因为,我在南满路上,给人仙栈揽了二十九名旅客,按他们栈房的规程,我的食宿从优不说,且要免费招待。自然,我都一口谢绝了。我自称张德福,是栈里的老户头,往年经常托他们办理转运手续,关系处得不错。这时候,我被扣留下来,人仙栈觉得误了船期,是出门人的大事,自然极力设法在背后周旋。不久,大连市旅馆业组合来了电话,担保我是好人,说是常来常往的一个山东老绸商,结果,那便衣日本警目就笑脸放行了。

我们上船不久,刘宾和荆匙良也赶来了。我们又连忙向人仙栈的外勤伙计道谢。他仍是说:"我们柜上怎么也不能让你误了这班船呀!"仿佛旅客在码头上扣留下来,倒是极平常的事情,不足虑的。他哪里知道我身有要务,是在日本的特务机关里逗留不得的。

海关检查的时候,又借口什么东西没办理出口税的手续,把两三个旅客带下船去。我们在这里深切地感到，在帝国主义统治下的殖民地生活，是多么的屈辱。

　　船总算开出大连口子了。我和刘宾、荆楚良在拥挤的统舱里会到一起，这才知道，我们的作战参谋共产党员金锋同志在哈尔滨失踪了。我们到上海之后，一直再没听到他的消息；长时间之内，还以为他是被捕遇难了。直到二十四年之后，我见到金锋，才知道他的家当时在帽儿山。因之，路过帽儿山车站的时候，他就下车了。他原想回去看看妻子孩儿就走，他的岳父和妻子百般阻留，他还没有动摇。当晚，他老婆给他拆洗衣服，听说衣领子里有抗日游击军的符号和东北反日救国会的会员证，就拆下来给他烧掉了。从此，他就失去了党的关系，一直留在敌占区做小学教员，断送了大好的革命前程，使人感到非常遗憾。

## 五

　　我们在海上，一路风平浪静。

　　轮船还没靠近黄浦江口，我们这些"三等"统舱里的旅客，就有一部分早已忙着捆行李准备上岸了。我和刘宾、荆楚良三个人也随着其他旅客走到甲板上来，远远看到了崇明岛上一片绿色。这是小麦地，多么新鲜的色彩，使我们心旷神怡。仅仅三天三夜的航程，我们就从冰天雪地的寒冬过渡到了花草满野的春天，感到身上的冬装是过时了，也感到祖国确实辽阔广大。我们这样一个地大物博的东方古国，不想在清朝爱新觉罗氏的王朝手里，在咸丰统治的时代，一大块一大块的土地割让给俄罗斯帝国，又零零碎碎地"租借"给其他帝国主义，今天，蒋介石政府，又在一大块一大块地变相地"割让"给日本。先是弃置我们的物产丰富的东三省，任凭日本帝国主义的抢掠、烧杀，继之是热河、绥远……现在华北已经岌岌可危，它却调集了百万部队向肩负着"民族革命"神圣任务的中央工农民主政府所在地的瑞金苏区，进行五次"围剿"。这是我们在三等舱里,从旅客们所携带的新闻报刊上知道的……想着、想着,领港人已经坐着汽艇登上我们的轮船了。汽笛一响,我们所坐的轮船开始进港了。

远处,上海已经在望,只见帆船桅杆林立,而外国远洋邮船在它们当中成了"庞然大物",并且还有停泊着的飘着日本太阳旗的军舰,这不就是国民党反动派对外实行"不抵抗主义"、变相卖国的标志么!我一看到它,就想起我们在镜泊湖的四次连环战役的首次"墙缝"伏击战。我们工农补充团在潜伏中久久守候的日本天野旅团,就是打着这样的旗子,在民族英雄陈文起的带领下走进我们的伏击阵地。这个在原吉林省双城曾经击退我们原东北军二十二旅抗日将领赵毅的守卫部队,因而长驱直入占领了哈尔滨的日本多门师团的王牌军,哪里会想到竟在以手榴弹为主要战斗武器的一个工农补充团的猛然攻击下,不到一小时的时间,死伤了几千人。那些久在东北各地横冲直撞的日本兵,他们的尸体也就是在这旗子底下堆在一起,当晚就架柴火烧掉的,连同他们不得运走的枪支都掷在火里烧掉了,最后就是敌酋天野本人也在回哈尔滨路经高岭子的途中被我们铁路游击队击毙了。日本天野旅团从宁安地区逃出来的二百多名残部就在这样的旗子底下遭到围歼,逃回哈尔滨的仅仅三四十个人。我又想到,在团山子战役中被我们一枪击毙的日寇联队长风岛大佐,在八道河子一役被我们在追击中乱刀刺死的伊田旅团指挥官治田大佐,在保卫吉东局所在地的马家大屯苏区的战斗中,带着重伤逃回延吉以后终于不治而死的日本少将旅团长龟岗村一等,都是打着这个旗子,气势汹汹而来,终于又丢掉这个旗子,猪奔狼窜地溃败而去……验关的人上来、下去,我都未及注意,轮船就靠码头了。我们终于随着熙熙攘攘的旅客匆匆走下搭在码头上的行人板到达上海了。

上海,我是早已向往的。它是依靠我们中国人民辛勤劳动而繁荣起来的都市,是我们中国无产阶级大军汇集的地方,是我们中国共产党的诞生地，又是我们党的临时中央的秘密驻在地。但我们当时并不知道，临时中央已经早在一年前的一九三三年初，就撤往毛泽东同志所在的以井冈山为根据地的苏区里去了。

我很想看一看一九三〇年曾在东北担任过满洲省委书记的陈潭秋同志。他当时是中国共产党的中央委员，任满洲省委书记，不久就被东北军首脑张学良的暗探逮捕了。九一八事变之际，在政局混乱中出狱。我不知道他已调回中央苏区工作，不在上海了。我还想看看九一八前后任中央驻东北代表兼满洲省委书记的罗登贤同志，他是一九三二年底调回上海的。我当时还不知道他在担任全国总工会书记期间，由于叛徒告密，已被蒋介石政府枪杀在南京雨花台的刑场上了。虽然，我们在东北都没有见过面，但他们的名字在东北地区的老党员中是到处传颂着的。自然，我们更希望能见到周恩来同志。因为他既是党的领导人之一，又是我们东北地区、宁安县党的创始人——马骏同志在天津南开求学时期结识的老战友。马骏同志是一九二四年从法国勤工俭学回来之后，受周恩来同志的委派，回到东北，在宁安县建立了中国共产党最早的一个党小组而在东北地区驰名的。实际上，一九一九年五四运动时期，马骏同志作为周恩来同志的战发，率领天津学生联合会所组织的天津代表团赴京参加天安门前的大示威后，就已经以"马天安"著称了。一九二七年马骏同志在中共北平市委书记任内，被东北军阀张作霖杀害了。如果在上海或在瑞金苏区，我们能见到周恩来同志，那在我来说，就是一种特别的幸运了。

但我们站在公共租界的街头上，首先考虑的是落脚的地点、到法租界去的电车路线。

到上海之后，我们要住法租界的大成公寓，这是在轮船的三等统舱里就研究好的。

我们在东北早就知道，有一些前抗日救国军的高级军官，就多集居在这个公寓里。他们是一九三二年底，当我们遵照中共绥宁中心县委扩大会议的决定，率队在哈—牡线磨刀石车站前线迎击日军的时候，就在日寇从汪清后方包围的部队袭击下，惶恐地由东宁总部越界撤退到苏联了。他们是绕道欧洲回到国内的，一回到上海就去信东北打听他们在东宁总部撤退时失散了的家眷和亲属的下落。他们流亡在上海的消息，是宁安地区的反日救国会从他们亲属那里得知，从而传到我们军部的耳朵里来的。他们中有的是带着全部武装齐备的队伍，一枪没打就惶惶然越界撤退了。有的部队如抗日救国军第十五旅直到一九三三年才由苏联远东地区到达新疆，更有的竟从此流落到伊犁等西北部边陲了。他们统称"东北抗日义勇军"，他们流亡之后的种种不幸遭遇和屈辱苟安的生活，就不须在这里多说了。

　　我们一行三人，终于在法租界那条行人稀少，如哈尔滨南岗一样僻静的马斯南路上，找到了大成公寓。在这里什么证明都不要，就订了房间，而且还没有等我们安顿下来，就碰到了住在这里的原在"东北抗日救国军"时就在东宁总部认识的前东北军军官和他们的家属了。不用说，他们像隔世又重逢一般高兴，先是猛吃一惊地大声地欢呼，接着又小声地机警地询问："你怎么会到上海来了？""几时到的？"不用说，他们做梦也没有想到，我这个在日本报纸上被称为东北山区的"政治匪"，会突然在这个"十里洋场"的上海出现。我们在北满开展的抗日游击活动的消息，虽然被国民党亲日派所封锁，但在上海流亡的前东北抗日军官却从日本新闻报纸上知道一个大概，因为他们当中有的原是日本士官学校出身的。这是以前我不了解的一个情况。以后又知道，还有巴黎出版的汉文《救国时报》的订户，同样天天从路透社驻远东的进步记者的报道里寻找着我们的消息，密切地注意着我们仍被称作"东北抗日救国游击队"的动向和对日战斗的地区。他们不知道为什么我们离开了自己熟悉的宁安山区，跑到荒凉的北满去了。自然，他们并不知道这是我们党的决定，更不知道，我到上海来所担负的党内的秘密使命。我声称，是回关内来求援的。我说："我们仗确实没少打,而且打得也确实不错,就是弹药和经费还有些困难。"总之,我们急于要安顿下来,找党的关系,仿佛一接上头,我们立刻就会见到党中央的领导同志似的。因而在一些热情的同乡战友们环绕中,我一一简捷地回答着:"要在上海住几天。""说不定还要到北平去看看我那几个孩子。"也问到他们在上海的情况,他们的回答是:"蒋介石忙着打内战,谁管我们东三省人怎么样哪!"

我不需要说,这些久在上海住公寓的前抗日军官和他们的家属待客是多么亲热和殷勤了。有的陪着我去挑选适于在上海活动的西装,还注意领带的颜色,是紫红的好呢,还是深蓝的更适合我的年龄?实在说,我是没心思在这方面多消耗时间的。因为在上海消耗的时间越少,留下来去瑞金苏区的时间就越多。他们还喋喋不休地问我是不是去看看我们的老总(王德林),说他就住在大东酒家。我说:"我先得休息休息,过两天再去看他。"在晚间的谈话中,我知道前东北自卫军抗日将领李杜也住在上海英租界,并说他还是上海抗日救国会的武装部长。

第二天,刘宾同志单人去找党的关系。我们走出大成公寓之后,我嘱咐他要小心,早些回来,随后,我就一个人到上海抗日救国会总部去了。我很想从他们那里知道一些国内当前的确实的形势,尤其是关于早已背叛"国民革命"的国民党反动派对我们以井冈山为根据地的苏区进行五次"围剿"的形势。

上海抗日救国会办公处,听说我是从"东北抗日救国军"来的,就由褚惠生先生出面接谈。

他的谈话是一般的。据他说,南京国民党正在热衷打内战,"围剿"江西红军,媚外取宠,就是上海的抗日救国会,也受到压制,眼看要收摊子了。眼前,主要的是争取这个抗日团体的合法存在,要是存在不住,中国也不会亡。并告诉我:"你们还是赶快回到东北去,不管是弹药还是军饷,你们在这里找谁也是解决不了的,还要靠你们打日本来解决。"又说，李杜在上海，住静安寺路，确实担任抗日救国会武装部部长的职务，但也受国民党的排挤。后来，我知道，上海抗日救国会的武装部，也是我们党的地下外围组织。

总之，褚惠生先生给我的印象是，上海人民大众的抗日热情极高，只要国内民心一致，抗日斗争胜利的前途就大有希望。他说："南京国民党在江西集中兵力向苏区'围剿'，是违背民意的。违背民意的政权，注定是要失败的。"听口气，褚惠生先生和我们一样，都相信国民党的五次"围剿"尽管采取了堡垒战术的围攻，最后必定和前四次一样，要失败的。我们谁都不知道，苏区红军所采取的"御敌于国门之外"的"阵地战"，长期和优势敌军作对峙性的消耗战是错误的。更不知道毛主席关于应该使用红军主力突破敌之围攻线，转入我之外线即敌之内线去解决这个问题的英明主张。而且在福建事变之后，毛主席又提出，应利用蒋介石抽调军队到福建，敌人"围剿"力量削弱的机会，以红军主力突破敌人堡垒线，进入浙江为中心的苏、浙、皖、赣地区，纵横驰骋于杭州、苏州、南京、芜湖、南昌、福州之间，将战略防御转变为战略进攻，威胁敌人的根本重地，在广大无堡垒地带寻求战机。这一高瞻远瞩的战略，当时遭到了以王明为首的"左"倾机会主义路线者的反对。因之，以后产生了红军的二万五千里长征。直到遵义会议，肯定了毛泽东同志的军事路线，并撤销了"左"倾机会主义者的领导权，确立了毛泽东同志为首的党中央的新领导，我们的党才又重新开始节节取胜，并历经种种艰苦的斗争，于一九三五年十月终于实现了战略上的转移，胜利地到达了陕北革命根据地。——这个问题，今天在一般关于党史讲义一类的著述中，都已说得很清楚了。在这里，就是题外的话了。

后来，上海抗日救国会通过褚惠生先生又给我们送来二百元的路费补贴，这也充分说明，上海爱国救亡团体对于我们的热情关怀。但我们来上海，是另有任务，不是真来求援的。自然，这又不能公然地对这些朋友们宣布，盛情难却，只好收下了。

刘宾同志带着党的关系，走了两个地方，还没有和党取得联系。我在等待期间，就去英租界走访李杜。在上海大东酒家作寓公的王德林得知消息，又派人到大成公寓来看我，我又去看过王德林。

李杜在谈话中，埋怨他手下的马宪章，推说马宪章在梨树镇做的事，他并不知情，说："错杀了一些国家人才，实在该死。"

王德林在谈话中，埋怨孔宪荣，说："大事都坏在孔小鬼的手里了！"

李杜当时正热衷于和朱庆澜算账，因为朱庆澜把上海各界援助东北抗日义勇军的大笔捐款，变相独吞了。他声称要用长期取之不竭的办实业所得的利润来支援东北抗日的部队。却不知，大兵在关外活动，一日有一日的消耗，哪等得及办好实业，以利润接济。李杜声言，自卫军、救国军之所以垮台，全由于朱庆澜变相吞没大笔支援东北抗日部队的捐款所致。

王德林也一样，他以前在香港，因为感到南京蒋介石的歧视，就应"西南政府"之约去广州，而为广州的军阀陈济棠所利用。陈借其名为招牌，组织了一个援助东北抗日义勇军的西南后援会，大肆加捐募款。因之王德林也要和西南方面的陈济棠算账，并且要求我，代表他到广东走一趟。

看来两个人都存在着一种幻想，那就是能从关内得到大批的经济支援，以便派人回东北发展抗日的部队。两个人这种依靠外援的幻想，充分表现出中产阶级的软弱性。他们完全忽视了作为抗日武装基础的东北广大人民的力量。

六

我们到上海将近一周左右，刘宾同志到底依靠从原满洲省委那里带来的关系，和上海地下党取得联系了。直到这时候，我们才知道党中央已经迁到江西苏区去了，上海地下党的负责同志也离开了。我们要到江西苏区去，也必须等待上海地下党的负责同志回来才能决定。而上海地下党负责人也要三个月后才能回来。这是完全出乎我们意料的。我们知道，如果不和上海地下党的领导同志取得联系，我们就没有另外的方法来完成我们从东北地区带来的使命。因为要在上海等待三个月，我就产生了到以"抗日反蒋"为号召的所谓"西南政府"所在地的广州去走一趟的念头。

广州在我们中国现代革命史上，是我们西南方面的一颗明珠。毛泽东同志曾在这里创办了今天已经闻名世界的"农民讲习所"。以政治部主任周恩来同志为首的黄埔军校的许多政治教官，如恽代英、萧楚女、叶剑英、聂荣臻等著名共产党人，都曾经担任过这个讲习所的讲师；张太雷、叶剑英、叶挺等同志继八一南昌起义之后，又在这里领导了有名的广州起义。它是我们中国共产党和国民党左派第一次组成的国民革命统一战线，组织并领导北伐部队进军的起脚点。它是和中国共产党的第三次全国代表大会，声震中外的省港大罢工联系在一起的。因而广州群众当时的抗日救国的热情很高。如果以我们党在北满东北人民革命军所开展的抗日游击战斗的经验和实例来进一步鼓舞他们的斗志，在五次"围剿"我们苏区的国民党反动派所统治的大后方展开一股政治攻势，借以牵制，那就最理想了。我想，至少也可以促进西南方面广大爱国群众的抗日反蒋运动，增强对中国共产党领导的民族革命的必胜信心。因为他们是有着光辉的革命传统的。这就比我在上海租界里白白消耗三个月的等待时间有意义多了。

在名义上，我是作为前抗日救国军总司令王德林的代表去"西南后援会"查账的。

我一离开上海，西南方面驻在大东酒家作为联络人员的高级参谋人员，就拍去了电报。因之，我一下火车，广东第四集团军的高级参谋李毅之，就代表陈济棠来接待我了。

这李毅之年约二十八九岁，军官打扮，穿着一双长筒靴，仪表很英俊。一见面，他就谈到，有几个问题自己很不了解，希望我能有所"见教"。这就是，"东北抗日义勇军"久不得关内的经济支持，怎么能存在得住？弹药、给养怎么解决？对于"东北抗日义勇军"在冰天雪地之中，坚持浴血抗战的精神，他是钦佩的，但究竟以什么为灵魂，没有政治力量的指导，他是很难理解的。我告诉他，他所提出的问题，是很重要的，并非三言两语可以解释清楚，如果有兴趣，不妨找时间详谈。

当天，我住在"东北抗日救国军留粤办事处"。办事处主任刘斐然，当时外出，不在广东。据人传言刘斐然是我们党内的一个同志。李毅之晚上又来了，并把"东北抗日义勇军西南后援会"的办事人介绍给我。问我是不是要到"后援会"去查看账目。

我声明，我来不是为了查账的，主要的是来看看西南方面的动向。西南后援会的办事人认为我是说客气话，声称要回去开列一笔账目提要，送我审查。之后，就告辞了。

高级参谋李毅之就单独留下来和我谈话，一连谈了三五天之久，李毅之很兴奋地说，从我所谈的"东北救国游击军"的前后战斗发展史中，了解到东北人民之英勇、斗志之坚定。又问政治的指导力量，所谓"部队的灵魂"。我说，那就是东北的反日救国会。如果他愿意，我说，我可以介绍他入会。这时，他又告诉我，在第四集团军中有一个高级军医官陈汝棠，是法国勤工俭学的留学生，留法期间，深受共产主义的影响；回来后，要把土地无代价地分配给农民，但农民却仍然交租，他不理解原因何在？陈汝棠也很想见见我，和我谈谈。

我当时很警惕地说："我和你一见，感到你关心民族于危亡之中，所以开诚布公地和你谈了关于东北抗日救国游击军之所以能长久支持的战术、战略及各种因素，怎么你会怀疑到其他问题上来了？"

当时，我从上海来，还准备找中山大学的教授何某。据我所知，他当时是我们在广东的一个地下共产党员。我说:"我以后有时间再去看陈汝棠先生吧。我现在没时间,明天还要到中山大学去看一位朋友。"李毅之问:"你要看谁呢?"我说:"要看看何思敬。"他说:"你切不要去找他,他现在被国民党监视着。"

我看了看他,他是很严肃的。我感到很亲切,又应约到他家里去看了看。他的家庭生活很俭朴,租的是一间小后楼,家具都是竹子编的。言谈中才知道,李毅之原是穷苦的家庭出身,而且是赤着两脚穿长筒靴的,自奉很刻苦。因之,我就改变了以往的观点,由亲切感到可信了。自然,当时是在白色恐怖当中,尽管是感到可以亲信,但两人仍然是不触及政治方面的实质问题的。之后,又和第四集团军的高级军医陈汝棠见了面。陈汝棠当时全家住着一幢楼,家具讲究,确是一个资产阶级的家庭。在我们谈话中,陈汝棠先生当时表现了诚恳和热情,并不避讳自己有共产主义的倾向。问及我,将来如果日本帝国主义的势力侵及华南,该怎么办?我告以唯一的出路是组织游击队,依靠群众的力量。问及政治主张,我说,我是东北反日救国会的人,别无党派,如果他有抗日救国的要求,我愿意介绍他入会。结果陈汝棠参加了反日救国会。以后,在抗日战争中,他为我们党所领导的广东抗日游击队做了些有益的支援工作;中华人民共和国成立后,曾在广东任副省长,现已病故。

我在广州逗留期间,瞻仰了广州暴动时指挥部所在地——观音山,也看到了所谓"西南王"陈济棠和国民党的西南元老之一的邹鲁。又应胡汉民之约,到香港去了一趟。我的目的,原是为西南的抗日局面泼一点油,从各方面点燃起抗日的烈火来。但总的印象,在西南的上层人物中,所谓反蒋是实,抗日是虚。

可是在广东的下层广大群众之间,抗日的热情却汹涌似潮,实在使人感动。例如,在为"东北抗日义勇军"捐款中,有把母亲所遗留的唯一财富——全部金饰品捐献出来的少女,有把在装卸劳动中所积蓄的全部血汗钱作为捐献的码头工人，其中南洋华侨的捐助，更是踊跃惊人。仅从西南后援会送来的账目提要上来看，捐款总数就达四千四百万之多。西南中下层广大人民抗日爱国热情之高，就此可以想见了。他们却不知道，所有这些支援"东北抗日义勇军"的抗日救国捐款，却都给军阀陈济棠盗用了，购买作为反蒋资本的飞机和军火，就占去了四千万元之多。另外，后援会又按月津贴在香港的胡汉民五万元，"东北抗日义勇军"流亡将领王德林、李杜、马占山等人，每月每人一两万元，真正在东北坚持抗日的部队，何曾得到过关内分文的支援！

唯一值得欣慰的是我在广东逗留期间，由李毅之通过西南后援会，以广州中山大学学生会名义所组织的一次关于"东北抗日救国游击军"战斗情况的报告会了。李毅之是西南后援会理事之一，但在我接到中山大学学生会请柬的时候，李毅之却推托有事，不能陪我出席。当时，我还不知道这个晚上的欢迎会，临时会变为以我的演讲为主。原来，请柬上印的是欢迎"东北抗日救国游击军"的将领来粤，而作欢迎演出的几项节目，是估计到校方不会来人出席而虚拟的。所以临时就约我上台作东北抗日游击战争的报告了。在半秘密的状态中，我就上台作了抗日救国的宣传讲话。礼堂外，学生会方面特别组织了纠察队，禁止蒋介石所派遣的特务学生入场捣乱。

会后，我才理解到为什么李毅之避不出面的原因。因为这种半公开的抗日宣传活动，他确实是在幕后较为安全；但我却没有想到，就是这样谨慎，李毅之在我离开广州之后，仍为国民党派来的特务所暗杀了。他是全家遭害的，连一个孩子也没有留下来。从这里，我们可以知道，当时蒋介石对于西南方面参加抗日活动的优秀军官，是怀着怎样刻骨的仇恨了。

我在广州期间，一方面在我接触的人当中宣传抗日，一方面在活动中也深受西南广大人民爱国热情所鼓舞，感到南北的民气是一个整体，人民都是要求抗日的。蒋介石和那些上层的少数人是孤立的。我们的"民族革命"大有前途，我们的中国共产党，一定能满足全国人民的希望和要求，我们的苏维埃中央工农政府主席毛泽东同志一定能把住民族命运之舵，航向独立、富强的社会主义革命之岸。

## 七

从广东回来之后，我们像久旱望甘雨一样，等待着上海地下党的消息。这正是五六月间，上海的天气闷热。因为久久得不到上海地下党负责人归来的音信，很是无聊。有一天晚间，我正在先施公司的小洞天听大鼓书，不意我们军部的副官长共产党员朱洪恩同志走过来了。他穿着一件长衫，仿佛一个商人模样，蹒跚地走到我跟前，就欢喜地说："你怎么在这里呀？家里有事，咱们走吧。"

我就随他走出来，仿佛我们是早晚都经常见面似的，谁也没有注意。走出小洞天门口之后，我惊讶地问他，什么时候来到上海的？岂知他刚刚到，而且说："一到我就在各说书场看有没有新角，我想一定能在说书场找到你，果然就找到了。"说话中间露出很是自得的样子。原来东北人民革命军军部的党内领导同志，因为我久出不归，很不放心，所以特别打发他化装到上海来看我。不想，上海这样大，他却居然在当天晚上就找到我了，说明他也确实摸透了我的性格和爱好。我问及部队的情况，他说军部仍然还留在密山哈达河。关于派到土龙山去的参谋人员，如何协助农民暴动的问题，他却不知底细。因为军部的高级领导会议，他没有参加，只风闻在土龙山农民暴动中，武装农民打死了日寇饭冢大佐。所有这些，我们从上海的报纸上，已经知道了。

土龙山农民暴动不待我们回去就开始了，一定是为形势所迫。我必须说，我们参与的力量是过于小了。

朱洪恩同志在上海住了两三天，我就又打发他回东北去了。临走，我告诉他，上海地下党的负责同志，很快就要回来了。我如果不到江西苏区去，那么就会很快回去；如果到苏区去，那么至少得等到年底才能回去。希望部队的同志，在党的领导下，加强团结，坚持斗争，我们的"民族革命"，是大有胜利的希望。

我说："就是在上海的各说书场里，也都颂扬东北抗日义勇军的英雄事迹，民心所向，大势所趋。看来蒋介石卖国政府总会有一天要给这民意的巨流冲垮。"

朱洪恩同志回到东北部队汇报之后，又曾经第二次被派到上海催促我回队，但他第二次到上海来的时候，我已经离开了。中华人民共和国成立后，他在哈尔滨任副食品加工厂厂长，是个很朴实的忠诚于党的革命事业的干部，而在几次进关、出关为党做交通联络工作时，却显出不平凡的机警和干练。

联络参谋刘宾每隔一周，就到党的秘密接头地点去探听消息；每次我都是怀着一种焦灼的希望，等他回来。终于有一天他满脸兴奋地带着笑容走进来了。我一看他的脸色，就知道我们等待的人，已经有消息了。但他还没有直接见到，关系人要他第二天在公寓里等着，我们估计这位负责同志可能到公寓里来看我们。

我们得到这个消息，真是高兴万分，仿佛孩子们在节日的前夕一样，当晚兴奋得久久不能入睡。我一直考虑着，我们在汇报中，该提出哪些主要的急待解决的问题；想到我们在磨刀石车站战役之后，军事给养的困难；也想到在执行反帝统一战线中某些在党内发生的具体的争执……

第二天，我们吃过早饭，就在公寓里等候着。屋子里只有我和刘宾两个人。我们都站在临街窗户前，向街道上注意着。开始，看见有一个穿西装的中年人走过来了，走向大成公寓门里去了。刘宾就说，大概是了。他急步出去迎接。我走到门口，眼见刘宾又摇摇头走回来。于是，再立在窗前瞭望着。直到一个上午过去了，我就怀疑是不是来人记错了我们的住址，或是刘宾记错了时间，为什么说来不见来呢？

难道会有什么意外的事么？

直到下午，正在我们已经精神松懈下来的时候，门外有人连敲三下，刘宾急匆匆走过去开门，我听见有人低声问："小刘，你住在这么？"果然是上海地下党的负责人来了。

他化名李泽民，学者打扮，穿着件蓝布长衫，很朴素、亲切。后来知道，这就是毛泽民同志。随他来的还有两个党内干部，一人身穿灰条呢子西装，风度稳健；一人身穿灰布长衫，精明强干。他们一进来，刘宾就到外面去作警戒了。

李泽民同志说话时，湖南乡音很重。他告诉我，是刚到上海来，听说我们在上海已经等了三个多月，所以先来看看我们。他要我们把主要的问题提出来，他们能解决的就解决，不能解决的就转请中央指示。

我就开始向李泽民同志汇报东北抗日救国游击军的情况，以及改编"东北人民革命军"后所存在的问题。第一是党的反帝统一战线问题。例如，土龙山农民暴动与地主的抗日武装相结合，我们该采取什么态度？第二，东北现在日本帝国主义的武力侵据之下，我们究竟是以苏维埃土地革命的阶级斗争为主，还是以民族革命、抗日斗争、组织民主政府为主？抗日的地主和亲日的地主是不是还应该分别对待？第三，要建立抗日的根据地，是不是应该征收抗日救国的捐税，以解决部队的给养？如果我们的给养完全依靠进攻敌占区的城市解决，流动性就大，不易在固定的地区站住脚，需要长期应付敌寇的追剿，这个矛盾怎么解决？最后，我又提出，要到江西苏区去学习一个短时期，主要的是学习红军的战略战术，及建立根据地的斗争经验。

李泽民同志却说："你们提出的问题都很大、很重要，我们还要回去研究研究。"接着李泽民同志又说："你们有问题，主动地来找党中央解决是很好的，但部队在你长期离开之后，是不是会受影响呢？"

我说："部队已经派人来找过我们了。"

对于我们的副官长朱洪恩同志一到上海就能找到我，李泽民同志及另外两位领导同志，听来都很惊异，并连声称赞不已。之后，又问我广州之行的印象，我也简略地作了汇报。

李泽民同志临走的时候，和我们约定下一个星期见面的时间，并规定了在临街的窗外所做的暗号。

这一天，我和刘宾两个人都很兴奋，我们终于和上海地下党的负责人见面了。但是不是我们能如愿到苏区去一趟呢？听李泽民同志关心我长期不在部队会不会受影响的问话里，我又感到把握不大。但不管怎样，我们和党中央的关系人见面了！我们的前面已经是曙光在望，因之这个星期，我们过的就特别心情舒畅。

第二次，李泽民同志来，陪同他的还是那两位同志。这次来，李泽民同志显得很匆忙，简要地告诉我们，因为他们要撤到苏区去工作，而且在离开上海之前，不能再来看我们了，要我们立即动身回东北去。他说，你们提出的一切问题，都要由满洲省委就地解决，最近党中央已提出了"抗日六大纲领"，你们回去会看到文件的。又告诉我们，满洲省委已有为敌人破坏的消息，如果确实，中央也会很快地派人去重新组织省委机关，领导东北的抗日斗争。末了，问我们还有什么要求。

我说："是不是还能到苏区去，让我学习学习红军的战略战术呢？"

李泽民同志说："你还是应该马上回东北，领导那里的武装斗争。要到苏区去，来往都要通过白军的封锁线，很费时间。你离开部队太久，是不好的。如果去苏区的路上再牺牲了，那么这种损失就不可弥补了。"并且说："在斗争实践中，同样能学习到东西的；如果需要，党会派人去帮助你们的。"又问我们是不是有充足的路费。

我们说，路费，我们是充足的。我们现在只希望能早一天和满洲省委取得联系。当时，我们已经知道，吉东局童长荣书记已于四月份在汪清山里养病期间为敌人所包围，壮烈牺牲了。

李泽民同志在和我们分手的时候，又一次叮嘱我们不要再在上海逗留了，要马上回去。并且说，路上要选择可靠的掩护关系，提高警惕。还说，不要认为关里离日本帝国主义统治势力远，就麻痹。实际上，在南京亲日的白色恐怖政策底下和在日本帝国主义统治底下，是没有什么不同的。

我们深深感谢党对于我们的关怀。如果不是李泽民同志的谆谆相嘱，我自然还会和刘宾同志一路出关，说不定两个人会一起在哈尔滨被捕，那么，我就不能和党和东北人民，以及和东北人民革命军的同志们再见面了。

八

由于上海地下党的关切，刘宾同志自愿作先遣的探路人员，和我分别走。

刘宾同志说："这次出关不比进关，还要办理'入境'手续，如果我受了损失不要紧，你要受到不测之险，我就是回到东北去，也没法向部队作交代。"他说，在天津，他可以利用家里的封建关系作掩护，为办理出关手续打开一条门路。

我同意分别走。我们进关是四个人，现在回去，却只有我们两个人了。那无党派的知识分子荆楚良，在上海住了三个月，认识了一些流亡的东北军官，看到上海繁华，已经决定找个小学教员的位置，不想再过那种风雪之夜急行军的抗日生涯了。他已决心离开我们无产阶级志士所组织所坚持的民族革命的武装队伍了。当时，我并没有因此而气愤，我只感到有些小资产阶级知识分子确实懦弱。

刘宾同志到天津和去哈尔滨，都有信来。并在天津留下了办理"入境"手续的社会关系。我就离开上海北上了。

到天津，我没有住下。我去了当时称作北平的故都，看久别的儿女——李万新、李万英、李万杰姊弟三人。李万新那时已经在北京大学参加革命工作和学生运动了。我们父女在有关抗日活动的交谈中，彼此都得到一种鼓舞力量。我们的革命是为了后一代，而我们的后一代在党的培养下，将锻炼得比我们更坚强，以继承我们的革命事业。我从他们那里，得到了无限的宽慰。

等我回到天津办理手续，就接到刘宾同志从哈尔滨发出的信件。字是写在一张小纸条子上，大意是说，他已得了"传染病""入院了"，看来是不治之症，难有生望，要我早为预防。很明白，他是在哈尔滨被捕了。纸条是在敌伪的监狱中写的。不知道，他究竟用什么方法寄出来的。信壳和纸条子的笔迹又是出于两人之手。究竟刘宾同志是怎样为敌伪当局捕获的，我们以后始终没有调查出来。在我接到这个信的同时，留在密山一带的抗日游击部队也接到他的信，内中除了说他已得了"不治之症，住院医疗"外，又告诉部队，说是"我们掌柜的就要回来了"，要部队准备迎接。刘宾同志遇险之后，还是这样缜密地为我的安全作布置，实在是感人。他是党的一个优秀儿女，他这种彻底为革命事业献身的崇高气节，在部队中留下了很深的印象，激励了革命的士气，为我们的东北革命儿女作出了榜样。以后，我们再也没有听到刘宾同志的消息。想来，他已经在一九三四年英勇殉难了。

刘宾同志当时二十岁，是山东昌邑县人。

我接到告警信之后，又回到北平去，迁移了子女们的住处。在做了预防布置之后，又二次回到上海。

第二次从上海走，选择了海路。我不是船舱中的旅客，而是化装为海轮上的水手。一路上，在英国船长检查的时候，我刷甲板，擦机器，倒也过得忙碌而愉快。

回到部队已经是七月了。晚上，我走进靠近苏联国境的一个小山村。据山区的农民说，在那里住有抗日游击队。这农民是在沟口里和我相遇的，并且为了防备途中碰到日本的边防队，给了我一把镰刀，说是带着它，可以装作出来割草的。可见我们东北农民护卫抗日斗争事业是有肝胆的。

我安全地越过一道山坡，摸到那个小山村游击队员住宿的草房里去了。屋里灯光暗淡，有人在炕上坐着擦枪。

我问："你们是哪部分的队伍？"

擦枪的游击队员看看我，以为我是村长之类的人物，就说："是第一团的。"

我又问："你们的老总是谁？"

他说："是李延禄！"

我说："他在吗？"

这时从炕上爬起来一个人，他已经要睡了，一看是我，就大声叫着说："是军长回来了呀！听说，就要回来，还派人去接，也没有信儿，我们正愁哪。"

我现在总算回到自己的家里来了。一些倒在铺上的游击队员闻声都忽地爬起来，围拢来，又热烈又亲切。我对他们说，门外应该有警戒，批评他们在山沟里驻扎长了，就有些麻痹大意的情绪。然后，我问及军部和部队的情况。这才知道在我走后，满洲省委曾派吉东局巡视员张林同志来过，这张林同志就是在宁安联席会议之后，热烈响应孟泾清同志拆卸面粉机迁运到东宁去武装兵工厂的那个铁路工人。他来，是传达中央《一·二六指示信》和满洲省委《五月决议》的，没想到，这个文件隔了将近一年之久才传达到我们这里，可见当时在日伪统治之下，我们党的地下交通是多么曲折、艰难了。

自然，密山县委听到省委吉东局巡视员传达之后，在抗日政策，以及反帝统一战线的观点上，已经有了一定程度的改变，在具体工作中开始执行这一新的指示精神了。

这是我在回到东北之后，得到的第一个令人兴奋鼓舞的消息。

但问题并不是已经全面解决了。有些问题，在以前我们还没有感觉到的，以后出现了。困难重重，但我们有信心。在抗日游击战争的武装斗争中，我们紧紧地依靠着党，依靠广大的群众，任何困难都不能阻碍我们大步前进。

## 第四章　北归之后
——东北抗联四军的青年时期（下）

一

在密山游击区哈达河南的黄泥河子，我同以代军长杨太和、代政委陈荣久为首的军部留守人员见面之后，首先在党内交谈了一下我们南下之后的情况，大家都认为见到党中央的关系人就是胜利，同时，也都为中共满洲省委的安全担心。另外，我得知五月间，经过满洲省委吉东局巡视员张林同志来密山游击区，进行关于党中央《一·二六指示信》及中共满洲省委一九三三年如何执行一·二六指示的《五月决议》传达之后，密山县委书记朴凤南同志已经改变了过去某些观点，在建立反帝统一战线的问题上，和我们的意见大体上一致了，感到一种欣慰和鼓舞。

在对待土龙山农民暴动的问题上，密山县委书记朴凤南同志根据满洲省委《五月决议》的精神，同意我们人民革命军派出大兵团去支援，但认为中央一·二六指示的重点是"建立下层统一战线"，因之还有保留意见。

我说过，在我离开部队南下找党之前，我们曾经派两名朝鲜族同志去土龙山。当时，在我们部队和地方党委中，朝鲜族同志的阶级立场一般都是坚定的，马列主义的理论水平也较高。但在土龙山地方势力当中，朝鲜族人却得不到信任和尊重。地主谢文东说："我们既不当日本人的亡国奴，还能听'老高丽'的摆布吗？"又把他们打发回来了。第二次，我们又派去白云龙等两名汉族同志参与领导。

三月间，土龙山的农民武装暴动已经酝酿成熟。这时，地主谢文东得到敌寇饭冢大佐携带文武官员前来"宣抚"的消息，踌躇很久，不知所措，就请教我们派去的那两名同志，于是他们率领了一大批抗日武装及土龙山的农民，在日寇饭冢大佐一行人必经之路——土龙山沟的大桥两侧，设下埋伏。当天，饭冢大佐率领五六部汽车，一到桥头，就遭到我们潜伏的武装及暴动农民的乱枪阻击。那敌酋饭冢大佐，自恃有广濑师团的武力支持，哪里把一般的地方保安队性质的武装及农民力量看在眼里，还镇定地故作怀柔姿态，从汽车里下来，傲然不逊地叫道："开枪的不要！有事，好好的说话的有。"他只认为我们中国的地方武装是软弱可欺的，哪里知道这些武装和我们中国共产党人接触之后，已经提高了民族觉悟，哪里还听他大言不惭地进行"宣抚"，说"王道乐土""东亚共荣"之类的鬼话。一顿乱枪，当场把他击毙了。正在寻找隐蔽地势的一小队日寇，在忙乱中，刚在布置阵地，机枪还没有架好，一看饭冢当场丧命，无不惶惶。我们的暴动农民像海潮一样随着抗日武装蜂拥地冲过去，鬼子就纷纷扔下手里的东西，跳上汽车，急驰而去。在奔往汽车那短短一瞬间，日寇伤亡不少，一总缴获敌人步枪二十多支。地主谢文东见有机可为，窃取了暴动的领导权。远近农民闻讯纷纷来投，枪支顿增数千支。不久，又发展到两万人，成了支声势浩大的抗日队伍。

坐镇佳木斯一带的广濑师团，纷纷由桦川、方正、依兰、勃利各县分道出动，并且一改过去大批地集中屠杀中国农民的野蛮作风，开始采取怀柔政策。在受土龙山农民暴动影响范围之内的依兰地区，敌伪当局派出"宣抚班"，按户调查土地，换发伪满地照，提出"留枪留照"重新登记的口号。广濑师团沿路也同样作"宣抚"的欺骗宣传，扬言"回家不缴枪，但不下山以匪论罪"。总之是软硬并施，威胁利诱。一方面，凡在山沟里的分散的庄院、窝棚，全部焚烧，归并大屯，建立所谓"集团部落""民主垦拓团"，封锁交通，孤立参加暴动的农民；另一方面进行"围剿"，企图一战而消灭之。

驻密山的北满东北人民革命军，得到土龙山起义农民面临广濑师团的"围剿"，有全部人马覆没之险，就采取了果断而坚决的手段，决定派出大兵团支援。

密山县委根据满洲省委《五月决议》的精神，支持部队的决定。出援的部队，以新编第二团为主，一团一营及游击支队为左右翼，张奎兼总指挥。游击支队由赵庆云率领。出发前，在战士和队员间，进行了广泛的动员工作，提出"打走日本，还我河山"的革命口号。五月十九日我们的部队进入依兰二道河子地区，提出"日寇不灭，永世不宁""支援土龙山，支援农民兄弟抗日"等宣传口号，并做了夜间对敌军驻地进行袭击的准备。

这支驻军，就是广濑师团所属的刚源部队。我们袭击时，正值刚源部队召开进行搜山部署的"军事会议"。因之，我们一攻进村子去，在一所院落里，击毙日本中下级军官很多，内中有北川、水果、北条三个大尉，还有春田中尉、明池少尉和士兵约五六十人。这股讨伐队，在溃败之后，连夜逃回依兰去了。所有日寇军官的尸体，均未及掩埋，死者的姓氏、官阶，都是我们在搜索战场时，从那些尸体所佩带的符号上查获的。我们北满人民革命军方面，在二道河子袭击战中，也有伤亡，游击支队队长赵庆云同志，就是在这次战斗中牺牲的。

溃败的刚源部队，经过土龙山时，掠走了地主谢文东的家属，把他们安置在依兰，百般优待，阴谋拉拢谢文东，以分化北满东北人民革命军和土龙山暴动农民的联结。实际上，我们的部队到达二道河子之后，才知道谢文东当时已带领着那为数两万的暴动农民开往桦川县境，扑奔驼腰子金矿去了。他如果是为了解决两万人的给养、军需，从敌伪所霸占的金矿里夺取矿产，我们是不能认为有什么不对的。但谢文东在驼腰子金矿获得了几口袋金沙子之后，并未接受我们的参谋人员的建议，在起义的群众当中，召开代表性的骨干会议，做公开的处理，却私自囤积起来，因而，招致了起义农民的不满。地主谢文东，又拒绝我们提出的建军编制，自任总司令，将所有各村的农民武装，以连为限，编制在手下，连队之上不建营，更不设团，他自己却是至高无上的主宰。军心由此涣散，有的弃枪回家种地，有的各自编为抗日山林队拉出去了。地主谢文东撤出驼腰子金矿，最后只剩了两千人左右的骑兵。他听说东北人民革命军开到虎饶了，就直奔虎饶游击区。八月间，找到我们军政委所率领的饶河游击支队，要求我们北满人民革命军给以支援。他所要求支援的不是政治的指导，也不是在抗日游击战当中的互相配合、牵制敌人，他所要求的是援助机枪和大炮。

军政委张文阶同志说："我们人民革命军里的武器，全是从敌伪部队手中缴来的。此外，共产党的部队并没有从另外什么地方得到过成批的军火接济，因之，你们想取得武器装备，也只能从敌伪部队那里去夺取。要是坚定不移地抗日反'满'，我们很愿意和你们配合，你们有什么困难，可以到密山找我们军部，军部会帮助你们的。"谢文东来找我们，自然又是以后的事了。

我们的部队，在二道河子胜利之后，和土龙山的暴动农民，一时联络不上，在军参谋长张奎同志率领下，又回到了密山游击区。

听过关于密山县委书记朴凤南同志观点改变的汇报后，我又要陈荣久同志给我拿来满洲省委的《五月决议》，这是帮助改变我们和县委关系的重要文件，自然在我是格外珍视的。

晚间，屯子里处处生起驱蚊子和小咬的艾草烟，屋子里不能点灯。我找来这份文件，只能拿在手里，在烟气缭绕的草堆底下的上风头坐着，等待夜深气寒、蚊子绝迹的时候，好进屋去阅读。我和军部杨太和同志议论到地主谢文东所带的依兰抗日部队在占领驼腰子金矿后的分崩离析的情况，有说不出的惋惜。

我问:"我们派去的人呢?"

杨太和同志告诉我:"在到虎饶的时候,都留下不回去了,还从土龙山部队中带出一个人来。"

我又问三团苏衍仁部在我离开之后的情况。军部的人说,三团苏衍仁部的斗争方式,从原来专门打击日本林业资本家,收取"赎命金"的基础上,又有了新的发展。

在勃利县青山里一带采伐场中,三团苏衍仁部在我们团政委邓化南的协助下,已经建立了在我们南下之前所提到的救国捐税制度。凡是进山准备开设采伐场的伪方采木商或资本家,必须按一根原木一元五大洋的救国税率交税。如果违抗,就禁止采伐,私自采伐按盗窃国家木材论罪,制有定额罚金。

伪方木业经营商中,有的已经口头遵守我们的税捐制度,但原木需在运出去脱手之后,才能按数交款。这样,双方就订立了采伐合同。有的日本资方的外柜,纯属唯利是图之类的歹徒,勾结敌伪武装或雇用护林警察,武装进山采伐。自然,苏衍仁部队就把这些歹徒作为打击对象,因之,与敌伪部队时有小规模的战斗接触。我当时认为,苏衍仁部队所采取的这种与敌伪的斗争方式,应该是抗日游击战斗中不可缺少的一部分,更可以作为解决军队财政经济的一种手段。因为,东北的土地、山川、林木、渔产,全是属于我们中国人民的财产,岂容敌伪资本家任意盗窃!但,因为我们定的税率高,伪方木材商人一听说我们要收救国捐,就逃掉了,或是转到另外的地方去进行盗伐了。更有一些林业资本家,本已和我们三团苏衍仁部订立了采伐合同,等到木材全部运走,脱手卖出去之后,再不露面了。我们派人化装伐木把头,下山到敌伪占领的城镇找到他们的时候,这些资产阶级败类,有的竟然无耻地说:"我不到日本宪兵队那里去告你,就算对得住你们了,还敢来到家门上讨税,真也大胆!"可见,就是这种针对着敌伪方面林业资本家所建立的救国捐税制度的斗争,也是复杂的。不怪苏衍仁部对这些狡猾的唯利是图的歹徒，有时又采取暴力手段，强迫其缴纳所欠的救国捐税款或盗伐木材的罚金。

熏蚊虫的烟已经熄灭，天气凉下来了。听过关于三团苏衍仁部对于敌伪方面林业资本家的斗争情况，我就回到屋子里，点起炕上的豆油灯，阅读满洲省委一九三三年的《五月决议》。

在满洲省委一九三三年五月《关于执行反帝统一战线与争取无产阶级领导权决议》的指示中，对于过去的斗争，一方面仍然肯定，"然而必须坚定的确信中央总的路线的正确，中央对满洲问题以武装的农民革命战争，争取中国民族的解放是万分正确的"。一方面又检查了：省委扩大会议是扩大了北方会议在满洲"左"的路线，许多地方党组织则是更"左"地扩大省委机会主义路线的错误。批判了"不了解满洲反帝民族解放运动现在阶段上，阶级力量相互关系及其配置的特殊情形，没有看到在这种特殊情形之下很大部分有产阶级（资产阶级、地主、军官）为维持剥削者的利益，在广大民众反帝国主义的民族革命运动高潮及其军队中的士兵和大部分的军官反日情绪威逼之下，进行的武装反日斗争作用"。

另外，也指出了地方党组织在伪军工作中，三五个人也要拖枪哗变的"急躁情绪的危害性"。

从总的精神看出来，在反帝统一战线中强调进行下层统一战线，就是要我们在反帝统一战线中，争取无产阶级的领导权。

看来，我们今后在和谢文东的依兰部队联合的问题上，如果是能取到对于他的部队的领导权，那么，是不会发生原则错误的。

密山县委书记朴风南同志，在没有接到满洲省委的这份决议前，尽管在某些观点上和我们有分歧，但也说明，他对地方党委的领导是负责任的，组织观念是很强的。

## 二

我们的部队为了应付敌人的"归并大屯""坚壁清野""三光"(杀光、烧光、抢光)政策,在密山哈达河子沟里,和县委协作,开垦了四十多垧稻田,以充冬季的军粮。一九三四年七月,我回到部队的时候,那些稻子已经生长得高过膝盖了,是一片很好的庄稼。我们想以此作为建设根据地的基础,集中力量经营一下。但密山县委不同意我们在林叶丛生、野草没人、青纱帐起的时候"蹲山沟",要我们开展游击活动,攻打敌伪的城市。

我们急需要得到满洲省委关于建立根据地和进行游击战的有机结合的指示。我们一面担心满洲省委机关的安全,一面又盼望党中央派人来。

这时候,满洲省委的巡视员李广林同志,通过密山县委的关系,来到部队了。但他来,并没有什么传达指示的任务,他是来通知我们,满洲省委确如我们在上海所知道的,于四五月间已经在哈尔滨遭受了敌伪特务的破坏。省委机关工作的同志多数被捕,有的已遭敌人惨杀,我们抗日的民族革命事业,在满洲受到不可弥补的损失。我们的情绪,一时受到严重的打击。

满洲省委巡视员刚离开部队,地主谢文东就派他的妹夫李初坚到部队上来找我们了。

这李初坚正在热血方刚的年龄,又是东北的国民党党员,很想凭借着土龙山暴动的力量,建立一分功业,要求我们在武器上给以支援。我们所强调的倒是谢文东部队的政治质量。我们说:"如果没有一定程度的政治觉悟,就是给你们装备了机枪,仍然发挥不了作用。"我们提出帮助他们在部队里改变军事建制的问题,要求他们和我们在未来的抗日斗争中配合,树立抗日的旗帜。李初坚当时就表示很失望,声言,自己要到关内去找国民党南京政府要求援助。

我对他说:"国民党南京政府是亲日的,当年王德林、李杜、张振邦十万以上的兵力,并没有对南京国民党政权产生丝毫影响,取得丝毫的援助,你们土龙山暴动最盛时,不过一两万人,岂能使国民党改变卖国的政策,蒋介石与日本帝国主义正讲睦邻邦交,言抗日者有杀无赦,你们会取得什么援助呢?"见他执意要进关去求援,我们就以北满东北人民革命军的名义,给他写了一封密信,告诉他,如果在关内不得意,还有抗日的要求,那么可以通过这封信的介绍,到辽东找我们的东北人民革命军总指挥,即第一军军长杨靖宇。我们说:"你们再听听第一军对于抗日的意见,是不是都是依靠我们自己的力量,在战斗中发展自己的武装。"

以后,我们听说,果然,他到辽东方面找我们的第一军军长杨靖宇去了。

八月底,我们得到振奋军心的消息,党中央特派员杨松同志(当时化名吴平)以满洲省委巡视员的名义,到密山游击区里来了。十月间吴平到达哈达沟里,是党内重要交通员李发同志亲自护送的。在他来到部队之后,我们迅速做了汇报材料的准备,包括部队迫切要求解决的各项问题。

吴平同志三十岁左右,戴着眼镜,穿着件长袍,布底鞋,完全是一个小学教员的打扮。举止潇洒,神态文静,眉目却显得英俊,有种感人的豪气。

吴平同志在哈达河沟召开了中共密山县委和部队党委的联席会议。部队参加会议的有军部党委书记李延禄,党委委员杨太和、陈荣久、黄玉清、李根淑诸同志,中共密山县委书记张墨林(汉族)、书记朴风南(朝鲜族)、县委军委委员金根,以及勃利县委书记李成林诸同志。会议一开始,吴平同志首先传达了中国共产党提出来的《抗日救国六大纲领》,即一九三四年在上海《申报》上以宋庆龄等爱国人士的名义公开发表过的:一、全体海陆空军总动员对日作战;二、全体人民总动员；三、全体人民总武装；四、没收日本帝国主义在华财产及卖国贼财产以解决抗日战费；五、成立工农兵学商代表选举出来的全中国民族武装自卫委员会；六、联合日本帝国主义的一切敌人作友军，与一切守善意中立的国家建立友谊关系（可参考《毛泽东选集》《论反对日本帝国主义的策略》一文的原注第十五）。最后说自己是路过性质，除了传达党的《抗日救国六大纲领》之外，顺便还要了解了解底下的情况，还准备到宁安去找周保中、李大个子等同志，研究吉东局书记童长荣牺牲以后，在宁安重新建立吉东特委的问题。又告诉我们，中央新发表的满洲省委领导人是陈潭秋同志，说在他未到之前，满洲省委工作是由巡视员杨国华同志代理。之后，听取我们部队和密山县委的汇报。这个联席会议，不拘形式地一连延续了两周之久。我们既谈到部队现阶段所存在的一些具体问题，也谈到过去的建军历史。

吴平同志最后说："过去你们在宁安那一阶段，是自发性的反帝统一战线的开辟工作。一九三三年的党中央一·二六指示，实际上也是根据你们的汇报产生的。过去满洲省委扩大会议又扩大了'北方会议''左'的路线，在一九三三年满洲省委会议的《五月决议》里也作了检查。所以，你们也不必背包袱。从延吉中心县委小李撤职之后，你们在宁安就没有发挥应有的作用，这是党在工作中的损失。可是你们也该知道，一九二七年前，我们党和代表资产阶级利益的国民党合作过，后来，蒋介石叛变革命，血腥屠杀共产党人和革命群众，我们吃了大亏。今天，东北给日本帝国主义占领了，形成一种特殊的环境，我们不能被过去的经验缚住手脚，不然，就要犯更大的错误。"

吴平同志又说，从自发的反帝统一战线到自觉的统一战线，还是要有一个过程的。从下层统一战线到上层统一战线，也要有一个过程。开展上层统一战线的工作，正是为了便利下层的统一战线工作，这是不矛盾的。

因之，在具体问题上，例如对地主谢文东所率领的依兰部队，吴平同志的意见是,只要他一不反共,二要抗日,按我们党的抗日六大纲领和《五月决议》来说,虽然还缺少第三个"民主作风"的条件,我们还是要联合的。他能抗日一天,我们就要联合一天。又说,我们不要怕给他们的名义太大了,我们有党中央的领导,关内有广大的红军,他的名义再大,也大不到依兰以外地区去。我们只要抓住领导权,可以给他适当的名义,要他和我们的抗日政策靠拢。

自然,我们部队的东北人民革命军的称号,现在看来是不适合于客观形势的要求了。吴平同志思索着说:"看来,也是走得远了一点,有点脱离群众。"直到夜间就寝的时候,吴平同志还在思考这个问题。他向我说:"你说的,在宁安的时候,一提抗日,周围的人力、物力就便于调动;一说苏维埃革命,许多人和我们的距离就远了,是有一定道理的。"吴平同志说,是不是可以考虑考虑,把部队的名称改为"抗日同盟军"呢?

那天,我们又兴奋地谈到后半夜,我是非常赞同"抗日同盟军"这个便于发挥和调动周围的人力和物力的名义的。我当时发现他的眉目之间,发出一种聪慧过人的光辉,使人感到,他为无产阶级革命事业所怀有的忠诚,在实践中所表现出来的是那么崇高、那么庄严、那么纯洁。在他身旁,使人感到投身在无产阶级革命事业中,为民族革命而献身,有一种昂扬而幸福的情绪,仿佛我们的生命价值,都顿然增长百倍似的。我和吴平同志在联席会议期间两周的相处,不再仅仅是怀着一种下级对上级的尊重,而且是亲切如密友了。

我说,如果我们改称"东北抗日同盟军",不仅是有可能把谢文东的依兰部队收编过来,就是远在萝北和宝清一带的前东北自卫军遗留的部队,如李天柱部、宫显廷(北侠)部、张魁武部,都能拉过来;谈革命,他们保持距离,可是谈抗日,他们就愿意和我们配合。

在第二天的联席会议上,根据我们党的抗日六点指示精神,由我提出部队改为"东北抗日同盟军"的名义,获得了全体出席会议同志的通过。因为，这时候大家都对党的反帝统一战线的政策，有了进一步的认识了。

吴平同志补充说，南满有杨靖宇的第一军，吉东有王德泰的第二军，哈东有赵尚志的第三军，你们现在就正式编为东北抗日同盟军第四军。以后，周保中可以在宁安建立第五军，要是谢文东愿意接受我们的领导，就给他第六军的名义，要他开辟依兰的抗日游击根据地；我们在他的队伍里，团里派政委，连里派指导员，进行部队的政治教育工作。我们心胸为之豁然开朗。后来，协助改编前自卫军驻依兰的李华堂部为第七军，也是在这次联席会议上初步确定的。关于我们部队和"亮山""邱甲长""王荫武"三个山林队之间的悬案，自然本着抗日同盟的精神也迎刃而解了。吴平同志说，为什么我们要因为六十支枪和他们的关系搞得这么紧张呢？让他们对我们畏惧、回避呢？我们应该回信，告诉他们，既然他们不反共，那么缴掉的枪支就送给他们作为抗日的武器好了！告诉他们，只要愿意和我们建立抗日同盟的关系，如果他们有什么困难，我们还要帮助他们解决。

"亮山""邱甲长""王荫武"等三股山林武装，接到我们的信，就连忙派人来道歉。他们说："本来我们在误会发生之后也考虑过，要是在密山穆棱河一带山林子里实在站不住脚，就要投降日本子了。接到你们的来信，我们的这个念头才打消了。以后，只要你们用得着我们，我们自然要尽力。"看来还是怕我们借抗日同盟的名义收编他们。总之，经过这次的接触，关系就完全改变了，有时，他们也派人来给我们送情报。

赵挑水的山林队，经中央特派员吴平同志批准，正式收编为抗日游击第三支队了。以后，和我们有过联络的李天柱部队、"北侠"宫显廷部队、张魁武部队，听到我军扩编为抗日同盟军的消息，都纷纷由头目人亲自出面来我军部拜候，要求收编。这三股部队，都是前李杜自卫军撤退后遗留在宝清、萝北一带的武装，各有四五百人。我们就订立了抗日同盟的协约,派去了团政委,检点人数、武器,进行收编。

对于部队的根据地建设和进行游击战活动的结合问题,吴平同志的意见是,两者可以矛盾统一。

"仗,我们是要打的!"吴平同志说,"可是我们不能打消耗战,一定要算算账,打过之后,我们能得到多少武器、弹药、军需物质,民众得到什么好处。"

吴平同志说:"苏衍仁在勃利青山里各伐木场所采取的游击斗争的手段,也是一种抗日游击根据地的建设方式呀!"他肯定了这种对林业资本家所采取的征收救国捐税制度,又指出:"税率不要定得过高;过高了林业资本家就要散伙,转场子去盗伐了,或者是转过去投靠敌伪护林武装了。税率一定要低,一根方木收五角的现款,积少成多;一个伐木场一月就是几千元呀!"又说:"到山里来拉木头的运输车辆,也要降低税率,一辆车收五角,要是再少一点也可以。但要有个条件,每辆车进山,必须给我们二斗粮食,我们按价付款。这是采办性质,也要告诉清楚,这是救国的行动。我们呢,一定要做好车马的安全保护工作,只要有一辆大车的马匹,在我们的抗日根据地里给山林队卸了去,作为'边猪'赶走了,我们一定要负责要回来。所以这五角的救国捐,还是有代价的。还有一点必须向他们说明,一进抗日游击区,大车上要挂红旗,拔掉日伪的白旗车号。这就是抗日同盟的关系。要通知各山头上的山林队,见了这些挂红旗的车辆,一定要遵从抗日同盟的约束,负责保护他们的车马安全。

"在山区私自开垦,种鸦片的,我们不须用高税制来禁止,我们可以规定一垧地要缴三十发或二十发子弹。他们通过出售鸦片,从伪军军官手中换取子弹。他们换,一发子弹不过一两角就可以到手,要是我们呢,一发子弹要三四角才能买过来。为什么不利用他们这种关系,往我们根据地里运输子弹呢?自然,要缴现款也可以,一发子弹按六角折价;他们觉得还是缴子弹合算,就会自动地从伪军手中兑换子弹了。

"如果，那个采伐场的资方不按抗日同盟军的规定缴纳救国捐，反而勾结敌伪武装护林采伐，我们就进行游击战斗的攻击。这种战斗就和根据地的建设结合起来了。另外，我们不打消耗战，就是向敌伪占据的城镇进攻，总要考虑到能有多少战利品的收获。"我们听了吴平同志的这些意见，不由得眉飞色舞，互相注视，充分地表现出来一种兴奋和赞叹的神气。以后，这一套关于抗日根据地经济建设的抗日同盟制度，在各山区伐木场里，在各山区的运输大车队里，都普遍实行了。

密山县委书记朴风南同志在哈达河沟联席会议期间，根据满洲省委一九三三年《五月决议》的精神，在对待胡仑同志的处理问题上，也作了检查和纠正。

吴平同志说，胡仑同志是个一九二七年的老同志，在上海临时党中央做过保卫工作，是个政治上很可靠的忠实的中国共产党老党员，我们一定要尊重这位老同志的意见。以后，胡仑同志也参加了我们的哈达河沟联席会议。

吴平同志还对斗争策略作了布置。他指出，在敌伪城镇一定要广泛地建立"内红外白"的抗日同盟关系。把基本群众在敌伪归并大屯时，都动员迁到"红区"里，实质上是使我们和敌伪控制的大屯脱了节，在群众中孤立了自己，看来是"左"，实质却都是右的做法。倒不如把基本群众放到大屯里去，这样，通过他们，我们就可以和敌占区广大的群众，取得抗日同盟的联系。

这时候，我们接到虎饶抗日游击区来的口头报告，我们的军政委张文阶同志，不幸于八月二十六日夜晚，在虎饶地区的三人班壮烈牺牲了。

## 三

原来，张文阶带领李学福部为主力的饶河游击支队，在那天晚上，准备向三人班敌伪驻地进攻，并约定了一部分山林队配合。因为天冷雨又大，山林队没按时赶到。张文阶同志就率领一部分游击队员进驻距离三人班四里路的一个小窝棚里，等候山林队。不想山林队里有人泄密，为敌伪部队所探悉，当夜，包围了窝棚。枪一打响，军政委张文阶和饶河游击支队长李学福同志就命令全部游击队员撤退，张文阶同志自己留下来作掩护；结果，游击队员都安全撤下来，他却在抗击中英勇牺牲了。

张文阶同志是一个老工人，眼力强，枪法准，坚勇超群。饶河游击支队在他的率领下，攻占过抚远县的别拉红、饶河县的小佳集河、虎林的五林洞。在十八垧地一役中，他一个人就打死日寇四人，击伤四人，由此在敌伪军中威名远播。虎饶伪军彼此起誓赌咒的时候常说："要是你不信，出门就叫我碰到张文阶，枪子在脑门上穿个眼。"可见敌伪军对他怀着一种怎样畏惧的心理了。

当时，吴平同志对我们四军已经有了更深的了解，和我们部队已经发生了亲切的感情，所以，一听到军政委张文阶同志牺牲的消息，就毅然地表示，自己愿意留在四军继任军政委的工作，说领导武装斗争是非常必要的。自然，他又说："我还要回去，得到满洲省委的同意，才能回来执行军政委的工作任务；在我未到之前，先由李延禄同志兼任。"后来，吴平同志通过满洲省委的关系，给我们调来了从苏联回国不久的两名同志，一是任军政治部主任的李发，一是任副主任的何忠国。

哈达河沟联席会议之后，我们就对四军进行了扩编和整训的工作。

抗日同盟军第四军的军部编制不动，原军参谋长张奎同志，调任二团团长，胡仑同志为军参谋长。金根同志调任四军参谋处处长，专门负责情报、作战、交通、联络等机密军务。密山县委书记朴风南同志，调到部队任四军组织部部长，县委宣传部部长李泰俊（又名金振濠）调任军政治部宣传部长。张墨林同志还任县委书记。朴风南同志的爱人李根淑担任四军的妇委会主任，她是宁安县东京城的朝鲜族人，以后党组织派她去苏联学习，回国后于一九四一年在宁安工作期间，在东京城被日寇宪兵逮捕，坚贞不屈，终于为敌伪所杀害。

另外，军部直属机构中又建立敌军工作委员会，李善和同志任主任，原有的敌军工作组撤销。

在部队方面，第四军扩编为三个师，杨太和同志任第一师师长，一、二、三团属之。二师师长郑鲁言，师政委崔石泉，均为虎饶游击区的高级领导干部；饶河游击支队扩编为第四团，团长李学福，团政委李斗文，为第二师之扩军主力。第三师师长李天柱，兼五团团长，"北侠"宫显廷之六团、张魁武之十团，均属三师编制，仍驻宝清、萝北一带。

军部直属抗日游击支队，第一支队长李延平去苏联学习后，由何忠国同志兼任。我们这支部队是特别工作队的性质。他们在哈达河沟整编之前，曾经爆炸过鸡西滴道日本军火库，炸毁过穆棱三道河子的大铁桥；在一九三八年之后，又曾派人潜入沈阳机场，一次炸毁过二十多架敌机，是建树过特殊功勋的部队。

军直属抗日游击第三支队队长为山东彪形大汉赵挑水。第四支队队长张祥仍留宁安镜泊湖地区活动。

我们的抗日同盟军第四军空前壮大了。

我们所有驻勃利的苏衍仁第三团、驻穆棱河北的张奎第二团，以及驻宝清、萝北一带的三师五、六团，全都在吴平同志逗留在哈达河沟期间，轮流调到军部驻在地进行整训。吴平同志、胡仑同志分别为他们作政治报告、时事讲话，以及宣讲中国革命运动史等。我们部队的政治质量也是空前地普遍地提高了。

关于我们部队所制订的《告伪满士兵书》和奖赏条例，吴平同志不仅肯定，且提出要增加一条，带兵反正的，"官升一级"。他说，伪军的中下级军官，我们也要争取。

有一天，勃利县委书记李成林同志，应召来军部向吴平同志汇报工作。没想到我们一见面，原来，这李成林同志就是金大伦，我在抗日救国军工作阶段的老战友，异地相逢，倍加亲切。

李成林同志在勃利县委工作的时候，对外已化名孙庆海，他的通讯员名叫孙靖宇。

那孙靖宇的父亲，是勃利青山沟一带的地主，在地方上握有伪保安队的武装势力，人称孙保董。这个地主以及他的儿媳姜玉，都秘密参加了县委所领导的反日会小组。因之，李成林同志来往通过敌伪占领区，都是穿着伪保安队的服装，带着伪保安队的护照。

吴平同志说，这个斗争方式好！又向我们说："这就是我所说的，我们要建立'内红外白'的抗日同盟关系的具体方式之一。"我们受此启发，以后就在方正大罗勒密运用了。这种"内红外白"的抗日同盟关系，不但在支援部队财政上起了很大作用，而且在政治上也收到了意外的效果。

勃利县委书记李成林同志根据改编后的部队力量，提出了开辟勃利抗日游击区的要求。

他说，在勃利县青山沟里，有日本资方组织的"清水组合伐木场"，雇佣大批护林警察，武装盗伐，还有很多马匹，军需物资很多。

吴平同志问，有多少马呢？

李成林同志说，有五百多匹。

在这之前，吴平同志在和我们谈话中已经提到，根据密山县抗日游击区大块草原多的特点，应该设立我们的骑兵队伍。要我们派人侦察，从哪里可以得到一批军用马。现在有了目标，我们决定派第三团出征。三团是离开勃利回哈达河沟参加轮训的。三师师长李天柱率领五团开赴刁翎驻守，因为这里是阻击林口敌寇出援青山沟的要道。

这时候，吴平同志就离开哈达河沟了。临走时，吴平同志说："你们的部队，不管走到哪都紧紧依靠着党，这种精神是好的。还要继续保持下去。"又说："所有关于抗日同盟军的扩编，以及在四军里所进行的各种经济建设措施，还有反帝统一战线的斗争方式等，都是试验性质，四军就当作一个试点。希望能在以后的革命斗争中为满洲省委、吉东特委提供一些经验。"他说，回去之后，还要和有关的同志商量商量，如果有需要纠正的地方再纠正。要我们以后听满洲省委和吉东特委的决定。

后来，我们又从李成林同志那里，接到吉东特委书记吴平同志的指示，说特委完全同意吴平同志在四军里所布置的各项斗争的试点工作。

一九三八年之后，我在延安又碰到吴平同志，他已经从苏联回国了。吴平同志一九四二年在《解放日报》任职总编辑期间，不幸病逝，葬于延安清凉山。一代英豪，从此永别，特在这里附笔致悼。

## 四

一九三五年二月，在勃利县大清山，一师三团苏衍仁部由于地势熟，又有内部的群众关系，很顺利地击溃了驻"清水组合伐木场"的伪满森林警察队，当场击毙七人，所余百把人，多在枪响之后逃散了。我们以负伤一人的代价，占领了敌伪的地窖式防所，缴获了很多的快枪、弹药、军需给养，得马五百匹。除从中挑选了三百匹作为建立骑兵用的战马之外，所余二百匹无代价地分配给大青山附近一带村落的农民。不用说，当地农民喜出望外，纷纷宰猪慰劳我们部队。他们说："高兴的不在于我们得了马，高兴的是我们有这样好的由中国共产党领导的抗日部队；中国人就不会当一辈子亡国奴。""清水组合"雇佣的伐木工人，刚刚参加部队，见到当地民众对我们的部队怀着如此兴奋、拥护的热情,受到一次深刻的爱国主义的教育。三团苏衍仁部队从此就在青龙沟屯兵把守,凡是要在青龙沟一带采伐区进行林业经营的日伪组合,必须按抗日游击区的条例,缴纳救国捐税。进山运输木材的车辆,一进抗日游击区地面,必须插红旗;一辆马车按四角税额交款。所有"清水组合"未及运出的方木均属敌伪财产,全部没收,按最低价批发,听任民众选购。

从青龙沟三团驻区开始,在勃利县各山区伐木场,全面开展征税、插红旗活动。我们的军需来源从此好转。一九三四年吉东局汪清会议前后的一段长时间内,我们部队所有的官兵一月一元五角的生活津贴,都开支不出去;一九三五年青龙沟屯兵建制之后,我们的部队全体官兵每月可以领到饷金五元。

所选的三百匹马,最初是留在军部里,建立了警卫骑兵团;以后,因为不易隐蔽,就又分作三个骑兵游击队,交给各师去统辖了。

敌伪当局,对于我军扩大抗日游击区的护林建税的斗争,自然是不甘心的。但这时候。赵尚志所率领的人民革命军第三军已在哈东的宾县、珠河一带扩大了活动范围,敌寇广濑师团已无暇北顾。

军政治部副主任何忠国同志,认为我们应该乘敌后空虚,向依兰、勃利一带继续出击,作为对第三军的声援,牵制敌人对赵尚志的攻势和压力。军部就把留守的一师二团张奎部队拿出来,交给政治部副主任何忠国,由他带领向依兰方面出击。

三月十二日,他们奉命开赴刁翎屯,因敌伪工事坚固,就转赴依兰,攻入土城子伪警备团团部。在夜袭中毙敌八人,伤其六人,缴获步枪十余支,子弹数千发,占领了土城子。

四月,东北抗日同盟军第四军政治部副主任何忠国率领一师二团开进依兰。在赴青龙沟驻地的途中,经过五风楼。这五风楼是依兰县的一个大镇,有商店数十家,居民数百户,是各伐木场的运输要道,市面较繁华,镇内驻的伪警备连,得知我们的部队由此路过,就布置阻击。政治部副主任兼游击支队队长何忠国同志在行军中碰到土城子方面的来人,得知这消息,就派人给这个伪警备连送去一信,告以民族大义,说明我们本着中国人不打中国人的精神,由此过路,并没有进攻的意图,要他们撤掉岗哨,退出镇去,借路给我们通过,并限八小时内答复。伪警备连连长赵某,狂妄至极,顽固至极,毫不考虑,仍然加岗,做伏击状。尽管我们有不打消耗战的原则,但形势所迫不得不打。在限定的时间过去之后,我进攻部队即在四周高呼"枪口对外""中国人不打中国人"的抗日口号。由于伪军顽固射击,我们随即猛攻上去。经过三小时的激烈战斗,我一师二团便占领全镇。敌伪死伤二十多人,我们牺牲刘连长一人,缴获伪军枪支三十多支。伪警备连溃逃无踪。

五凤楼有日本洋行及日伪走狗所经营的商店数户。经当地群众检举,我们就把这几户商店及洋行的财产、囤货查封没收。非属军用物资,全部无偿地分配给当地贫苦居民。我们召集了全镇的群众大会,由何忠国同志代表我军宣布中国共产党的抗日政策。抗日同盟军的威名,由此大振,地方民众的政治认识提高,当场就有人要求随军抗日。

政治部副主任何忠国率领二团胜利到达青龙沟之后,才知道三团只有一部分人留守,主力部队已在苏衍仁团长率领下,攻打日本经营的"东稻田公司"去了。后来,他们又攻垮了草木顶子、连珠河等地监视筑路工人的日伪驻军。这是敌伪正在修筑的一条牡佳铁路线。三团是奉勃利县委之命,展开阻止敌伪筑路的游击活动的。

五月七日,一师三团在独立作战中,又击溃了勃利县龙爪沟的伪自卫团。因为那些伪军团丁,多是当地农民出身,平常遭受地主伪自卫团长的剥削和欺压,所以枪声一响,伪军就全部弃枪四逃了。我一师三团即占领了龙爪沟,在这里和何忠国同志所率领的一部分武装会师了。

当时一师师长杨太和同志率领着满景堂第一团,进抵密林线的滴道河。他是奉勃利县委命令截断敌人的军用物资运输线，解除敌寇对第三军赵尚志的军事压力的。

密林线的滴道河车站背后有一座山，林木丛生，山如削壁。一师一团的健儿们，攀藤附葛，蛇行而下，于夜间两点，摸入车站。在月光下值勤的哨兵，坐在月台板凳上打盹。我们的前锋战士悄悄地摸上去，猛地扼住哨兵的脖子，在哨兵口里塞进毛巾，拖到站后捆起来了。经低声审问，知道滴道河车站有一个日本警备班，住在伪自卫团防所的隔壁。我们一师一团派出前锋排，封锁了敌寇宿舍的门窗，又用一排人包围了伪自卫军的防所，枪声响时，包围伪军防所的战士高呼："中国人不打中国人，专打日本鬼子！"开始，有人开门迎击，在有伤亡之后，就都安然不动了。但隔壁的枪声密集，由于日寇顽抗，十二人当场全都为我们击毙。我们破坏了铁路和车站设备，胜利撤出。

六月十七日，何忠国同志率领部队行抵马鞍山，遇到日本讨伐队的尖兵十三人组成的侦察班。敌人携带机枪一挺、迫击炮一门，进山搜索。何忠国同志派一个连潜伏在路旁两侧，将其包围，当场打死十二人，一人逃掉。这一人，在逃出一里地后，还是被我们的追兵击毙了。

何忠国同志不知道这个搜索班是日寇大兵团的前锋，认为可以率部在马鞍山脚下的村庄里打尖。

不想，敌寇的后续部队听到马鞍山的激烈枪声，就分路绕道四出，把马鞍山脚下的屯子围住了。在突围当中，何忠国同志身负重伤，牺牲在马鞍山头。后来，在团长苏衍仁、团政委邓化南的主持下，召开了追悼会。全体战士都一致表示抗日到底，为何副主任报仇。何忠国同志是四川万县人，一九二七年前后参加共产党，苏联留学生。他刚刚回国，本来是可以为党为东北人民作出更大的贡献的。他的牺牲实在是我们党、我们东北人民，尤其是四军的一个严重的损失。

何忠国同志的遗体，葬在勃利县马鞍山。

## 五

一九三五年春，我军因派出一、三两师开辟依兰、勃利、方正等抗日游击区，敌寇乘我们后方空虚，进行袭击，所有的储存物资及粮食全被敌寇焚毁，哈达河沟一带村庄也都烧光了。

当时，我率领着一部分军部留守人员，和密山被服厂的同志们一起，撤出了敌人的包围圈。

密山被服厂只有四台缝纫机，都由朝鲜族的抗日军官家属负责。她们是生产能手，又是运输者，行军都亲自背缝纫机。内中有大朴，除了背着缝纫机，还携带着一个八岁的男孩子。在我们奔赴勃利青龙沟，路过茄子河时，大朴落在后面了。在行军途中，我曾嘱咐她，如果在紧急情况发生时，可以把缝纫机隐蔽起来，以后再找。但她由于关心和爱护部队的抗日战士的寒暖及健康，坚决要背到目的地。不料，当她抵达茄子河，追击的敌寇已距离不远。因为水流急，她怕有闪失，就留下孩子在河岸上等她回来接；她想，先送缝纫机，再空手回来接孩子。不想，她刚刚到对岸，搁下缝纫机，敌寇的先头追击部队就上来了。那孩子一看，情势不好，就自己下水渡河。这个坚强的朝鲜族抗日妇女，一面高呼着"不要怕，慢慢走"一面急步在水里跑着迎接。还没有到达河岸，敌寇已经向她们母子开枪。结果，她们母子两人还差五六步的距离，那个孩子已经中弹倒下去了。在那一瞬间，她完全不自主地看了看对岸的敌人，看见了一个有络腮胡子的日本士官正在向她瞄准，看到一个有一双蛇眼样的日本兵，手持步枪在狞笑，就在这一瞬间，她发现孩子的尸体已给激流迅捷地冲走了。她这才急步跑着追赶，自己也不知道还追赶什么。这时，那暴雨般的子弹击在水里所激起的浪花，无情地搅乱着那漂在水面上的一道血迹。这时候，大朴已忘记了岸边上有人在向她瞄准射击，在水流中昂然站住，回头怒目注视岸上的鬼子。那些在岸边呼叫射击她的日本鬼子，在大朴昂然挺立的英雄形象面前，吓得发呆了，一时竟忘记了射击。

这时，大朴不知道为什么，断定有一双蛇眼的鬼子士兵，就是杀害她孩子的凶手；等她认清了这个凶手的面目，就转身奔回河岸这边来。隔河而望的那些日寇尖兵又号叫着向她射击，但她这时已经背着缝纫机，迅捷地进入榛树林子里去了。

我率领着军部人员到达青龙沟。我们的一师三团已经从马鞍山林区里回来了。在青龙沟，我们已经得到消息，敌寇广濑师团在珠河破坏了哈东游击队的根据地，俘虏了赵一曼，将要"围剿"我们四军了。我和军参谋长胡仑同志决定，分作两路走。我还是带领军部的政治保安连和直属各部门后勤人员，西去方正、依兰，开辟"后方"游击根据地；军参谋长胡仑带领一部分队伍北去进行游击活动，以转移日寇的注意力。

当我率领着军部人员离开青龙沟的时候，一师三团团长苏衍仁和团政委邓化南两人一直恋恋不舍地送我，陪我走了一二里路。在这段路上，苏衍仁团长表示对于三军东来的不安和忧虑，问我："三军带着大部队过来，我们怎么办呢？"开始我听到这话，感到很奇怪，看看团政委邓化南同志，他低头听着我们的谈话，不表示态度，心情也似乎很沉重。

我说："三军过来，我们要欢迎！都是中国共产党领导的部队，这又有什么可担心的呢？我们难道还怕自己的大部队过来吗？来了，一定要欢迎他们。缺什么，我们能支援的尽量支援，不能分三军四军！"

团长苏衍仁说："可是，赵尚志是不开面的呀！不要紧么？"

团政委邓化南同志也说："我实在也有些担心！"我们就地站下来了。

我说："他对那些不抗日的山林队不开面，对我们四军来说，这没有什么开面不开面的问题。我们不能有这样的看法呀！而应尽量帮助他们。"

三团长苏衍仁见我面带愠色，就说："我们按命令执行好了。"

团政委邓化南说："我们确实也不该有这种想法！军长说得对，我们都是共产党的队伍，一家人！"

我们离开大青沟，经过北刁翎背后的山路，越过一条公路的时候，我们政治保安连的侦察班俘获了北刁翎镇小学和商会的两辆货车；有大批的水果、纸烟，及整块的猪肉之类的节日食用品，并且俘虏了两名押车的商团团丁和跟车的北刁翎镇小学的校长。

我考虑了一下，我们在这里主要的是树立抗日同盟的政治影响，小学教师和商团不是我们要打击的对象；我们应该向其宣传抗日的政策，利用他们的社会关系，在北刁翎镇为我们做义务宣传。在路旁一个小客店里，我们军部召开了一个党小组会，讨论处理俘获车辆的问题。多数人赞同我的提议：只要那个小学校长和我们建立抗日同盟的关系，为我们做义务宣传，就发还他所购办的节日食品，就地释放。但是，组织部部长朴风南同志坚决反对，他认为既有商团的武装押运，总是属于敌伪方面的，如果他们稍有抗日的民族意识，那么所有节日的食用品，正该作为对于抗日部队的慰劳。最后，经过反复说服，我们在要扩大抗日同盟的关系上得到统一。于是，在通过谈话教育之后，我们释放了那个小学校长和两名商团团丁及他们所押运的拉货车辆。他们自然是欣喜若狂的。那个小学校长声称，自己回去决定为抗日同盟军做秘密的义务宣传工作。车辆走出很远，他还遥遥挥帽致意。

经过这一事件的启发，我们又考虑到以后对抗日游击区周围的伪军该采取这样的方式了，即我们用一定压力来胁迫其和我们订立抗日同盟的秘密协定。这一意图，后来通过在小罗勒密一带山区盘踞的"海龙"山林队实现了。

"海龙"本名郭德福，手下有四五百山林队队员。当我们的军部随同政治保安连开进方正县大罗勒密地区的时候，"海龙"得信，就派人来和我们联络。当时，我们抗日同盟第四军在依兰打过五风楼，占领了土城子，声势是很大的。经过我和郭德福的几次谈话，他终于表示愿意参加我们的抗日同盟军。他要求我们给他一个旅的番号。我们认为他的部队还需要经过一个短时期的整训，才能编为正规部队，但答应可以改编为抗日游击第五支队，委郭德福为支队长，并说明支队直属军部指挥，等于旅的建制。但以后，他对外却仍以抗日同盟军第四军第五旅的番号，在方正一带山区从事抗日游击活动。

开始，郭德福因为我们已经改编他为第五支队，就要求任务。我们当时和依兰县的警备旅李毓玖部，隔着一条河，如果在大罗勒密建立抗日游击根据地，这部分伪军就形成我们侧面的一种威胁。我要求他，通过当地的关系，设法捕获伪警备旅旅长李毓玖的直系亲属，以便胁迫其和我们订立秘密的抗日同盟协定。不久，第五支队队长郭德福果然通过当地的亲戚关系，获知李毓玖的嫡亲侄子次日将从附近的通依兰的公路上路过，乘的是伪警备旅的军用小汽车。李毓玖本人没有儿女，这个嫡亲侄儿是他们老哥俩的唯一承继人。结果，抗日游击第五支队郭德福完成了这个任务，我们俘虏了这个伪旅长的承嗣人。经过教育，他本人表示愿意订立抗日同盟的秘密协定，但他自己不能做主，还得派人回去和他伯父李毓玖商量。因之，我们就首先开释了他的随从副官，后来就经过这个获释副官往返数次进行交涉，到底迫使伪警备旅旅长李毓玖和我们订立了秘密的抗日同盟（停战）协定，这就解除了侧面的威胁。

我们之所以选择大罗勒密地区为抗日游击根据地，不是因为这里的山势地形优越，也不只是我们在小罗勒密改编了"海龙"山林队，侧翼有了掩护；主要的是因为在大罗勒密，我们结识了个当地有名的炮手季常山。

这个季常山，人称季炮，年纪五十左右，体格却极壮健。他常年背着猎枪在山沟里打围，对山头、地势和附近的伪森林警备武装的情况都熟，而且是个民族正义感很强的老人。镜泊湖"墙缝"一役，猎户陈文起给我们的印象是很深的，因之，我们军部和东北打围的猎手相处，一直都是怀着一种尊重的心情的。

我们和他是在陈家亮子屯一家茅舍里见面的。季常山带着一种猎人所特有的豪爽，一进来就欢声高呼："欢迎你们！你们是中国老百姓的亲人呀！"又说："我都老早打听过了，你们的部队是中国共产党的部队，都是中国的英雄！纪律好，打进五凤楼去，把和日本有勾结的几家商店都封啦。可是正经买卖，连根烟卷也不动。你们是能成大事的！"接着他低声建议说，想给我们部队介绍几个朋友。他们都是有抗日要求的，很可靠。内中有他的外甥，伪森林警察所的孟巡官，还有伪森林警备连的连长陈云山。他说，别看他们是给日本人当差，可是不给日本人办事。要是信得过他老汉，就给我们联络联络。说他们身在敌人警备旅，但不愿做亡国奴，愿联合共同抗日，管保私下里给咱们出力。

当时，四军党委根据吴平同志指示的精神，正要建立"内红外白"的抗日同盟关系。当时，我们还不知道这是树立两面政权的斗争方式，只认为是吴平同志指示，应该积极执行。因此，我们对季常山的建议表示热诚的欢迎。不久，陈云山和孟巡官，都应约到陈家亮子来和我们见面了。两个人确实都是胸怀抗日要求的青年，所不同的是小孟干练、机智，不仅答应愿意给我们做情报工作，还提出参加反日会做秘密会员的要求；而陈云山，直爽、强悍，答应只要用到他，打个招呼就行。尽管在大罗勒密地区我们有了这两个社会关系，但后来考虑到山区的村落穷困不堪，如果军部在这里建立抗日游击根据地，主力部队回来驻扎的时候，吃粮就会发生严重困难。所以在我们和陈云山、小孟等订立了口头的抗日同盟秘密协定之后，我们又掉头往东走了。因为当时我们又得到刁翎方面的报告说，经过北刁翎小学校长的秘密宣传，当地有个何五爷出面，要找我们军部的人谈话。看来，我们还有可能在刁翎打开一个局面。南北刁翎是敌伪占领的大镇，如果能在刁翎山区建立根据地,倒是很理想的。

但我们到达北刁翎一带山区不久,那个大罗勒密的猎手季常山和化装为农民的陈云山就从方正赶来了。

在北刁翎背后一个小村子里,我们军部和这个猎手会面。一见我,季常山就说:"为什么你们不在大罗勒密安营扎寨,又开到这里来呢?"陈云山说:"我们一听你们开走了,就往东撵下来了。"季常山说:"你们还是回去吧!这里靠公路近,哪有大罗勒密地势好。"我说,大罗勒密确实是个好地方,可以作我们的抗日根据地,只是山区粮草困难,我们部队要做长久的打算。季常山这时又给我们推荐出第三个人来。他说,这个人名叫张景隆,是大罗勒密裕方木材股份公司的经理,在清朝末年做过一任知县,有民族气节,不愿做日本亡国奴,要求抗日,可以做情报工作,如果我们在大罗勒密驻下来,还可以委他做"外柜",给我们筹划给养、采办粮草。陈云山就说:"你们有这么多部队,为什么不能在大罗勒密的鸡冠山底下设卡子收税呢?"季常山当即高呼道:"好呀!"

原来,从哈尔滨到抚远、饶河的大小客货汽船,都要从鸡冠山下经过,如果过来一只汽船,我们收八斗粮食的救国航费,那么我们的部队在松花江通航期,就能获得全年所需的给养。自然,我们也考虑到这将招致敌伪军事当局的注意,但我们准备以护林建税的方式对敌伪进行经济斗争。另外,又有裕方公司经理张景隆做外援,我们决定回到大罗勒密建立抗日游击区。

我们回到陈家亮子之后,就派出一排人在鸡冠山下设卡,对过往的运货木船,以及在大罗勒密码头靠岸的船户,发出小船来往一次征收救国航粮三斗,汽船、货轮征粮八斗的通知。有些船户闻讯,踊跃缴纳。有些船户心存观望,推脱"汽船要是缴,我们就缴"。而太古汽轮过境,都悬着英国国旗,在我们的卡哨冲天鸣枪令其停航缴税时,完全置之不理。经过军部研究,我们决定以我木筒炮胁迫之。因为这是在我们的国土内河航行,我们设卡收税,完全是名正言顺的。果然,以后在我们的木筒炮火威胁下,所有路过鸡冠山下为敌伪所保护的各汽船、货轮,老远就向我们打招呼,告诉我们,公司开过会就如数交纳。这些属于唯利是图的奸商的人物,和木船船户不同,他们完全丧失了民族意识,一拖再拖,一周之久,仍然不按规定在我们指定的码头上靠岸缴粮。最后,我们不得不派出游击队员化装为旅客从方正上船,到达大罗勒密码头时,在伪森林警察队和伪警备连陈云山等人的监督下,我们那两名衣冠楚楚的抗日游击队员,就借口镇上的木材公司有托运业务相商,约汽轮船主上岸。半路上,迫其转道,随我们的抗日游击队员来到陈家亮子军部。在这里,我们仍然采取了订立抗日同盟秘密协定的方式,迫其在履行缴纳救国护航捐的合同上签字。我们的税制从此开始,直到松花江封冻停航为止,平均日得捐粮五六石之多。我们的军费由此越加充裕,以致后来,所有大罗勒密山区的村舍,家家户户都有我们所分发的军粮。

裕方公司的经理张景隆,为我们采购布匹和马掌。我们后方所缺少的是被服厂,因为从密山撤退时所带出来的缝纫机,已经全部在茄子河北被敌寇追击中损失了。

我们久已听不到大朴的消息。想不到有一天,她却用头顶着为她所精心保护的那架缝纫机,走进军部所在地陈家亮子来了。她身穿黄短褂,黑长裙,胸前垂着两条红飘带,打扮得完全像一个走亲戚的朝鲜族妇女一样。

原来,她在窜进茄子河榛木林子之后,就暗暗埋藏了缝纫机,而自己则作为过路人溜进附近的朝鲜族屯子去。以后又和屯子里的反日会小组取得联系,这才在屯子里隐蔽起来。直到敌寇的追击部队撤走,她才从榛木林子里找回缝纫机,化装为一般的朝鲜族富裕农民,大模大样地通过敌占区的大小村镇,终于赶到方正沟里,在陈家亮子和我们会面了。

世界上还有什么可以与这种布尔什维克的伟大的坚毅的精神相比的吗?她失掉了自己的孩子,却为我们党保存了这架珍贵的缝纫机。她是这么纯洁和崇高,纯洁得像蓝色的晴空,崇高得又像披着积雪的山峰。

## 六

我们因为大朴的胜利归来,又在南山干饭锅建设了秘密的被服厂,缝纫机由一架扩展为十二架。另外,我们的敌工委员会又派人到松花江北岸通河县境的东六方,去建立伪军的秘密抗日同盟关系。这时候,我们的第五支队郭德福,已经为我们解除了依兰方面的伪军威胁,我们在大罗勒密算是站住脚了。

裕方木材公司经理张景隆,担任了军部的秘密参谋。由于他的筹划,我们在大罗勒密又建立了两个伪装的营业机构,一个是邮便代办所,一个是"东亚药房"。在镇市开办"邮便代办所"的条件,是每月能达到百元日币的收入,申请单上还要有铺保。我们派人经营的"邮便代办所"就是"东亚药房"的铺保,对外承办邮务,对内则是为军部搜集情报的地下联络站。自然,敌伪报刊,我们是经常收到的,内有哈尔滨的《国际协报》,也能看到《申报》《大公报》等新闻报纸。我们所最关心的,自然是关于在毛泽东同志率领下的红军北上抗日的消息。我们当时,还没有接到关于遵义会议的传达,当时只知道"朱毛红军"就是党中央的红军。党中央的红军北上抗日,对我们来说,是一个非常有力的鼓舞。我们从这个动向里明显地看出来,党中央代表全国人民的意志把矛头指向日本帝国主义了,感到民族解放胜利的曙光已经透露出来了。

因之,读报纸,在当时已经是我们的一项最重要的政治活动,天天从《申报》或是《大公报》上,寻找"朱毛红军"北上的消息。当我们从反面推测到我们的部队是在节节胜利前进的时候,就眉飞色舞,展开议论，甚至幻想有一天我们抗日同盟军能开到长城边界上和我们的中央红军会师。如果一连几天从报纸上找不到关于我们中央红军的消息，就又感到乌云遮日一样，很沉闷。总之，由于"邮便代办所"的建立，我们能从东北的一个小山沟里，外窥整个世界了，在精神上和我们党中央的红军取得单方面的联系了。负责这个"邮便代办所"业务工作的是老于头，一个原籍山东的朴实农民。

经营"东亚药房"的是我们军部的军医官李剑东，他是哈尔滨医大的毕业生。我们是通过"东亚药房"对外的业务关系，为部队采购医疗药品。从此，我们那些留在密营里的负伤人员，不再依靠烟土来止痛医伤了。在红石磖子我们新建的密营里，我们既有治红伤的中药，也有了西药。

此外，我们和大罗勒密伪森林警察所建立的秘密的抗日同盟的关系，也有了新的发展。我们在敌伪警察所里，以孟巡官为首，组织了一个为我们秘密工作的侦察队，他们的任务不只是为我们做一般的情报工作，主要的是要在镇市上为我们侦察敌伪过境的特务、暗探。一经发现之后，他们就直接秘密逮捕起来。他们执行，我们四军政治部出名义，贴布告，说明敌探已为我们法办。姓名、籍贯、年龄及犯罪条款，均一一开列如实。大罗勒密伪森林警察所实际上已经成为我们的地下保卫部门了。

驻大罗勒密地区的伪警备连连长陈云山，和我们的秘密抗日同盟关系，也更加密切了，不仅及时地为我们送情报，且在敌寇派人来调查炮击松花江航轮事件时，按我们的意旨，谎报我们部队的行踪，把敌寇的搜索部队引到我们所指定的方向去"追击"。尤其是以后在南次郎冬季"围剿"中，他们发挥了很大的作用。因之，我们称驻大罗勒密地区的陈云山伪警备连，为我们的抗日同盟秘密警备队。

在大罗勒密附近的前五家子一带村庄，直到陈家亮子军部各地，都先后建立了我们的抗日自卫队、儿童团及妇女抗日救国会的组织。

前五家子屯的贫农之子何畏，任当地的儿童团团长；一师一团团政委李守中的爱人小孟，任妇女会主任。我们军内人员到镇里去，却都需化装。表面上，这自然是敌占区，而附近的农民自卫队呢？形式上也不露痕迹，和一般敌占区的村庄一样，但只要是一个奸细走进来，就很难再活着回去。

我们派到松花江北通河、六方一带活动的人，和当地有名的抗日地主武装雷保董也建立了秘密的同盟关系。他拥有八个保的百人左右的武装。这个关系是通过封建的"家理"线索建立起来的。他们给我们在房背后做监视哨，做情报工作。

七月间，从大罗勒密传来消息，我们的抗日同盟侦察队的武装，又从街头上秘密逮捕了一个刚从哈尔滨入境不久的敌寇特务。原来，这就是我们军部早已在等待着的王克道先生。

王克道又名王大颖，原在新闻界工作。他是奉上海抗日救国会武装部之命，作为视察员，到东北来找我们的。上海抗日救国会武装部是我们党的外围组织，他来视察的主要目的，还是在于扩大东北抗日游击队活动的宣传。我们自然不知道，大罗勒密侦察队所逮捕的竟是这个视察记者。

他身穿特为化装用的伪满协和服，头戴鸭嘴帽，又带着照相机，从码头一下船，还没有进大罗勒密镇，就已经被我们的抗日同盟侦察队注意了。

秘密逮捕之后，带到伪森林警察所，夜间由反日会的小组进行审讯。王克道先生开始认为应该表示自己是亲日派，声称是到沟里找亲戚的。他一看越表示和日本人有关系，案情越有些严重，觉得自己就是被处死刑，也不能背着日本特务的名义；要死，也该死在抗日救国的旗帜下。于是慨然声称，自己实际上是上海抗日救国会派来的，并从衣领上取出所带的秘密证件。在羁押静候处理的时候，他竟然要求把自己押送到陈家亮子军部。他不知道，当天他供出实情的夜晚，我们的侦察队已经派人到军部里来报告了。我们自然说，确有这样一个人要来，嘱咐回去之后赶紧送到军部来。

王克道先生一见面就向我们赞不绝口，极力称赞我们的抗日游击活动的方式竟是如此多种多样，神秘莫测，连说："真是想不到！想不到你们竟深入到敌人的心脏里去了！"

当时，我们的主力部队各师团，都还在勃利、依兰一带进行游击活动，自然，他没有看到。但却在九月间看到我们三军的部队和四军军部人员在三家子屯大罗勒密地区会师的情景了。可惜那天下雨，他白白冒着风险带来了照相机，这样一个有意义的历史场面，却没有拍下来。

## 七

三军是由军政治部主任李兆麟（又名张寿篯）、一师一团团政委金策和一团团长刘海涛三名同志率队来到方正的。我一听到消息，就率领四军军部的各部门领导干部，赶往三家子屯去迎接。

我和三军的领导人，在三家子屯是初次会面，但彼此闻名已久，尤其是金策同志，原在金大伦之前，担任过和龙县与宁安县县委书记，也是朝鲜族中的杰出人物。

谈起李成林同志已化名孙庆海，现在勃利县任县委书记的时候，金策惊异不止，想不到我们和地方党委竟有联系，而他们之间，都早已不通消息了。

那李兆麟同志，高身材，大眼睛，脸色却显得文弱，正在肺病期，但精神仍然是很健旺的。

当我把吉东特委转来的党中央的《八一宣言》拿出来的时候，三军的领导同志更是惊奇地瞠目相顾，因为，他们只知道满洲省委在一九三四年遭敌人破坏了，他们不知道在满洲省委被破坏之后，又出现了吉东特委。直到这时，我才了解，不仅《八一宣言》他们还没有接到,就是中央特派员吴平同志到东北来,在四军里进行了为期一个月之久的建军工作,以及吉东特委在宁安的建立,新任满洲省委书记陈潭秋未到之前,杨光华同志暂代满洲省委工作,他们都不清楚。

开始,在关于反帝统一战线的认识上,我们自然还有距离。我不能不详为介绍,我们到上海去找党中央的经过、吴平同志的到达,以及对谢文东部队的意见,还有我们扩编为东北抗日同盟军第四军的概况。最后,我们在讨论《八一宣言》文件中,意见一致了,并且决定组织联军,联合行动。大家都感到四军在扩军、建立根据地与"内红外白"的对敌斗争方式等方面,完全适合于我们所面临的客观形势的要求,因之,对遵义会议之后的《八一宣言》文件,都有了新的体会和认识。我们四个人一夜都没有睡,谈到第三遍鸡叫,还以为是刚过半夜,见到窗外大亮,才吹熄了蜡烛。仿佛这是北方的夏季夜晚似的,短得出奇。我们四人的情绪,是一直在兴奋的状态中,我们既谈到决定吸收谢文东部,扩编为抗日联军第六军,也谈到吸收刁翎附近李华堂部为第七军,并且还决定了联军拔除南刁翎敌伪据点,准备夺取敌伪的物资,解决联军的给养及冬季的装备。

第二天雨停之后,我们在三家子屯按照四人的决定,召开了两军的全体指战员参加的报告会,由三军军政治部主任李兆麟同志讲话,并宣布了联军攻打敌伪据点的决定。战士们闻此浩大的联军声势,无不欢欣鼓舞。

这次在三家子屯召开的报告会,上海抗日救国会武装部的代表王克道先生也应邀参加了。但以后,我们没有约他随军行动,我们根据李兆麟同志的意见,为了安全起见,还是把他打发走了。后来,在上海,他根据亲自在四军的感受和见闻,写了一些宣传报道。

九月十日左右,我一面派人出去联络四军一、三两师的部队,一面派人去联络依兰谢文东的部队,和前李杜自卫军所遗留下来的李华堂部队,通知他们全都到五道河子报到。联军准备在五道河子召开首脑会议，我们四军还准备在五道河子召开四军的高级干部会议。两个会议的目的，都是为了要传达和讨论党中央《八一宣言》的精神，以及提出来的组织抗日联军的问题。

我们之所以选择五道河子为开会地点，主要的是为了不暴露我们在大罗勒密所建立的抗日游击根据地。

那五道河子是方正通往江西的交通要道，原有一个伪警备排的武装驻扎在这里。村背后是山，有一个炮楼，居高临下，地势很好。

在这里，我还要补充说明，我们和五道河子伪警备排建立秘密抗日同盟协定的经过。

我说过，当我们在鸡冠山没有设卡收税之前，我们曾经打算在北刁翎建立根据地。北刁翎有个何五爷和我们敌工委员会主任李善和派出的工作人员接过头。我率领军部各部人员及政治保安连到达北刁翎山区后，我们的敌工委员会已经通过何五爷的关系和驻北刁翎的伪警备营营长取得联系了。这个伪警备营的营长也是属于李毓玖警备旅的，关于他们的旅长和我们抗日同盟第四军之间有秘密的协定，也有所风闻。我到达之后，就在离北刁翎镇三五里的一个村子里，约伪警备营营长来开会。到会的人除了何五爷之外，还有地方势力的代表，驻北刁翎的伪警备营营长却没有来，只派了一个司务长来观察我们的会议内容。在这个会议上，何五爷提出要我们肃清地面的土匪，说只要把地面肃清了，他们可以负责为抗日部队筹集一部分给养。我们对伪警备营也提出建立秘密抗日同盟关系的要求。不想，正在我们开会的时候，来人报告，驻五道河子的伪警备排排长在去依兰的路上，为我们的游击部队俘虏了，缴掉他们十几支步枪，所有俘虏的人马都已经押解到村子里来了。

我想，既然我们已经和伪警备旅有秘密的"停战协定"，而且又正在和驻北刁翎的伪警备营谈判建立秘密抗日同盟关系的期间，我们一定要作出一个示范的榜样来。于是在另外的房子里临时召开了军部的首脑会议。当时军参谋长胡仑带队外出,军部里有组织部部长朴风南在场。他认为所俘虏的人马可以释放,但所缴获的武器却不能发还。我说,如果这样,那个排长我们就是释放了也一定被撤职,倒不如原枪发还,在五道河子还可以保留一个和我们有秘密协定的关系。我的意见是,只要他接受我们的条件,亲笔给我们写保证书,在我们手里留下把柄,就可以发还他的枪支。实际上,我们不该把眼光放在这几支步枪上,该从政治意义上去理解。总之,我们之间争执很久,但大多数同意军部的处理意见。

我们叫人把驻五道河子的伪警备排排长带进来。他不仅答应今后和我们保持秘密的同盟关系,而且答应,如果我们的部队经过五道河子,他们可以让出村子来给我们驻宿,他们还可以外出为我们巡逻、警戒。他在亲笔抄录我们拟定的秘密协定上盖章画押之后,我们就把他带到有北刁翎代表参加的抗日同盟谈判会上去了。

我代表军部,在会上宣布了我们的抗日同盟军的政策,我们的主要敌人是日本帝国主义,所有的伪军只要不甘心当亡国奴,给日本帝国主义做走狗,为了生活所迫当伪军,我们还是谅解的。我当场命令押守人员把所有缴获的步枪、子弹,全数发还给他们。代表北刁翎伪警备营营长来参加会议的那个司务长,一改畏怯不安的态度,兴奋地说:"贵军这种光明磊落的大义,我回去一定宣传宣传;我们以后决定和贵军秘密合作。"以后,北刁翎驻军果然和我们进一步发生秘密的来往关系了。

五道河子竟也成为我们最安全可靠的宿营地。我们的部队一开进去,伪警备排就出发巡逻;村子里只留下一名通信兵看守电话。三军团政委金策同志,当时看到我们在五道河子建立的这种"内红外白"性质的关系,不止一次称赞我们四军的伪军工作做得出色,说三军在哈东,都是露天住宿,哪里还能有热炕睡。

我们在五道河子住下来不久,谢文东就带着依兰部队过来了。当时，他带着几十个骑兵，还随身带着两头骡子，驮着他私人的小锅给养，用麻袋装着海参、鱼肚、干对虾之类，俨然是一个流寇式的土皇帝。因为体态臃肿，上下马还需要两人搀扶着。不用说，他是个肥头大耳的人物。

在五道河子一个农舍的院子里，我们副官处给他安置了住宿的地方。这时他的妹夫李初坚，早已从辽东的东北人民革命军第一军杨靖宇同志那里回来了，这次也随谢文东来到五道河子。

我问他到关里去找国民党中央求援的情况，他说："我根本就没到关里去！"

原来，他在哈尔滨坐上去大连的火车，在旅途中间，碰到一个依兰的老同学，两个人在火车上秘密谈起来，那人问他不是随着土龙山暴动的人上山了么？他就谈到抗日的群众需要大量武器，要到关内找国民党中央去求援。他的同学就告诉他："你趁早别去找国民党啦！那是外人戴着孝帽子进灵棚，假充近亲。国民党要亲日，你要抗日；你知道，在关里要抗日的都给关到监狱去了！你去，不把你押起来才怪呢。"

李初坚说："我一听，和你们说的一样，国民党是真正卖国呀！就死了这条心啦！"又说，在半路上他就下了火车，换票回到沈阳，又转到铁岭东部，终于找到在南满一带山区活动的东北人民革命军第一军，也见到了军长杨靖宇同志。他说，在第一军里，他才对共产党的抗日政策有了进一步的认识。并说，杨靖宇军长还问及四军的活动区域和密山哈达河沟里的根据地情况。

之后，我和谢文东开始谈到组织抗日联军，改编他的部队问题。首先我们告诉他，我们已经接到上级的指示，扩大我们的抗日统一阵线，要他成立抗日联军第六军。

谢文东表示，抗日部队一不许抢，二不许夺，他手底下的人要是不按月发饷，是很难维持的。

我告诉他，关于军饷，在改编之后可以逐步依靠自力来解决。例如，此次攻打南刁翎伪军据点，如果依兰部队能和我们配合，联合作战，那么占领敌伪据点之后，所得到的胜利品，包括没收的敌伪系统经营的财产，可以和我们共同分配。只要跟着我们抗日，在敌区展开斗争，军饷的问题还是次要的，主要的倒是部队的战斗力。我们要求谢文东的依兰部队要首先建立政治工作系统。

谢文东在这点上显然有顾虑，他说："我不能和你们一样。第一我吃不了苦。第二你们的目标太大，大就招风。我手里又没有你们的机枪多，日本人一打还不把队伍打零散了呀，还是让我打着民众救国军的旗号吧！"

当时在场的李初坚，还有挂名副司令的滕松柏以及谢文东的外甥，都是愿意改编部队和我们联合抗日的，但却都不敢有所主张。有人就借机问道，那么打南刁翎呢？

谢文东说，打南刁翎他们可以伸伸手，因为四军在土龙山暴动中伸过手，帮过"他"的忙。实际上，打南刁翎，我们是不需要借重他的什么兵力的，我们之所以要联合他的部队，主要的是看作扩大反帝统一阵线的一个步骤。我们对他的这种愿意和我们联合攻南刁翎的态度，还是表示欢迎的。我们总算把依兰部队引向抗日的方向了。

## 八

一师二团团长张奎同志不久也到达五道河子。曾经驻过南刁翎的前自卫军李华堂部，这时也应邀来到五道河子参加三四两军联合召开的抗日联军会议。李华堂是旧东北军的一个营长，原属李杜部下，和谢文东有老的关系。这时，他表示愿意随同谢文东和我们配合作战，意在要求我们协助其扩编为抗联第七军。

据我们敌工委员会所了解的南刁翎的情况是，伪军有两部分，一部分是伪地方保安总队，总队长是于廷舟；一部分是伪警备营段营。

段营的武器装备优良，但受了北刁翎驻军的影响，斗志是不坚定的。而伪地方保安总队在于廷舟操纵下却极顽固，但于廷舟本人并没有什么军事头脑，主要的是依靠段营。

我们在抗日联军会议上，确定攻城的部署后，就陆续开拔了。

在行军驻宿地，哨兵带来一个自称地方党委的胡主任。来到军部，我一看这个胡主任，真是又惊又喜，原来站在我面前的，不正是我们老政委孟泾清同志么！我当时哪里知道，他早已调任依兰的刁翎区委书记了。他是风闻我们三四联军在五道河子召开北满各方面的抗日部队的首脑会议才赶来的。首先，我们还没有谈联军打南刁翎的意图，我一开口就问他，他是不是已看到《八一宣言》文件了。他说，还没有接到，我就把这份文件拿出来，给他阅读。我们异地重逢的愉快情绪，顿增十倍。他边读边说："这不是说，咱们以前那段工作，还没什么大错么？"我说："那是因为我们无产阶级紧紧掌握了补充团的领导权！"又告诉他吴平同志在密山哈达河沟里，关于我们在宁安那段工作所做的结论。

我们正兴奋地谈着别后的情况，三军军政治部主任李兆麟同志带领一师一团政委金策及团长刘海涛同志来参加军事会议了。

在这次会议上，孟泾清同志又向我们通报了关于从上级党委方面得到的情报。他告诉我们日本驻东北的关东军总司令南次郎大将，已经给日本"天皇"上了奏折，狂言要在三个月之内的冬季"围剿"中，肃清"北满共匪"的部队。孟泾清同志说，我们未来所要面对的敌人，不是一个天野的扩大旅团或是一个少将级指挥伊田，也不是多门或是广濑一两个师团，而是大规模的敌寇兵团的"围剿"。

实际上关于南次郎准备冬季对我们举行"大围剿"的谋划，我们在大罗勒密根据地，已有所风闻。我们说，我们打南刁翎的目的之一，就是为了应付敌人冬季的"围剿"，夺取御寒的装备物资。

中共刁翎区区委书记孟泾清同志，又补充了关于南刁翎敌伪的驻军情况，告诉我们，伪警备营段营长最近有对日伪不满的情绪。段营在打响之后是可能争取过来的。又告诉我们，林口驻有一个团队的日本骑兵（当时林口正修建牡佳线铁路），如果南刁翎打响，林口敌人一定出援。

我们决定拿下南刁翎之后，于敌人出援之际，再袭击林口，以便把敌寇目标引向东方。

九月十六日，我们联军进攻南刁翎的战斗打响了。三军一团攻西门，四军二团攻东门，李华堂部攻南门，谢文东的部队作预备队驻扎在东南山顶上。等到东西两路已经得手，三四两军的作战部队都已登上围墙，红旗在墙头上出现的时候，我们驻扎在镇外的营房中炮起火，很快就燃烧起来。镇内的围击枪声和炮声又越来越猛烈，谢文东在东南山上一看，认为形势不利，就擅自带着队伍撤退了。

但我们的攻击部队，在敌伪警备营抗击中，击毙及击伤伪军约七十人，终于胜利地占领了这个市镇。缴获伪警备营枪支百余支。伪地方保安总队有一百多名人员反正。最后，伪警备营段营长，也在我们"中国人不打中国人"的口号声中，率领部队投降了！

我们在和伪警备营段营长谈话时，要他自择出路，问他是跟着我们抗日呢，还是另有打算？他表示，愿意抗日，但却又不愿意跟着我们走。他说："你们的目标太大啦，我又吃不来苦，我还是跟着民众救国军谢文东去吧。"

我们告诉他，要是不抗日，就是目标小，也没有什么出路。最后，他还是投奔谢文东去了。

我们当天夜晚，对反正的百名左右的伪地方保安总队队员，进行了改编。于廷舟自然早已随着日本人跑掉了。我们又接到驻土城子的三师五团李天柱部的报告：敌人从林口出援了。据报告说，因为秋雨连绵，柴河水涨，马匹过不去，所以敌寇的骑兵都变为步兵，把马匹全留在林口了。

在和三军协商之后，我们决定在刁翎留驻一个营；要三师五团李天柱撤出土城子向刁翎靠拢，一俟敌人入境，就进军扰乱他的后方，迷惑敌人，使其找不到我们联军主力的方向。

夜间行军，因为三军刚过来路不熟，团政委金策要我们搭配向导，我就从一师二团里抽调两个连，为他们引路。我们以一天一百二十里的急行军速度赶到林口，但留守人员全跑掉了。我们只得到了三百多匹战马，除了马草和马料，什么都没有，简直是一座空营。我们迷惑敌人的战略意图是完成了。

我们表面南下，实则又迂回地撤回方正根据地来。过柴河的时候，我们也遇到了马不过河的困难，连哄带打，总算弄过河来一百多匹，另有一百多匹就丢掉了。

"九一八"四周年纪念日，我们就是在胜利袭击林口中度过的。

为了应付敌寇南次郎的冬季"围剿"，我们联军会议就休会了。我们联军的御寒装备，还是一个很严重的必须很快解决的问题。

## 九

我们从林口绕道，暗暗回到五道河子的时候，一师一团由政委李守中率领着，从勃利县境回到军部来了。他告诉我们，在一师师长杨太和同志接到军部紧急通知，带队来五道河子准备参加军部召开的高级干部会议的途中，路过勃利县小五站和敌寇部队遭遇，不幸在作战中英勇牺牲了。遗体葬于小五站附近，有树做标记。这是我们四军继政治部副主任何忠国之后，所伤亡的第二个高级将领。当时，我觉得失去了右臂一样。尤其是当日本法西斯首脑南次郎大将从哈尔滨到富锦，沿中东路调集部队，筹划冬季"围剿"的时候，我们的一师师长杨太和同志的牺牲，对我们来说损失实在是太大了。

自然，我们的军部高干会议，还是在五道河子按期召开了。一师二团张奎同志和三师师长李天柱同志都已在会议前夕，先后率部到达了。缺席的只是一师三团苏衍仁部。

我们在军部的高干会议上，由军参谋长胡仑同志传达了党中央的《八一宣言》，宣布了部队改变为抗日联军第四军的番号。他要求我们的部队和三军一定要做好团结工作，以便并肩作战，共同在敌寇南次郎大举"围剿"中，取得反"围剿"的胜利。

这时候，我已经得到顺铁路线向北运动的日本关东军沿途焚毁原始的零散农户和庄院房舍的消息，看来大战已迫在眉睫了。

十月，东北人民革命军三军军长赵尚志率领四师师长郝贵林部，从勃利青龙沟开过来了。在我们四军没有和赵尚志见面之前，三军政治部主任李兆麟和一团团政委金策等同志，已经应召到赵尚志驻屯地去会了面。

三军军政治部主任李兆麟同志和金策、刘海涛等领导人回来之后，又陪同我们去看赵尚志。

赵尚志是热河朝阳镇人，身材中等，显得很精神，声音洪亮。一见面，他就说："对不住你呀！你们住青龙沟的三团给我缴了！"又说："缴了之后，我才知道搞错了！"

我一时还不明白究竟发生了什么事情，就看看我们的军参谋长胡仑同志，意思是："赵尚志说的是什么呀？不是我听错了么？"

结果，我们的一师三团果真如赵尚志所说，被三军缴掉约三百人的武装，另有二百人带着武器拉走了。三团团长苏衍仁为赵部所枪杀，团政委邓化南在抗辩中拿出党的文件来才获释。

赵尚志说："乍见面他们是表示欢迎三军的到达的，不过晚上又来报信，说有敌情，我们就怀疑了……"

听他谈过之后，我只能说，关于这件事，我们好说，大敌当前，我们现在主要的还是来研究研究怎么样共同反对南次郎的"围剿"和反"围剿"吧。

我们两个人进行密谈之后，我只要他考虑考虑当前的形势，就回到军部里来了。

在四军军部我们召集了党内领导人的会议，听取了一师三团政委邓化南同志的汇报，我们认为当前的重大事件是南次郎的进攻，我们应团结起来反"围剿"。

军参谋长胡仑同志在会议之后，为了向满洲省委或党中央反映情况，就化装从五道河子出发了。到达哈尔滨之后，他通过以往的社会关系，住在哈尔滨律师公会。不想，为郭宝山的伪骑兵旅某连长所探知，告发了。因为案情只在"哗变"的问题上，敌伪没有取得另外的证据，结果判刑十二年。直到六七年以后，始脱险出狱去延安。新中国成立后胡仑同志在他的原籍四川工作。

胡仑同志去后，赵尚志又约我谈话。在这次密谈中，我说明《八一宣言》中关于抗日统一战线的精神，说明争取大多数的民众和我们共同抗日，是孤立敌伪的一种策略。另外，也告诉他我们中央苏区的主力部队，"朱毛红军"已北上抗日，就是党中央新精神的体现。我强调，三四两军在敌酋南次郎大军"围剿"当中，一定要团结一致。三军军长赵尚志表示关于后一点和我有同感。于是，我们在五道河子召开了两军首脑的联席会议，听取四军敌军工作委员会李善和与第一游击支队首脑的汇报。

敌酋南次郎从哈尔滨到富锦，在松花江南，沿铁路以北摆了一条长蛇阵，集结了几个师团的兵力向北进"剿"。另外封锁松花江南北交通线，截断我们的退路，企图压迫我们到江边上，要我们在背水一战中全部覆没。

通过大罗勒密陈云山伪警备连所得到的情况是："方正县城及勃利一带，日本关东军已经住满了，正在附近山区随着我们'警备连'的引导搜索前进。"他要我们集中在陈家亮子一带的驻军，紧急隐蔽。

实际上，我们三四联军从陈家亮子到沙河子、四道河子、五道河子都摆满了。但我们的牲口缺草料，战士缺冬季服装，困难还是不少的。

在联军会议上，我们决定了初步解围的方案：避开正面的敌人，拿出四军三师李天柱部，进军桦川、集贤，大张旗鼓进行活动，作为牵引敌寇目标的部队。派三军四师郝贵林部随四军一师二团留在方正、依兰一带山区，由金策同志带领，对敌展开游击战，原来四军配备给三军一师一团做向导的两个连，仍由金策、郝贵林带领。我率领一师一团李守中部，政治保安连李青山部；赵尚志率领三军一团刘海涛部，准备从林口突围，绕到敌人背后去，暗地跟踪，寻找敌人弱点，进行小规模歼灭战。

初步方案确定之后，我们就带着三四两军的部队出发了。部队还没有到达柴河，我们的侦察部队就和敌寇的搜索部队接火了。我们为了隐蔽主力，不得不在敌寇的"围剿"师团到达之前，急速退回来，显然，从这里找不到突围的缺口，我们回奔孟家屯。当时，我作后卫，赵尚志作前锋。天色已近黄昏了，在急行军中，我发现前面山头的林子里，乌鸦和小鸟乱飞。我马上要人往头里传命令，要前面部队停止前进。我赶到头前去，赵尚志就问："怎么，不是要奔孟家屯么？"我说："孟家屯一定已经给敌寇的骑兵占领啦！你看看前面山头上的情况就知道了！"

赵尚志一目原本失去视力，又是黄昏的气色，依靠望远镜，才发现果然有敌寇骑兵的影子。我们立刻又掉头向北，走猎人的山道，又回到五道河子。从五道河子我们接到地方反日会的情报，知道沿松花江一带的小罗勒密背后有缺口，从那里可以过江去通河县境。我们就转到小罗勒密后山。虽是十一月的天气了，但松花江中心，还有一两丈宽的江道没有封口。另外又找不到什么渡船和渔舟，敌寇封锁是极严密的。

这时我们离根据地的村庄很远，在为敌人"合并大屯"所烧毁的废墟上，只有断墙残壁，不能遮寒。江边的风势又大，我们只好把队伍全带到柳树林子里去。在林子里借着枝丫做骨干，我们战士用茅草扎起围墙来，以做栖息避风的宿处。由于敌寇飞机在低空时时盘旋、侦察，夜间也禁止点柴烤火。在柳林丛中，但听到战士们的歌声低低地飘荡：

"春天游击，风光特别好，风又和日又暖，满地铺芳草。花放香，鸟飞鸣，祖国山川一乐园。哪容日寇来侵占，革命生长似怒芽，镇压、镇压不了！"

"夏季游击，地利为我用。路泥滑，河解冻，敌人难行动。不怕死，不贪生，抗日革命的基础，全靠英雄男女来奠定。"

这是四军的四季游击歌声。又有的歌声却是另外的昂扬调子：

"铁岭绝岩，林木丛生，暴雨狂风，荒原水畔战马鸣。围火齐团结，普照满天红，同志们！锐志哪怕松江晚浪生，起来呀，果敢，冲锋！逐日寇，复东北，天破晓，光芒万丈红！"

这是三军政治部主任李兆麟同志作的歌词。

实在说，敌伪警备旅李毓玖部距离我们的隐藏地，也不过是几里路。对于这一带地势山形，他们并不是不熟悉。而他们却完全不向我们在这隐蔽的柳茅草地区进军，主要的是因为我们手里握着他们所亲笔签署的秘密的停战协定。

我和三军军长赵尚志并肩坐在茅草结的矮蓬子底下，在四围林丛深处的军歌声里，谈着各自建军的经过，时时发出豪迈的笑声。

赵尚志谈到从巴彦游击队溃败之后，怎样失掉党籍，又怎样投奔到孙朝阳的抗日部队里去当马夫。在攻宾县的时候，他怎样为孙朝阳策划以致取得占领宾县的胜利，被任为孙部的参谋长。进驻宾县之后，孙部怎样分金；他又怎样在孙部结交了七个人，并吸收他们为中共党员，内中有王惠同、刘海涛等人。他们八人又怎样汇集所得，购买武器，准备建立党的革命部队。孙朝阳以后又怎样为日寇特务所诱骗，不听赵尚志的启导，竟自去哈尔滨应"伪"约，准备参加所谓张学良召开的东北军抗日会议；被捕之后，又怎样变节投敌，促令其带队伍之亲弟兄，阴谋捕赵。赵尚志于是带出那七个战士，以自置的武器在珠河老龙宫里聚义建军。终于在一九三三年，在中共珠河县委的协助之下，建立了哈东游击队。

由此，我对赵尚志有了进一步的了解，觉得他确是一头雄狮似的人物。我们在柳林里茅草结的矮蓬中促膝交谈，感到从来未有的亲切。在敌酋南次郎的大军包围中，我们的友情是这样亲密，一时完全忘记了我们之间曾有过的三团被缴械的事。我们是在对未来的革命胜利的憧憬之下，团结一致的。

尽管当时我们在十一月的天气里还穿着单衣，吃着冰水和炒面，在茅草堆里过夜，但我们想的却是东北的未来、民族的命运。

半夜冻醒之后，我唯一关心的是风势怎样，松花江面是不是会在这天夜里全部封冻，一次两次地到外头去观望，等待我们的侦察人员带来"封江"的消息。

十

我们在沙河柳茅子林丛中，隐蔽了十天左右。我们天天派人出去侦察，从被日寇烧毁的小屯的打豆场上，从乱苞米秸子当中，搜集零碎的苞米、小豆之类作吃粮。但松花江中心，还没有封冻，奇怪的是敌寇在伪军带领下，到处骚扰、纵火，却一直没有被引到我们所隐蔽的这个林木丛生的区域。

最后，我们的侦察人员终于从当地的群众中间，知道猪蹄河方面是一个冷风口，比其他的江面每年封冻得都早。我们的部队就在敌侦察机消逝的夜晚，冒着刺骨的冷风，悄悄向十里之外的猪蹄河出发。果然，沿江山势曲折，寒流形成风势，气温下降，猪蹄河的江心，在早晚时间江面都结冰，但很薄。我们的侦察班从村庄的废墟上掮来木板子，终于在江心薄冰夹道上，搭起木板桥来。我们在江边的避风处，一听到江中心的侦察班所发出的欢呼声，就知道试渡胜利了。于是两军的部队,先后陆续出发,仅仅一个小时,全部人马到达江北的通河县境。天亮之后,猪蹄河方面的日本搜索部队发现,要进行追击,但江心冰面在太阳出来之后又融解了。不少试渡江心夹道的日本兵,在我们江沿的监视排射击下,失足坠入冰窟,淹没了。

我们两军的主力部队,当晚在四军派驻通河六方的人员协助和群众向导之下,顺着西北河,进驻到西南岔的伐木工棚宿营。伐木工人热情地让出草铺,拿出他们所收藏的松子,烧起炒高粱茶来,欢迎我们。直到这时,我们的部队才能安心围着木柴的火堆取暖。

据我们派驻江北的联络人员说,通河县城,已经在天亮时开来大批日寇,伪部"内红外白"的雷保董带信,要我们在沟里暂时隐蔽,不要出来。他哪里知道,我们现在过来的是两个团的人马,缺粮缺料;又哪里知道,我们的两个团的战士都还身穿单衣,只是站岗放哨的人,才能轮到一张围腰的狍子皮。

赵尚志听说雷保董的伪地方保安队全部人员都已经发下棉衣来了,主张去围剿。

我说:"只能进攻敌人薄弱环节,来解决我们部队的衣服问题。"

我们的战马,陆续地死掉。我们的战士在伐木营隐蔽期间,粮食吃完,多以马肉充饥。足有半个月,我们得不到雷保董的消息和给养接济。最后,我同意,对雷保董进行一次考验,看他的态度,究竟是坚持和我们订的抗日同盟的关系呢,还是首鼠两端?

我带领一团李守中部离开伐术营出沟侦察,知道敌寇已有向西南岔沟里调动的情况,就派人送信给赵尚志,可以转到东八方屯碰头。三军政委李兆麟同志在东八方屯。我们就留在伐木营里,在伐木工人当中做政治工作,建立抗日据点;又召集了以雷保董为首的地方保甲长会议,由我当场指出来,他们没有履行抗日同盟的责任,一不正式给我们送情报,二不送给养,可见是有心观望。所有"地方保安队",必须全部缴械,缴械之后,进行改编。

我们一共缴了一百三十多支枪,当晚主力部队换了伪保安队的冬季服装。我们采取雷保董的"建议",进袭二道河子伪警备队和伪警察所,并把雷保董捆着,告诉他,如果他表现好,经得住考验,打开伪警备队和伪警察所,就以功赎罪,在我们的编制下,委他为地方警卫团团长。雷保长,留着胡子,人很瘦,要求我们不要绑得太紧,我们又叫人给他松了松绳子。

我们袭击二道河子,并不是为了缴武装,主要的是雷保董在保甲长会议上说,二道河子正运到一批冬季服装,伪地方警备队所换下来的旧冬装,也都捆放在那里,未运走。雷保董又知道当晚的口令,我们计划一枪不打骗开伪警备队防守的炮台大门。

二道河子原已驻扎着伪通河县的地方警备队。伪警察所就设在伪警备队的驻营大院里,里头是老虎不出洞的炮台,门卫森严。如果不是雷保董知道他们当晚的口令,又和伪警察所的警尉很熟,那么我们没有攻坚的炸药,是很难攻进炮台里头去的。

我们计划得满好,不想这天晚上,伪警察所和伪警备队都已在炮台上加了双岗。当敌伪岗哨高喊"什么人"的时候,雷保董忘记口令啦!我们一时也没想起来,幸而雷保董和他们挺熟,就改口说:"你们还要口令呢,我们从东六方来,冻得都打哆嗦啦,快开门吧!"

当时,他确实打着冷战,在发抖,伪警察哨一听是雷保董,就打开炮台的大门。三军一团团长刘海涛随雷保董之后,带队走进去,一面扬声说:"我们打赵尚志和李延禄去啦,你们躲在屋里可暖和!是不是通匪呀?"边说边下掉门岗的枪。

院子当中的伪警察所里有人惊呼:"干什么的?"

三军一团团长刘海涛和四军第一团的部队就闯进去,大声说着:"你们怎么不出去参加讨伐?你们通匪,给我缴枪!"里间日本指挥官的住室内向外开枪,我们的警卫员小方同志很机警,一回身连打两枪,当场就把日本指挥官本次击毙,刚跨进里间,正碰到日本参事官春田手持机枪要射击。小方上前一把握住机枪口，手掌给机枪子弹穿了两个窟窿，又当场把春田击毙了。

我们在院子里已经堵住了伪警备队的宿舍门窗，高呼"中国人不打中国人""我们是抗日联军"的口号。伪军和伪警一枪未发，纷纷缴械。我们共得捷克式马枪二百多支，轻机枪两挺，子弹十五万发，新旧棉军装五百多套。我们三军和四军的部队，当场都分配了。领棉大衣的，不领棉裤和棉袄；领棉裤棉袄的，不领棉大衣。另外，我们发给每一个伪保安队员和伪警遣散费，并告诉他们，可以另外再购买棉衣服，回家为民去。愿意跟随我们抗日的，当然，我们仍然发给全套的军装。同时，我们释放了伪警察所所有在押的"囚犯"。有人指出伪警察中有一个日本指挥官的亲信，在酷刑拷打犯人时极尽暴虐之能事，取媚敌人。我们当场宣布了他的死刑，就地正法。一个在混乱中化装逃掉了的日本教官晓松，想到院外一个中国小铺里去隐蔽，也被村民发现，抓到我们这里，因其民愤极大，就地枪决了。

在清河，我们决定分两路奔汤原和夏云杰游击队会师。已经换了全套伪地方保安队服装的部队，可以借伪装为掩护，公开地从公路上直去汤原。我和赵尚志带着一部分武装以及还没有全部解决冬服的后勤各部门人员，绕道走山后的偏僻小道，由大古洞、小古洞奔汤原。雷保董仍然随行，等待回东六方时，为他编地方警卫团。

我们带领着三四军的一部分人马，在天亮之后，已经进入山区的密林。从江南柳茅林子开始，直到解围，一连七十二个冬季的夜晚，我们都是露宿的。

在去大古洞的山路上，几乎碰不到人家，全是原始森林。在大古洞也只是家家都是没有顶的空房框子，仅能在夜里避风而已。我们的战士和军部的人员，都在周围的旷场上，用雪块子垛起一座座挡风的墙来，然后点起火堆，雪一化，就形成了冰墙。我们就是依靠这些冰墙避风。我们的军马，一路上陆续死亡。尤其是从林口俘获的日本军用马匹，生活条件向来优越，这时因为草料饲养不及，早已瘦骨棱棱，又加天寒，多在夜间冻僵。我们就以马肉做唯一的主食，并烤成一块块肉干，作为每人的储备。

一天，在鹅毛大雪中，我们在一个避风的山沟间停下来，又搭起露天的一座座雪墙，拢火烤马肉。警戒哨带来一个农民，身穿破烂的光板皮袄，头戴狗皮帽子，脚底下是双牛皮靰鞡。一见我们，就摘下帽子，头上热气腾腾。我们要他不拘礼，问他从哪来？警戒哨说："他自己一见到我们就说是日本人派来的。"他说："是呀！我是沟外种地的，不来不行呀！日本兵把我全家都押起来，叫我到山里给他们探路。"

我们告诉他，不要害怕。问他，沟外来了多少日本兵？从哪开过来的？他说，来的兵可多了！屯子外头都搭起帐篷，屯子里也住满了。听说是从江北过来的，还有几门马拉的大炮。日本兵脚底下都是穿的大皮靴，有的冻得脱不下靴子来了。

我们问："日本人要你来，怎么说的？"

他说："翻译告诉我，要是前边有'共匪'，就在树上拴红布条；没有的话就拴白布条。"说话中间，又掏出一些碎布条来。看来，日本法西斯在我们袭击清河之后，就有大批部队跟踪我们进山了，和我们还有十几里山路的距离。

我们三四军的首脑研究了一下，告诉他，要在树上拴上白布条，随我们部队出发。

当时我们就顺着久无人迹的山道，继续往前急行军。一连两天，我们已经把敌寇引到鹤岗北部山沟的密林里来了。在一个庙岭上我们停下来，要那个敌寇所派的向导，在沟口的树上拴起红布条来。

我们只在庙岭留下一排人，夜间袭击敌寇。我们却带着政治保安连和后勤人员绕道甩脱了敌人。

结果，约有一个连队的敌寇，在庙岭沟外拴红布条的树木前面停下，准备宿营，夜里还燃烧起篝火，经我们的袭击排一打，就溃散了。实际上，这些日寇大多已经手脚冻伤，失去战斗力了。后来听说，沿路溃退当中，又冻死不少。到此为止，南次郎的冬季"围剿"是彻底失败了。我们已经突出了敌人的包围圈。

十一

一九三六年一月，我们联军到达汤原县太平川。四军一团和三军四团两部人马，都已到达古河一带，我们还是露天宿营。

我们知道这一带本是夏云杰汤原游击队活动的根据地。在这里，还找到他们宿营的地窖式的板顶棚子。但转来转去，却始终找不到汤原游击队的踪迹。碰到在山沟里拉柴火的老乡，也都说，不知道他们到哪里去了。

后来，我决定还是和三军分路去找。因为我知道三军赵尚志在一般抗日游击队里的印象是"不开面"的，尤其是山林队性质的武装，往往是"闻风远逸"，我们在一块，很难和一些山林队的关系接上头，耳目自然就不灵了。

一月中间，我带领着一个侦察班，走太平川东沟，看到屋子里有三四个人，谈话本来很热烈，但一见我们进屋，就闷声不响了。

我们开始不说番号，只说我们是抗日的游击队，来找夏云杰的，问他们，是不是能帮助我们带带路、找一找。他们都说不知道。看来，对我们疑惧很深，眼光都带着猜疑的神气。后来，我们才知道，这是因为我们都穿着伪保安队服装的缘故。

我们说，我们的服装是在通河从伪警备队手里缴来的。内中有一个朝鲜族青年就开始探问我们部队的领导，又问我们共产党的政策，终于脸上现出活跃的气息，而且对我们越来越亲切，显然这是地方上与党有关系的人物。后来，他说："今天夜里，山沟里有人下来，我们也正在等这个人；他来了，也许能知道夏云杰的消息，你们就在这喝着热水等一会吧！"

点灯之后，果然有个穿着破短袄扎着围腰的健壮的老头背着背夹子进来了。他是个挺体面利落而又脚步健捷的老人。一见我们，很镇静地站下来，解着背夹子，显然想要打算怎么逃脱。等大家伙笑了，告诉他，我们是抗联四军，从江南过来找夏云杰的，他才高声大笑说："一进来，看到你们的打扮，还当是汤原出来的伪军呢！"

他说，他是张家菜营的。又说，听说三军赵尚志也过来了，李延禄是不是和他在一块？

经过攀谈，他告诉我们，山林队听说赵尚志过来了，像鸟听到老鹰动静似的，都躲啦！说他前两天还碰到过夏云杰，现在还在沟里。

当天夜晚，我们按照张家菜营老汉所指的山路走去，在寂无人声的密林里，果然发现了老汉所说的标志，看到半地窖式的密营。周围很静，只见那营里的火光发红，不用说，屋子里是挺暖和的。

我们一走进窖口，刚说了句："里边有人么？"不想，只听见砰砰、扑扑一阵响，窖营里已经就寝的汤原游击队员，全像一群受惊的公鸡一样，扑翅扬臂地从窗口、后门逃出去，跑掉了。但我抓到一个带队的人，这就是后来在吉林工作的刘铁石同志。我说："要是敌人，早就包围啦！我们是抗联第四军的，自己人！"

刘铁石同志当时问清楚我们是从江南来的，就高兴地到外面去招呼："快回来吧！是四军过来了！"

躲在树后头的游击队员，都又回来了。听到我们是抗联四军，一个个都兴高采烈，忙着给我们烧水煮小米粥喝；都笑着说，刚才他们还以为是保安队的伪军呢！他们的生活，看来比我们优越，冬服都很整齐。刘铁石同志这时已经派人到沟后给夏云杰送信去了。

这夏云杰是山东人，原在汤原县任小学校长。一九三三年冬才在汤原县委领导下组织抗日武装，仅有一支手枪；依靠这支枪，缴掉鹤岗附近的伪保安队武装，正式建立了汤原游击队。他有个拜把子的盟兄弟，是郝家烧锅的财东；以后他的这个大地主出身的盟兄和日本有勾结，夏云杰就派人化装为日寇的"宣抚班"，借口检验枪照，缴了郝家烧锅一二百支枪，又劝导其为汤原游击队捐献了三万元的巨款，部队才有了储备。此后，又攻萝北，占鸭蛋河，打鹤岗，在抗日游击战当中，扩大了武装。他们一度联合汤原义勇军首领冯志刚、张传福两部，占领过汤原县城，释放了大批"囚犯"，一时威名大震。

我们到达太平川东沟张家菜营的时候，汤原游击队的主力，已由戴鸿宾率领远征富锦，在密林里仅是留守的部队和总部的后勤人员。

夏云杰，个子很高，面目英秀。头戴一顶貉绒帽子，穿着件皮领的军大衣，姿态潇洒。

我们攀谈不久，他就告诉我们，党中央在遵义会议之后，发表了《八一宣言》，提出关于组织抗日联军及国防政府的主张。

第二天，我们又派人约来赵尚志。夏云杰又一次提到汤原县委已接到党中央《八一宣言》的指示，并说，党中央已经把枪口转向日本帝国主义，把民族革命当作主要斗争方向了。赵尚志沉默很久，表示，要是帮助汤原游击队扩大为抗联第六军，他是没有异议的。问夏云杰，有什么目标可以由我们三方面联合战斗；要扩编为抗联六军，就要夺取扩编的武装资本。

夏云杰提到黑金沙金矿，说在那个金矿上有伪警备旅一个连。这个连的装备很好，还有两挺重机枪。只是这个连长和他自己，过去有交情，在他来说下不去手。赵尚志一听，就说，干革命还有什么交情可说，他不出面，我们来打。夏云杰却说，过去，他们可也从来没打过我们的游击队，我们怎么能先动手呢？赵尚志就说，不要说他是汉奸队伍，就是抗日队伍，要不听我们的调动，一样缴他的枪；在这种场合，不能讲私人情面。

我说，在这点上我倒是同意赵尚志的，但不同意硬打。我的意见是，抗日是朋友，亲日就是敌人，金矿的伪警备连孟连长，既然过去没打过我们的抗日游击队，我们应找他来谈一谈，要他表示态度，要是跟我们抗日，就没有什么话说，要是死心塌地不跟我们合作，那么就当作敌人处理。夏云杰说，他自己不能来设鸿门宴。他说孟连长和矿区邻村单家大院的地主老单头有私交，可以要老单头写信，招他到单家大院谈判。他自己还是不出面合适。他的态度，现在又和对待大地主郝家烧锅的财东完全不同。

最后我和赵尚志率领部分部队，在当天晚上包围了单家大院，村外派了警戒哨，封锁了交通路口。

要地主老单头写信，伪称有要事商量，约金矿孟连长来村"小酌"。老单头一看，我们都是伪警备队的服装，来势却又很急，就问："你们到底是哪一部分的？"我们说："这你就不用管啦，反正是有要紧的公事。"

地主老单头说："信我可以写，可是不管怎样，你们要留他一条命！"

我们说："那就不用你操心了。"

当晚，信写好之后，我们就派自己的人化装送到金矿上去了。

果然，伪警备旅孟连长骑着马，带一名随从马弁如约到单家大院来了。我们当时早已在墙角、草垛背后、窗根底下，埋伏了武装。我和赵尚志两人在屋子里，从窗口向大门外望着。

孟连长在院子里下了马，手里拿着根马鞭子，毫无提防地把马交给马弁，大步向北屋走进来，还招呼着："大哥，不在屋么？"一见我和赵尚志站在屋子里，脸色突然大变，就说："不管有什么大事，是朋友，先让我抽抽烟再说怎么样？"

我说："可以！"顺手把他腰里的手枪下了，又叫老单头给端出烟盘子来。他往炕上一躺，就嗞嗞地抽起大烟来，内心显得很紧张。我说："我们是东北抗日联军，你是日本的奴才，为了挽救你做中国人，到了你立功赎罪的时候了。"又说："我们的部队缺枪，要麻烦你一趟,领着我们到金矿去,把'警备连'的武器缴过来!我们是要用日本人的武器打日本人。你要活,就带我们去缴枪。"

赵尚志说:"孟连长!我们来干脆的吧!你是要当抗日英雄呢,还是要当狗熊?"

孟连长从炕上坐起来说:"抗日的英雄,我是当不起!我吃不了苦,又有口烟累。亲日呢,也得送命。这样办不好么,我领着你们去缴枪,你们多开给我几个钱,我有两个老婆,我带她们回关里去不好么?"还说:"金矿局孟局长还有三十名矿警武装,你们需要注意。"

我们算是协商妥当。他已抽足大烟,我们就把他两手绑起来。他说:"松一点,我说到做到,都是中国人,谁还替日本真心保国呀!"我们又叫人把绳子松一些,要他头前带路,派人作为马弁模样,在背后给他牵着马,我们的部队随后跟进。这天晚上,我们虽是潜步行军,可是狗吠声特别厉害。到了矿务局的岗哨,孟连长一招呼,哨兵就下来开了碉堡的门。这时,我们的部队就向前靠,随后一拥而进。

孟连长站在宿营门口宣布:"弟兄们!抗日联军来啦!咱们缴械吧!"我们当场缴获了步枪二百支,轻机枪两挺。不想,却惊动了伪矿警队,从内院里开枪了。我们的部队就从正面攻上去,伪矿警队只有三十人,却很顽固;我们又派了一部分人绕到背后,从伪矿务局局长住宅的后窗里冲进去,抓住伪矿务局局长老孟头,战斗才算结束。

这个黑金沙矿务局的日产量很大,有专机运输,三天一班航次。我们占领矿务局这天,班机刚好开走,因之,缴获的黄金不足百两,但其他军用物资很多。我们的联军部队就在这里驻守下来。

我们在矿务局的大院套里,召开了大会,号召矿工和伪警备队队员参加抗日联军。不愿意跟随我们抗日的矿工,一人发二厘金子作为遣散费。如我们和孟连长口头协定所约,伪警备队队员每人发两厘五,最后我们还剩黄金六十两,这一笔财产留作军用了。

我们很快得到敌人调集部队"围剿"的消息。我们的部队在黑金沙矿务局驻扎两天后就又拉出来。临走,大部分战士都多了一件联军军部配给的毯子,行军中的粮食口袋自然也都装得满满的了。

从黑金河缴获的枪支和子弹,连同一部分要求参加抗日的矿工和反正伪军,我们交给了夏云杰同志。于是汤原游击队扩编为抗日联军第六军。

因为我们在黑金沙所取得的胜利,并扩大了夏云杰所领导的汤原抗日武装,一时声威大震;远在依兰一带潜伏的谢文东部,及盘旋在勃利一带的李华堂部,听到风声,全都带着护卫部队赶来了,都想从我们手里得到一些武器。谢文东说:"我们也沾点光不好么?"并且表示,今后愿意参加抗日联军,和我们联合为一体。当时,交通员已经从珠河县委方面给赵尚志带来党中央的《八一宣言》。我们一致拥护《八一宣言》,同意帮助谢文东扩编为抗联第八军,并在三、四、六军首脑会议上决定,由我和谢文东进行关于改编他的部队的谈判。

在我和谢文东的谈话中,我提到如果他愿意取得抗联第八军的名义,部队需要扩充;连队以上都需要按我们所采取的统一编制,建立政治工作系统,团有团政委,连有连指导员。

谢文东说:"部队要扩大,我还不愿意吗?可是没有可靠的人,我的保卫连队可不能交出去。"

我通过在五道河子的接触,对他周围的情况已经有了了解,所谓"民众救国军"总司令部里,都是一些封建的姻亲。有称他为姑父的"副官",也有称他为老叔的"参谋",内中我注意到三个人,那就是到第一军去阅历过的李初坚,以及怂恿他和我们订立抗日同盟关系的包副官及其副手滕松柏。

我说:"团长还是你自己的人,我们不动。"

他说:"我哪里有这样的人呀!"

我说:"包副官不行么?"

他见提到的是他外甥,很满意,说:"你们说行就行!"

我又提到他的妹夫李初坚,可以担任第二补充团团长。他也表示满意,只是说,哪来的武装呀,他还在江南呢。

我说:"只要你同意,我们同去帮助你进行扩编。"以后,以"三羊"山林队为基础,我们给他扩编了第二补充团。

我们在协助谢文东扩编改制中,尊重他的意见,抗联八军军部的机构里,都安置了他的那些封建姻亲,在各连队里都派了我们的同志去分任指导员工作,团里有我们的团政委。等到一九三八年谢文东为其亲儿子出卖而变节投敌时,只带走了一个空头军部,所有抗联八军的部队,和抗联九军一样,都团结在党的周围。事实证明,党的政策是正确的。

## 十二

一九三六年一月二十六日,我们在汤原兴隆沟召开了抗日联军的首脑会议。

在这次会议上,宣传了党中央的《八一宣言》,并公布了根据党中央新精神,我们各抗日部队所进行的统一编制。原属四军第二师虎饶游击区抗日武装,扩编为抗联第七军,以陈荣久同志为军长。依兰土龙山部队扩编为第八军,李华堂自卫军改编为第九军。所有出席这次会议的人,都是抱拳相庆,团结抗日的气氛,是空前热烈的。

在会议上,各抗日联军首脑根据《八一宣言》精神,又一致通过了由三军政治部主任李兆麟同志所草拟的国内通电。内中称:"我们最近接到中国共产党中央八月一日公布的《为抗日救国告全体同胞书》,提及建立全国统一的国防政府与全国抗日联军,并申明中国红军首先愿参加抗日联军。"除在通电中表示拥护之外,又向国内各界提出呼吁:"应该马上停止内战,枪口一致对外,一致抗日,一致争取中华民族的独立与统一,一致保护中华祖国领土的完整。"

通电由东北各抗日联军出席的首脑及党代表签署,以缺席的东北抗日联军第一军杨靖宇为首，第五军周保中居中，汪亚臣部改编为抗联第十军为尾，总计十个军。另外还有五常等两个抗日游击队。

出席这次会议的除去三军赵尚志、军政治部主任李兆麟，四军我，六军夏云杰及各抗日联军代表之外，还有汤原抗日义勇军的首脑冯志刚、张传福等人。六军一师师长戴鸿宾远征未归，没有参加。

我们东北抗日联军，在敌酋关东军总司令南次郎所发动的冬季大"围剿"中，不但没有缩小，而且扩大了。从这里也可以充分地看出来，毛泽东思想在东北的抗日斗争中所起的关键性转折作用。凡是严肃认真执行这个抗日统一战线的政策就胜利，就强大；离开这个政策，就孤立，就失败。

我们从东六方缴掉雷保董的伪地方保安队直到黑金沙矿务局的胜利，三四两军已经储积了四百多支枪，赵尚志希望我能留下一部分人，作为扩建联军警卫团的骨干。

我临走时，从一团选拔了一百四十名战士，从政治保安连里又选了三十名人员给他留下来。赵尚志在送我南下的路上，一直恋恋不舍。

我带领一团的一部分和政治保安连，在路过大小古洞的时候，又遇到敌伪的袭击，雷保董阵亡。

刚编制不久的通河地方警卫团，以后就由牛副官率领。我过江时，这个地方警卫团，就留在东六方驻扎。跟随我回到方正的，只有不足百名的武装。

我们这支不足百人的队伍，从松花江面上，深夜潜步越过沙河直奔陈家亮子，又临近我们的抗日根据地了！正像临近久别的家乡一样，所有那些挂着雪的柳林子，那些林子里的茅草结的遮风墙，遗迹均在。我们曾在这里度过十几个夜晚，我想到当时所听到的战歌声……这些遗迹，对我们是多么亲切，而又有多么深切的"隔世之感"呀！

汤原的各抗日联军首脑会议，在我走后，定名为"汤原、珠河联军会议"。

## 十三

日酋南次郎大将对我们所进行的"围剿"是彻底失败了。我们一到松花江北岸，就已经知道，他被所谓日本"天皇"撤职了，名义上是奉召归国。关东军总司令一职已调梅津大将接任了。回到江南根据地，又知道寇酋南次郎在"围剿"末期，曾经亲自乘专机到富锦去，准备在那里召集军事会议，有所策划。但一下飞机，就遭受朝鲜族的抗日勇士朴中朝的行刺；不幸，朴中朝不认识南次郎是甚模样人，以为第一个从飞机仓里走出的就是南次郎本人，他就开枪袭击，但这人却是南次郎的副手。因此，南次郎没敢从飞机仓口露面，乘着原机又飞回哈尔滨转长春去了。朴中朝却当场被敌寇宪兵捕获，不久就遭杀害了。

后来，我们接到四军三师的报告，才知道这朴中朝是我们五团团政委派去侦察敌情的侦察员。他到富锦之后，就住在一家朝鲜族开设的西服店里，正巧碰到敌伪县政机构命令所有朝鲜族商店推派代表，去机场欢迎南次郎总司令的降临。于是我们的这个侦察员，天真地认为刺杀了南次郎，就可以解除敌寇大军对我们抗日联军的"围剿"，他抱着牺牲一人而为全军解围的想法，暗藏手枪混入"鲜商代表"的人群中间，去富锦飞机场行刺了。

我们到达陈家亮子的当天晚上，派出去的联络人员回来汇报：我们在大罗勒密所有建立的抗日同盟关系，都已经在敌寇"围剿"的后期，遭受敌人的严重破坏。

原来，我们青龙沟三团苏衍仁部被缴械之后，有苏衍仁的亲信朱善庭，叛变投敌。他因一己之私，抛却了民族大义。他声言为苏衍仁报仇，率领敌寇来到大罗勒密，逮捕了为我们办军需的参谋张景隆及警备连连长陈云山两人，我们所辛辛苦苦经营起来的"东亚药房"及"邮便代办所"，也都被查封，所有珍贵药品、财物，劫掠一空。

陈云山在敌寇酷刑之下死掉了。张景隆因为在叛徒朱善庭作证时，凛然不屈地说："过去我待你可是上宾呀！我们私人之间无冤无仇，你不能诬攀好人呀！"叛徒朱善庭一时惶惑，未做死证，最后判刑三年。朱善庭以"功"升饶河县伪宪兵队队长，中华人民共和国成立后逮捕归案，以其作恶多端、血债累累，依法枪决了。

如果不是党中央在遵义会议之后，有了《八一宣言》的号召，我们东北抗日联军不但不会扩大，就是四军会不会存在得住，也是一个问题。由此，我们便感觉到遵义会议之后，毛主席为首的党中央的领导是英明正确的。在我们来看，这是关系到整个民族及无产阶级革命事业成败的关键。

我回到陈家亮子之后，就接到了宁安方面经勃利县委转达来的，除了关于《八一宣言》的传达文件之外，还有祝贺我们冬季反日寇"围剿"胜利的贺函。

第二天，驻红石磖子密营的一师二团团长张奎到陈家亮子军部来汇报。在南次郎冬季"围剿"当中，二团除了派出两连人作为三军一团的向导外，二团主要是采取了隐蔽性的破坏敌后电话、交通的活动。开始是以侦察班为单位，沿顺依兰通方正的公路，锯电线杆及割电线。以后因为敌寇有检查线路的交通兵，随时发现随时修理，就改变了破坏方式；采取了在电话线上挂铜丝的办法，把电源导入到地下去，使敌寇难于发现。敌寇的交通兵，检查线路的任务就繁重起来了，需要沿路一根一根地检查，修复的进度很慢。后期，我们二团的侦察班，在张奎同志指挥之下，又采取了在各公路上袭击敌寇查线交通兵。他们击毙的日本交通兵很多，每两三天，总有三五名。据张奎同志说，南次郎最后不得不亲自坐飞机到富锦去，是和电报、电话的线路中断、联络失灵，有密切关系的。

我是二月间回到大罗勒密区陈家亮子来的。不想，我回到方正不久，赵尚志也随后赶来了。原来，他也接到地方党委的通知，知道吉东特委关于青龙沟对三团苏衍仁部缴械事件处理的决定了。

赵尚志说了关于成立政府的事。当时我还要到依兰地区去联络三师的部队，我说："等我回来之后，再谈吧。"我拥护中共中央的《八一宣言》，成立国防政府。

赵尚志问我多久回来，我说："三个月吧。"

一师二团张奎部，仍留陈家亮子驻扎。另外，又留下政治保安连连长杜青山，我只带着秘书彭施鲁同志东下了。中华人民共和国成立后，彭施鲁曾任总参谋部训练部副部长。他是从北平学生抗日救国核心组织派回东北来的，是中共党员。

我们走到依兰，路过谢文东的留守处的时候，碰见了滕松柏，他只带领着一两个随从，在留守处居闲式地以酒自娱。我告诉他，谢文东已经把依兰部队改编为抗联第八军了。问他，李初坚在哪里？他说，李初坚已到北刁翎去了。说北刁翎的"三羊"山林队，正在"算大账"，他闲着没事，就去看人家"算大账"去了。

我说，谢文东已经决定在部队里按抗联的编制建团，委李初坚为第二团团长，正好可以乘机收编"三羊"山林队，作为扩建二团的基础。滕松柏闻讯，自然很高兴，就随着我们到北刁翎。在山沟里找到李初坚，了解到"三羊"山林队有为我们收编的可能。我就以抗联四军的名义，在后沟约来"三羊"山林队的"水柜""糕台"以下的小头目开会。所谓"水柜"，是山林队掌握"敌情"的作战参谋部；"糕台"是管理给养的后勤；总头目，在他们内部称为"瞎头子"。

参加后沟会议的，还有李初坚和滕松柏。

开始我说明抗联四军在北刁翎，经过何五爷向各山林队传达过抗日同盟的军纪，宣布过在抗日游击区里，一不准抢，二不准奸，让他们根据这个精神检查一下，是不是他们的"瞎头子"遵守了这个约束。

这些出席后沟会议的"四梁八柱"都说，他们正因为"瞎头子""啃大饷"，在这"算大账"呢。要不是"瞎头子"犯了江湖上的法规，哪会一两年不发饷呢？因为"压列子"，钱都花在女人身上了。他们预备算完大账，就散伙，洗手不干啦！

我问："你们都是江湖上的好汉，愿不愿意当民族英雄，跟着我们抗日，为国家出力呀？"

他们都说："抗日部队，有谁愿意收编我们呀？"

我说："你们只要有雄心，愿意抗日为国争光，我愿意帮你们一把，赶快结束这个'算大账'的僵局！"接着派人把"三羊"叫来。这个不法的头目人，听说是抗联四军在这主持会议，一进来，脸色就吓得发白了。门口守卫当时就下掉他腰间的手枪。

我要他自己说，犯了抗日同盟的约束，不发饷，该怎么办？

他声称："该死！"

又问他，还犯了什么罪？

他说："压列子。"

问他，依他自己说，该怎么办？

他说："前人留下的江湖规矩，谁也不能沾女人；沾了就得勒死！"

我说："抗联新编第八军副军长滕松柏在座，你们'四梁八柱'可以提出意见来，由滕松柏副军长裁决！"

在众人要求之下，抗联新编第八军副军长滕松柏当场宣布，拉出去枪决。滕松柏自参加土龙山农民暴动，担任谢文东的民众救国军副司令以来，一直是不得信任，这是头一次得到我们抗联的支持，获得权柄，自然是很振奋。之后，我问"三羊"山林队所有的"四梁八柱"，是不是愿意参加谢文东的新编抗联八军，大家极为踊跃地说："能要我们，我们怎么能不参加呀！就怕不要我们呀！"

我问滕松柏："你看怎么样？"

新编八军副军长滕松柏就说："我看这些人都是干家，行呵！"

当场，我以中共满洲省委委员的身份，代表第八军宣布："由第二团团长李初坚进行收编。"抗联八军第二团就这样建立起来了。

我还没有离开北刁翎，不想一师二团团长张奎同志带领两个连赶上来了。

当天晚上，张奎同志来到军部，向我报告，赵尚志从二团调走两个连。实际上，我知道张奎同志在思想上也是认为三军有"左"倾作风的。我告以部队不在数量，而在质量，不管有多少部队，如果离开党中央的精神实质，是不会发展的，只有孤立。又说，尽管我们的部队是少了些，但实际上，在执行党中央的统战政策中，我们的抗日武装是越来越扩大了。例如新编八军二团的建立，就充分说明这个问题。虽然这个二团政治成分还很差，远远不及我们抗联四军二团的坚韧，但经过一个时期的锻炼，同样会改变的。因之，我们该从大处着眼。抗日联军的扩大，实质上就是党所领导的抗日武装势力的扩大、党的政治影响的扩大。这天，我们谈到夜深，张奎同志终于对我开始有了新的理解，觉得我们应该有开阔的胸襟。

十四

三月初，我们在北刁翎沟里接到勃利县委书记李成林同志派人给我带来的口信，要我带领部队到大青沟去开会，说有党中央的重要指示传达。

三月十五日，我率领部队到达大青沟。三军一师政委金策及四师师长郝贵林闻讯，也都远路从依兰赶来。在反南次郎"围剿"当中，三军一师政委金策和四师郝贵林，以四军二团所配备的两个向导连作前锋，截击从依兰通往汤原的敌后给养运输线；在这方面，他们起了一定的牵制作用。

山区周围的农民，在反"围剿"中，也发挥配合抗联瓦解敌寇"围剿"部队的作用，显示了正义的战争必能取得最后胜利的这一真理。例如，敌寇在山区进行搜索"围剿"，脚穿皮鞋，是不耐冻的。有的村庄一见日本军开进村来宿夜，就为他们烧热水烫脚，外示关切，实际上，谁都知道，脚已冻僵，再加热水一烫，立即肿胀、溃烂。

山村的农民都知道，中国共产党领导的抗日联军是他们的唯一依靠，寄托着未来的命运。瓦解敌人的战斗力，就是支持我们突围；我们东北的劳动人民，在这里闪现出了惊人的智慧。因之，我们的胜利突围，又是和这些广大的群众的支持分不开的。

在大青山沟，我们和勃利县委书记李成林同志会面时，又见到了随他来部队的李延平同志。

李延平同志远在一九三三年从密山出国学习，一九三五年年底回国。回国之后，经满洲省委的关系，在吉东特委那里留了一个时期。现在是随李成林同志来接任抗联四军军长一职的。我需去党中央，另有任用；并要直接去汇报工作，吉东特委是奉党中央的命令来调我的。

勃利县委书记李成林同志转达了党中央的命令之后，由李延平同志正式传达了党中央《八一宣言》的精神，说明民族矛盾已经上升为主要矛盾，当前斗争以抗日为主。

抗联四军在移交中，进行点编。原第一师师长杨太和早已出缺，由二团团长张奎同志提升递补；一团团政委李守中提升为一师师政委；一团团长暂仍为满景堂，二团团长由政委郑国志接任，三团的编制撤销。第二师既已扩编为抗联七军，原二师编制也撤销。李天柱任新编第二师师长，仍兼第五团团长，邓化南同志任新编第二师师政委，六团宫显廷、七团张奎武两部，仍属李天柱统辖。李延平同志兼抗联四军政委，黄玉清同志任政治部主任。

除留在通河的地方警卫团，留在汤原的警卫团，以及金策、赵尚志各带去二团两连人之外，在点编中，抗联四军仍有一千五百人左右的武装。

在点编中，新任军长李延平同志又谈到青龙沟事件之后，波及面还不仅仅是大罗勒密抗日游击根据地的损失，在反"围剿"中损失也大。

李延平同志有一次到吉林特委李大个子同志处汇报工作时，特委安置他在牡丹江市一家客栈里住宿。这个客栈，本是党内的交通站。因为挂着客栈的招牌，难免也有些过路客商来投宿。李延平当时身穿便衣，带着勃利县委书记李成林同志的警卫员孙靖宇作随从，孙靖宇外穿伪地方保安团的军装。不想，刚进去，就碰到苏衍仁部下的一个机枪手。原来，他认识李延平同志，就走过来打招呼说："我认识你，你是老军长的兄弟！咱们在这里见面可是难得，我要请你！"李延平知道他是从青龙沟跑出来的。一看，不能推脱，就机警地答应他晚上一块喝酒，指定在市内一家有名的酒馆里碰头。等到这个机枪手一走，李延平同志就换了孙靖宇的伪军装束，搭乘敌伪的军车，离开那里了。当时，在交通站住的，还有四军政治部宣传处主任罗英，适其外出，归来未及走脱，结果，为苏衍仁部下叛变的机枪手所出卖，遭日本宪兵逮捕。又不久，罗英叛变，同样，回到勃利县为敌伪做爪牙，对我们进行破坏。

由于青龙沟事件及苏衍仁部下个别人的叛变，我们所受的损失确实是很大的。

驻扎在石头河子的三军一师和四师的领导人员，听说我已奉召到党中央去汇报工作，都很高兴，就在石头河召开三四两军部队的联欢会，以示祝贺。

一师政委金策同志对我说："顶多你离开一年，还是要早日回来，我们还要一起并肩作战。"又说："一定要从党中央带回一些具体的指示来！"当夜，我在石头河子住宿，不知道金策同志从哪里弄来二斤白酒，在我们抗联部队来说，这两斤白酒几乎是罕见的珍品。他又约来四师师长郝贵林及四军新任军长李延平，新编二师师政委邓化南等人，联欢聚饮。酒后，豪兴大发，金策同志倡议："喝酒不算饯行，咱们两军还要联合再打一次胜仗，算是给你饯行，怎么样？"

在这天晚上，我们畅谈半宿，确定了进攻附近的石头河子金矿的计划，推我为总指挥。

在进攻石头河子金矿的战斗中，我们俘虏了二百左右的矿警，缴了大批的武器和马匹、粮食。指挥部是设在石头河子的大车店里，拂晓进攻，日出之后就结束了战斗。

一九三六年三月底，石头河子金矿的"饯别"战斗胜利之后，我就离开部队，和那些一连七十二个露宿、共度严冬季节的一团和保安连的战友们告别了，和松花江两岸那些英勇不屈的中国的英雄儿女们告别了。

愿你们与山河同在，与日月争光。在以伟大领袖毛主席为首的中国共产党领导之下，为民族的革命事业夺取最后的胜利。

写于一九六〇年十月十五日

一九七六年十二月二十六日由高云青、张书新、张书泰校订

# 校后语

### 一、我的悼念

李延禄同志是东北抗日联军当中最后去世的一个著名将领，他于一九八五年逝世。

他逝世的那一天，正是瞿秋白殉难五十周年纪念日。我是在中南海怀仁堂听过杨尚昆老将的纪念讲话的次日（一九八五年六月十九日）知道的；因而记得很清楚，那是六月十八日。那一天还得到另外一个文化界的战友于同一天下午逝世的消息，当时真是感慨万分。李延禄同志，已是年逾九十诞辰了！可以说，福将而寿终。遗憾的是，他生前未能看到早在一九八四年或一九八五年就该出版的这部回忆录的改版本。

本书所经历的挫折，在《改版说明》里，已经简要地说过了。在这里，还需要举一两节李延禄同志关于本书和作者交谈的事例，以作补充。也借以作为寄托作者对李将军的哀思与崇敬的悼念。

### 二、一次有关本书改版的谈话

一九八三年春末，李公延禄在北京医院结束数月之久的住院医疗，康复出院，回三里河寓所的途中，路过前门西大街，又一次以八十有七的高龄，缓步登上二楼来看我，作陪的仍然是将军夫人高云青同志。

李公是典型的关东彪形大汉，年高却仍然魁梧而态式坚壮，只是脸上肌肤有种虚而松弛的模样,此外,全不像患过直肠癌动过大手术的老人,当然步履间是蹒跚而迟缓了。

李公延禄在谈了自己的康复状态之后,就直截地说:"因为好久不见了,要来看看你;另外,还要问问你,党校有人来和你谈过了吗?怎么他们没有来?"

我说:"没有人来,找我是要谈什么呢?"

"这就是说,他们现在还没来,总是会来的!"李公延禄不无意外之感,接着告诉我:在北京医院住院期间——自然是在我于一九八二年到医院去探望他之后,一九八三年左右的事了——中央党校介绍了两名准备编写东北抗日联军战斗史的同志来找他,这两位同志很想以《过去的年代》为蓝本,全部拆散,按年月时序逐篇增补东北抗日联军一、二、三、五各军的建军经历及战斗史。两名编著者中,有一人还是黑龙江党史资料征集组或档案馆的干部(后者直到两年后才来访问作者并作过一次短暂的晤谈),两人是来征求李公延禄的意见的。李公延禄说:"我当时就告诉他们了!我说,那是作家骆宾基的著作,你们如果拆散了作补充,我是没有意见的,不过你们得征求他的同意!"

他又问我:"那么,你说说你的看法吧!"我回答的大意是:我同意,没什么意见。因为这本书既然已经出版了,就属于社会的公有文化财富了!改编电视剧、剧本,都可以,但有一点,不能因为要以我的这本书作蓝本,就把它久久拖着不再版!我说,因为有从前抗联五军中的个别同志提出异议就停版不印,是不对的!有异议可以公开评论嘛!何况直到今天,日本现政府文部省审批的教科书,还在改"侵略"我国东北三省为"进入"呢!这本书就是日本前军国主义者侵略我们,掀起抗日战争序幕的历史铁证,本书不但是对为我们民族流过血的先烈的纪念,更是对我们那些豪气勃勃的东北青年进行传统的爱国主义教育的精神食粮。

在观点上，我们年龄虽有二十二年之差，不管是理性的认识，还是政治感情，都是一致的。经过这次谈话，我开始考虑改版以恢复它本来的纪实体的"报告文学"的名义，使它名实相符，而文责也当由作者自负。

这是第一个有关本书的改版说明的谈话实例。

### 三、关于"墙缝"大捷的问题

开始，有位在东北抗联颇有声望的老同志，出面对该报告文学做过否定式的谈话，曾说过，在镜泊湖畔，从未发生过这么一次大规模的伏击战。不要说大捷，就是当时驻扎在那里的队伍，"连枪声也没听见过"。由于这是来自有声望同志的否定意见，原来准备续印的二十万册（征订数目）的出版计划就撤销了。但在"墙缝"战役中起了关键作用的瓦房店猎户陈文起烈士的遗孤——已经年过六十的陈风芝女士姊弟两人还健在，她还住在宁安，是红旗社的农业社员。她的出现，是除了作者当年由李公延禄陪同去镜泊湖南湖头调查访问参与过这次大战的炮手李长发，还有当时在东北抗日联军工作的政治干部关慈同志（现任牡丹江林业局局长）之外，又一位可与历史相印证的人物了。镜泊湖战役打响的那年她仅九岁，还记得叔父曾去"墙缝"遗址附近的孤间房收殓过烈士遗体。最后黑龙江省省长陈雷同志（也是东北抗日联军后期很有影响的高级干部）在镜泊湖畔"墙缝"遗址慨然题了纪念碑词，这一"公案"应该说是实事求是地解决了。但还是不行！以后又接着出现了关于这次战役的规模和战果的大小问题。

据与黑龙江党史征集组或档案馆有关的准备编写整个东北抗日联军各军军史的同志说，在镜泊湖为李延禄领导的东北抗日救国军在"墙缝"所歼灭的不是天野一个旅团，而是天野旅团所辖的一个"联队"，缴获的枪支数字，也都要大大压缩。

当一九八四年"九一八"五十三周年纪念日的次一天，由我的助手张书新作陪,去北京医院探望李公延禄的时候,病室里只有将军独自一人,李公仍是身穿短短的病号衫,长腿病号裤,体格虽然魁梧如旧,但眼睛已看不清在两公尺外的来人是谁了!知道是作者由女儿陪同来了,就说:"正好,早就想找你谈谈了!"于是告诉我,关于镜泊湖"墙缝"潜伏战,以及连续四次战役歼灭了天野一个旅团的大捷,要改为一个"联队"了!所有各次战斗的规模,缴获都在编写者调查中缩小了!"我一直是坚持原来的实际数字的",而且"有的都在巴黎发行的《救国时报》上登出来过,是苏联海参崴'太平洋书记处'派来的秘密电台和秘密的随军记者报道出去的数字","当时经过核对的,我怎么能随便改呀"!可是七月间,"我一度病危",而"家属围绕着我,提出最后的恳求",要我改变态度,和党史征集组的人员"合作","要配合他们的要求",说,因为这是和骆宾基的那本著作不同的书籍,那是一个作家的作品,而这是属于党史的一部分,只有"党史"才能取得社会的公认,何必在一些战斗的规模和数字上斤斤计较,坚持不下呢!我就答应"合作"了!"我个人争什么呢?因而也要求作者在数字上以及'墙缝'战斗的规模上进行再一次的修改"。我当时只劝慰将军,不要再为这些问题所纠缠而烦恼了!我说:"关于派到依兰土龙山谢文东那里去的两名干部,不是季青同志而是以白云龙为主,这是记忆方面的差误,可以遵照你的意见订正,改过来。至于战斗的规模、缴获的数字,是你过去一再坚持的,这就是另外的属于作者执笔问题了!"我说:"您该安心养病,不要再为这些操心了!"

本书在"墙缝"战斗的规模以及缴获之类的数字上,仍保留如实,因为如果不如实地缩小为歼灭一个天野旅团的联队,不仅与史实不符,且和它所取得的非同寻常的政治效果也不相称!

镜泊湖连环战役大捷之后,抗日救国军(以李延禄指挥的"补充团"为主力)很快扩充为旅的编制不说,而且在宁安由抗日救国军召开,实际由李延禄主持的——有伊兰改编的自卫军(原东北军二十四旅）总指挥李杜代表和原东北军二十一旅六〇〇团团长张振邦参加的——联席会议上，不但做了撤销二十一旅旅长赵芷香军职、提升张振邦为二十一旅旅长的有效决定，更以抗日救国军占领的宁安县与原为六〇〇团驻防地的东宁县交换，这都是歼灭一个日本联队的声威所产生不出来的政治效果。

历史是不容更改的。

### 四、李公延禄的卓越功绩不仅仅在于军事方面

李公延禄现在已是故去的历史人物了！相信今天的不以个人利禄为准的马列主义历史学家，未来会给他以符合历史实际的评价的。

现在读者通过本书纪实的回忆，会看清楚：李延禄当时以一个秘密共产党人的身份，去土城子说服已为"兵变"所左右的原东北军第十三混成旅的老三营营长王德林，策动他脱离蒋介石不抵抗政策的羁绊而与有志之士协力抗日，结果才竖立起抗日救国军的大旗。王德林当时不过是区区一营长，哪里谈得上什么"上层勾结"？"协同抗日"怎么谈得上是右倾？但在李公延禄率领一个仅仅只有五百人的（相当于一个正规营）"补充团"进行了镜泊湖第一个战役——"墙缝"潜伏战，接着是可以和诸葛亮初出茅庐以三千人马火攻夏侯渊的十万大军相媲美的火烧松乙沟的战役，再借兵于原东北军二十一旅六〇〇团张振邦进行关家小铺的阻击战，直到最后通过铁路电话，调动李延青所率领的铁路工人游击队对天野所率领的残兵败将准备逃回哈尔滨而乘坐的列车在腰岭子车站进行的最后一次歼灭性的伏击战，这才完成了全歼日本板垣师团天野一个旅团的大捷。但结果呢？在中共宁绥中心县委的会上不但没有受到表扬或嘉奖，相反却遭到批判。甚至连支持李延禄游击总队的宁安县党委书记朝鲜族领导人李广林以后都调离了原来的工作岗位。这就充分说明当时那种发动党员当兵而一人拖出一条枪来建立阶级成分纯而又纯的工农抗日游击队的主张，是一种

多么狭隘的过左的"关门主义"的政治倾向了，这样的政治路线会把共产党之外的所有的东北抗日武装排除掉，实际上是孤立了自己。面对号称三十万之多的日本关东军的压倒优势，每个县仅仅几十人的阶级成分纯而又纯的工农游击队，就是联合在一起，也是杯水车薪。不要说一个日本旅团，就是一个日本联队，也很难歼灭掉的。现在看来这是个比较简单明了的问题，但在当时就是作为中共满洲省委吉东局书记的童长荣——"左联"初期夏衍同志的亲密战友——也只能对李延禄不做"右倾机会主义"来指责，置之一侧不做结论而已。直到一九三六年毛泽东同志在延安听了李公延禄汇报之后，才肯定指出：这是"自发的抗日统一战线"，丝毫不做右倾或"勾结上层"的指责。相反，该受指责的是当时王明过左的政治路线（注："这个关门主义错误所造成的孤立和落后的状况，在遵义会议以前，基本上是没有改变的！"——见《关于若干历史问题的决议》）。

李公延禄对于中国共产党和中华民族的贡献，主要的还不在于以镜泊湖的"墙缝"大捷为起步的一系列属于军事方面的抗日战功。他的主要的贡献，还在于政治方面。在政治上为我们的党和民族提供了一个开创性的"抗日统一战线"的雏形模式，而这个被毛泽东主席肯定为"自发的抗日统一战线"，一旦变成自觉的政治观点、一旦提炼为马列主义毛泽东思想的理论，就形成了战略指导的结晶，就形成了概括民族革命战争、民主革命战争以及中华人民共和国成立后直到今天的建设具有中国特色的社会主义国家的伟大战略方针而光辉灿烂了。

一九五九年，当我第六次访问李延禄将军（每次都是根据前一次谈及的线索，要求回忆者逐点补充史料）的时候，就已经感觉这位长者在政治方面所作出的贡献是不寻常的，具有他特殊的光辉。当时这还只是一个朦胧的感觉，但现在对作者来说，已形成一个明确的理性认识了。

五、他山之石可以攻玉[①]

六、季米特洛夫安排的李延禄与斯大林的一次会晤

李公延禄是一九三六年春,由黑龙江东部越境,经海参崴"太平洋书记处",转赴莫斯科中共中央驻共产国际代表机关的。开始在莫斯科会见了有关的中国领导人,并经康生介绍,会见了当时任共产国际总书记的保加利亚共产党领袖季米特洛夫,而同后者进行了一次有人从旁口译的对话。这是20世纪70年代李公延禄在闲谈中提及的。

他说:"我是抱着一种要求苏联支援我们在东北的抗日联军足够扩充两三万人的军事装备(步枪、机枪、弹药之类)的愿望见他的,而且这是我多年来的渴望!"(笔者也必须在这里补充一个历史情节:当一九五八年苏联撤退专家之后,叶剑英老帅曾到东北边疆视察防务,由李延禄以黑龙江省副主席的身份作陪,当时叶帅问过李延禄同志两个机密问题,其中一个问题,就是九一八事变之后,"你们东北抗日联军在东北打游击的那些艰苦年月,从苏联那边得到过什么物资支援么?"李答:"没有!什么物资支援也没有!"叶问:"军火也没有么?"李答:"东北抗日联军连一杆枪一发子弹的物资支援也没有得到过!")

在季米特洛夫作为共产国际的总书记会见李公延禄的时候,后者是怀着多么热切的一个得到军火接济的愿望,想要求共产国际的帮助以便转向苏联领袖斯大林元帅协商解决这个问题,但体格魁梧而坚实的季米特洛夫却不这样看问题。显然在决定调动李延禄同志工作之前,共产国际与中国共产党驻莫斯科的中央代表早已达成协议了。

关于军火接济的问题,季米特洛夫笑着说:"日本关东军驻在满

---

[①] 此节经编辑建议,作者同意予以删去。按作者意见仍保留标题。

洲的是三十万，而且都是机械化的装备，下有坦克上有战斗机，你的抗日部队就是扩大为三万，光靠步枪、机枪、手榴弹又能支持多久呢？你三万部队就能赶走三十万日本机械化的关东军么？现在给你的任务更重要，不要光想着留在东北边境的那几千人的武器弹药的问题，要看得远！要团结关内千千万万的中国爱国志士，关内还有四五亿人呢！党内党外联合起来，结为一个广大的'抗日统一战线'共同抗日，这才是解救中国民族于危亡之秋的办法。不是要你回部队去。组织是要你到上海去，要你去拜访宋庆龄、何香凝，还有救国会许多领导人物，你还要去南京见蒋介石，你有这个胆量么？"李公延禄当时内心的惊讶，读者也会想象到的。发动旧东北军一个营长带队抗日，联合旧东北军一个团并调动了这个团的一营人参加抗日战斗，都列为"勾结上层"，指为右倾思想，在政治上受了批判，这次一个共产国际的总书记，竟然要自己去南京面见蒋介石，要联合国民党的头头抗日，这是完全出乎李延禄将军意外的。因为问题提得仓促而不容思考，自然，回答是："只要是党给的任务，牺牲我一个人能唤起国内爱国人民的觉悟，共同抗日，也是死得其所、死而无怨了！"

季米特洛夫听到口译者的转译，向我们驻莫斯科的中共代表人看了看。从季米特洛夫的眼神中，李公延禄注意到，仿佛他们早已研究过，有种欣慰的神色在他那明朗而又锐利的眼睛中闪耀。

季米特洛夫又说："是的，到南京去不能不说没有杀头的风险，但我们共产国际和你们国内千千万万的爱国人士支持你！蒋介石也不能不考虑！"

结果工作上的调动就这样定下来了。接着，经季米特洛夫的安排，五一国际劳动节那一天，在克里姆林宫与苏联共产党的领导人斯大林会见。经季米特洛夫介绍双方握手之后，作为主人的苏联元帅斯大林手握烟斗坐在摆满糖果茶点的长条案的一端，而作为客人的中共东北抗日联军第四军的军长李延禄坐在长案的另一端，那些应约出席这个盛会的苏联党政高级官员是少数,多数是来自各国的共产党领袖和代表人物,他们分列这座长条案的两边,包括共产国际总书记和中共中央的驻莫斯科的代表在内,都分座长条案的两侧。

李公延禄请求苏联给予东北抗日联军军火装备援助的愿望,虽然为季米特洛夫的谈话所排除,但却并没有消逝,他原想等会见苏联这位声望赫赫的领袖人物——斯大林时,当面再为已由李延平接任的抗日联军第四军请求给以军备支援,但却没想到,自己会被作为主宾安置在长条案的另一端,安置在一个为众多国际贵宾瞩目的这个荣誉位置上,与主人距离又这么远,只能遥遥相对地注目而视,哪里说得上话!更不要说,邻近斯大林主座左右两侧的贵宾们都在就近频频向斯大林致意交谈了!李延禄就是作紧邻,如无口译也是和斯大林搭不上话的,李公延禄后来曾谈到当时的心情,总感到是从未有的"荣耀",但同时也感到从未有的"失望"和"空虚",心里直想"这回算是白来了"!只是端然坐在那里随着众贵宾举杯相庆而已,如果不是口译者在座侧,他是一句祝酒词也听不懂的。

从以上所引的历史回忆中的事例来看,李公延禄的功绩,不仅在于军事上所取得的抗战之始的"大捷",不仅在于初期歼灭日本一个旅团,更重要的是创建了一个"自发的抗日统一战线",为中国共产党和民族的抗日救国事业提供了战略指导思想的物质基础。这是任何怀有偏见的人所难以否定的史实。

还请恕我在这里补充一句,偏见损伤的不仅是个人而往往是把为我们中华民族将共同拥有的(对于人类所作的贡献)荣誉,也一起否定或伤害了。

以上算是作者的校后语。

一九八六年八月二十三至二十九日

## 改版说明

一、本书原为报告文学，曾以《过去的年代》为书名印行过二十万册，当时征订数为四十万册。

由于主要是向中央作的"总结"性的东北抗日联军第四军的斗争历史经验的报告，因而以个人"我"的自述口气作一线的贯穿，同时又因为内容涉及党内的路线斗争，本未想到能有公之于世的机会。不意原稿经黑龙江省委宣传部初审，认为关于中国共产党吉林延吉县委通过李延禄策动原东北军第十三混成旅所辖属的王德林营升起东北抗日救国军的旗帜，并在中国共产党组织秘密领导下展开震动吉东的镜泊湖连环战役而获得歼灭日本板垣师团天野一个旅团的大捷，不涉及党内的政治思想斗争，可以发表。《北方文学》编辑找作者洽谈，仓促之间不及作与向中央"报告"不符的改动；而作者又非"报告"之"我"，因而不得不由作者临时以"李延禄口述骆宾基记录整理"签署，初未料及二十年后该书出版竟被人误以为是李延禄"自溢其美"，纯属"吹嘘之辞"，而把作者误为执笔"秘书"，不知本著作纯属作者之纪实性"报告文学"。因此之故，这次把书名改为《李延禄将军的回忆》，并根据李公延禄的记忆又做了微小的修订，交湖南人民出版社再版出书，以明确文责所在。

二、本书的写作，除了对李延禄将军作过六次闲谈式的采访之外，整个"报告"于一九六〇年完稿后，也全部经李公延禄作过审阅，李公对军部行政组织名单、头衔、作战日期之类作过十几处个别订正和补充。这是必须在此一并说明的。

作者在六次采访将军本人的同时，还先后走访过东北抗日联军第四军各个重点战斗遗址。如绥芬河、东宁地区及司令部所在地、宁安地区、镜泊湖、方正、大罗勒密、依兰等处，并都由当地县委宣传部派人协助作过调查与群访。

三、本书的命名曾得李公延禄同意，是在一九八二年夏经将军女公子李晓梅转达而由作者确定的。

最后，谨向湖南人民出版社给予本书修订再版的机会，深致谢忱。

骆宾基

一九八六年八月二十三日

# 后　记

　　《过去的年代》，是李公延禄同志关于东北抗日联军第四军的回忆录，也是一九五八年笔者下放黑龙江省农村体验生活一年之后，由中共黑龙江省委宣传部组织完成的一部记录体文学作品。它虽然属于文学作品，但却不同于《三国演义》，没有那种浪漫主义的虚构成分，而倒像司马迁的《史记》，务求历史的真实。

　　从一九五九年末开始，回忆者作了六次口述，笔者经过六次整理，到一九六〇年全稿完成。《收获》和《北方文学》分别以《东北抗日联军的童年时代》和《疾风知劲草》为标题，发表了本书的第一章；第二章《在红旗下奋勇前进》，还有它的第三章《化装南下》和第四章《北归之后》两篇，都一直留在手提箱内，未及发表。"文化大革命"开始以后，林彪与"四人帮"相互勾结，在文化领域炮制了"十七年文艺黑线专政论"，进行干扰和破坏。但是，在那些阴云遮日的年月里，关于这部回忆录的补充、整理和校订工作，也并未停止，这就是序言中所说的一九七三年又在北京作了第七次补充、整理、校订和誊清。我们相信，它总有和读者见面的那一天。果然，三年后，一九七六年十月六日党中央一举粉碎了"四人帮"，继往开来，抓纲治国，拨乱反正，向实现社会主义四个现代化的宏伟目标进军，从此揭开了新时期历史的头一章。正如李延禄同志序言所说，这部回忆录的出版，正是为了纪念这个光辉的遵义会议式的日子。它终于要和读者见面了。

　　《过去的年代》誊清稿发排期间，中日友好条约在北京草签了。

十月二十三日，我们尊敬的邓小平副主席又以国务院副总理的身份，亲自率领政府代表团飞赴日本，在隆重举行的交换仪式上，两国外长正式签了字，条约从此生效了。中日友好条约的签订，必将对太平洋和世界的和平发生深远的影响。中日两国人民从此将要世世代代友好相处，但过去的不幸的年代，也不能为我们两国人民的子孙所忘记。

过去的不幸的年代是一面镜子，为我们提供了经验教训。中日两国人民肩负着中日友好条约所赋予的神圣使命，我们要在反对霸权主义的基础上团结起来，全世界无产者期待着我们为世界人民做出更大的贡献。

骆宾基<br>一九七八年十月三十一日大样校完之后<br>二〇二二年十一月十六日再版时由张书泰修订